RO**Y**AL BOROUGH OF GREENWICH

Follow us on twitter @greenwichlibs

GREENW
RENEWA

D0715338

Please return by the last date shown

Título original: *What I Did For Love*
Traducción: Victoria Morera
1ª edición: junio 2012

© Susan Elizabeth Phillips, 2009
© Ediciones B, S. A., 2012
para el sello B de Bolsillo
Consell de Cent, 425-427 - 08009 Barcelona (España)
www.edicionesb.com

Printed in Spain
ISBN: 978-84-9872-671-8
Depósito legal: B. 15.225-2012

Impreso por NEGRO GRAPHIC, S.L.
Comte de Salvatierra, 3-5, despacho 309
08006 BARCELONA

Lo que hice por amor

SUSAN ELIZABETH PHILLIPS

En memoria de Kate Fleming/Anna Fields

*No hay suficientes palabras para llenar
el silencio que has dejado atrás. Lamentamos
tu pérdida y te echamos de menos más
de lo que nunca podremos expresar.*

1

Salió a la tarde de finales de abril y los chacales la acorralaron. Cuando Georgie entró en la perfumería de Beverly Boulevard, sólo la acechaban tres, pero ahora había quince..., veinte... quizá más; una jauría aullante y feroz que andaba suelta por Los Ángeles, con las cámaras disparando sin cesar, dispuestos a arrancar el último jirón de carne de sus huesos.

Los *flashes* la cegaron. Georgie se dijo que podía hacer frente a cualquier cosa que le dijeran. ¿Acaso no llevaba un año entero haciéndolo? Empezaron a formularle sus rudas preguntas. Demasiadas, deprisa y a voz en cuello, palabras que se entremezclaban. Hasta que nada tuvo sentido. Uno de ellos puso algo en sus manos, un ejemplar de la prensa sensacionalista, y le gritó al oído:

—¡Acaba de publicarse, Georgie! ¿Quieres decir algo al respecto?

Ella bajó la vista y vio la ecografía de un bebé en la portada de *Flash*. El bebé de Lance y Jade. El bebé que tenía que haber sido de ella.

La sangre le bajó a los pies. Los *flashes* destellaron y las cámaras se dispararon mientras Georgie se llevaba el dorso de la mano a la boca. Después de meses y meses de aguantar el tipo, al final perdió la compostura y los ojos se le inundaron de lágrimas.

Las cámaras lo registraron todo, la mano en su boca, las lágrimas en sus ojos... Por fin les había dado a los chacales lo que llevaban un año intentando conseguir, las fotografías de Georgie York, la graciosa actriz de treinta y un años, derrumbándose mientras su vida se desmoronaba a su alrededor.

Dejó caer la revista al suelo y se dio la vuelta para salir huyendo, pero la habían acorralado. Intentó retroceder, pero estaban detrás de ella..., delante..., por todas partes... con sus cegadores *flashes* y su vocerío despiadado. Su olor le anegó el olfato, el olor a sudor, cigarrillos, colonia barata. Alguien la pisó. Un codo se clavó en su costado. Estrecharon el cerco robándole el aire, asfixiándola...

Bramwell Shepard contemplaba la desagradable escena desde los escalones del restaurante. Acababa de salir a la calle cuando la conmoción estalló y se detuvo para ver qué pasaba. Hacía dos años que no veía a Georgie y entonces sólo de forma fugaz, pero ahora, mientras contemplaba cómo la acosaban los *paparazzi*, los amargos sentimientos del pasado volvieron a invadirlo.

La parte alta de la escalinata le ofrecía una buena panorámica del caos desatado. Algunos reporteros sostenían las cámaras por encima de sus cabezas, mientras que otros prácticamente pegaban los objetivos a la cara de la actriz. Ella llevaba tratando con la prensa desde que era una niña, pero nada la había preparado para el descontrol del último año. Lástima que no hubiera ningún héroe por los alrededores para rescatarla.

Bram se había pasado ocho miserables años rescatando a Georgie de situaciones peliagudas, pero sus días de interpretar al galante Skip Scofield en su papel de salvador de la intrépida Scooter Brown, personaje representado por Georgie, hacía tiempo que habían quedado atrás. En esta ocasión, Scooter Brown tendría que salvar su propio pellejo o, aún más probable, esperar a que su papá lo hiciera por ella.

Los *paparazzi* no lo habían visto. Últimamente, él no era blanco de sus objetivos, aunque sí lo habría sido si hubiera aparecido en el mismo encuadre que Georgie. *Skip y Scooter* había sido una de las comedias de enredo de mayor éxito en la historia de la televisión. Estuvieron ocho años en el aire y ya llevaban ocho fuera de las pantallas, pero el público no los había olvidado, en especial a Scooter Brown, la buena chica favorita de Norteamérica, papel interpretado por Georgie York.

Un hombre que fuera mejor persona habría sentido lástima por el aprieto en que ella se encontraba, pero él sólo había llevado la insignia de héroe en la pantalla. Miró a Georgie y esbozó una mueca. «¿Qué tal tu espíritu de chica animosa y dinámica, Scooter?»

De repente, las cosas tomaron un giro más desagradable. Dos *paparazzi* empezaron a competir dándose empujones y uno de ellos le propinó un fuerte golpe a Georgie, que perdió el equilibrio y empezó a caerse, momento en que levantó la cabeza y lo vio. En medio de toda aquella locura, de las brutales disputas y los fuertes empujones, en medio del clamor y el caos, ella lo vio. Allí, a apenas diez metros de distancia. Su expresión reflejó sobresalto, no por la caída, pues de algún modo había conseguido mantenerse en pie, sino por el hecho de verlo. Sus miradas se encontraron, las cámaras se apretujaron más a su alrededor y la petición de ayuda que reflejaron sus facciones hizo que volviera a parecer una niña. Él la contempló sin moverse, simplemente fijándose en aquellos ojos verdes y redondos que esperaban encontrar un regalo más debajo del árbol de Navidad. Entonces la mirada de Georgie se nubló y Bram percibió el momento exacto en que ella comprendió que él no iba a ayudarla, que seguía siendo el mismo cabrón egoísta de siempre.

¿Qué demonios esperaba? ¿Cuándo había podido contar con él para algo? Su graciosa cara de niña se contrajo con desdén y volvió a centrarse en librarse de las cámaras.

Bram se dio cuenta de que estaba dejando escapar una oportunidad de oro y empezó a bajar los escalones, pero había esperado demasiado. Ella ya había lanzado el primer puñetazo. No fue un buen puñetazo, pero cumplió con su objetivo y dos *paparazzi* se apartaron a un lado para que ella pudiera llegar a su coche. Georgie subió y, segundos más tarde, se alejaba a toda velocidad. Mientras se sumía erráticamente en el tráfico de los viernes por la tarde de Los Ángeles, los *paparazzi* corrieron hacia sus mal aparcados todoterrenos negros y salieron disparados detrás de ella.

Si el servicio de aparcamiento del restaurante no hubiera elegido aquel momento para llevarle su Audi, probablemente Bram se habría olvidado del incidente, pero cuando se sentó al volante de su coche, la curiosidad lo venció. ¿Adónde iba a lamer sus heridas una princesa de la prensa del corazón cuando no le quedaba ningún lugar donde esconderse?

La comida a que había asistido Bram había sido un desastre y no tenía nada mejor que hacer, así que decidió unirse a la cabalgata de *paparazzi*. Aunque no podía ver el Prius de Georgie, por la forma serpenteante en que los periodistas se movían entre el tráfico dedujo que Georgie estaba conduciendo de forma alocada en dirección a Sunset. Bram encendió la radio, volvió a apagarla y consideró su situación. Su mente empezó a sopesar una interesante perspectiva.

Al final, la cabalgata tomó la carretera del Pacífico en dirección norte y a él se le ocurrió cuál era el destino probable de Georgie. Frotó la parte superior del volante con el pulgar.

La vida estaba llena de interesantes coincidencias...

Deseó poder arrancarse la piel y cambiarla por otra. Ya no quería ser Georgie York. Quería ser una persona con dignidad y merecedora de respeto.

Oculta tras los cristales tintados de su Prius, se enjugó la nariz con el dorso de la mano. Hubo un tiempo en que hacía reír a la gente, pero ahora, a pesar de todos sus esfuerzos en contra, se había convertido en la imagen misma del sufrimiento y la humillación. El único consuelo que había tenido desde el hundimiento de su matrimonio era saber que los *paparazzi* nunca, en ningún momento, la habían fotografiado con la cabeza baja. Incluso el peor día de su vida, aquel en que su esposo la dejó por Jade Gentry, había conseguido esbozar una de las sonrisas características de Scooter Brown y adoptar una pose de chica mona para los chacales que la acosaban. Pero ahora le habían robado sus últimos vestigios de orgullo. Y Bram Shepard lo había presenciado.

Se le hizo un nudo en el estómago. Lo había visto por última vez en una fiesta unos dos años atrás. Él estaba rodeado de mujeres, lo que no constituía ninguna sorpresa. Ella se había ido de la fiesta de inmediato.

Sonó una bocina. No podía enfrentarse a su casa vacía ni a la lastimosa diversión pública en que se había convertido su vida, así que se dirigió a la casa de su viejo amigo Trevor Elliott, en la playa de Malibú. Aunque llevaba conduciendo una hora, el ritmo de su corazón no había disminuido. Poco a poco, había perdido las dos cosas que más le importaban, su esposo y su orgullo. Tres cosas, si incluía la gradual desintegración de su carrera. Y ahora aquello. Jade Gentry llevaba en sus entrañas el hijo que Georgie tanto había deseado.

Trevor abrió la puerta.

—¿Estás loca?

La agarró de la muñeca, la hizo entrar en el fresco y sombreado vestíbulo y asomó la cabeza al exterior, pero la entrada en ele de su casa ofrecía suficiente intimidad para ocultarla a la vista de los periodistas que estaban aparcando en el arcén de la carretera de la costa del Pacífico.

—Es seguro —declaró ella un tanto irónicamente, pues nada parecía seguro en aquellos días.

Él se pasó la mano por su rapada cabeza.

—Esta noche, en *E! News* ya estaremos casados y tú estarás embarazada.

¡Si tan sólo fuera verdad!, pensó ella mientras lo seguía al interior de la casa.

Hacía catorce años que conocía a Trevor. Lo conoció durante el rodaje de *Skip y Scooter*, cuando él representaba a Harry, el amigo bobo de Skip, pero Trevor hacía mucho tiempo que había dejado de representar papeles secundarios para protagonizar una serie de comedias escatológicas pensadas para chicos de dieciocho años. Las últimas Navidades, ella le regaló una camiseta con la leyenda: «Me encantan los chistes de pedos.»

Aunque apenas medía un metro setenta, Trevor tenía un cuerpo bonito y bien proporcionado, así como unas facciones un poco torcidas que lo convertían en la persona idónea para encarnar al perdedor tontorrón que salía airoso de todas las situaciones.

—No debería haber venido —dijo Georgie sin hablar en serio.

Trevor silenció la retransmisión del partido de béisbol que estaba viendo en su televisor de plasma y, al ver el aspecto de Georgie, frunció el ceño. Ella sabía que había perdido más peso del que su esbelto cuerpo de bailarina podía permitirse, pero eran los disgustos, no la anorexia, lo que le encogía el estómago.

—¿Hay alguna razón por la que no me hayas devuelto mis dos últimas llamadas? —preguntó Trevor.

Ella empezó a quitarse las gafas de sol, pero entonces cambió de idea. Nadie quería ver las lágrimas de un payaso, ni siquiera el mejor amigo del payaso.

—La verdad es que estoy demasiado absorta en mí misma para preocuparme por nadie más.

—No es cierto. —La voz de Trevor se suavizó con ternura—. Tienes pinta de necesitar una copa.

—No hay suficiente alcohol en el mundo para... Vale, de acuerdo.

—No oigo ningún helicóptero. Sentémonos en la terraza. Prepararé unos margaritas.

Trevor desapareció en el interior de la cocina. Georgie se quitó las gafas de sol y atravesó con pesadumbre el suelo de terrazo moteado hasta el lavabo para arreglar los daños resultantes del ataque de los *paparazzi*.

Debido a su pérdida de peso, su cara redonda había empezado a hundirse por debajo de los pómulos y, si su boca no fuera tan ancha, sus grandes ojos se habrían comido su cara. Colocó un mechón de su pelo liso y moreno detrás de la oreja. En un intento por animarse y suavizar sus nuevas y angulosas facciones, se había hecho un moderno corte de pelo, escalado y curvo junto a las mejillas y con un flequillo largo y desigual. En los días de *Skip y Scooter* se había visto obligada a llevar su negro pelo continuamente permanentado y teñido de un ridículo tono zanahoria, porque los productores querían sacar provecho de su súper éxito como protagonista de la reposición de Broadway de *Annie*. Aquel peinado humillante también había enfatizado el contraste entre su imagen de chica divertida y la de tío guapo de Skip Scofield.

Georgie siempre se había sentido acomplejada por sus mejillas de muñeca de porcelana, sus ojos verdes y saltones y su boca enorme. Por un lado, sus poco convencionales facciones le habían proporcionado fama, pero en una ciudad como Hollywood, donde hasta las cajeras de los supermercados eran auténticos monumentos, no ser guapa constituía toda una prueba. Claro que ahora esto ya no le importaba, pero mientras estuvo casada con Lance Marks, la superestrella del cine de acción y aventuras, desde luego que le importó.

El agotamiento se apoderó de ella. Hacía seis meses que no asistía a sus clases de baile y le costaba un gran esfuerzo levantarse de la cama.

Arregló lo mejor que pudo los desperfectos del maquillaje de sus ojos y regresó al salón. Trevor acababa de mudarse a aquella casa, que había decorado con muebles de los años cincuenta. Debía de estar rememorando el pasado, porque encima de la mesilla auxiliar del sofá había un libro sobre la historia de la comedia televisiva norteamericana. En la página abierta, la fotografía del reparto de *Skip y Scooter* le devolvió la mirada y Georgie miró hacia otro lado.

En la terraza, unas macetas blancas de estuco con frondosas plantas verdes de hoja perenne proporcionaban un muro de privacidad frente a los posibles mirones que pasearan por la playa. Georgie se quitó las sandalias y se dejó caer en una tumbona estampada con franjas azules y marrones. El océano se extendía al otro lado de la barandilla tubular blanca. Unos cuantos surferos habían braceado más allá de donde rompían las olas, pero el mar estaba demasiado calmado para conseguir un deslizamiento decente y sus tablas cabeceaban en el agua como fetos flotando en el líquido amniótico.

Un pinchazo de dolor le cortó la respiración. Lance y ella habían sido una pareja de cuento de hadas. Él era el viril príncipe que, detrás del aspecto de patito feo de Georgie, había visto la hermosa alma que habitaba en su interior. Ella era la adorable esposa que le había dado el sólido amor que él necesitaba. Durante los dos años de cortejo y el año de matrimonio que duró su relación, los periodistas los siguieron a todas partes, pero, aun así, ella no estaba preparada para la histeria que se desató cuando Lance la dejó por Jade Gentry.

En privado, ella se quedaba tumbada en la cama, incapaz de moverse. En público exhibía una sonrisa estampada en su cara. Sin embargo, por muy alta que mantuviera la cabeza, las historias compasivas que se contaban sobre ella empeoraban cada vez más.

La prensa amarilla clamaba:

«A la animosa Georgie se le ha roto el corazón.»

«La valerosa Georgie quiere suicidarse tras oír las declaraciones de Lance: "Nunca supe lo que era el amor verdadero hasta que conocí a Jade Gentry."»

«¡Georgie se consume! Sus amigos temen por su vida.»

Aunque la carrera cinematográfica de Lance era mucho más exitosa que la de ella, Georgie seguía siendo Scooter Brown, la novia de Norteamérica, y la opinión pública se volvió contra él por abandonar a un querido icono de la televisión. Lance lanzó su propio contraataque: «Fuentes anónimas declaran que Lance ansiaba tener hijos, pero que Georgie estaba demasiado volcada en su carrera para dedicar tiempo a una familia.»

Georgie nunca le perdonaría esta mentira.

Trevor salió a la terraza llevando una bandeja de cuero blanco con dos vasos de margarita y una jarra medio llena. Con toda galantería, ignoró las lágrimas que resbalaban por debajo de las gafas de sol de Georgie.

—El bar está oficialmente abierto.

—Gracias, colega.

Georgie cogió el cóctel helado y, cuando Trevor se giró para dejar la bandeja en la mesa de la blanca terraza, se enjugó las lágrimas. No podía contarle lo de la ecografía. Ni siquiera sus mejores amigas sabían lo que significaba para ella tener un hijo. Este dolor lo había mantenido en secreto. Un secreto que las fotografías que acababan de tomarle expondrían al mundo.

—El viernes pasado terminamos la grabación de *Concurso de baile* —explicó Georgie—. Otro desastre.

No podía afrontar tres fracasos de taquilla seguidos y eso era lo que tendría cuando se estrenara *Concurso de baile*. Dejó el vaso en el suelo sin probarlo.

—Mi padre está furioso por los seis meses de vacaciones que me he tomado —dijo ella.

Trevor se sentó en una silla tulipán de plástico moldeado.

—Has estado trabajando prácticamente desde que saliste del útero. Paul tiene que permitirte holgazanear un poco.

—Ya, como que eso va a suceder.

—Ya sabes lo que opino respecto a su forma de presionarte —comentó él—. No pienso decir nada más sobre este asunto.

—No lo hagas.

Ella conocía de sobra la generalmente acertada opinión de Trevor sobre la difícil relación que ella mantenía con su padre. Georgie dobló las piernas y las rodeó con los brazos contra el estómago.

—Diviérteme con algún buen cotilleo.

—Mi coprotagonista está cada día más loca. Si alguna vez se me ocurre grabar otra película con esa mujer, mátame. —Trev movió su silla para que su cabeza rapada quedara en la sombra—. ¿Sabías que ella y Bram habían salido juntos?

A Georgie se le encogió el estómago.

—Son tal para cual.

—Él está cuidando la casa...

Georgie levantó una mano.

—Para. No soporto hablar de Bramwell Shepard. Y menos hoy.

Bram podría haberla visto morir aplastada aquella tarde y ni siquiera se le habría borrado la sonrisa de la cara. ¡Dios, cuánto lo odiaba! Incluso después de tantos años.

Afortunadamente, Trev cambió de tema sin formular ninguna pregunta acerca de Bram.

—Ya viste el sondeo de opinión de *USA Today* de la semana pasada, ¿no? Aquel sobre las protagonistas de comedia favoritas. Scooter Brown es la tercera después de Lucy y Mary Tyler Moore. Incluso has desbancado a Barbara Eden.

Georgie había leído el resultado de la encuesta, pero la dejó indiferente.

—Odio a Scooter Brown.

—Pues eres la única. Scooter es un icono. No quererla es antiamericano.

—Hace ocho años que la serie dejó de emitirse. ¿Por qué no se olvidan de ella?

—Quizá las continuas reposiciones que se emiten por todo el mundo tengan algo que ver.

Georgie se subió las gafas de sol.

—Cuando la serie empezó yo era una niña, sólo tenía quince años. Y apenas tenía veintitrés cuando se dejó de rodar.

Trev se dio cuenta de que Georgie tenía los ojos rojos, pero no comentó nada.

—Scooter Brown no tiene edad. Es la mejor amiga de cualquier mujer y la virgen favorita de cualquier hombre.

—Pero yo no soy Scooter Brown, sino Georgie York. Mi vida me pertenece a mí, no al mundo.

—¡Pues te deseo buena suerte!

No podía seguir haciendo aquello, pensó Georgie: reaccionar una y otra vez a las fuerzas externas, incapaz de actuar por sí misma; siguiendo siempre las sugerencias de los demás, nunca las suyas propias. Apretó más las rodillas contra el pecho y examinó los arco iris que había pedido a la pedicura que le pintara en las uñas de los pies en un vano intento por animarse.

Si no lo hacía en aquel momento, no lo haría nunca.

—Trev, ¿qué te parecería si tú y yo viviéramos un pequeño... un gran romance?

—¿Un romance?

—Sí, nosotros dos. —No podía mirarlo a la cara, así que mantuvo la vista clavada en los arco iris—. Nos enamoraríamos muy públicamente. Y quizá... Trev, llevo dándole vueltas a esto mucho tiempo... Sé que pensarás que es una locura. Y lo es. Pero... si no detestas la idea, he pensado que... al menos podríamos considerar la posibilidad de... casarnos.

—¿Casarnos?

Trev se puso de pie de golpe. Aunque era uno de sus amigos más queridos, Georgie se sonrojó. De todos modos, ¿qué era otro momento humillante en un año lleno de ellos? Georgie se soltó las piernas.

—Sé que no debería soltártelo así, sin más. Y también sé que es una idea rara. Muy rara. Cuando se me ocurrió, yo también lo pensé, pero después la analicé objetivamente y no me pareció tan horrible.

—Georgie, yo soy gay.

—Se *rumorea* que eres gay.

—Sí, pero en la vida real también lo soy.

—Pero estás tan metido en el armario que prácticamente nadie lo sabe. —Deslizó las piernas por el lado de la tumbona y el arañazo reciente de su tobillo le escoció—. Esto acabaría con los rumores. Enfréntate a ello, Trev. Si se enteran de que eres homosexual, será el fin de tu carrera.

—Ya lo sé. —Se frotó la cabeza rapada con la mano—. Georgie, tu vida es un circo y, por mucho que te adore, no quiero verme arrastrado a la pista central.

—Ésta es la idea: si tú y yo estamos juntos, el circo se acabará.

Él volvió a sentarse y ella se acercó y se arrodilló a su lado.

—Trev, sólo piénsalo. Siempre nos hemos llevado bien. Podríamos vivir nuestras vidas como quisiéramos, sin interferir en la del otro. Piensa en toda la libertad que tendrías... que tendríamos los dos. —Apoyó la mejilla en la rodilla de Trev un segundo y después se sentó a su lado—. Tú y yo no somos una pareja llamativa como lo éramos Lance y yo. Trevor y Georgie serían un matrimonio aburrido y, después de un par de meses, la prensa nos dejaría en paz. Viviríamos por debajo del radar. Tú no tendrías que seguir saliendo con todas esas mujeres por las que has fingido sentir interés. Podrías verte con quien quisieras. Nuestro matrimonio sería la tapadera perfecta para ti.

Y para ella sería la manera de conseguir que el mundo dejara de compadecerla. Por un lado recuperaría su dignidad pública y, por el otro, su matrimonio constituiría una especie de póliza de seguros que evitaría que volviera a lanzarse por un precipicio emocional a causa de un hombre.

—Piénsalo, Trev. Por favor. —Tenía que dejar que él se hiciera a la idea antes de mencionar a los niños—. Piensa en lo liberador que sería.

—No pienso casarme contigo.

—Yo tampoco —declaró una voz terriblemente familiar desde el otro lado de la terraza—. Antes dejaría de beber.

Georgie se incorporó como un rayo y vio a Bramwell Shepard subiendo tranquilamente las escaleras que conducían a la playa. Bram se detuvo en lo alto con una mueca de calculada ironía.

Ella contuvo el aliento.

—No quisiera interrumpir. —Bram se apoyó en la barandilla—. Es la conversación más interesante que he oído casualmente desde que Scooter y sus amigas comentaron la posibilidad de teñirse el vello púbico. Trev, ¿por qué no me habías dicho que eres un mariquita? Ahora no podremos volver a dejarnos ver juntos en público.

A diferencia de Georgie, Trevor pareció sentirse aliviado por la interrupción y, levantando el vaso hacia la cabeza bañada por el sol de Bram, declaró:

—Pues tú me presentaste a mi último novio.

—Debía de estar borracho. —Entonces el anterior compañero de reparto de Georgie se fijó en ella—: Hablando de desastres... tú estás hecha un asco.

Tenía que largarse de allí. Georgie dirigió la mirada hacia las puertas que comunicaban con el interior de la casa, pero en las cenizas de su autoestima todavía quedaba un débil rescoldo de dignidad, así que no podía dejar que él la viera salir huyendo.

—¿Qué estás haciendo aquí? —le preguntó a Bram—. Seguro que no se trata de una coincidencia.

Él señaló la jarra con la cabeza.

—No estaréis bebiendo esa mierda, ¿no?

—Seguro que te acuerdas de dónde guardo el alcohol de verdad.

Trev miró a Georgie con preocupación.

—Después —respondió Bram, y se sentó en la tumbona que había frente a la que había utilizado Georgie.

La arena que tenía pegada en la pantorrilla brilló como diamantes diminutos. La brisa jugueteó en su espeso pelo castaño claro. A Georgie se le revolvió el estómago. Un hermoso ángel caído.

La imagen procedía de un artículo escrito por un conocido crítico de televisión poco después de la debacle que terminó con una de las series más exitosas de la historia de las telecomedias. Georgie todavía se acordaba del artículo.

Nos imaginamos a Bram Shepard en el cielo. Su cara es tan perfecta que los otros ángeles no se deciden a echarlo, aunque se ha bebido todo el vino sagrado, ha seducido a las preciosas ángeles vírgenes y ha robado un arpa para reemplazar la que perdió en una partida de póquer celestial. Lo vemos poner en peligro a todo el grupo por volar demasiado cerca del sol y, a continuación, lanzarse en picado con temeridad hacia el mar. Pero la comunidad angélica está hechizada por los campos de lavanda de sus ojos y los rayos de sol que se entrelazan con su pelo, así que le perdonan sus transgresiones... hasta que su último y peligroso descenso los zambulle a todos en el barro.

Bram apoyó la cabeza en el respaldo de la tumbona. Esta posición resaltó contra el cielo su perfil, que seguía siendo perfecto. A la edad de treinta y tres años, los suaves contornos de su juventud hedonista se habían endurecido haciendo que su belleza deslumbrante y perezosa resultara todavía más destructiva. Reflejos castaño dorados adornaban su rubio cabello, el cinismo enturbiaba sus ojos lavanda de niño de coro y la sorna flotaba en las comisuras de su boca perfectamente simétrica.

El hecho de que alguien tan carente de escrúpulos hubiera oído su conversación con Trevor ponía enferma a Georgie. No podía huir, todavía no, pero sus piernas empezaban a flaquear.

—¿Qué haces aquí?

Georgie se dejó caer en una de las sillas tulipán.

—Había empezado a contártelo —respondió Trev—. A veces, Bram utiliza la otra casa que tengo un poco más abajo en la playa, la que estoy intentando vender. Como ha conseguido que nadie quiera darle trabajo, no tiene nada mejor que hacer que holgazanear por aquí y molestarme.

—No es que nadie quiera darme trabajo. —Bram cruzó sus tobillos cubiertos de arena. Incluso los arcos de sus pies tenían una curvatura tan perfecta como la hoja de una cimitarra—. Justo la semana pasada me ofrecieron humillarme a mí mismo en un nuevo *reality show* televisivo. Si no hubiera estado tan colocado cuando me llamaron, es probable que hubiera aceptado. Pero ya está bien así. —Sacudió una de sus elegantes manos—. Demasiado trabajo.

—Sí, lo que tú digas —contestó Trev.

Georgie escudriñó con nerviosismo la playa en busca de fotógrafos. Aquélla era una playa privada, pero la prensa haría cualquier cosa con tal de conseguir una fotografía actual de ella y Bram juntos. ¡Skip y Scooter juntos en público después de tanto tiempo! Se le revolvió el estómago al pensar en la posibilidad de que alguien tan predeciblemente malvado como Bram Shepard formara parte de su pesadilla pública.

Bram se reclinó en la tumbona y volvió a cerrar los ojos. Parecía un aristócrata aburrido tomando el sol. Una imagen engañosa, pues Bram no había terminado el instituto y fue criado en el South Side de Chicago por un padre que era un auténtico gorrón.

—Espero que hayas escondido las cuchillas de afeitar, Trev. Según se rumorea, después del duro golpe que le ha dado la vida, nuestra Scooter ha desarrollado instintos suicidas. Personalmente, creo que debería celebrar haberse librado por fin del tarado con el que se casó. Jade Gentry debe de haberse vuelto loca al dejarse embaucar por Mister América. Dime la verdad, Scoot. A Lance Marks no se le levanta, ¿no?

—Veo que sigues siendo un perfecto caballero. ¡Qué tranquilizador!

Tenía que escapar de allí sin que pareciera que salía corriendo. Intentó levantarse despacio de la tumbona y coger sus sandalias como si tal cosa, pero se dio cuenta, demasiado tarde, de que no recordaba dónde las había dejado.

Bram abrió los ojos y obsequió a Georgie con aquella sonrisa suya, despreocupada y socarrona, que había desarmado a tantas mujeres que, por lo demás, tenían buen criterio.

—Por lo que he leído, la feliz pareja ha regresado al extranjero para continuar con sus bien publicitadas obras benéficas.

Durante su luna de miel, Lance y Jade realizaron un viaje humanitario a Tailandia. Georgie nunca olvidaría su comunicado de prensa. «Queremos utilizar nuestra fama para dar a conocer la causa humanitaria preferida de Jade, la lucha contra la explotación de los niños por parte de la industria del sexo.»

Georgie no tenía ninguna causa humanitaria, al menos nada que fuera más allá de firmar algunos sustanciosos cheques. Buscó desesperadamente sus sandalias con la mirada.

Bram señaló con su estilizado dedo debajo de la tumbona en la que Georgie se había sentado antes.

—Su campaña para reforzar las leyes contra el turismo sexual con niños es enternecedora. Y, mientras ellos batallan en el Congreso, he oído decir que tú has estado dedicando tus energías a comprar en los almacenes Fred Segal.

Georgie no aguantó más y perdió su autodominio.

—De verdad te odio.

—Imposible. Scooter nunca podría odiar a su querido Skip. No después de que él dedicara ocho años de su vida a sacarla de sus locos apuros.

Georgie cogió sus sandalias y se puso una.

—Para ya, Bram —dijo Trev.

Pero Bram no había terminado.

—¿Te acuerdas de cuando te caíste en el lago vestida con el abrigo de piel de mamá Scofield? ¿Y qué me dices de cuando abriste la jaula de aquellos ratones en su fiesta de Navidad?

Si no respondía a sus provocaciones, Bram dejaría de pincharla. Pero a Bram siempre le había encantado la tortura lenta.

—Incluso el día de nuestra boda te metiste en problemas. Fue una suerte que no llegáramos a rodar aquel capítulo. Por lo que tengo entendido, yo iba a dejarte embarazada durante la luna de miel. Si la cadena no hubiera cortado el suministro, yo habría sido el padre de un pequeño Skip.

La rabia de Georgie explotó.

—¡No era un pequeño Skip, sino unos gemelos! Se suponía que íbamos a tener gemelos, una niña y un niño. Es obvio que estabas demasiado colocado para recordar ese pequeño detalle.

—Sería por inmaculada concepción, seguro. ¿Te imaginas a Scooter desnuda y...?

Georgie no pudo aguantarlo más y se dirigió a la casa, con una sandalia calzada y la otra en la mano.

—Yo de ti no me iría —declaró Bram con parsimonia—. Hace diez minutos vi a un fotógrafo esconderse en los arbustos del otro lado de la carretera. Alguien debe de haber visto tu coche.

Estaba atrapada.

Él la miró de arriba abajo, uno de sus numerosos hábitos desagradables.

—Por casualidad no habrás vuelto a fumar, ¿no, Scoot? Necesito un cigarrillo y Trev se niega a tener en su casa un cartón para los invitados. Es un auténtico boy-scout. —Bram arqueó una de sus perfectas cejas—. Salvo por sus vicios con miembros de su mismo género.

Trevor intentó aliviar la tensión.

—Sabes que sólo lo soporto porque deseo su bonito cuerpo. ¡Lástima que sea hetero! —le dijo a Georgie.

—Eres demasiado exigente para desearlo —replicó ella.

—Vuelve a mirarlo —contestó Trev con sequedad.

No era justo. Bram debería estar muerto por sus excesos, pero el escuálido cuerpo que ella recordaba de *Skip y Scooter* se había robustecido y sus formas elegantes pero desperdiciadas se habían convertido en fuertes músculos y largos tendones. Por debajo de la manga de su camiseta blanca asomaba un tatuaje tribal que rodeaba su formidable bíceps y su bañador azul marino dejaba a la vista unas piernas con los tendones tensos y alargados de un corredor de largas distancias. Su pelo rubio y espeso estaba alborotado y su pálida piel, tan característica en él como una resaca, había desaparecido. Salvo por el aire de decadencia que, como una mala reputación, lo impregnaba, Bram Shepard tenía un aspecto sorprendentemente saludable.

—Ahora hace ejercicio —intervino Trev con un susurro exagerado, como si estuviera divulgando un jugoso escándalo.

—Bram no ha hecho ejercicio ni un solo día de su vida —replicó Georgie—. Consiguió sus músculos vendiendo lo que le quedaba de su alma.

Bram sonrió y volvió su cara de ángel malo hacia Georgie.

—Cuéntame algo más sobre ese plan tuyo de recuperar tu orgullo casándote con Trev. No es tan interesante como la conversación del vello púbico, pero...

Georgie apretó las mandíbulas.

—Te juro por Dios que si le cuentas algo de esto a alguien...

—No lo hará —contestó Trevor—. Nuestro Bramwell nunca se ha interesado por nadie que no sea él mismo.

Eso era cierto. Aun así, Georgie no soportaba saber que él había oído algo tan sumamente humillante para ella. Bram y Georgie habían trabajado juntos desde que él tenía diecisiete años hasta que cumplió veinticinco. A los diecisiete, su egocentrismo era inconsciente, pero conforme su fama crecía, Bram se volvió más y más irresponsable de una forma deliberada. No costaba mucho darse cuenta de que, con el tiempo, se había vuelto todavía más cínico y egocéntrico.

Bram flexionó una rodilla.

—¿No eres un poco joven para haber renunciado al amor verdadero?

Georgie se sentía como si tuviera cien años. Su matrimonio de cuento de hadas había fracasado poniendo punto final a sus sueños de tener una familia propia y un hombre que la quisiera por sí misma y no por lo que pudiera hacer por la carrera de él. Georgie volvió a ponerse las gafas de sol mientras sopesaba el peligro que suponían los chacales que merodeaban en el exterior frente al peligro de la bestia que tenía delante.

—No pienso hablar contigo de este tema.

—Déjalo ya, Bram —intervino Trevor—. Ha tenido un año muy duro.

—Las desventajas de ser adorada —replicó Bram.

Trev resopló.

—Nada de lo que tú tendrás que preocuparte nunca.

Bram cogió el cóctel abandonado de Georgie, bebió un sorbo y se estremeció al notar su sabor.

—Nunca he visto al público tomarse de una forma tan personal el divorcio de una celebridad. Me sorprende que ninguno de tus enloquecidos fans se haya autoinmolado a lo bonzo.

—La gente se siente como si fuera familia de Georgie —comentó Trevor—. Crecieron con Scooter Brown.

Bram dejó el vaso.

—También crecieron conmigo.

—Pero Georgie y Scooter son básicamente la misma persona, mientras que tú y Skip no lo sois.

—¡Gracias a Dios! —Bram se levantó de la tumbona—. Todavía odio a aquel niño pijo y gilipollas.

Sin embargo, Georgie quería a Skip Scofield. Todo en él le encantaba. Su gran corazón, su lealtad, la forma en que intentaba proteger a Scooter de la familia Scofield. La forma en que, al final, se enamoró de su ridícula cara redonda y su boca de goma elástica. Le gustaba todo salvo el hombre en que Skip se convertía cuando las cámaras dejaban de rodar.

Los tres habían vuelto a caer en sus viejos patrones de conducta: Bram atacándola y Trevor defendiéndola. Pero ella ya no era una niña y tenía que defenderse a sí misma.

—Yo no creo que odies a Skip. Creo que siempre quisiste ser Skip, pero estabas tan lejos de conseguirlo que fingías despreciarlo.

Bram bostezó.

—Quizá tengas razón. Trev, ¿estás seguro de que nadie se ha dejado algo de hierba por aquí? ¿Ni siquiera un cigarrillo?

—Estoy seguro —contestó Trevor al mismo tiempo que sonaba el teléfono—. No os matéis mientras lo cojo.

Trevor entró en la casa.

Georgie quería castigar a Bram precisamente por ser quien era.

—Hoy podría haber muerto arrollada. Gracias por nada.

—Estabas manejando la situación tú solita. Y sin papaíto. ¡Eso sí que ha sido una sorpresa!

Georgie lo miró con desprecio.

—¿Qué quieres, Bram? Los dos sabemos que no has aparecido por accidente.

Él se levantó, se acercó a la barandilla y miró hacia la playa.

—Si Trev hubiera sido tan estúpido como para aceptar tu estrafalaria oferta, ¿qué habrías hecho con tu vida sexual?

—Como que eso es algo que voy a discutir contigo.

—¿Quién mejor que yo para contárselo? —contestó él—. Yo estuve allí en el primer momento, ¿te acuerdas?

Georgie no podía soportarlo ni un segundo más, así que se volvió hacia los ventanales.

—Sólo por curiosidad, Scoot... —dijo él a su espalda—. Ahora que Trev te ha rechazado, ¿quién es el siguiente candidato para ser el señor de Georgie York?

Ella estampó en su cara una sonrisa burlona y se volvió hacia Bram.

—¡Qué amable eres al preocupar a esa demoníaca cabezota tuya por mi futuro cuando tu propia vida es un auténtico desastre!

La mano le temblaba, pero la sacudió esperando que resultara un gesto gracioso y desenfadado, y entró en la casa. Trev acababa de colgar el auricular, pero ella estaba demasiado agotada para hacer otra cosa salvo pedirle que, al menos, considerara su propuesta.

Cuando llegó a Pacific Palisades, estaba tan tensa que le dolía todo. Ignoró al fotógrafo que había aparcado en la entrada de su jardín y tomó el estrecho camino que serpenteaba hasta una sencilla casa de estilo mediterráneo que podía haber cabido en la piscina de su anterior vivienda. No se había sentido capaz de quedarse en la casa que Lance y ella habían compartido. Ésta la alquilaba con muebles demasiado voluminosos para lo pequeñas que eran las habitaciones y techos demasiado bajos para lo gruesas que eran las vigas de madera, pero a ella todo eso no le importaba tanto como para buscar otra casa.

Abrió la ventana del dormitorio y fue a escuchar el contestador del teléfono.

«Georgie, he visto el estúpido artículo y...»

Borrar.

«Georgie, lo siento muchísimo...»

Borrar.

«Él es un gilipollas, cariño, y tú eres...»

Borrar.

Sus amigas tenían buenas intenciones, al menos la mayoría, pero su interminable compasión la asfixiaba. Para variar, desearía ser ella quien ofreciera consuelo en lugar de tener que recibirlo siempre.

«Georgie, llámame enseguida. —La voz seca de su padre llenó la habitación—. En el último ejemplar de *Flash* sale una fotografía que podría alterarte. No quiero que te coja desprevenida.»

«Demasiado tarde, papá.»

«Es importante que estés a la altura de las circunstancias. Le he enviado a Aaron un comunicado por correo electrónico para que lo publique en tu página Web contándole al mundo lo feliz que te sientes por Lance. Ya sabes que...»

Volvió a pulsar la tecla de borrar. ¿Por qué, aunque sólo fuera por una vez, su padre no podía comportarse como un padre en lugar de un representante? Su padre había empezado a construir su carrera cuando ella tenía cinco años, antes de que hubiera transcurrido un año desde la muerte de su madre. Él la acompañó a todas las pruebas para principiantes, contrató sus primeros anuncios para la televisión y la obligó a asistir a las clases de canto y baile que le permitieron conseguir el papel protagonista en la reposición de Broadway de *Annie*. A su vez, este papel le permitió acceder a las pruebas para el personaje de Scooter Brown. A diferencia de tantos otros padres de niños estrella, su padre se había asegurado de invertir debidamente sus ingresos. Gracias a él, Georgie nunca tendría que trabajar y, aunque se sentía agradecida hacia él por haberse ocupado tan bien de su dinero, ella daría hasta el último centavo a cambio de tener un verdadero padre.

Al oír la voz de Lance en el contestador, retrocedió un paso.

«Georgie, soy yo —dijo él con voz suave—. Ayer llegamos a las Filipinas. Acabo de enterarme de lo del artículo en *Flash*... No sé si ya lo has leído. Yo... quería contártelo personalmente antes de que lo leyeras en la prensa. Jade está embarazada...»

Escuchó su mensaje hasta el final. Percibió la culpabilidad en su voz, la súplica, el orgullo que su ineptitud como actor le impedía disimular. Todavía esperaba que ella lo perdonara por dejarla, por mentirle a la prensa acerca de que ella no quería tener hijos. Lance era un actor, con la necesidad de los actores de ser querido por todos, incluso por la mujer a la que le había roto el corazón. Lance quería que ella le diera un certificado gratis de no culpabilidad. Pero ella no podía dárselo. Se lo había dado todo. No sólo su corazón, no sólo su cuerpo, sino todo lo que tenía, y mira adónde la había llevado.

Georgie se dejó caer en el sofá. Ya había pasado un año y allí estaba, llorando otra vez. ¿Cuándo lo superaría? ¿Cuándo dejaría de actuar exactamente como la perdedora que el mundo creía que era? Si seguía así, la amargura que la consumía ganaría la batalla y se convertiría en una persona que no quería ser. Tenía que hacer algo —cualquier cosa— que la hiciera parecer, que la hiciera *sentirse* como una vencedora.

2

¿Qué haría Scooter Brown en su situación? Ésta era la pregunta que Georgie se formulaba sin cesar y así fue como acabó cruzando la terraza del Ivy hasta una mesa situada junto a la valla blanca del famoso restaurante. Scooter Brown, la decidida huérfana que se escondió en las dependencias de los sirvientes de la mansión Scofield para escapar de los servicios sociales, habría tomado las riendas de su propio destino, y Georgie hacía demasiado tiempo que debería haber hecho exactamente lo mismo.

Saludó con la mano a un rapero famoso, con la cabeza a un periodista de un programa televisivo, y lanzó un beso a un antiguo protagonista de la serie *Anatomía de Grey*. Sólo Rory Keene, la nueva directora de Vortex Studios, estaba demasiado absorta en una conversación con uno de los jefes de la agencia de talentos C.A.A. para darse cuenta de la llegada de Georgie.

Punto número uno de la nueva agenda de Georgie: ser vista en público acompañada del hombre perfecto. Como la humillante fotografía de ella contemplando la ecografía del bebé de Lance había aparecido en multitud de medios de comunicación, ahora tenía que dejar de esconderse y hacer lo que debía haber hecho meses atrás. Aquella cita para comer tenía que provocar la suficiente sensación para que todo el mundo olvidara su anterior expresión de sorpresa.

Por desgracia, el hombre perfecto que ella había elegido para su primera cita aún no había llegado, obligándola a sentarse sola en una mesa para dos. Georgie intentó aparentar que se sentía contenta de disponer de unos minutos para estar a solas. No podía enfadarse con Trevor. Aunque no había conseguido convencerlo de la boda, al menos había aceptado aparecer durante unas semanas en el circo de medios que la rodeaba.

El restaurante Ivy era una institución en Los Ángeles, el lugar perfecto para ver y ser visto, con un ejército de *paparazzi* acampados permanentemente a la entrada. Las celebridades que comían allí y simulaban sentirse molestas por la atención de los medios eran los hipócritas más grandes del mundo, sobre todo los que se sentaban en la terraza exterior, cuya valla se extendía a lo largo del concurrido Robertson Boulevard.

Georgie se sentó bajo una sombrilla blanca. Beber vino a mediodía podía interpretarse como que estaba ahogando sus penas en alcohol, así que pidió un té helado. Dos mujeres se pararon en la acera, al otro lado de la valla, y la contemplaron embobadas. ¿Dónde estaba Trevor?

Su plan era sencillo. En lugar de evitar la publicidad, flirtearía con ella, pero con sus condiciones: como una mujer sin pareja que se estaba divirtiendo como nunca. Saldría unas semanas con un hombre perfecto y otras más con otro, pero nunca el tiempo suficiente para sugerir que se trataba de una relación de amor seria. Sólo por diversión, diversión y diversión, acompañada de montones de fotografías de ella riendo y pasándoselo bien; fotografías que su publicista se aseguraría de que se distribuyeran adecuadamente. Georgie conocía una docena de actores muy atractivos que ansiaban publicidad y conocían las reglas del juego. Trevor iniciaría la campaña. ¡Si al menos fuera más puntual!

¡Y ojalá la idea de alentar voluntariamente la publicidad no le resultara tan repugnante!

Transcurrieron cinco minutos. Georgie se había vestido especialmente para la ocasión, con el conjunto que su talentosa estilista había elegido para ella, un vestido de tirantes de algodón negro con un ribete ancho y rojo en el corpiño y unas hojas ocres y marrones estampadas aleatoriamente por la corta y estrecha falda. Unos zapatos con tacón de cuña atados a los tobillos y unos pendientes ámbar completaban su aspecto de sofisticación informal y poco convencional, el cual encajaba más con ella que los estilos recargados o sexys. Además, le habían confeccionado el vestido de forma que camuflara su pérdida de peso.

Habían transcurrido ocho minutos. Al final, Rory Keene la vio y la saludó con la mano. Georgie le devolvió el saludo. Quince años atrás, durante la segunda temporada de *Skip y Scooter*, Rory era una simple ayudante de producción, pero ahora dirigía la productora Vortex Studios y era una de las mujeres más poderosas de Hollywood. Como las dos últimas películas de Georgie habían sido sonados fracasos de taquilla y la que acababa de rodar se prometía incluso peor, Georgie detestó que alguien tan influyente la viera allí sentada con aspecto de perdedora. Claro que, ¿qué había de nuevo en eso?

Nunca había sido una derrotista y tenía que dejar de pensar como si lo fuera. Aunque ya habían pasado diez minutos...

Fingió no darse cuenta de las miradas que le dirigían, pero ya había empezado a sudar. Estar sola en el Ivy equivalía a ser víctima de un vacío público. Georgie consideró sacar el móvil, pero no quería que pareciera que tenía que recordarle la cita a su acompañante.

En el otro extremo de la terraza, un grupo de herederas jóvenes, delgadas, absolutamente estilosas y de cara bonita y vacía se había reunido para comer. Entre ellas estaba la insulsa hija de una decadente estrella del *rock*, la de un jefe de un estudio cinematográfico y la de un magnate internacional fabricante de un refresco. Las jóvenes eran famosas por ser famosas, iconos de todo lo que estaba de moda y resultaba inalcanzable para las mujeres comunes que contemplaban boquiabiertas sus fotografías. Ninguna de ellas quería admitir que vivía del dinero de papá, así que solían decir que eran «diseñadoras de bolsos». Sin embargo, su verdadero trabajo consistía en ser fotografiadas. Su líder, la heredera del refresco, se levantó de la mesa y se deslizó como un elegante Ferrari hasta la mesa de Georgie.

—Hola, soy Madison Merril. Creo que no nos conocemos. —Giró las caderas en dirección a los potentes objetivos de los *paparazzi* que había al otro lado de la calle ofreciéndoles una vista fantástica del vestido de diseño trapezoidal de Stella McCartney—. Me encantaste en *Verano en la ciudad*. No entiendo que no fuera un gran éxito. A mí me chiflan las comedias románticas. —Una arruga surcó su frente perfecta—. O sea, también me encantan las películas serias, ya sabes, como las de Scorcese y tal.

—Comprendo.

Georgie estampó una alegre sonrisa en su cara y se imaginó a los *paparazzi* disparando sus cámaras y obteniendo unas estupendas fotografías de la fotogénica Madison Merrill junto a una escuálida Georgie York, sentada sola en una mesa para dos.

—*Skip y Scooter* también era fantástica. —Madison retrocedió un paso para que la sombrilla de la mesa no le ensombreciera la cara—. Era mi serie favorita cuando tenía unos nueve años.

La chica era demasiado tonta para ser sutil. Tendría que trabajarse ese aspecto si quería seguir destacando en Los Ángeles.

Madison contempló la silla vacía.

—Tengo que volver con mis amigas. Si no vas a comer con nadie ¿podrías sentarte con nosotras? —Convirtió la invitación en una pregunta.

Georgie jugueteó con uno de sus pendientes ámbar.

—¡Oh, no! Lo han entretenido en una reunión. Le he prometido que lo esperaría. ¡Hombres!

—Sí, claro.

Madison saludó a los fotógrafos y regresó a su mesa.

Georgie se sentía como si una flecha de neón resplandeciente señalara la silla vacía que había al otro lado de la mesa. Miles de hombres de todo el mundo, millones, darían cualquier cosa para comer con Scooter Brown, y ella había tenido que elegir a su informal y antiguo mejor amigo.

El camarero de Georgie se acercó por tercera vez.

—¿Está segura de que no quiere pedir la comida, señorita York?

Georgie estaba atrapada. No podía quedarse y tampoco irse.

—Otro té helado, por favor.

El camarero asintió.

Georgie levantó la muñeca y observó de forma patente su reloj. No podía alargarlo más. Tenía que hacer ver que recibía una llamada. Sería su acompañante para decirle que había sufrido un percance de tráfico. Al principio se fingiría preocupada y después exhibiría alivio porque nadie hubiera resultado herido. A continuación, se mostraría totalmente comprensiva.

«¡Plantada! Hombre misterioso no se presenta a la cita con Georgie»

Ya podía ver la fotografía de ella sola en aquella mesa. ¿Cómo podía un plan tan sencillo haber fallado tan deprisa? Debería empezar a salir a la calle con un séquito, como hacían muchos famosos, pero ella siempre había detestado estar rodeada por acompañantes de pago.

Cuando se disponía a sacar el móvil, fue consciente de una leve agitación en la atmósfera, una corriente eléctrica invisible que recorría la terraza. Levantó la vista y se le heló la sangre. Bramwell Shepard acababa de llegar.

Todas las cabezas giraron de un extremo al otro de la terraza, como en una partida de *ping-pong*, de Bram a ella y de nuevo a él, que iba vestido como el segundo y ocioso hijo de un monarca europeo exiliado, con una americana de diseño, seguramente de Gucci, unos tejanos de calidad que enfatizaban su metro noventa de estatura y una camiseta negra desteñida que significaba que todo le importaba un cuerno. Dos hombres que eran modelos se lo comieron con ojos de envidia. Madison Merrill se medio incorporó para interceptarle el paso, pero Bram se dirigió directamente hacia Georgie.

Los frenos de los coches chirriaron conforme los *paparazzi* zigzagueaban entre el tráfico para cruzar la calle y conseguir la fotografía de la semana, quizá del mes, pues nadie los había visto juntos desde que se dejara de transmitir la serie. Bram llegó a la mesa, se inclinó por debajo de la sombrilla y le dio a Georgie un leve beso en los labios.

—Trev no ha podido venir. —Mantuvo la voz baja para evitar ser oído—. Ha tenido un contratiempo inevitable de última hora.

—¡No puedo creer que estés haciendo esto!

Pero sí que podía creerlo. Bram quería conseguir algo de ella, ¿quizás una escena en público? Georgie obligó a sus helados labios a curvarse esperando que las cámaras lo captaran como si fuera una sonrisa.

—¿Qué le has hecho a Trevor?

—¡Qué suspicaz! El pobre se ha lesionado la espalda al salir de la ducha.

Bram se sentó en la silla enfrente de Georgie, mantuvo la voz tan baja como ella y esbozó su sonrisa más seductora.

—Entonces, ¿por qué no me ha telefoneado cancelando la cita? —preguntó ella.

—No quería despertar malos recuerdos. Como cuando Lance *el Perdedor* canceló vuestro matrimonio. Trev es muy considerado en este sentido.

Georgie amplió su sonrisa, pero su susurro era puro veneno.

—Me estás tendiendo una trampa. ¡Lo sé!

Bram fingió reírse por estar pasándoselo bien.

—Mira que eres paranoica. Y desagradecida. Aunque Trev se estaba retorciendo de dolor, no quería que estuvieras sentada aquí sola. Puede que no lo sepas, Scoot, pero todos los habitantes de esta ciudad ya sienten lástima por ti y Trev no quería avergonzarte más de lo que ya lo has hecho tú misma. Por eso me llamó.

Georgie apoyó la mejilla en la mano y contempló a Bram con afecto fingido.

—Mientes. Trev sabe mejor que nadie lo que siento por ti.

—Deberías agradecerme que haya querido ayudarte.

—Entonces, ¿por qué has llegado media hora tarde?

—Ya sabes que siempre he tenido problemas para ser puntual.

—¡Y una mierda! —Georgie sonrió a las cámaras hasta que las mejillas le dolieron—. Querías hacer una gran entrada. A mi costa.

Bram también siguió sonriendo y ella inclinó la cabeza a un lado y se echó a reír. Entonces Bram alargó el brazo y le acarició la barbilla, y fue como si volvieran a ser Skip y Scooter otra vez.

Cuando el camarero apareció, el montón de fotógrafos de la acera llegaba hasta la calle y el estómago de Georgie se había convertido en un nudo. En cuestión de minutos, aquellas fotografías estarían en millones de pantallas de ordenadores de todo el mundo y el circo sería un auténtico hervidero.

—Pastel de cangrejo para Scooter —pidió Bram con un elegante gesto de la mano— y un whisky con hielo para mí. Laphroaig. Y unos raviolis de langosta.

El camarero se alejó.

—¡Dios, cuánto necesito un cigarrillo!

Cogió la mano de Georgie y le rozó los nudillos con el pulgar, una caricia indeseada que a ella le quemó la piel. Georgie notó que él tenía un callo en la base del dedo y no pudo imaginar cómo se lo había hecho. Bram podía haber crecido en un barrio difícil, pero no había trabajado duro en toda su vida. Georgie soltó una risotada alegre.

—Te odio.

Bram bebió un sorbo de su té helado y los cincelados bordes de su boca se curvaron en una sonrisa.

—El sentimiento es mutuo.

Él no tenía ninguna razón para odiarla. Ella había sido la actriz disciplinada mientras que él solito había arruinado una de las mejores series de la historia de la televisión. Durante los dos primeros años de *Skip y Scooter*, Bram sólo se había portado mal ocasionalmente, pero con el tiempo se volvió más y más incontrolable, y cuando la relación entre Skip y Scooter empezó a volverse romántica, él sólo se preocupó de pasárselo bien. Se gastaba el dinero tan deprisa como lo ganaba, comprándose coches de lujo, ropa de diseño y manteniendo un ejército de parásitos de su infancia. El equipo de rodaje no sabía, de un día para otro, si se presentaría en el plató sobrio o ebrio, ni siquiera si se presentaría. Bram destrozaba coches y salas de baile y se burlaba de cualquier intento de frenar sus temeridades. Nada ni nadie estaba a salvo de él, ni las mujeres ni las reputaciones, y tampoco las provisiones de drogas de algún miembro del equipo.

Si hubiera estado interpretando un personaje más turbio, la serie podría haber sobrevivido a la cinta de sexo que salió a la luz hacia el final de la octava temporada, pero Bram interpretaba a Skip Scofield, un chico bueno y convencional que era el joven heredero de la fortuna Scofield, e incluso sus fans más fieles se sintieron indignados por lo que vieron. Pocas semanas después, *Skip y Scooter* se canceló y Bram se ganó el desprecio del público y el odio de todos los implicados en la serie.

La comida duró hasta que Georgie ya no pudo aguantar más. Dejó el tenedor junto al apenas probado pastel de cangrejo, consultó su reloj e intentó adoptar la expresión de que, por desgracia, el día de Navidad había llegado a su fin.

—¡Oh..., qué lástima! Tengo que irme.

Bram pinchó el último ravioli e introdujo el tenedor en la boca de Georgie.

—No tan deprisa. No puedes irte del Ivy sin haber tomado un postre.

—No te atrevas a prolongar esta farsa.

—Ten cuidado, estás perdiendo tu cara de felicidad.

Georgie tragó con esfuerzo de ravioli y volvió a estampar una sonrisa en su cara.

—Estás arruinado, ¿no? Mi padre invirtió mi dinero, pero tú malgastaste el tuyo. Por eso estás haciendo esto. Nadie quiere darte trabajo porque no eres de fiar y necesitas publicidad para volver a levantar cabeza.

Aunque Bram seguía trabajando, en aquellos momentos sólo conseguía papeles sin importancia: personajes de dudosa moralidad, esposos infieles, borrachos libidinosos..., ni siquiera malos con personalidad.

—Estás tan desesperado que tienes que chupar de mi cobertura periodística.

—Tienes que reconocer que está funcionando. Skip y Scooter juntos de nuevo. —Levantó la mano para llamar al camarero, quien se acercó con diligencia—. Tomaremos la tarta de nueces de pacana con crema de dulce de leche. Dos cucharas.

Cuando el camarero se fue, Georgie se inclinó hacia delante y bajó la voz aún más.

—¡Cuánto te odio! Te contaré por qué. Te odio por convertir mi infancia en algo miserable...

—Cuando la serie empezó tenías quince años. No se puede decir que fueras exactamente una niña.

—Pero Scooter sólo tenía catorce años, y yo era muy inocente.

—¡Y tanto!

—Te odio por ponerme en ridículo con tus estúpidas bromas delante de los miembros del reparto, el equipo, la prensa..., todo el mundo.

—¿Quién iba a pensar que picarías el anzuelo una y otra vez?

—Te odio por todas las horas que me pasé sentada en el plató esperándote.

—Poco profesional, lo admito. Pero tú tenías continuamente la nariz pegada a los libros, así que deberías darme las gracias por tu educación superior.

—Y te odio por tu despreciable comportamiento, que hizo que cancelaran la serie y a mí me costó millones.

—¿A ti? ¿Y qué hay de los millones que yo me costé a mí mismo?

—Al menos eso me hace sentir bien.

—Muy bien, ahora me toca a mí... —Su sonrisa tenía un contorno suave—. Eras una mojigata engreída, cariño, y una chivata asquerosa. A la menor queja, te asegurabas de que papá Paul acudiera a los productores y montara un escándalo. Su princesita tenía que tenerlo todo a su gusto.

Georgie no dejó de sonreír, pero sus ojos brillaron de rabia.

—Eso no es verdad.

—Además eras una actriz egoísta. Todo tenía que ajustarse al guión, nada de improvisaciones. Era asfixiante. —Bram volvió a acariciarle la barbilla.

Georgie le propinó una fuerte patada en la pantorrilla, donde nadie podía verla. Él esbozó una mueca y ella le dio una palmadita en la mano.

—Tú sólo querías improvisar porque no te habías aprendido el papel.

—Siempre que intentaba llevar la serie un poco más allá de su zona de comodidad, tú me saboteabas.

—El desacuerdo no es lo mismo que el sabotaje.

—Me pusiste verde ante la prensa.

—¡Sólo después de la cinta de sexo!

—¡Menuda cinta de sexo! ¡Pero si yo estaba vestido!

—¡Pero ella no! —Georgie enfatizó su huidiza sonrisa—. Di la verdad. Aborrecías que yo ganara más dinero que tú y que tuviera más poder como artista.

—Sí, claro. ¿Cómo podría olvidar tu memorable reposición de *Annie*?

—Mientras tanto, tú te escaqueabas del colegio y merodeabas por las esquinas. —Apoyó la barbilla en el dorso de la mano—. ¿Por fin conseguiste graduarte?

—Vaya, vaya... ¡Esto sí que es interesante!

Los dos estaban tan absortos en su discusión que no se dieron cuenta de la alta y adusta rubia que se acercaba a su mesa. Rory Keene, con su moño clásico y sus facciones largas y patricias, parecía más una habitual de la sociedad de la Costa Este que una poderosa ejecutiva de un estudio, pero durante la única temporada que trabajó como modesta asistente de producción en *Skip y Scooter* ya resultaba un poco intimidante.

Bram se puso de pie de golpe y le dio un frío beso en la mejilla.

—Rory, ¡qué alegría verte! Estás guapísima, como siempre. ¿Has disfrutado de la comida?

—Mucho. No me puedo creer que estéis sentados a la misma mesa sin llevar sendas armas cargadas.

—Yo llevo la mía en el bolso —respondió Georgie con una sonrisa a lo Scooter.

Bram apoyó la mano en el hombro de Georgie.

—Las aguas están en calma. Hace tiempo que hicimos las paces.

—¿De verdad? —Rory se subió el asa del bolso al hombro y le lanzó a Bram una mirada dura—. Cuida bien a Georgie. Esta ciudad tiene una provisión limitada de personas buenas y no podemos permitirnos perder a una de ellas.

Hizo un breve saludo con la cabeza, se dio la vuelta y se alejó.

La amable sonrisa de Bram se desvaneció y miró con desafío a Georgie.

—¿Desde cuándo Rory y tú sois tan buenas amigas?

—No lo somos.

Sin previo aviso, él cruzó la terraza siguiendo a Rory.

Estar con Bram resultaba tan agotador como siempre, y Georgie se alegró de disponer de unos minutos para recargar sus pilas. El postre llegó, pero a ella se le revolvió el estómago y apartó la mirada. Entonces recordó el día que su padre le dio el guión piloto de *Skip y Scooter* para que lo leyera. Ella no tenía ni idea de que, a partir de entonces, su vida cambiaría para siempre.

La sencilla idea original era perfecta para una comedia de situación. Scooter Brown era una simpática huérfana de catorce años que se presentaba en la lujosa mansión Scofield, en el elegante barrio de North Shore, en Chicago. Quería localizar a una hermanastra suya que había trabajado allí para evitar que la destinaran a una familia de acogida, pero su hermanastra había desaparecido mucho tiempo atrás. Al no tener ningún lugar adonde ir, Scooter se escondía en la mansión, pero Skip, el estirado heredero de quince años de la fortuna Scofield, la descubría. Él, junto con los sirvientes, se veía envuelto a regañadientes en una confabulación para esconder a Scooter de los adultos de la familia Scofield.

Nadie esperaba que la serie durara más de una temporada, pero se produjo una química excepcional entre los actores y los guionistas idearon tramas muy ingeniosas. Y, aún más importante, consiguieron que los personajes principales fueran más profundos que los estereotipos iniciales.

Georgie sonrió maliciosamente a Bram, que había vuelto.

—¿Ya has acabado de hacerle la pelota a Rory?

—He ido a comprar cigarrillos.

—¡Sí, claro!

—A comprar cigarrillos y a hacerle la pelota a Rory. Me gusta hacer varias cosas a la vez. ¿Nuestra maldita comida por fin se ha acabado?

—Incluso antes de que empezara.

Bram insistió en esperar con Georgie dentro del restaurante hasta que el portero trajera el coche de ella. Georgie se preparó antes de salir y, cómo no, en cuanto pisaron la acera los chacales los rodearon. Bram deslizó un brazo supuestamente protector alrededor de los hombros de Georgie —ella sintió deseos de arrancárselo de un mordisco—, levantó la mano y ofreció a las cámaras su sonrisa más radiante.

—Sólo somos dos viejos amigos que han quedado para comer —dijo por encima del griterío—. No hagáis una montaña de esto.

—¡Se supone que vosotros os odiáis!

—¿Habéis enterrado el hacha de guerra?

—¿Estáis saliendo juntos?

—Georgie, ¿has hablado con Lance? ¿Sabe que sales con Bram?

Él adoptó una expresión de descontento, aunque ella sabía que era totalmente falsa.

—Dadnos un descanso, chicos. Sólo es una comida. Y no prestéis más atención a los rumores sobre un supuesto espectáculo de reencuentro de *Skip y Scooter*. No va a suceder.

«¿Espectáculo de reencuentro?»

Los *paparazzi* se quedaron de piedra.

—¿El guión ya se ha escrito?

—¿El resto de los actores ya ha firmado el contrato?

—¿Dónde lo vais a rodar?

Bram abrió camino a Georgie hasta el coche. Ella intentó pillarle los dedos con la puerta, pero él fue demasiado rápido. Mientras arrancaban, Georgie se obligó a sonreír y saludar a las cámaras, pero en cuanto estuvieron fuera del alcance de éstas, soltó un grito.

No existía ningún espectáculo de reencuentro, ni en los rumores ni en ningún otro lugar. Bram se lo había inventado para torturarla.

3

El sábado por la mañana, Georgie aparcó cerca de Temescal Canyon Road, entre un polvoriento Bentley azul y un Benz Roadster rojo. Como los *paparazzi* todavía estaban durmiendo después de la salida de la noche anterior, no la siguió ninguna escolta indeseada.

—¡Llegas tarde! —exclamó Sasha cuando Georgie salió del coche—. ¿Estabas demasiado ocupada besuqueándote con Bramwell Shepard?

—Sí, eso es exactamente lo que estaba haciendo. —Cerró la puerta del coche dando un portazo.

Sasha se echó a reír. Tenía un aspecto increíble, como siempre, alta y esbelta, y vestida con una sudadera blanca con capucha de la casa L.A.M.B. y pantalones grises. Se había recogido el pelo liso y moreno en una coleta y ocultaba su cara con una gorra de visera rosa.

—No le hagas caso a Sasha. —April, la mayor y la única componente verdaderamente sensata de su estrecho círculo de amigas vestía una camiseta negra de la última gira de su marido—. Acaba de llegar. Hace sólo treinta segundos.

—Me he dormido —replicó Sasha—. Esto es lo que solemos hacer los jóvenes.

April tenía cincuenta y pocos años, unas facciones bonitas y llamativas, una expresiva cara de mandíbula cuadrada y el brillo de sus ojos hablaba por sí mismo de una bien merecida felicidad. Había sido la estilista de Georgie durante años y, aún más importante, era una querida amiga suya. April sacudió su pelo rubio con mechas y sonrió a Sasha con dulzura.

—Pues yo he dormido como un lirón. ¡Claro que ayer por la noche tuve una sesión de sexo ardiente!

Sasha frunció el ceño.

—Sí, claro, si yo estuviera casada con Jack Patriot también habría tenido una sesión de sexo ardiente.

—Pero no lo estás, ¿no? —replicó April con aires de suficiencia.

Treinta años antes, April había sido una conocida e incansable *groupie* de grupos de rock and roll, pero sus días de fama hacía tiempo que habían quedado atrás. Ahora era la esposa de Jack Patriot, un rockero legendario, la madre de un famoso *quarterback* de la liga de fútbol americano y abuela reciente. Ya no trabajaba como estilista, salvo para Georgie, como favor.

Georgie se recogió el pelo detrás de las orejas y se puso una gorra de visera. A continuación, sacó del coche una mochila llena de botellas de agua. Ella era la única a la que no le importaba cargar con una mochila, así que llevaba el agua de todas, lo que constituía un auténtico quemador de calorías. Desde que había adelgazado tanto, sus amigas habían intentado disuadirla de que llevara aquel peso, pero ella no accedió.

A veces Georgie se preguntaba cómo podían sobrevivir las mujeres que no tenían amigas. Para ella, sus amigas eran las personas que nunca la defraudaban, a pesar de que, con frecuencia, la geografía las separaba haciendo que aquellas excursiones de los sábados por la mañana fueran escasas. Sasha vivía en Chicago y April en Los Ángeles, pero pasaba tanto tiempo como podía en el rancho de su familia, en Tennessee. Meg Koranda, la benjamina del grupo, estaba en otro de sus viajes. Ninguna de ellas sabía exactamente dónde.

Sasha las condujo hasta el inicio del sendero y refrenó su habitual paso supersónico para que Georgie, quien normalmente iba a la cabeza del grupo, pudiera seguir la marcha.

—Cuéntanos qué ocurrió exactamente con Bram —preguntó Sasha.

—Sinceramente, Georgie, ¿en qué estabas pensando? —preguntó April con el ceño fruncido.

—Fue un accidente. —Georgie tiró hacia arriba de la mochila—. Al menos por mi parte. Y algo totalmente premeditado por la suya.

Georgie les contó su plan de dejarse ver con hombres y luego explicó lo que había pasado en el Ivy. Evitó mencionar su propuesta de matrimonio a Trevor. No porque no confiara en ellas pues, a diferencia de Lance, ellas nunca la traicionarían, sino porque no quería que sus mejores amigas supieran que era todavía más patética de lo que creían. Cuando llegaron a la cresta del acantilado que dominaba el cañón, a Georgie le faltaba el aliento.

Los últimos restos del frío matutino se habían esfumado, y se veía la costa desde la bahía de Santa Mónica hasta Malibú. Se detuvieron para quitarse las chaquetas y atárselas a la cintura. Sasha sacó dos barritas de caramelo y le ofreció una a Georgie intentando que pareciera un acto casual, pero Georgie la rechazó.

—Ya he desayunado, de verdad.

—Sí, claro, una cucharada de yogur —comentó April.

—No, uno entero. Ya como más, en serio.

Ellas no le creyeron.

—Pues yo me muero de hambre —comentó Sasha.

Mientras ésta mordía su barrita de caramelo, ni Georgie ni April hicieron ningún comentario acerca de que Sasha Holiday, la fundadora del centro de salud Holiday Healthy Eating, prefiriera comer un Milky Way a una pieza de fruta o una barra energética de las que comercializaba su centro. En privado, Sasha era una adicta a la comida basura, pero esto sólo lo sabían ellas. Además, no se le notaba en el cuerpo.

Sasha guardó el envoltorio debajo de su camiseta blanca y elástica, donde formó un bulto.

—Reflexionemos sobre este asunto. Quizá no sea tan mala idea que te veas con Bram. Lo que está claro es que llamará la atención de todo el mundo y evitará que hablen de Lance y Santa Jade. —Dio otro mordisco a la barrita—. Además, Bram Shepard sigue siendo el tío malo más atractivo de la ciudad.

Georgie odiaba oír nada que fuera siquiera remotamente halagador acerca de Bram.

—Pues en las taquillas no resulta nada atractivo —contestó—. Además, tuve suerte de que su camello no se presentara mientras comíamos.

Sasha sujetó la barrita con los dientes y se colocó detrás de Georgie para abrir la mochila y sacar las botellas de agua.

—Trev me ha contado que hace años que Bram no se droga.

—Trev es muy crédulo. —Georgie abrió su botella—. No hablemos más de Bram, ¿de acuerdo? No permitiré que me estropee la mañana. —Ya le había estropeado bastantes cosas, pensó.

Anduvieron los siguientes cuatro kilómetros por un cortafuegos que transcurría entre plátanos, robles y laureles. Georgie disfrutó de la sensación de privacidad. Llegaron al cauce de un arroyo y Sasha realizó unos estiramientos.

—Tengo una idea fantástica. ¡Vayamos a Las Vegas el próximo fin de semana!

April se arrodilló cerca del agua.

—Esa ciudad no es buena para mí. Además, Jack y yo tenemos planes.

Sasha dio un respingo.

—¡Sí, planes desnudos!

April sonrió ampliamente y Georgie también, aunque sintió una dolorosa y familiar punzada de traición. Hubo un tiempo en que ella se había sentido tan segura del amor de Lance como April lo estaba del de Jack Patriot. Después, Lance conoció a Jade Gentry y todo cambió.

Lance y Jade rodaron una película juntos en Ecuador. Lance interpretaba a un apuesto mercenario y Jade a una fanática de la arqueología, algo difícil de creer, sobre todo teniendo en cuenta su exótica belleza. Durante sus llamadas telefónicas, Lance le contó a Georgie que Jade estaba tan absorta en su trabajo como voluntaria profesional que apenas confraternizaba con los miembros del equipo, y que se pasaba tanto tiempo al teléfono abogando por sus causas benéficas que no siempre memorizaba sus textos.

Sin embargo, de una forma gradual, Lance dejó de realizar comentarios acerca de Jade, y Georgie no se dio cuenta.

Ésta se volvió hacia Sasha.

—Una escapada a Las Vegas me parece estupendo, cuenta conmigo.

Se imaginó las fotografías de Georgie York y su guapa amiga pasándoselo de miedo en la Ciudad del Pecado. Si durante los meses siguientes a la escapada a Las Vegas se dejaba ver con varios hombres, como era su idea original, quizá los artículos sobre «El corazón irremediablemente roto de Georgie» por fin dejarían paso a «Las noches locas de Georgie».

Sasha empezó a cantar *Girls Just Want to Have Fun*, y Georgie bailó un poco. Era una buena idea. ¡Una idea buenísima! Exactamente lo que ella necesitaba.

—¿Qué quieres decir con que has tenido que volver a Chicago? —susurró Georgie en su móvil seis días más tarde.

Estaba sentada a una mesa del restaurante Le Cirque, en el Bellagio, donde se suponía que tenía que encontrarse con Sasha para iniciar su fin de semana en Las Vegas.

En lugar de hablar con su habitual sarcasmo, Sasha parecía agobiada.

—Te he dejado tres mensajes. ¿Por qué no me devolviste las llamadas?

Porque, de forma accidental, Georgie se había dejado el móvil en la maleta y no lo había sacado de allí hasta que se dirigió al restaurante.

—Se produjo un incendio en el almacén —explicó Sasha—. Tuve que volver enseguida.

—¿Está todo el mundo bien?

—Sí, pero ha habido muchos daños. Georgie, sé que la escapada a Las Vegas era idea mía. Nunca te habría dejado plantada de esta manera si...

—¡No seas tonta! Estaré bien. —Sasha tenía sangre fría en las situaciones de crisis, pero no era tan dura como quería aparentar—. Cuídate y llámame cuando sepas algo más. ¡Promételo!

—Lo prometo.

Después de colgar, Georgie echó un vistazo al comedor de techo entoldado con telas de seda y con vistas al lago Bellagio. Varios comensales la miraban abiertamente y Georgie se dio cuenta de que volvía a estar sola en una mesa para dos. Dejó un billete de cien dólares junto a su copa de agua y entró en el casino a través de una puerta con estrellas incrustadas. Pasó junto a las máquinas tragaperras manteniendo la cabeza baja.

—¡Es evidente que me estás siguiendo!

Georgie se dio la vuelta de golpe y vio a Bram Shepard junto a la puerta del Circo, el restaurante gemelo del que ella acababa de salir. Como era de esperar, estaba guapísimo con sus tejanos y una camisa de rayas finas y puños blancos, una mezcla de informal y elegante que debería haber quedado horrible, pero que no era así. La iluminación del casino convertía el color lavanda de sus ojos en mercurio. Era como una de las Siete Maravillas del Mundo, salvo por el hecho de que estaba deteriorada por demasiada lluvia ácida.

—Esto no puede ser casualidad —dijo Georgie.

—Pues lo es.

—¡Sí, claro!

Georgie caminó deprisa, intentando alejarse de Bram antes de que alguien los viera, pero él se puso a su lado.

—He conseguido un extra.

—No me importa. Lárgate.

—Era una fiesta de empresa. Me han pagado veinticinco mil dólares por pasar dos horas en la fiesta de una empresa confraternizando con los invitados.

—Eso no es exactamente un extra.

—Es un extra para mí.

—Ya lo imagino.

Ella conocía a una docena de famosos por la cara que se ganaban la vida de esta forma, aunque ninguno de ellos lo admitía.

Georgie aceleró el paso, pero era demasiado tarde. Ya habían llamado la atención de varias personas, lo que no constituía ninguna sorpresa, pues la cita para comer del fin de semana anterior había aparecido en toda la prensa sensacionalista. Lo que ella quería era una publicidad positiva que pudiera controlar, pero no había nada de positivo o controlable en Bram Shepard.

Pasaron junto a un bar circular donde una banda de rock versionaba, mecánicamente, canciones del grupo Nickelback. Ya no podía escapar, así que estampó una sonrisa en su cara. Había llegado la hora de que Bram supiera que sus días de incauta habían quedado atrás.

—Déjame adivinar... —dijo mientras paseaban entre las máquinas tragaperras—. Te diriges al dormitorio de la tercera esposa de un anciano jefe de la empresa. Ella te pagará por unos servicios extra.

—¿Quieres venir? Imagina cuánto nos soltaría por montárselo con los dos.

—Gracias por pensar en mí, pero a diferencia de ti, yo todavía soy asquerosamente rica, así que no me veo obligada a venderme.

—¿A quién pretendes engañar? Te vi en *Gente guapa*. Tuviste que venderte para hacer ese fiasco.

Ella había intentado convencer a su padre de que aquella película era un error, pero él no quiso escucharla. El fracaso estaba empezando a pegarse a ella como un perfume barato.

—Deberías demandar al encargado del vestuario de esa película. —Bram le guiñó el ojo a una guapa crupier asiática de blackjack—. Habría sido mejor que realizaran tomas de tus piernas en lugar de tus pechos.

—Ya que estás resaltando mis defectos, no te olvides de mis ojos saltones, mi boca de buzón y...

—Tus ojos no son saltones. Y la boca de buzón de Julia Roberts no se puede decir que la haya perjudicado.

Pero Georgie no era Julia Roberts.

Bram la miró de arriba abajo. Ella era alta, pero él la sobrepasaba en media cabeza.

—Por cierto, esta noche luces guapa. Casi no se nota lo esquelética que estás. April debe de seguir siendo tu estilista.

—Así es.

Aunque aquel vestido recto con cuello de pico y estampado con salpicaduras blancas y negras al estilo del pintor Jackson Pollock lo había elegido ella misma. El vestido caía recto desde los hombros y un cinturón de piel negro a la altura de las caderas le daba un aire a los años veinte. Georgie se había peinado con mechones marcados y escalados alrededor de la cara y se había puesto dos pulseras anchas de aro.

Bram le dio un repaso con la mirada a una rubia de piernas largas que lo observaba sin recato.

—Entonces dime... ¿la cacería sigue en activo o ya has encontrado a un tío lo bastante estúpido como para casarse contigo?

—He encontrado docenas de tíos. Por suerte, recuperé el juicio a tiempo. Es increíble lo que una pequeña terapia de electroshock puede hacer por ti. Deberías probarlo.

Bram le pasó la mano por los omóplatos.

—Debo reconocer una cosa, Scoot. Sigues siendo única metiéndote en situaciones embarazosas. Tropezarme con tu tierna escena con Trev ha sido lo mejor que me ha pasado en meses.

—Lo cual demuestra lo triste y limitada que es tu pobre vida.

Habían llegado al abarrotado vestíbulo. El llamativo y alegre techo de flores de vidrio diseñado por Dale Chihuly no combinaba bien con el resto de la decoración, pero, aun así, era bonito. La gente enseguida empezó a murmurar y clavó los ojos en ellos. Georgie esbozó su mejor sonrisa. Una mujer levantó su móvil para sacarles una fotografía. Estupendo. Aquello era estupendo.

—Salgamos de aquí.

Bram la cogió del brazo y la condujo a través de la multitud. Lo siguiente que ella supo es que estaban en un ascensor que olía al perfume con aroma a nardo de Jo Malone. Él introdujo una tarjeta en una rendija del panel de mandos y pulsó el botón de una planta. Las imágenes de ambos se reflejaban en las paredes de espejo. Skip y Scooter ya crecidos. Durante una décima de segundo, Georgie se preguntó quién estaba cuidando de los gemelos mientras mamá y papá habían salido a pasar la noche fuera.

El ascensor empezó a moverse. Georgie alargó el brazo más allá de Bram y pulsó el botón de la planta 30.

—Ni siquiera son las once —declaró él—. Divirtámonos un poco antes de ir a dormir.

—Buena idea, iré a buscar mi pistola de descarga eléctrica.

—Tú tan arisca como siempre. El envoltorio es resplandeciente, Georgie, pero no hay ningún regalo en el interior. Me apuesto cualquier cosa a que ni siquiera dejaste que Lance *el Perdedor* te viera nunca desnuda.

Ella se llevó las manos a las mejillas.

—¿Se suponía que tenía que desnudarme? ¿Por qué nadie me lo dijo?

Bram apoyó el hombro contra el tabique del ascensor, cruzó los tobillos y le lanzó su experta mirada de seductor.

—¿Sabes lo que me gustaría? Me gustaría haber follado con Jade cuando tuve la oportunidad. Esa mujer es puro sexo.

Su comentario debería haberla destrozado, pero se trataba de Bram, así que sus instintos de pelea se impusieron.

—Tú nunca tuviste una oportunidad con Santa Jade. Ella elige a sus parejas de la lista de actores más cotizados y la última película de Lance obtuvo unos beneficios brutos de ochenta y siete millones.

—¡Afortunado bastardo! Pero es un actor de mierda.

—¡A diferencia de ti y tu increíble récord de taquilla! Aunque tengo que admitir que... tienes buen aspecto. —Dio unas palmaditas a su bolso—. No dejes que me vaya sin darme el nombre de tu fabuloso cirujano plástico.

Bram descruzó los tobillos.

—Jade me telefoneó hace unos años, pero yo estaba tan colocado que no le devolví la llamada. Ésa es la verdadera forma en que las drogas te joden el cerebro, pero nadie advierte a los jóvenes sobre esa mierda.

Las puertas se abrieron en la planta 28. Bram cogió a Georgie por el codo.

—Hora de divertirse. Vamos.

—No vamos.

Él la arrastró fuera del ascensor.

—Vamos, me estoy aburriendo.

—No es mi problema.

Georgie intentó clavar los tacones en la gruesa alfombra que se extendía a lo largo del amplio pasillo, pero Bram la agarró con más fuerza.

—Debes de haber olvidado lo que por casualidad oí en la casa de Trev, si no te habrías dado cuenta de que, básicamente, eres mi esclava.

Él había jugado demasiadas veces al ratón y al gato con ella para que Georgie no se diera cuenta de adónde llevaba aquello, y no le gustaba.

Bram tiró de ella y doblaron un recodo del pasillo.

—¿Tienes idea de cuánta pasta conseguiría si vendiera la historia de la triste y desesperada Georgie York suplicándole a un hombre que se casara con ella?

—Ni siquiera tú eres capaz de hacer algo así.

Aunque lo cierto es que sí lo era.

—Supongo que dependerá de lo buena esclava que seas. Espero que lleves puesta una ropa interior sexy, porque tengo ganas de ver un *striptease*.

—Te haré el favor de realizar algunas llamadas. Hay muchas chicas desesperadas en Las Vegas.

Bram llamó a una puerta con los nudillos.

—Sólo lo reconoceré ante ti, Scoot, pero estoy bastante borracho por todos los martinis que he tenido que beber y, como quiero estar sobrio para tu *striptease*, durante el resto de la noche sólo beberé tónica.

No parecía borracho pero, por experiencia, ella sabía que Bram podía consumir grandes cantidades de alcohol sin arrastrar una sola sílaba. Probablemente le estaba tomando el pelo con lo del *striptease*, pero eso no significaba que no hubiera tramado algo igual de malévolo para sacar provecho de su chantaje. Georgie podía tener en sus manos un gran problema y tenía que averiguar cómo solucionarlo lo más rápido posible.

La puerta se abrió y Bram la empujó al interior de una espaciosa *suite* toda de mármol, tonos dorados y flores naturales, y en la que había varias mujeres muy guapas y muy jóvenes apenas superadas en número por algunos hombres. A juzgar por su estatura, la mayoría de ellos debían de ser jugadores de baloncesto, salvo un par de aspecto baboso que, vestidos con trajes caros y relojes de lujo, estaban en un rincón con expresión ansiosa.

—¡Es Scooter! —Uno de los jugadores de baloncesto se levantó y sonrió ampliamente mostrando un par de dientes de oro—. ¡Maldita sea, chica, qué guapa estás! Ven a tomar una copa con nosotros.

—Tu amantísimo público. —Bram describió un arco con la mano y, a continuación, se dirigió al bar de la *suite*, que era donde estaban sentadas las mujeres.

Como Georgie sólo tenía una habitación de hotel vacía esperándola y allí había un montón de mujeres que mantendrían ocupado a Bram, decidió que podía quedarse un rato tranquilamente. Además, de ningún modo permitiría que Bram la viera salir huyendo. Pronto se enteró de que la mayoría de los hombres de la habitación eran jugadores de los Knicks. El que la había reconocido resultó un memo, pero uno de sus compañeros de equipo era encantador. Kerry Cleveland llevaba unas rastas muy sexys, tenía unas pestañas negras y largas y un entusiasmo contagioso. A mitad de su primer martini, Georgie empezó a divertirse. No tenía que preocuparse por cámaras que la fotografiaran y Bram estaba demasiado entretenido con las jovencitas que lo rodeaban como para molestarla.

Cerca de las dos de la madrugada, el grupo se trasladó a una sala de juego privada, donde Kerry le enseñó a jugar a los dados. Por primera vez en meses se estaba divirtiendo. Acababa de realizar una apuesta cuando Bram apareció a su lado.

—¿Eres consciente de que esas fichas son de quinientos dólares?

—Sí, y no me importa. Eres un neurótico.

—Yo no creo que seas un neurótico, Bram.

Una pelirroja de aspecto explosivo y voz de fumadora intentó rodearlo con los brazos, pero Bram se desembarazó de ella y anunció que él también iba a jugar.

Cuando a Georgie le llegó el turno de tirar los dados, Bram colocó sus fichas en la Línea de No Pase. Georgie lanzó los dados. Obtuvo una puntuación ganadora de seis y cinco y se oyó una ovación. Sólo Bram había apostado en contra de ella.

—Lástima —murmuró Georgie—. Sé que andas justo de dinero, pero he oído decir que los hombres que se prostituyen pueden ganar una fortuna..., si consiguen los clientes adecuados.

—Tú siempre preocupándote por mí.

—Para eso están los amigos.

La pelirroja seguía intentando captar la atención de Bram y él seguía ignorándola. Al final, ella desapareció, pero regresó enseguida con dos martinis. Puso uno en la mano de Bram y, cuando se estaba llevando el otro a los labios, él se lo quitó y se lo tendió a Georgie.

—Quizás esto te suelte un poco.

La pelirroja parecía tan deshecha por su rechazo que, si no hubiera sido tan pesada, Georgie la habría compadecido. Bram lanzó los dados y sacó un siete. De momento, ni ganaba ni perdía dinero, mientras que Georgie iba perdiendo unos miles de dólares, pero a ella no le importaba. Aquello era divertido. Bebió un sorbo de martini y animó a Kerry cuando le llegó el turno de jugar.

El tiempo pasó y el mundo empezó a girar en un calidoscopio de colores. Los dados chocaban contra el borde de la mesa. La raqueta barría el fieltro verde. Las fichas entrechocaban. De repente, todo era hermoso, incluso Bram Shepard. Hubo un tiempo en el que juntos crearon magia en la pequeña pantalla. Eso tenía que contar para algo. Georgie apoyó la mejilla en el hombro de Bram.

—Ya no te odio.

Él le rodeó los hombros con un brazo y su voz sonó tan feliz como ella se sentía.

—Yo tampoco te odio.

Transcurrió otro hermoso minuto y, entonces, sin razón aparente, Bram se separó de ella y se alejó. Georgie quiso protestar, pero se sentía demasiado bien para hacerlo.

Con el rabillo del ojo vio que Bram se acercaba a la pelirroja. Parecía enfadado. ¿Cómo podía estar de mal humor en una noche tan hermosa como aquella?

Los dados rodaron una y otra vez. Bram volvió a aparecer al lado de Georgie.

—Tenemos que salir de aquí.

Eso era lo último que ella recordaba. Hasta la tarde del día siguiente, cuando cometió el error de despertarse.

4

Georgie soltó un gemido. La cabeza le martilleaba, la boca le sabía a ácido de batería y, en lugar de estómago, tenía una fosa séptica. Cuando flexionó las rodillas, su trasero rozó el costado de Lance. Su piel era cálida y...

«¡Nooooooo!»

Abrió de golpe el ojo que no tenía hundido en la almohada.

Un cruel rayo de luz se filtraba entre las cortinas e iluminaba su sujetador blanco de encaje, que estaba sobre la alfombra de su *suite* del Bellagio. Uno de los zapatos de tacón que llevaba puestos la noche anterior sobresalía por debajo de unos tejanos de hombre.

«¡Por favor, por favor, que pertenezcan al adorable jugador de baloncesto!»

Hundió la cara en la almohada. ¿Y si no eran de él? ¿Y si pertenecían a...?

No, no podía ser. Ella y el jugador de baloncesto... Kerry, se llamaba Kerry... Habían coqueteado como locos en la mesa de los dados. Coquetear había sido fantástico. ¿Qué importaba que fuera más joven que ella?

Muy bien, estaba desnuda y se encontraba en una situación embarazosa, pero ahora Lance ya no era el último hombre con el que se había acostado y eso era una señal de progreso, ¿no? El estómago le crujió de forma desagradable. Volvió a abrir un ojo. Ya había experimentado alguna que otra resaca, pero nada parecido a aquello. Nada que le hubiera borrado la memoria por completo.

Un muslo le rozó el trasero. Parecía sumamente musculoso. Sin duda se trataba del muslo de un deportista. Sin embargo, por mucho que se concentrara, lo último que recordaba era que Bram la había arrastrado fuera de la sala de juegos.

Kerry debió de seguirla. Sí, estaba segura de acordarse de que él la había separado de Bram. Habían subido juntos a su *suite* y habían charlado hasta el amanecer. Él la había hecho reír y le había dicho que tenía más fortaleza que cualquier otra mujer que conociera. Y que era inteligente, que tenía talento y que era mucho más guapa de lo que la mayoría de la gente creía. También le dijo que Lance había quedado como un idiota separándose de una mujer como ella. Empezaron a hablar de tener hijos comunes, preciosos bebés birraciales, no como el futuro y paliducho bebé de Lance. Acordaron vender las fotografías de su precioso bebé al mejor postor y donar los ingresos a la beneficencia. Este acto resultaría especialmente conmovedor después de que el sitio de Internet Drudge Report informara de que Jade Gentry había utilizado todo el dinero supuestamente recaudado para beneficencia en comprarse un yate. Entonces Georgie ganaría un Oscar y Kerry la Super Bowl.

De acuerdo, se había equivocado de deporte, pero la cabeza le daba martillazos, tenía el estómago revuelto y una rodilla dura intentaba meterse entre sus nalgas.

Tenía que dejar de torturarse, pero esto implicaría darse la vuelta y enfrentarse a las consecuencias de lo que viera. Necesitaba agua. Y Tylenol. Un frasco entero.

Entonces empezó a darse cuenta de que el alcohol no producía en las personas una amnesia total. Aquélla no era una resaca normal. La habían drogado. Y sólo conocía a una persona que fuera tan corrupta como para drogar a una mujer.

Le clavó el codo en el pecho con tanta fuerza como pudo reunir.

Él soltó una exclamación de dolor y se dio la vuelta llevándose toda la sábana con él.

Georgie hundió la cara en la almohada. Al cabo de unos segundos, él se levantó haciendo que la parte del colchón de Georgie se hundiera más. Georgie oyó el sonido apagado de sus pasos camino del lavabo. Cuando la puerta se cerró, buscó a tientas la sábana y se sentó. La habitación se ladeó y el estómago se le revolvió. Georgie se envolvió en la sábana, se puso de pie tambaleándose y fue al otro lavabo haciendo eses. Una vez allí, se inclinó sobre el lavamanos y agachó la cabeza.

¿Qué haría Scooter si la hubieran drogado y se despertara desnuda en la cama con un desconocido? O no desconocido. Scooter no haría nada porque nunca le habría ocurrido algo tan espantoso. Resultaba fácil ser animosa y optimista cuando tenías a todo un equipo de guionistas, con dedicación exclusiva, protegiéndote de la mierda que la vida real te lanzaba a la cara.

Cuando bajó las manos, una imagen horrible la recibió en el espejo, como la Courtney Love de los comienzos. La maraña de su pelo no ocultaba el roce que una barba le había dejado en el cuello. Unos grumos de maquillaje seco emborronaban sus ojos verdes como el barro que rodea un estanque lleno de algas. Su ancha boca se curvaba hacia abajo en las comisuras y su cutis era del color del yogur pasado. Se obligó a beber un vaso de agua. Todos sus artículos de tocador estaban en el otro lavabo, así que se lavó la cara y se enjuagó la boca con elixir bucal del hotel.

Aún no se sentía capaz de enfrentarse a lo que había al otro lado de la puerta, así que se apartó el pelo de la cara y se sentó en el bordillo de mármol de la bañera. Quería telefonear a alguien, pero no podía traspasarle a Sasha semejante carga en aquellos momentos, no podía contactar con Meg y no estaba dispuesta a confesarle su pecado a April, pues su amiga se sentiría decepcionada. Por Dios, una antigua *groupie* de grupos de rock and roll se había convertido en su guía moral. Y en cuanto a su padre... ni hablar.

Se levantó y ajustó la sábana debajo de sus brazos. El dormitorio estaba vacío, pero su esperanza de que él se hubiera marchado se desvaneció cuando vio que su ropa seguía en el suelo. Se dirigió a la salita arrastrando los pies por la moqueta.

Él estaba frente a los ventanales, de espaldas a ella. Era alto, pero no tanto como los jugadores de la NBA. Él era su peor pesadilla.

—No digas nada hasta que nos hayan traído el café —dijo él sin darse la vuelta—. Lo digo en serio, Georgie. Ahora mismo no puedo encararme a ti. A menos que tengas un cigarrillo.

La rabia de Georgie se disparó. Cogió un cojín del sofá y lo lanzó a la cabeza de pelo rubio y enmarañado de Bramwell Shepard.

—¡Me drogaste!

Él se inclinó y el cojín dio contra la ventana.

Ella intentó abalanzarse sobre él, que se volvió hacia ella, pero Georgie tropezó con la sábana y ésta resbaló hasta su cintura.

—Aparta ese par de mi vista —pidió él—. Ya nos han causado bastantes problemas.

En esta ocasión, Georgie tuvo mejor suerte lanzándole uno de sus zapatos.

—¡Ay! —Bram se frotó el pecho y tuvo el valor de enfadarse—. ¡Yo no te drogué! Créeme, si quisiera drogar a una mujer, no serías tú.

Georgie volvió a subir la sábana hasta sus axilas y miró alrededor buscando alguna otra cosa para lanzarle a Bram.

—Me estás mintiendo. Estaba drogada.

—Tienes razón, estabas drogada. Los dos lo estábamos. Pero no fui yo, sino Meredith... Marilyn... Mary-algo.

—¿A quién te refieres?

—A la pelirroja de la fiesta de ayer por la noche. ¿Recuerdas las bebidas que trajo? Yo cogí una y te di la otra, la que había preparado para ella misma.

—¿Por qué habría de querer drogarse?

—¡Porque le gusta la sensación que le produce!

Georgie tuvo el presentimiento de que, por primera vez en su vida, Bramwell Shepard estaba diciendo la verdad. Entonces se acordó de que él se había enfrentado a aquella mujer y que parecía muy enfadado. Levantó el trozo de sábana que arrastraba por el suelo y se dirigió a él dando traspiés.

—¿Sabías que los martinis contenían droga? ¿Lo sabías y no impediste que me lo tomara?

—No lo sabía. No hasta que terminé el mío, te miré y vi que no me repelías del todo.

Alguien llamó a la puerta y una voz anunció «servicio de habitaciones».

—Métete en el dormitorio —siseó ella—. ¡Y dame esa bata! La prensa del corazón tiene informantes por todas partes. ¡Deprisa!

—Si vuelves a darme otra orden...

—¡Por favor, date prisa, capullo!

—Me gustabas más cuando estabas borracha.

Bram se quitó la bata, la colgó del brazo de Georgie y desapareció. Ella lanzó la sábana detrás del sofá y anudó el cinturón de la bata camino de la puerta.

El camarero entró el carrito de la comida y dejó los platos en la mesa, que estaba debajo de una lámpara de araña de tonos dorados.

Georgie oyó que la ducha se encendía. Se correría la voz de que no había pasado la noche sola. Por suerte, nadie sabía con quién, lo que actuaría a su favor.

El camarero por fin se fue. Georgie se sirvió un café de inmediato, se acercó a los ventanales e intentó recobrar el autodominio. Abajo, los turistas se habían congregado para ver el espectáculo de la fuente del Bellagio. ¿Qué había ocurrido en el dormitorio durante la noche? No se acordaba de nada. Aunque, la primera vez...

El día en que Bram y ella se conocieron, Georgie tenía quince años y él dieciséis. Su atractivo la había dejado muda, pero él la desdeñó con un gruñido de aburrimiento y un único parpadeo de sus engreídos ojos lavanda. Como es lógico, ella se enamoró perdidamente de él.

Las advertencias de su padre en contra de Bram no hicieron más que intensificar su enamoramiento. Bram era arrogante, malhumorado, indisciplinado y guapísimo. Pura miel para una romántica de quince años. Sin embargo, durante las dos primeras temporadas, él la ignoró, salvo cuando estaban rodando. Georgie podía estar en la portada de una docena de revistas para adolescentes, pero no dejaba de ser una niña flacucha de ojos saltones, mejillas coloradas y boca de buzón. Tenía la cara siempre llena de granos por el maquillaje que se veía obligada a ponerse y su pelo naranja y rizado del personaje de Annie la hacía parecer todavía más niña. Salir con unos cuantos actores adolescentes y guapos no aumentó su autoconfianza, pues su padre había amañado las citas por razones publicitarias. El resto del tiempo Paul York la tenía atada y bien atada, a salvo de los vicios de Hollywood.

El atractivo aspecto de Bram, sus modales engreídos y su actitud de chico duro encendían todas sus fantasías. Ella nunca había conocido a nadie tan salvaje, tan poco necesitado de agradar. Georgie se reía escandalosamente para llamar su atención, le compraba regalos: un CD nuevo que tenía que escuchar, bombones que eran los mejores del mundo, camisetas divertidas que él nunca se ponía; memorizaba chistes para contárselos, se mostraba conforme con todas sus opiniones, y hacía todo lo que podía para gustarle, pero, a menos que las cámaras estuvieran rodando, bien podría haber sido invisible.

El contraste entre la dura infancia de Bram y el papel de niño pijo y digno que representaba la fascinaba. Georgie conoció la historia de Bram gracias a sus amigos de la infancia, unos chicos bulliciosos e imbéciles que merodeaban por el plató.

Bram creció en el South Side de Chicago. Desde los siete años, cuando su madre murió de una sobredosis, había tenido que cuidar de sí mismo. Su irresponsable padre, un pintor ocasional de brocha gorda que confiaba en sus amigas para que le pagaran las cervezas, murió cuando Bram tenía quince años. Abandonó los estudios poco después y empezó a buscarse chanchullos. Un día, una adinerada divorciada de cuarenta años que trabajaba como voluntaria social lo vio y decidió acogerlo, quizás incluso en su cama, Georgie nunca estuvo segura de ese extremo. Aquella mujer pulió sus afiladas aristas y lo convenció para que trabajara de modelo. Cuando una afamada tienda de ropa para hombres de Chicago lo contrató para una campaña publicitaria, Bram dejó plantada a su benefactora. Después, asistió a clases de interpretación y, al final, consiguió un par de papeles en una compañía local de teatro, lo que lo llevó a la audición para interpretar el personaje de Skip.

Empezó la cuarta temporada de la serie. Georgie se prometió a sí misma que conseguiría que él dejara de verla como una molestia y reparara en que se había convertido en una atractiva mujer de dieciocho años. En julio empezaron a grabar exteriores en Chicago. Uno de los desastrosos amigos de Bram mencionó que éste había alquilado un yate para celebrar una fiesta el sábado por la noche en el lago Michigan. Como el padre de Georgie se iba a Nueva York aquel fin de semana, ella decidió invitarse a la celebración.

Se vistió con esmero para la ocasión: un vestido con diseño de piel de leopardo y la espalda descubierta y sandalias de plataforma. Cuando subió al yate vio que la mayoría de las mujeres iban vestidas con pantalones cortos y la parte alta del biquini. R. Kelly sonaba a todo volumen por los altavoces de cubierta. Todas las mujeres eran veinteañeras, el cabello resplandeciente, largas piernas y cuerpos sexys, pero Georgie tenía la fama y, mientras la embarcación se alejaba del muelle, ellas se separaron de los colegas de Bram para hablar con ella.

—¿Puedes darme tu autógrafo para mi sobrina?

—¿Asistes a clases de interpretación y esas cosas?

—¡Qué suerte tienes de trabajar con Bram! ¡Es el tío que está más bueno del mundo!

Georgie sonrió y firmó autógrafos sin dejar de buscar a Bram con el rabillo del ojo.

Al final, él salió de la cabina. Vestía unos pantalones cortos arrugados y un polo de tono tostado. Llevaba a una mujer de cada brazo y una copa en la mano, y un cigarrillo colgaba de sus labios. Georgie lo quería tanto que verlo le dolió.

Apareció la luna y la fiesta se desmadró. Era exactamente el tipo de fiesta del que su padre siempre la había mantenido alejada. Una de las mujeres se quitó el sostén del biquini. Los hombres silbaron. Otras dos mujeres empezaron a besarse. A Georgie no le habría importado que se besaran si fueran lesbianas, pero no lo eran, y la idea de que dos mujeres se besuquearan sólo para ofrecer un espectáculo a los hombres le desagradó. Cuando empezaron a acariciarse los pechos la una a la otra, Georgie se dirigió al salón del yate, donde media docena de invitados merodeaban por el bar o estaban repantigados en un sofá semicircular de piel blanca.

El conducto del aire acondicionado envió una ráfaga de aire frío a los tobillos de Georgie. ¡Había puesto tantas esperanzas en aquella noche!, pero Bram ni siquiera le había dirigido la palabra. Los silbidos de la cubierta arreciaban. Ella no pertenecía a aquel ambiente. No pertenecía a ningún lugar que no fuera hacer muecas delante de una cámara.

Se abrió la puerta y Bram bajó los escalones con toda tranquilidad, solo. La esperanza de que la hubiera seguido hasta allí creció cuando él se sentó en una silla de diseño no lejos de ella y la miró de arriba abajo. La combinación de su corte de pelo pijo a lo Skip, su barba castaña de varios días y un tatuaje nuevo que rodeaba su delgado bíceps justo por debajo de la manga de su polo la conmovió. Bram deslizó una pierna por encima del reposabrazos de la silla y bebió de su copa sin dejar de mirarla.

Georgie intentó pensar en algo inteligente que decir.

—Una fiesta estupenda.

Él le lanzó su habitual mirada de aburrimiento, encendió otro cigarrillo y la miró con los ojos entornados a través del humo.

—Tú no estabas invitada.

—De todos modos, he venido.

—Lo que significa que papá está fuera de la ciudad.

—Yo no hago todo lo que mi padre me dice.

—Pues a mí me parece que sí.

Georgie se encogió de hombros e intentó parecer enrollada. Bram dejó caer la ceniza en la alfombra. Ella no sabía qué había hecho para desagradarle, salvo que le pagaran mejor, pero eso no era culpa suya.

Bram señaló hacia la cubierta del yate con su copa.

—¿La fiesta se está desmadrando demasiado para ti?

Ella quiso decirle que ver a unas mujeres degradándose la deprimía, pero él ya creía que era una mojigata sin necesidad de que expresara esa opinión.

—En absoluto.

—No te creo.

—Tú no me conoces. Sólo crees que me conoces.

Intentó que su voz resultara misteriosa, y quizá funcionó, porque Bram deslizó la mirada por su cuerpo de una forma que le hizo sentir que por fin la estaba viendo de verdad.

Sus tirabuzones anaranjados se habían encrespado a causa de la humedad, pero su maquillaje estaba en buen estado. Se había puesto sombra color bronce en los ojos y pintalabios neutro para disimular el tamaño de su boca. El vestido sin espalda de piel de leopardo no era para nada del estilo de Scooter Brown y Georgie había acentuado sus diferencias con el personaje introduciendo unas almohadillas de relleno en el sujetador, pero cuando Bram fijó la mirada en sus pechos, ella tuvo la sensación de que él sabía que eran falsos.

Él dejó escapar entre los labios un fino hilo de humo.

—Apuesto a que todavía eres virgen.

Georgie miró hacia el techo.

—Tengo dieciocho años. Hace ya un par de años que no soy virgen. —Su corazón empezó a latir con fuerza a causa de la mentira.

—Si tú lo dices...

—Él era bastante mayor que yo. Si te dijera su nombre, sabrías quién es, pero no te lo diré.

—Mientes.

—Tenía una especie de trauma con las mujeres que tienen poder. Por eso, a la larga, tuve que romper con él. —Le encantaba parecer una mujer de mundo, pero la sonrisa burlona de Bram no resultaba muy reconfortante.

—Tu padre jamás permitiría que se te acercara un hombre mayor. Nunca te pierde de vista.

—Esta noche estoy aquí, ¿no?

—Sí, supongo que sí. —Bram vació su copa, aplastó el cigarrillo y se levantó—. Entonces, vamos.

Ella lo miró mientras su confianza la abandonaba.

—¿Adónde?

Él sacudió la cabeza en dirección a una puerta que tenía un ancla encastada en la madera.

—Ahí dentro.

Ella lo miró con vacilación.

—Yo no...

—Entonces olvídalo. —Bram se encogió de hombros y empezó a darse la vuelta.

—¡No! Iré.

Y fue. Así, sin más. Sin pedirle nada lo siguió al interior del camarote.

Una pareja medio desnuda estaba tumbada en el camastro doble. Levantaron la cabeza para ver quién entraba sin llamar.

—Fuera —dijo Bram.

Ellos se levantaron sin rechistar.

Georgie debería haberse ido con ellos, pero se quedó allí de pie, con su vestido de leopardo, sus sandalias de plataforma y sus tirabuzones color zanahoria. Contempló cómo la puerta se cerraba tras ellos. No le preguntó a Bram por qué sentía aquel repentino interés por ella. No se preguntó a sí misma hasta qué punto se valoraba para plegarse a sus deseos de aquella forma. Simplemente se quedó allí de pie y dejó que él la presionara contra la puerta.

Bram apoyó las manos a ambos lados de la cabeza de Georgie. Deslizó los pulgares entre su pelo y se le engancharon en un tirabuzón. Georgie hizo una mueca de dolor. Él inclinó la cabeza y la besó con la boca abierta. Sabía a humo y alcohol. Ella le devolvió el beso con todo su ser. La barba incipiente le escoció en la mejilla. Los dientes de Bram chocaron contra los suyos. Eso era lo que Georgie quería, que él la viera como una mujer en lugar de una niña que tuviera que rescatar de aprietos de guión.

Bram cogió el borde inferior de su vestido y tiró hacia arriba. Georgie llevaba puestas unas braguitas finas y la cremallera de los tejanos de él le arañó el estómago. Bram iba demasiado deprisa y ella quería pedirle que fuera más despacio. Si hubiera sido cualquier otra persona, lo habría apartado de un empujón y le habría pedido que la acompañara a casa. Pero aquél era Bram y su casa estaba a medio continente de distancia, así que le permitió deslizar los dedos en el interior de sus bragas y tocarla a su gusto.

Antes de que se diera cuenta, Bram le había quitado las bragas y la había llevado hasta el camastro.

—Túmbate —dijo él.

Ella se sentó en el borde del camastro. Notó la vibración de los motores y se dijo que aquello era lo que anhelaba desde hacía mucho tiempo. Bram sacó un preservativo del bolsillo del pantalón. Iba a suceder de verdad.

A pesar del aire acondicionado, la piel de Georgie estaba perlada de sudor por el nerviosismo que la embargaba. Vio que Bram se quitaba los tejanos e intentó no mirar su pene, pero estaba completamente erecto y no pudo apartar la mirada. Él se quitó el polo revelando un torso huesudo con algo de fino vello rubio. Mientras se ponía el condón, Georgie contempló el techo del camarote.

El camastro era alto y a Bram no le costó deslizar las caderas de Georgie hasta el borde. Ella se apoyó en los codos y la falda de su vestido quedó arrugada debajo de su cintura. Bram colocó las manos debajo de sus rodillas, le separó las piernas y se colocó entre ellas. Él la miró con resuelta avidez. Ella estaba abierta e indefensa. Nunca se había sentido tan vulnerable.

Bram deslizó las manos por la parte posterior de sus muslos hasta sus caderas y las inclinó hacia arriba. Georgie notó cómo su propio peso quedaba cargado sobre sus codos. La incómoda posición hizo que le doliera el cuello. Sintió el olor a látex de la goma y el olor que despedía Bram: a cerveza, tabaco y un toque del perfume de otra mujer. Él le hincó los dedos en el trasero y la penetró. A ella le dolió y gesticuló. En ese momento el yate dio un bandazo empujando el pene de Bram más adentro de Georgie. Cuando empezó a embestirla, Georgie se dio golpes en la cabeza contra el tabique del camarote. Torció la cabeza a un lado, pero no le sirvió de nada. Bram la penetró hasta el fondo. Una y otra vez. Ella contempló los pómulos perfectamente simétricos de su pálida cara y las sombras diamantinas que se recortaban en sus mejillas. Al final, Bram empezó a experimentar sacudidas.

Los codos de Georgie cedieron y se derrumbó sobre el colchón. Unos minutos más tarde, Bram sacó su miembro y dejó caer sus piernas. Estaban tan agarrotadas, que a Georgie le costó juntarlas. Él entró en el diminuto lavabo del camarote. Ella se bajó el vestido y se dijo que aquello todavía podía acabar bien. Ahora él tendría que verla de otra manera. Hablarían. Pasarían tiempo juntos.

Se mordió el labio y consiguió sostenerse sobre sus temblorosas piernas. Bram salió del lavabo y encendió un cigarrillo.

—Hasta luego —dijo.

Y la puerta del camarote se cerró tras él.

Entonces todas las fantasías que Georgie había albergado se derrumbaron y por fin lo vio tal como era: un bruto egoísta, gilipollas y egocéntrico. Y también se vio a sí misma: una mujer necesitada y estúpida. La vergüenza hizo que cayera de rodillas y el autodesprecio la laceró. No sabía nada de las personas ni de la vida. Lo único que sabía era hacer muecas estúpidas delante de una cámara.

Quería venganza. Quería apuñalarlo. Torturarlo, matarlo y hacerle daño como él se lo había hecho a ella. ¿Cómo podía haber creído que estaba enamorada de él?

La siguiente temporada fue horrible. Salvo cuando estaban rodando, Georgie se comportó como si Bram fuera invisible. Irónicamente, la desagradable tensión que ella experimentaba provocó que hubiera entre ellos una potente química en la pantalla y los índices de audiencia subieron. Georgie intentaba estar siempre rodeada de sus amigos de reparto, del equipo o estudiando en el camerino, cualquier cosa con tal de evitarlo a él o a los impresentables amigos de su infancia que merodeaban por el plató. El odio que experimentaba se cristalizó en una sólida armadura de protección.

Una temporada siguió a la otra y, cuando llevaban seis años en el aire, los excesos de Bram empezaron a hacer mella en los índices de audiencia. Fiestas con ríos de alcohol, conducción temeraria, rumores de drogadicción... Las fans del bueno de Skip Scofield no estaban contentas, pero Bram ignoró las advertencias de los productores. Cuando la cinta de sexo salió a la luz, al final de la octava temporada, todo se vino abajo.

Para ser una cinta de sexo, era bastante discreta, pero no tanto como para ocultar lo que estaba ocurriendo. La prensa se volvió loca. Ningún tipo de información manipulada pudo reparar los daños. Los mandamases decidieron que ya tenían bastante de los escándalos de Bram Shepard. *Skip y Scooter* se cancelaba.

—¡Mierda! —exclamó él ahora, de vuelta en la sala de la *suite*.

Georgie dio un brinco. Tardó unos instantes en reconciliar la imagen del gilipollas joven y obsesionado con el sexo con el gilipollas adulto y saludable que se dirigía hacia ella. Llevaba puesto un albornoz del hotel y tenía el pelo húmedo de la ducha. Por encima de todo, Georgie quería vengar a su yo de dieciocho años.

La expresión de Bram fue extrañamente sombría mientras se ceñía el cinturón del albornoz. El reloj marcó las dos, lo que significaba que ya había transcurrido la mitad de aquel asqueroso día.

—Por casualidad no habrás visto un condón en la papelera.

Georgie se salpicó la mano con el café caliente y su corazón se detuvo. Corrió al dormitorio y rebuscó con urgencia en la papelera, pero allí sólo estaban sus bragas. Volvió al salón. Bram levantó la taza de café en dirección a ella.

—Confío en que te habrás hecho pruebas desde la última vez que te acostaste con el cerdo de tu ex marido.

—¿Yo? —Deseó tirarle otro zapato, pero no encontró ninguno—. Tú follas con cualquier cosa que camine. Prostitutas, *strippers*, ¡chulos de piscina!

«Vírgenes de dieciocho años con fantasías equivocadas.»

—¡Yo no he follado con un chulo de piscina en toda mi vida!

Bram era notoriamente heterosexual, pero teniendo en cuenta su naturaleza hedonista, Georgie estaba convencida de que si no lo había hecho, era sólo por despiste.

Él emprendió la contraofensiva.

—Yo siempre he mantenido mi maquinaria en perfecto funcionamiento y estoy más limpio que una patena. Claro que yo nunca me he acostado con Lance *el Perdedor* ni con ninguno de esos peleles por los que lo hayas reemplazado.

Ella no podía creérselo.

—¿Así que la golfa soy yo? ¡Tú no has dormido sólo desde que tenías catorce años, ¿verdad?!

—Y yo apuesto a que tú sigues haciéndolo. Treinta y un años. ¿Ya has ido al psiquiatra?

Debido a la sobreprotección de su padre, ella solo se había acostado con cuatro hombres, pero como Bram había sido, por decirlo de alguna manera, su primer amante y, por lo visto, también el último, lo de aquella noche no influía en el conteo global.

—Yo sólo he tenido diez amantes, así que tú te quedas con el trofeo de la golfería. Y también estoy limpia como una patena. Y ahora, lárgate de aquí. Esto nunca ocurrió.

Pero el carrito de la comida había llamado la atención de Bram.

—Se han olvidado los bloody-marys. ¡Mierda! —Empezó a

destapar las bandejas—. Ayer por la noche fuiste una auténtica descarriada. Tus garras en mi espalda, tus rugidos en mi oído... —Al sentarse, el albornoz se abrió mostrando un musculoso muslo—. Vaya cosas me pediste que te hiciera... —Pinchó un trozo de mango con un tenedor—. Hasta yo me sentí abochornado.

—No te acuerdas de nada.

—No mucho.

Ella quería pedirle que le contara exactamente lo que recordaba. Conociéndolo, podía haberla violado, pero, de algún modo, eso no le parecía tan horrible como haberse entregado voluntariamente a él. Se sintió mareada y se dejó caer en una silla.

—Me llamaste tu semental salvaje —continuó él—. De esto me acuerdo seguro.

—Pues yo estoy segura de que no te acuerdas de nada.

Tenía que averiguar qué había ocurrido, pero ¿cómo podía conseguir que él se lo contara? Bram empezó a comer una tortilla y Georgie intentó estabilizar su estómago con un trozo de bollo. Él cogió el pimentero.

—Así que... estás tomando la pastilla, ¿no?

Ella dejó caer el bollo y se levantó de un brinco.

—¡Oh, Dios...!

Bram dejó de masticar.

—Georgie...

—Quizá no pasó nada. —Georgie se llevó los dedos a los labios—. Quizás estábamos tan colocados que nos dormimos sin más.

Él se levantó de golpe.

—¿Me estás diciendo que...?

—Todo saldrá bien. Tiene que salir bien. —Georgie empezó a caminar de un lado a otro—. Al fin y al cabo, ¿qué probabilidades hay? No es posible que me haya quedado embarazada.

Los ojos de Bram adoptaron una expresión enloquecida.

—¡Podrías estarlo si no estás tomando la pastilla!

—Si... si lo estuviera... Bueno..., yo... yo lo daría en adopción. Sé que resultará difícil encontrar a alguien tan desesperado como para adoptar a un bebé con lengua viperina y cola, pero creo que lo conseguiré.

Las mejillas de Bram recobraron el color. Volvió a sentarse y cogió la taza de café.

—Una representación estelar.

—Gracias.

Su réplica podía considerarse infantil, pero le levantó el ánimo y así pudo comer una fresa. Sin embargo, se imaginó el cálido peso del bebé que nunca tendría y no pudo seguir comiendo.

Él se sirvió otro café. El antagonismo que sentía hacia aquel hombre se clavó en el corazón de Georgie. Era la primera vez que experimentaba unos sentimientos tan intensos desde el colapso de su matrimonio.

Bram dejó su servilleta.

—Voy a vestirme. —Entonces deslizó la mirada hacia el cuello abierto de la bata de Georgie—. A menos que quieras...

—¡Ni lo sueñes!

Él se encogió de hombros.

—En fin, es una lástima. Ahora nunca sabremos si lo hicimos bien juntos.

—Yo estuve fabulosa. Sin embargo, tú estuviste tan egocéntrico como siempre.

Una fugaz punzada de dolor le recordó a la jovencita del pasado.

—Lo dudo —respondió.

Y se levantó para dirigirse al dormitorio. Georgie contempló las fresas intentando convencerse de que podía comer otra. Una maldición pronunciada en voz alta interrumpió sus pensamientos.

Bram regresó al salón como una exhalación. Llevaba la cremallera de los tejanos bajada, la camisa de raya diplomática abierta y los puños sueltos. A Georgie le costó asociar sus musculosos pectorales con el cuerpo huesudo de su juventud.

Bram agitó un papel frente a la nariz de Georgie. Ella estaba acostumbrada a sus burlas y desprecios, pero no recordaba haberlo visto nunca enfadado de verdad.

—He encontrado esto debajo de mi ropa —declaró Bram.

—¿Una amonestación de tu agente de la condicional?

—Sí, anda, disfruta mientras puedas.

Ella miró el papel, pero al principio no entendió.

—¿Por qué alguien dejaría su licencia de matrimonio aquí? Es... —La garganta se le cerró—. ¡No! Se trata de una broma, ¿no? Dime que es una de tus bromas de mal gusto.

—Ni siquiera yo tengo tan mal gusto.

La cara de él había adquirido un color ceniciento. Georgie se levantó de un brinco y le arrancó el documento de la mano.

—¿Nosotros nos...? —Apenas pudo pronunciar la palabra—: ¿Nos casamos?

Él hizo una mueca.

—Pero ¿por qué habríamos de casarnos? ¡Si yo te odio!

—Las copas que bebimos ayer por la noche debían de contener suficientes píldoras de la felicidad para que superáramos la repugnancia mutua.

Georgie estaba empezando a hiperventilar.

—No puede ser. Cambiaron la ley de Las Vegas. Lo leí en algún sitio. La oficina que emite las licencias de matrimonio cierra por las noches precisamente para que este tipo de cosas no sucedan.

Bram sonrió con desdén.

—Somos famosos. Por lo visto, encontramos a alguien dispuesto a quebrantar las normas por nosotros.

—Pero... quizá no sea legal. Quizá sea un... certificado falso.

—Pasa los dedos por el sello oficial del estado de Nevada y dime si tiene el tacto de un jodido sello falso.

El abultado relieve del sello rascó la yema de los dedos de Georgie, que se volvió hacia Bram.

—Fue idea tuya, lo sé.

—¿Mía? ¡Eres tú la que está desesperada por encontrar un marido! —Entornó los ojos y sacudió el dedo índice frente a la cara de Georgie—. Me utilizaste.

—Voy a telefonear a mi abogado.

—Después de mí.

Los dos se abalanzaron sobre el teléfono del hotel, pero las piernas de Bram eran más largas y él llegó primero. Georgie corrió hacia su bolso y sacó su móvil. Bram pulsó las teclas.

—Será la anulación más fácil de la que se tenga noticia.

La palabra «noticia» envió un escalofrío a la espalda de Georgie.

—¡Espera!

Dejó caer el móvil, corrió hacia Bram y le arrancó el auricular de las manos.

—Pero ¿qué haces?

—Déjame pensar un minuto.

Georgie colgó.

—Ya pensarás más tarde.

Bram se dispuso a coger otra vez el teléfono, pero ella apoyó la mano en el auricular.

—El matrimonio... la anulación... serán del dominio público.
—Georgie deslizó su mano libre por su pelo enmarañado—. Antes de veinticuatro horas, todo el mundo lo sabrá. Se producirá una avalancha de medios, con helicópteros, persecuciones de coches, etcétera.

—Tú ya estás acostumbrada a eso.

Georgie tenía las manos heladas y el estómago revuelto.

—No pienso pasar por otro escándalo. Sólo con que tropiece en la acera, se genera el rumor de que he intentado suicidarme. Imagina lo que dirán cuando se enteren de esto.

—No es mi problema. Tú te lo ganaste al casarte con el Perdedor.

—¿Quieres dejar de llamarlo así?

—Él te dejó tirada. Qué más te da que lo llame así.

—¿Y tú por qué lo odias tanto?

—No lo odio por mí —declaró Bram con acento mordaz—. Lo odio por ti, puesto que no pareces capaz de hacerlo por ti misma. Ese tío es un hijo de papá. —Bram se apartó del teléfono, recogió un zapato y se puso a buscar sus calcetines—. Me voy a buscar a la bruja que nos drogó.

Georgie lo siguió hasta el dormitorio, pues no acababa de creerse que no fuera a telefonear a su abogado.

—No puedes salir hasta que se nos haya ocurrido una historia.

Él encontró los calcetines y se sentó en la cama para ponérselos.

—Yo tengo mi propia historia. —Se puso uno—. Tú eres una mujer patética y desesperada. Y yo me casé contigo por lástima y...

—No dirás eso.

Bram se puso el otro calcetín.

—... y ahora que estoy sobrio, me he dado cuenta de que no estoy preparado para afrontar una vida miserable.

—Te demandaré. Te lo juro.

—¿Dónde está tu sentido del humor? —Sin mostrar el menor rastro de humor por su parte, introdujo el pie en el zapato y regresó al salón para buscar el otro—. Lo convertiremos en una broma. Diremos que bebimos demasiado, que nos pusimos a ver reposiciones de *Skip y Scooter*, que nos invadió la nostalgia y que, en ese momento, casarnos nos pareció una buena idea.

Esta explicación podía irle bien a él, pero no a ella. Nadie se creería la historia de la droga en las bebidas y, durante el resto de su vida, la etiquetarían de loca y perdedora. Estaba atrapada, pero no podía permitir que su peor enemigo viera que estaba a su merced. Introdujo los puños en los bolsillos de su bata.

—Volvamos sobre nuestros pasos para averiguar qué ocurrió ayer por la noche. Seguro que descubriremos alguna pista acerca de dónde estuvimos. ¿Te acuerdas de algo?

—¿«Métemela hasta el fondo, muchachote» cuenta?

—Al menos finge ser un hombre decente.

—No soy tan buen actor como para eso.

—Tú conoces a muchos personajes turbios. Seguro que se te ocurre alguien que pueda hacer desaparecer nuestro expediente de matrimonio.

Georgie esperaba que rechazara su sugerencia, pero él empezó a abrocharse la camisa como si tal cosa.

—Conozco ligeramente a un tío que antes era concejal del ayuntamiento. Le encanta codearse con los famosos. Es un contacto débil, pero podemos intentarlo.

Georgie no tenía ninguna idea mejor, así que aceptó.

Bram introdujo la mano en uno de sus bolsillos.

—Creo que esto te pertenece. —Abrió la palma y le enseñó un anillo de baratija con un solitario de plástico—. No puedes decir que no tengo buen gusto.

Le lanzó el anillo y Georgie se acordó del anillo de compromiso de dos kilates que tenía en su caja de caudales. Lance le pidió que lo conservara. ¡Como si ella quisiera volver a ponérselo!

Georgie se guardó el diamante de plástico en el bolsillo.

—Nada como la bisutería para una declaración de amor.

Georgie había alquilado una avioneta para el viaje de ida a Las Vegas, así que decidieron regresar a Los Ángeles en el coche de Bram. Mientras ella se duchaba, Bram preparó una salida discreta del hotel. Ella se puso unos pantalones grises de algodón y una ajustada camiseta blanca de tirantes, que era la ropa menos llamativa que había cogido para ir a Las Vegas.

—Han llevado mi coche a la parte trasera —declaró Bram cuando ella salió del dormitorio.

—Bajaremos en el ascensor de servicio. —Georgie se frotó la frente—. Esto es igual que lo de Ross y Rachel. Les ocurrió exactamente lo mismo al final de la temporada...

—¡Salvo por el pequeño detalle de que Ross y Rachel no existen!

Ninguno de los dos habló mientras bajaban en el ascensor. Georgie ni siquiera se molestó en advertirle de que se había abrochado mal la camisa.

Llegaron al vestíbulo del servicio y se dirigieron a la salida. Bram abrió la puerta y una ráfaga de calor los golpeó. Georgie entornó los ojos para protegerlos del sol y salió del hotel.

Una cámara disparó el *flash* junto a su cara.

5

Mel Duffy, el Darth Vader de los *paparazzi*, los atrapó con su objetivo. Georgie experimentó la extraña sensación de salir flotando de su cuerpo y contemplar aquel desastre desde algún lugar por encima de su cabeza.

—¡Felicidades! —declaró Duffy mientras disparaba la cámara una y otra vez—. En palabras de mi abuela irlandesa, «que seáis pobres en desgracias y ricos en bendiciones».

Bram se quedó quieto, con la mano en la puerta, la camisa mal abrochada y la mandíbula apretada, dejando la situación en manos de Georgie.

En esta ocasión, ella no permitiría que los chacales ganaran la batalla, así que esbozó su sonrisa Scooter Brown.

—Me alegro de tener la bendición de tu abuela, pero ¿por qué razón?

Duffy era obeso, tenía la tez roja y la barba descuidada.

—He visto una copia de vuestra licencia matrimonial y he hablado con el tío que ofició la ceremonia. Parece un Justin Timberlake con mala pinta. —Mientras hablaba, seguía tomando fotografías—. Antes de una hora estará todo en los teletipos, así que ya podríais contarme a mí la primicia. Prometo que os enviaré un regalo de boda estupendo. —Volvió a cambiar de ángulo—. ¿Cuánto hace que...?

—No hay ninguna noticia.

Bram rodeó a Georgie por la cintura y tiró de ella hacia el interior del edificio.

Duffy, ignorando las leyes de intrusión en una propiedad privada, cogió la puerta antes de que se cerrara y los siguió.

—¿Habéis hablado con Lance? ¿Sabe que os habéis casado?

—¡Lárgate! —bufó Bram.

—Vamos, Shepard. Sabes cómo funciona esto tan bien como yo. Ésta es la noticia del año.

—He dicho que te largues. —Bram intentó arrebatarle la cámara.

Georgie, utilizando el resto de cordura que le quedaba, lo cogió del brazo y lo contuvo.

—¡No lo hagas!

Duffy retrocedió con rapidez, tomó una última fotografía y se alejó diciendo:

—Nada de mosqueos, tío.

Bram se desembarazó de la mano de Georgie y se lanzó tras él.

—¡Déjalo! —Ella le cerró el paso con su cuerpo—. ¿Qué conseguirías ahora rompiéndole la cámara?

—Sentirme mejor.

—¡Muy típico de ti! Por lo que veo, sigues intentando resolver los problemas con los puños.

—A diferencia de ti, que sonríes a cualquier gilipollas que te enfoca con su cámara y finges que todo es de color rosa. —Entornó los ojos y la miró—. La próxima vez que decida zurrar a alguien, no te interpongas en mi camino.

Un ayudante de camarero entró en el pasillo y Georgie se vio obligada a reprimir su vehemente réplica. Se dirigieron al ascensor del servicio y regresaron a la planta de la *suite* en medio de un airado silencio. Cuando llegaron a la habitación, Bram le propinó una patada a la puerta y sacó con furia el móvil de su bolsillo.

—¡No!

Georgie se lo arrancó de la mano y corrió hasta el lavabo.

Él la siguió.

—¿Qué demonios estás haciendo?

Ella tiró el móvil al retrete antes de que Bram pudiera recuperarlo. Él la empujó a un lado y miró fijamente el interior de la taza.

—No puedo creer que hayas hecho esto.

En cierta ocasión, a Scooter se le cayó accidentalmente el ancestral álbum de fotos de la señora Scofield en la fuente del jardín y se pasó el resto del episodio intentando cubrir sus huellas. Al final, Skip la salvó asumiendo la responsabilidad del accidente. Pero esta vez esto no iba a ocurrir.

—No telefonearás a nadie hasta que lleguemos a un acuerdo —declaró Georgie.

—¿Ah, sí?

Ella respiraba aceleradamente y centró toda su rabia en Bram.

—No me jodas. Soy un icono norteamericano, ¿recuerdas? Lance lo hizo y no ha salido mal parado por los pelos, claro que él es *Mister Escrupulosamente Limpio*. Pero tú no lo eres y acabarías mal.

El reflejo de las mandíbulas apretadas de Bram en el espejo no resultaba muy tranquilizador.

—Seguiremos mi plan original —declaró él por fin—. Dentro de una hora tu publicista y el que yo voy a contratar ahora mismo harán una declaración en nuestro nombre. Demasiado alcohol, demasiada nostalgia, seguiremos siendo buenos amigos, bla bla bla, bla bla bla...

Y salió indignado del lavabo.

Georgie lo siguió como nunca lo había hecho con Lance.

—Una estrella del pop con pájaros en la cabeza puede permitirse casarse en Las Vegas y cancelar el matrimonio antes de veinticuatro horas, pero yo no. Y tú tampoco. Dame algo de tiempo para pensar.

—Por mucho que pienses, nada nos librará de este lío.

Bram se dirigió al teléfono que había junto al sofá.

—¡Cinco minutos! Esto es todo lo que necesito. —Georgie señaló el televisor—. Mientras esperas, puedes ver porno.

—Velo tú. Yo voy a buscar un publicista.

Ella corrió por detrás del sofá y, una vez más, apoyó la mano en el auricular.

—No me obligues a tirar también éste por el retrete.

—¡No me obligues tú a mí a atarte, encerrarte en el armario y tirar dentro una cerilla encendida!

En aquel momento, a Georgie esta idea no le pareció tan horrorosa. Pero entonces...

Se le ocurrió una idea imposible.

Una idea mucho peor que cualquier trama asesina que Bram pudiera imaginar...

Una idea tan insoportable, tan repulsiva...

Se apartó del teléfono y dijo:

—Necesito una copa.

Bram sacudió el auricular en su dirección.

—El keroseno arde mejor y más deprisa. —El aspecto de Georgie debía de ser tan horrible como ella se sentía, porque él no marcó el número de inmediato—. ¿Qué te ocurre? No irás a vomitar, ¿no?

Si fuera tan sencillo... Georgie tragó saliva con dificultad.

—Tú s-sólo escúchame, ¿de acuerdo?

—Pues que sea rápido.

—¡Oh, Dios...! —Las piernas empezaban a flaquearle, así que se sentó en el sillón que había enfrente del sofá—. Hay una... —La habitación empezó a darle vueltas—. Podría haber una... una salida a todo esto.

—Tienes razón, y te prometo que enviaré flores frescas a tu tumba una vez al mes. Y también por tu cumpleaños y por Navidad.

A Georgie le resultaba imposible mirarlo, así que contempló las rayas de sus pantalones grises.

—Podríamos... —Carraspeó y tragó saliva—. Podríamos se-seguir casados.

Un silencio denso se extendió por la habitación seguido del penetrante pitido que emiten los teléfonos cuando se dejan descolgados.

A Georgie le sudaban las palmas y las mejillas le ardían. Bram volvió a dejar el auricular en su sitio.

—¿Qué has dicho?

Ella volvió a tragar saliva e intentó recobrar la compostura.

—Sólo durante... durante un año. Seguiremos casados por un año. —Sus palabras sonaban silbantes, como si las estuviera pronunciando a través de un kazoo—. Dentro de un año, a contar desde hoy, anunciamos que... que hemos decidido que somos mejores amigos que amantes y que nos divorciamos. Pero que nos querremos siempre. Y... ésta es la parte importante... —Los pensamientos se agolpaban en su mente, pero al final se centró—. Nos aseguramos de que después del divorcio nos vean juntos. Siempre riendo y pasándonoslo bien juntos para que ninguno de los dos quede como una... —Se detuvo justo a tiempo evitando pronunciar la palabra «víctima»—, para que ninguno de los dos quede como un granuja.

Los detalles de su plan fueron encajando en su mente como si estuviera elaborando el guión de una comedia de enredo.

—Poco a poco, dejamos filtrar la noticia de que te he ido presentando a algunas amigas y de que tú me vas presentando a algunos de tus amigos cretinos. Todo sumamente amistoso. Tipo Bruce y Demi. Nada de dramas ni escándalos.

Y nada de lástima. Esto era lo realmente importante, la única forma en que ella podría salir bien parada. Nada de compasión por la patética y desconsolada Georgie York, quien no era capaz de conservar a ninguna pareja.

Bram todavía estaba atascado en la primera parte.

—¿Seguir casados? ¿Tú y yo?

—Sólo durante un año. Es... Sé que no es un plan perfecto... —esto constituía una auténtica ironía—, pero dadas las circunstancias, creo que es la mejor jugada.

—¡Pero si nos odiamos!

Ahora no podía desdecirse. Todo estaba en juego, su reputación, su carrera y, por encima de todo, su maltratado orgullo.

Aunque aquello era más que orgullo. El orgullo era una emoción superficial y lo que ella sentía era más profundo, abarcaba la totalidad de su sentido de identidad. Georgie se enfrentó a la dolorosa verdad de que había vivido toda su vida sin tomar, por sí misma, una sola decisión importante. Su padre había guiado todos los pasos de su carrera y de su vida personal, desde los trabajos que aceptaba hasta lo relacionado con su imagen. Incluso le había presentado a Lance, quien, por su parte, había decidido cuándo se casarían, dónde vivirían y cientos de otros aspectos. Fue Lance quien decidió que no tendrían hijos y también quien determinó el final de su matrimonio. Durante treinta y un años había permitido que otras personas decidieran su destino y ya estaba harta. Tenía dos alternativas: o seguir viviendo conforme a los dictados de los demás o tomar las riendas de su vida, por muy mal que lo hiciera.

La invadió un sentimiento de determinación tan aterrador como excitante.

—Te pagaré.

Bram enarcó una ceja.

—¿Me pagarás?

—Cincuenta mil dólares por cada mes que vivamos juntos. Por si no sabes contar, eso suma seiscientos mil dólares.

—Sí que sé contar.

—Un regalo prematrimonial entregado con posterioridad.

Una vez más, Bram sacudió un dedo en su dirección.

—Lo hiciste a propósito. Me atrapaste de la misma forma que intentaste atrapar a Trevor. Lo tenías en mente desde el principio.

Ella se levantó del sillón de golpe.

—¡Eso no te lo crees ni tú! Cada segundo que paso contigo es espantoso, pero me preocupa más mi carrera que el odio que siento por ti.

—¿Tu carrera o tu imagen?

Georgie no pensaba discutir sus problemas de autoestima con el enemigo.

—En esta ciudad, la imagen es la carrera —declaró dándole la respuesta más obvia—. Tú lo sabes mejor que nadie. Por eso no puedes conseguir un trabajo decente, porque nadie confía en ti. Sin embargo, el público sí confía en mí. Incluso a pesar de mi fracaso con Lance. Mi reputación te beneficiará. Si decides seguir mi plan no tienes nada que perder, sólo ganar. La gente pensará que te has reformado y quizá por fin consigas un trabajo que valga la pena.

Algo chispeó en los ojos de Bram. Georgie estaba blandiendo el argumento equivocado, así que cambió de táctica.

—Seiscientos mil dólares, Bram.

Él se volvió y se dirigió lentamente a los ventanales.

—Seis meses.

La audacia de Georgie se desvaneció y tragó saliva.

—¿De verdad?

—Accedo durante seis meses —declaró Bram—. Y después renegociamos. Además, tendrás que aceptar todas mis condiciones.

Las alarmas se dispararon en la mente de Georgie, pero intentó conservar la calma.

—¿Y tus condiciones son...?

—Te las haré saber cuando llegue el momento.

—No hay trato.

Él se encogió de hombros.

—Muy bien, pues no hay trato. La idea era tuya, no mía.

—¡No eres nada razonable!

—No soy yo quien se muere por estar casado. O lo hacemos a mi manera o no hay trato.

Ella no estaba dispuesta a hacerlo a su manera de ningún modo. Ya había tenido bastante con su padre y con Lance.

—De acuerdo —declaró—. A tu manera. Estoy segura de que será totalmente justa.

—¡Uy, sí, puedes estar segura!

Georgie fingió no haberlo oído.

—Lo primero que deberíamos hacer es...

—Lo primero que haremos es encargarnos de Mel Duffy. —De

repente, Bram se puso en plan serio, lo que resultaba enervante, pues él nunca se ponía en plan serio—. Le diremos que puede sacarnos fotos en exclusiva aquí, en esta *suite*, pero sólo si nos da a cambio las que nos ha sacado abajo. —Miró a Georgie a lo largo de su sublime nariz—. No cogió mi ángulo bueno.

Bram tenía razón: las fotografías que Duffy les había sacado antes les harían parecer más unos fugitivos que unos felices recién casados.

—Vamos allá —declaró ella—. Te acuerdas de cómo se hace, ¿no?

—No me presiones.

Georgie pidió a la operadora del hotel que retuviera el aluvión de llamadas que pronto se produciría y Bram se fue en busca de Mel Duffy. Tres horas más tarde, ella y su muy detestado marido estaban vestidos de blanco, cortesía del excelente servicio de conserjería del Bellagio. El vestido de Georgie tenía un corpiño que realzaba la figura, un dobladillo de encaje y cinta para coser de doble cara colocada estratégicamente para ajustarlo a su medida. Bram iba vestido con un traje de lino blanco y una camisa blanca de cuello abierto. Todo aquel blanco contrastaba con su piel morena, su pelo rubio leonado y su rebelde barba incipiente, dándole aire de pirata recién desembarcado de un lujoso velero para saquear a los asistentes al Festival de Cannes.

Georgie telefoneó a sus familiares, a todos salvo a su padre, y les contó la noticia. Hizo una interpretación medio decente profesando su alegría y excitación por estar casada con el *playboy* del mundo occidental, aunque no le resultaría tan fácil explicárselo a sus amigas. Dejó mensajes en sus contestadores automáticos a propósito para no tener que hablar con ellas directamente. En cuanto a su padre... Bueno, las crisis mejor de una en una.

Bram apareció detrás de ella mientras estaba en el lavabo. Si en aquel momento se dejaba pisotear por él, no podría dar marcha atrás. Bram tenía que ver en ella a una Georgie York totalmente nueva.

Así que cogió la barra de labios que acababa de dejar.

—Yo no comparto mi maquillaje —declaró—. Utiliza el tuyo.

—¿Seguro que esta cosa no mancha? No quiero tener marcas de pintalabios por todas partes cuando te bese.

—Tú no vas a besarme.

—¿Te apuestas algo? —Bram cruzó los brazos y apoyó un hombro en el marco de la puerta—. ¿Sabes qué pienso?

—Ah, pero ¿tú piensas?

—Pienso que todo ese rollo que me soltaste acerca de proteger tu carrera es mentira. —Alguien llamó a la puerta de la *suite*—. La verdadera razón de que quieras vivir esta farsa es que nunca superaste lo mío.

—¡Oh, vaya, me has pillado!

Georgie le dio un fuerte codazo cuando pasó por su lado.

Bram la atrapó antes de que llegara al salón y le alborotó el pelo.

—Así está mejor. Ahora parece que acabes de darte un revolcón. —Y se dirigió hacia la puerta—. Sonríe para el simpático fotógrafo.

Mel Duffy entró caminando con pesadez y despidiendo un olor a aros de cebolla rebozados.

—Georgie, estás fantástica. —Duffy examinó la habitación con la mirada y, a continuación, señaló la terraza—. Empecemos ahí fuera.

Minutos después, Georgie y Bram estaban posando junto a la barandilla de la terraza, con el sol poniente y los brazos entrelazados alrededor de la cintura. Duffy tomó unos cuantos primeros planos de los novios riendo y contemplando el diamante de plástico, y después le sugirió a Bram que cogiera a la novia en brazos.

Justo lo que ella quería... Bram Shepard sosteniéndola en vilo a una altura de treinta plantas.

Cuando él la levantó en brazos, la fina falda blanca giró flotando alrededor de ellos. Georgie le hincó los dedos en el bíceps. Él la miró a los ojos con expresión embelesada. Ella deslizó la mano por el interior de la chaqueta de él y le devolvió el cariñoso gesto. Georgie se preguntó cómo sería vivir sin fingir emociones que no sentía en absoluto. Al menos, en esta ocasión ella había elegido el camino a seguir y eso tenía que contar para algo.

Duffy cambió de posición.

—¿Qué tal un beso?

—Justo lo que yo estaba pensando. —La voz de Bram era puro sexo líquido.

Ella esbozó una dulce sonrisa.

—Esperaba que nos lo pidieras.

Bram inclinó la cabeza y, de golpe, Georgie se vio transportada al pasado, al día de su primer beso en la pantalla.

Entonces ella estaba junto a otra barandilla, una que daba al río Chicago, cerca del puente de Michigan Avenue. Como era habitual, dedicarían los quince primeros días a rodar exteriores y después regresarían a Los Ángeles para filmar el resto de lo que sería su quinta temporada. Era un domingo por la mañana de finales de julio y la policía había acordonado la zona. Aunque soplaba una brisa procedente del lago, la temperatura había alcanzado los treinta y dos grados.

—¿Ya ha llegado Bram? —preguntó Jerry Clarke, el director.

—Todavía no —contestó su asistente.

Bram odiaba madrugar casi tanto como odiaba interpretar a Skip, y Georgie sabía que Jerry había asignado a uno de los asistentes de producción la tarea específica de despertarlo. Había transcurrido un año desde la desagradable noche del yate, pero Georgie todavía no había perdonado a Bram lo que le había hecho, ni se había perdonado a ella misma por permitirle llegar tan lejos. Lo soportaba haciendo ver que no existía. Sólo cuando las cámaras empezaban a rodar y él se convertía en su Skip Scofield, con sus ojos amables e inteligentes y su expresión de interés y preocupación por ella, Georgie dejaba a un lado sus defensas.

Aquel día la habían vestido con una camiseta ajustada, pero no demasiado ajustada, y una falda corta, pero no demasiado corta. Los productores habían empezado a permitir que le dieran a su cabello un tono más caoba, aunque ella seguía odiando los tirabuzones. La cadena no sólo era la propietaria de su pelo, sino también de todo lo demás. Su contrato le prohibía ponerse *piercings*, grabarse tatuajes, provocar escándalos sexuales y tomar drogas. Por lo visto, a Bram su contrato no le prohibía nada.

El director explotó con frustración.

—¡Que alguien vaya a buscar a ese bastardo!

—El bastardo está aquí mismo.

Bram apareció, con un cigarrillo colgando de la comisura de los labios y unos ojos enrojecidos que no pegaban con su polo azul cielo, sus pantalones formales con raya y su reloj pijo.

—¿Has podido dar una ojeada al guión? —le preguntó Jerry con sarcasmo—. Hoy filmaremos el primer beso de Skip y Scooter.

—Sí, ya lo he leído. —Bram lanzó la colilla entre las barras de la barandilla—. Acabemos con esta mierda.

Mientras seguía allí de pie, con su ropa de niña buena, Georgie lo odió tanto que le ardió la sangre. ¡Durante los primeros años se había empeñado tanto en verlo como a un hombre taciturno y romántico que esperaba encontrar a la mujer adecuada para que lo salvara! Pero, en realidad, Bram sólo era una variedad común y corriente de serpiente, y ella era una imbécil por no haberse dado cuenta desde el primer momento.

Repasaron sus textos, se colocaron en sus puestos y las cámaras empezaron a filmar. Mientras Bram se transformaba en Skip, Georgie esperó a que la magia se produjera.

> SKIP (*mirando a SCOOTER con ternura*): ¿Qué voy a hacer contigo, Scooter?
> SCOOTER: Podrías besarme. Pero sé que no quieres hacerlo. Sé que me dirás que soy...
> SKIP: Problemática.
> SCOOTER: No lo hago a propósito.
> SKIP: Ni yo querría que fueras de otra manera.
> (*SKIP mira fijamente a los ojos a SCOOTER y lentamente la besa*)

Georgie sintió el duro tacto de los labios de Bram y la magia no funcionó. Los labios de Skip deberían ser blandos y Skip no debería saber a cigarrillos e insolencia. Georgie se apartó de él.

—¡Corten! —gritó Jerry—. ¿Algún problema, Georgie?

—Pues sí. —Bram miró a la cámara con el ceño fruncido—. Sólo son las ocho de la mañana.

—Repitamos la escena —ordenó el director.

Y la repitieron. Una vez, y otra y otra. Sólo se trataba de un simple beso fingido, pero por mucho que Georgie lo intentara, no lograba convencerse de que era Skip quien la besaba, y cada vez que sus labios y los de él se juntaban, sentía que se estaba humillando otra vez a sí misma.

Seis tomas más tarde, Bram se marchó hecho una furia mientras le gritaba a Georgie que se apuntara a unas jodidas clases de interpretación. Ella, a su vez, le gritó que hiciera gárgaras con un jodido elixir bucal. Los miembros del equipo estaban acostumbrados a las explosiones de mal genio de Bram, pero no a que Georgie reaccionara de esa manera, y ella se sintió avergonzada.

—Lo siento —murmuró—. No era mi intención descargar mi mal humor en vosotros.

El director convenció a Bram para que regresara. Entonces Georgie buscó en su interior y, de algún modo, consiguió utilizar sus agitadas emociones para reflejar la confusión de Scooter. Al final, consiguieron una buena toma.

Y ahora allí estaba de nuevo, haciendo algo que nunca creyó que tendría que repetir: besar a Bram Shepard.

La boca de Bram se unió a la de ella y esta vez sus labios eran suaves, como deberían haber sido los de Skip. Georgie empezó a retirarse mentalmente al lugar secreto en que solía esconderse años atrás. Pero algo iba mal. Bram ya no sabía a bares sórdidos y noches sin dormir. Sabía a limpio. No limpio como Lance, un adicto a los caramelos de menta, sino limpio como...

Georgie no sabía exactamente qué pasaba, pero sabía que no le gustaba. Ella quería que Bram fuera Bram. Quería el sabor amargo de su condescendencia, la ofensa de su desdén. Esto era lo que ella sabía manejar.

Esperó a que él intentara meterle la lengua hasta la garganta. No es que quisiera que lo hiciera, ¡por Dios, no!, pero al menos eso le resultaría familiar.

Bram le mordisqueó el labio inferior y, poco a poco, volvió a dejarla en el suelo.

—Bienvenida a la vida matrimonial, señora Shepard —declaró con voz suave y tierna mientras su mano, escondida en los pliegues de la falda de Georgie, le pellizcaba el trasero.

Ella sonrió aliviada. Por fin Bram actuaba como él mismo.

—Bienvenido a mi corazón... —dijo ella con igual ternura—, señor de Georgie York.

Y le dio un codazo por debajo de la chaqueta con tanta fuerza como pudo.

Cuando Duffy se marchó, había oscurecido y la dirección del hotel había deslizado un mensaje para ellos por debajo de la puerta. La centralita estaba colapsada de llamadas y una multitud de fotógrafos se había congregado en el exterior. Georgie encendió el televisor y vio que la noticia de su boda se había hecho pública. Mientras Bram se cambiaba de ropa, ella se sentó en el borde del sofá mirando la televisión.

Todo el mundo estaba impactado.

Nadie se lo esperaba.

Como los periodistas sólo disponían de una información escueta, los programas del corazón rellenaban la historia con comentarios de supuestos expertos que no sabían absolutamente nada.

«Después del terrible final de su primer matrimonio, Georgie ha vuelto al confort de lo que le resulta familiar.»

«Quizá Shepard se ha cansado de su vida disoluta...»

«Pero ¿se ha reformado realmente? Georgie es una mujer adinerada y...»

Bram salió del dormitorio vestido con unos tejanos y una camiseta negra.

—Nos vamos esta noche.

Georgie silenció el televisor.

—No me entusiasma mucho la idea de conducir hasta Los Ángeles con una manada de fotógrafos persiguiéndonos. Como diría la princesa Diana, «ya tengo bastante de eso».

—Ya me he ocupado de ese asunto.

—Pero si ni siquiera eres capaz de ocuparte de ti mismo.

—Te lo explicaré de otra manera: no pienso quedarme aquí. Puedes venir conmigo o explicarle a la prensa por qué tu recién estrenado marido se va solo.

Era evidente que Bram iba a ganar aquella batalla, así que Georgie declaró con aire despectivo:

—Será mejor que sepas lo que haces.

Al final resultó que Bram sí tenía resuelta la situación. Una furgoneta con las ventanillas pintadas con publicidad de una fontanería los esperaba en la zona de mercancías del hotel. Bram metió las maletas en la parte trasera y le dio al conductor un par de billetes doblados. Después ayudó a Georgie a subir, hizo lo propio y cerró la puerta.

El interior de la furgoneta olía a huevos podridos. Se acomodaron cerca de las puertas, doblaron las rodillas y apoyaron la espalda en las maletas.

—Supongo que no iremos así hasta Los Ángeles —comentó Georgie.

—¿Siempre has sido tan quejica?

«Más o menos», pensó Georgie. Al menos durante el último año. Pero eso iba a cambiar.

—Preocúpate de ti mismo.

La furgoneta se alejó del hotel y Georgie chocó contra Bram. En esto se había convertido su vida. En escapar de Las Vegas ocultos en una furgoneta de fontanería. Georgie apoyó la mejilla en las rodillas y cerró los ojos intentando no pensar en lo que le esperaba.

SCOOTER: Yo nunca miro las estrellas.
SKIP: ¿Por qué?
SCOOTER: Porque me hacen sentir pequeña. Más pequeña que un puntito. Preferiría meter la mano en una jaula de leones que mirar las estrellas.
SKIP: Eso es absurdo. Las estrellas son bonitas.
SCOOTER: Las estrellas son deprimentes. Yo quiero hacer grandes cosas en mi vida, pero ¿cómo puedo conseguirlo si las estrellas me recuerdan lo pequeña que soy en realidad?

Al cabo de un rato, la furgoneta salió de la carretera y se detuvo en un camino de tierra lleno de baches. Bram bajó y Georgie asomó la cabeza. La noche era oscura como boca de lobo y estaban en medio de ninguna parte. Georgie bajó y se dirigió con cautela a la parte frontal del vehículo. Los faros delanteros iluminaban un letrero de madera que indicaba: JEAN DRY LAKE. Junto a éste, un cartel anunciaba una especie de festival de lanzamiento de cohetes. Bram estaba hablando con el conductor de un sedán negro. Ella no quería hablar con nadie, así que no se acercó.

El conductor de la furgoneta pasó por su lado con las maletas.
—Me gustabas mucho en *Skip y Scooter* —le dijo.
—Gracias.
Georgie deseó que alguien le dijera que le había gustado en sus otras películas.

El conductor del sedán bajó y metió las maletas en el maletero. Los dos hombres subieron a la furgoneta y se marcharon. Ella y Bram se quedaron solos, con sólo el brillo del pelo de Bram a la luz de la luna.
—Ellos contarán lo de nuestra huida —dijo Georgie—. Sabes que sí. Ganarán un buen dinero por eso.
—Cuando salga a la luz, ya hará tiempo que estaremos en casa.
«Casa.» Georgie no se imaginaba a los dos atrapados en su pequeña casa de alquiler. Tenía que encontrar otra y deprisa. Una casa grande para que no tuvieran que verse. Mientras abría la portezuela del coche, consultó su reloj: las dos de la madrugada. Sólo habían

pasado doce horas desde que despertara para encontrarse inmersa en aquel desastre.

Bram se sentó al volante. Condujo deprisa, aunque no con temeridad.

—Un amigo mío llevará mi coche de regreso a Los Ángeles dentro de un par de días. Si tenemos suerte, no descubrirán que nos hemos ido del hotel hasta entonces.

—Necesitamos un lugar para vivir. Le diré a mi agente inmobiliario que encuentre algo deprisa.

—Viviremos en mi casa.

—¿Tu casa? Creí que estabas cuidando la casa de Trev en Malibú.

—Sólo voy allí cuando quiero escapar.

—¿Escapar de qué? —Georgie se quitó las sandalias—. Espera. ¿No me dijo Trev que vivías en un apartamento?

—¿Tienes algo en contra de los apartamentos?

—Sí, que son pequeños.

—¿Siempre has sido tan esnob?

—Yo no soy esnob. Se trata de una cuestión de intimidad. De uno respecto al otro.

—Pues nos resultará un poco difícil, porque mi apartamento sólo tiene un dormitorio, aunque es bastante grande.

Georgie le lanzó una mirada airada.

—De ningún modo viviremos en un apartamento de un solo dormitorio.

—Tú no tienes por qué hacerlo si no quieres, pero yo sí viviré allí.

Entonces ella lo entendió. Así era como él pensaba manejarlo todo. Sería a su manera o a la calle.

A Georgie le dolía la cabeza, tenía tortícolis y no vio ninguna ventaja en discutir sobre aquella cuestión antes de llegar a Los Ángeles. Se volvió de lado y cerró los ojos. Tomar la decisión de asumir el control de su vida era la parte fácil. Llevarlo a cabo le resultaría mucho más complicado.

Despertó al amanecer. Se había dormido apoyada en la puerta del coche y se frotó la nuca. Estaban subiendo por una calle serpenteante de una zona residencial flanqueada por casas ocultas tras frondosos follajes. Bram la miró de reojo. Aparte de tener la barba más crecida, no mostraba signos de no haber dormido en toda la noche. Georgie frunció el ceño.

—¿Dónde estamos?

—En las colinas de Hollywood.

Pasaron junto a un seto alto de ficus, tomaron otra curva y cogieron un camino entre dos pilares de piedra. Una gran casa de piedra y estuco rojizo de estilo colonial español apareció a la vista. Una buganvilla se enredaba alrededor de un saliente formado por seis ventanas en arco de estilo morisco y una trompeta trepadora subía por una torre redonda de dos plantas de altura que remataba un extremo de la casa.

—Sabía que me mentías respecto a lo del apartamento.

—Ésta es la casa de mi novia.

—¿Tu novia?

Bram paró delante de la casa y apagó el motor.

—Tienes que explicarle lo que ha sucedido. Todo irá mejor si se lo explicas tú personalmente.

—¿Quieres que le explique a tu novia por qué te has casado?

—¿Qué quieres, que se entere por los periódicos? ¿No crees que debería ser sensible con la mujer que amo?

—Tú no has amado a nadie en tu vida. ¿Y desde cuándo sales con una sola mujer?

—Siempre hay una primera vez.

Bram se desabrochó el cinturón de seguridad y salió del coche.

Corrió detrás de él hacia el porche con arcos y suelo de baldosas azules y blancas que formaba la entrada de la casa. En un rincón, junto a tres columnas en espiral del mismo color rojizo que el estucado, había unas macetas de terracota de varios tamaños.

—No le contaremos a nadie la verdad acerca de nuestro matrimonio —susurró Georgie—. Y menos a una mujer que va a experimentar una comprensible necesidad de venganza.

Bram subió los escalones del porche.

—Si va tan en serio conmigo como yo creo, mantendrá la boca cerrada y esperará hasta que todo termine.

—¿Y si no va en serio contigo?

Bram enarcó una ceja.

—Sé sincera, Scoot. ¿Cuándo has visto que una mujer no vaya en serio conmigo?

6

Bram tenía una llave de la casa de su novia, así que o vivía con ella o pasaba mucho tiempo allí, lo que explicaría por qué sólo necesitaba un apartamento de una habitación. Georgie subió los escalones del porche y siguió a Bram al interior de un vestíbulo con apliques de bronce y paredes pintadas a la esponja.

—Tendrías que haberme dicho que tenías novia.

Bram señaló con la cabeza la parte trasera de la casa.

—La cocina está por ahí. Ella necesitará un café. Yo la iré preparando mientras tú haces el café.

—Bram, esto no es una buena idea. Como mujer te digo que...

Él ya había desaparecido escaleras arriba. Georgie se sentó en el primer escalón y apoyó la cara entre las manos. Una novia. Bram siempre había estado rodeado de mujeres hermosas, pero ella nunca había oído que tuviera una relación seria con nadie. Deseó no haber cortado a Trev cada vez que él empezaba a contarle cosas de Bram.

Se levantó del escalón y miró alrededor. La novia de Bram tenía un gusto exquisito para la decoración, aunque no para los hombres. A diferencia de otras casas antiguas de estilo colonial, aquélla tenía suelos de madera clara que, o eran originales o habían sido tratados para que parecieran usados y tuvieran un aspecto cálido y rústico. El mobiliario era confortable, piezas sencillas tapizadas con telas de tonalidad mate y adornadas con bonitos cojines indios y telas tibetanas de colores ocre, aceituna, marrón rojizo, peltre y dorado mate. Unos ventanales altos que daban a un porche trasero permitían que la luz matutina inundara el salón y, al mismo tiempo, contemplar los exuberantes limoneros y naranjos de China que crecían en decorativas macetas de cerámica. Una antigua ánfora de aceite contenía una frondosa enredadera que subía por el lateral de una chimenea y a lo largo de la repisa superior de piedra, que estaba labrada con un diseño morisco.

La bien equipada cocina tenía paredes de estuco, elegantes electrodomésticos y baldosas de tonalidad terrosa con motivos azules. Un candelabro de hierro con pantallas de estaño colgaba encima de la isla central de la cocina; el saliente con seis ventanas en arco que Georgie había visto desde el coche era el comedor de desayunos. Encontró la cafetera y preparó el café. De momento, no había oído ningún grito procedente de la planta de arriba, pero era sólo cuestión de tiempo. Georgie sacó su taza al porche trasero, construido con las mismas columnas rojizas y en espiral y las mismas baldosas españolas azules y blancas que el porche de la entrada. Los faroles de metal con filigranas, las mesas con mosaicos y patas de hierro curvadas, la mampara de madera labrada y los muebles tapizados con vistosas telas turcas y marroquíes hicieron que se sintiera como en una kasba. Las exuberantes enredaderas, los palmitos y las cañas de bambú proporcionaban al porche una sensación de intimidad.

Georgie se cubrió los hombros con un chal y se sentó en una cómoda tumbona. El leve tintineo de un móvil de piezas de latón llegó hasta ella flotando en el silencioso frío matinal. Evidentemente, Bram no conocía bien a su novia, porque el tipo de mujer que poseía una casa como aquélla no aceptaría que su novio se casara con otra mujer, fueran cuales fueren las circunstancias. Bram era un estúpido por sólo imaginar algo así, lo que resultaba extraño, porque él nunca había sido...

Georgie se levantó de un brinco y el café le salpicó la mano. Lo absorbió de un lametón, dejó la taza encima de un montón de revistas y entró en la casa como una exhalación. En cuestión de segundos, había subido las escaleras y encontrado el dormitorio principal, donde Bram estaba dormido boca abajo, encima de la cama de matrimonio. Solo.

Georgie se había olvidado de la regla número uno en todo lo relacionado con Bram Shepard: no creer nada de lo que dijera.

Georgie quiso vaciar un cubo de agua fría sobre la cabeza de Bram, pero se lo pensó mejor. Mientras estuviera dormido no tendría que aguantarlo. Volvió a bajar y se acomodó de nuevo en el porche. A las ocho, telefoneó a Trev, quien, como era de esperar, casi le rompió los tímpanos con sus gritos.

—¡¿Qué demonios ha pasado?!

—Amor verdadero —replicó Georgie.

—No puedo creer que os hayáis casado. Me resulta inconcebible que lo hayas convencido para que se casara contigo.

—Estábamos borrachos.

—Créeme, Bram no lo estaba tanto. Él siempre sabe exactamente lo que hace. ¿Dónde está ahora?

—Durmiendo en el piso de arriba, en una casa magnífica que, por lo visto, le pertenece.

—La compró hace dos años. Sólo Dios sabe de dónde sacó el dinero para la entrada. No es ningún secreto que últimamente no ha sido muy solvente.

Lo cual constituía la razón de que hubiera accedido a seguir el plan de Georgie: los cincuenta mil dólares mensuales que ella había prometido pagarle.

Sin embargo, Trev no sabía lo del dinero del soborno.

—Habrá decidido que tú eres el billete que necesita para mejorar su reputación. La publicidad de vuestra boda podría ayudarle a conseguir algún papel. A él parece no importarle que no lo contraten, pero créeme: sí le importa.

Georgie bajó con nerviosismo del porche al jardín y se volvió para contemplar la casa. Un segundo juego de columnas en espiral situado encima de las primeras sostenía el balcón que corría a lo largo de casi toda la planta superior y más enredaderas subían por las paredes de estucado rojizo.

—Bram no puede ser insolvente —declaró—. Esta casa es increíble.

—Y está hipotecada hasta la última teja. Además, la mayor parte del trabajo lo ha hecho él mismo.

—Imposible. Seguro que ha convencido a alguna mujer locamente enamorada de él para que pague parte de sus facturas.

—Es una posibilidad.

Georgie necesitaba saber más cosas, pero cuando presionó a Trev para que se las contara, él la atajó.

—Los dos sois amigos míos y no pienso involucrarme en esto, aunque, desde luego, espero que me invitéis a cenar para ver cómo os tiráis los trastos por la cabeza.

Georgie tenía treinta y siete mensajes en el móvil. Su padre era el remitente de diez de ellos. Ella se imaginaba lo histérico que estaría, pero todavía no se sentía capaz de hablar con él. April se había ido al rancho de Tennessee con su familia dos días antes. Georgie marcó su número y, cuando oyó la voz de su amiga, algunas de sus defensas se derrumbaron. Se mordió el labio.

—April, no tienes forma de confirmar que lo que voy a contarte es un montón de mentiras, lo cual te permitirá transmitir la información con la conciencia tranquila, ¿de acuerdo?

—¡Oh, cariño...! —exclamó April con el tono de una madre preocupada.

—Bram y yo nos encontramos casualmente en Las Vegas. Saltó la chispa y nos dimos cuenta de lo mucho que nos habíamos querido siempre. Decidimos que habíamos malgastado demasiado tiempo lejos el uno del otro, así que nos casamos. Tú no sabes con certeza dónde estamos, pero crees que seguimos en el Bellagio disfrutando de una improvisada luna de miel. Seguro que todo el mundo estará contento de que Bram Shepard por fin se haya reformado y de tener el final feliz que todos se perdieron cuando *Skip y Scooter* se canceló. —Se le hizo un nudo en la garganta—. ¿Te importaría telefonear a Sasha y contarle lo mismo? Y si Meg aparece...

—Claro que lo haré, pero, cariño, estoy preocupada por ti. Cogeré un avión y...

—No.

La preocupación que Georgie percibió en la voz de April hizo que estuviera a punto de echarse a llorar.

—Estoy bien. De verdad. Sólo un poco alterada. Te quiero.

Nada más colgar, Georgie se obligó a enfrentarse a la realidad. De momento estaba atrapada en aquella casa. Al ser unos recién casados, el público esperaría que ella y Bram estuvieran juntos continuamente. Pasarían semanas antes de que pudiera ir sola a algún lugar. Se reclinó en la tumbona del porche, cerró los ojos e intentó pensar. Sin embargo, no había respuestas fáciles, y al final se quedó dormida al son de las campanillas de latón del móvil mecido por la brisa.

Cuando despertó dos horas más tarde, no se sintió nada repuesta. A desgana, subió las escaleras. Una música latina retumbaba en el otro extremo del pasillo. Mientras se dirigía hacia allí para averiguar de dónde procedía el sonido, pasó por delante del dormitorio de Bram y vio que la maleta de ella estaba en medio de la habitación.

¡Sí, ya, como que eso iba a ocurrir!

Si hubiera tenido que adivinar cómo era el dormitorio de Bram Shepard, se lo habría imaginado con una de esas enormes esferas de espejitos que hay en las discotecas y una barra de *striptease*, pero se habría equivocado. Un techo de bóveda de cañón y unas paredes estucadas de color miel definían un espacio que era lujoso, elegante y sensual sin ser perverso. Unos paneles rectangulares de piel encastados en una estructura de bronce formaban la cabecera de la cama de matrimonio y una confortable zona para sentarse ocupaba la torre que había visto desde la parte frontal de la casa.

Cuando entró en la habitación para coger su maleta, la música se detuvo. Segundos más tarde, Bram apareció en la puerta del dormitorio vestido con una camiseta sudada de los Lakers y unos pantalones cortos de hacer deporte. Al verlo con aquel aspecto tan saludable, la rabia de Georgie se disparó.

—Me he encontrado con tu novia en el piso de abajo. Se ha arrodillado y me ha dado las gracias por sacarte de su vida.

—Espero que hayas sido amable con ella.

Bram no tuvo la gentileza de disculparse por su mentira, aunque nunca le había pedido perdón por nada. Georgie se acercó a él.

—Ni tienes novia ni apartamento. Esta casa es tuya y quiero que dejes de mentirme.

—No pude evitarlo, me estabas poniendo de los nervios —repuso él mientras se dirigía al lavabo.

—¡Lo digo en serio, Bram! Estamos juntos en esto. Por mucho que lo detestemos, oficialmente somos un equipo. Sé que no sabes lo que eso significa, pero yo sí, y un equipo sólo funciona si todos cooperan.

—Muy bien, ya has vuelto a ponerme nervioso. Intenta entretenerte con algo mientras me lavo. —Se quitó la sudada camiseta y desapareció en el lavabo—. A menos que... —asomó la cabeza— quieras meterte en la ducha conmigo para jugar un poco. —La miró con lascivia de arriba abajo—. Después de lo de ayer por la noche... No digo que seas una ninfómana, pero no estás lejos de serlo.

¡Ah, no! No la vencería tan fácilmente. Georgie levantó la barbilla y le devolvió su mirada seductora.

—Me temo que me has confundido con aquel gran danés que tenías.

Bram soltó una carcajada y cerró la puerta.

Ella cogió su maleta y la sacó al pasillo. Una vez más, la sensación de estar atrapada le aceleró el corazón y volvió a intentar serenarse. Tenía que encontrar un lugar apropiado para dormir. Había vislumbrado una casita para invitados en la parte posterior de la finca, pero probablemente Bram tenía servicio doméstico, de modo que no podía instalarse tan lejos del edificio principal.

Exploró la planta superior y descubrió cinco dormitorios. Bram utilizaba uno para almacenar cosas, otro lo había convertido en un gimnasio bien equipado y un tercero era espacioso, pero estaba totalmente vacío. Sólo el dormitorio contiguo al principal estaba amueblado: una cama de matrimonio con una ornamentada cabecera de estilo morisco y una cómoda a juego. La luz del sol se esparcía por el interior gracias a unos ventanales que daban al balcón posterior de la casa. Las paredes pintadas de un alegre amarillo limón formaban un atractivo contraste con la oscura madera y la vistosa alfombra oriental.

Su ayudante le llevaría algo de ropa el día siguiente, pero hasta entonces sólo le quedaba una muda limpia. Deshizo la maleta y llevó sus artículos de tocador al lavabo del dormitorio, de cristal pavés y azulejos bermellón. Necesitaba una ducha con urgencia, pero cuando regresó al dormitorio para desvestirse, encontró a Bram tumbado en la cama, vestido con una camiseta limpia, unos pantalones cortos tipo safari y lo que parecía un vaso de whisky en equilibrio sobre su pecho. Y ni siquiera eran las dos de la tarde.

Él agitó el líquido del vaso.

—No es buena idea que duermas aquí. Mi ama de llaves vive encima del garaje y se daría cuenta de que dormimos en camas separadas.

—Haré la cama todas las mañanas antes de que ella la vea —contestó Georgie con dulzura fingida—. En cuanto a mis cosas... Dile que utilizo este dormitorio como vestidor.

Bram bebió un sorbo de whisky y descruzó los tobillos.

—Lo que te dije ayer iba en serio. Esto lo haremos según mis normas, y una vida sexual regular forma parte del trato.

Georgie lo conocía demasiado bien como para fingir sorpresa.

—Estamos en el siglo veintiuno, Skipper. Los hombres no dan ultimátums sexuales.

—Pues este hombre sí los da. —Bram se levantó de la cama como un león de melena pelirroja que se prepara para la caza—. No pienso renunciar al sexo, lo que significa que, o follo contigo, o haremos lo que hacen todos los matrimonios. Y no te preocupes, ya no me va tanto el sadomasoquismo como antes. No es que lo haya dejado del todo... —Su burla sutil resultaba más intimidante que el desdén que utilizaba antes. Bebió un sorbo de whisky con calma—. Hay un nuevo sheriff en la ciudad, Scooter. Tú y tu papaíto ya no tenéis la carta ganadora del poder. Estamos jugando con una baraja nueva y me toca repartir.

Levantó el vaso parodiando el gesto del brindis y salió al pasillo.

Georgie respiró hondo una docena de veces y a continuación lo hizo media docena de veces más. Sabía que convertirse en una mujer con poder de decisión no le resultaría fácil. Pero ella tenía el talonario, ¿no? Y esto la capacitaba para encararse y superar el reto. Sí, superarlo de una forma total, absoluta y definitiva.

Seguramente.

En la planta baja, el móvil de Bram vibró en el bolsillo de sus pantalones cortos. Antes de responder, se desplazó hasta la esquina más alejada del salón.

—Hola, Caitlin.

—Vaya, vaya... —respondió una áspera voz femenina—. ¡Eres una auténtica caja de sorpresas!

—Me gusta hacer que la vida resulte interesante.

—Suerte que encendí el televisor ayer por la noche, o no me habría enterado de la noticia.

—Llámame insensible, pero tú no estás en los primeros puestos de mi lista de contactos.

Mientras ella se desahogaba, Bram miró hacia el porche a través de los ventanales. Le encantaba aquella casa. Era el primer lugar en que había vivido que le daba una sensación de hogar o, al menos, lo que él creía que era un hogar, pues nunca había tenido uno antes. Las lujosas mansiones que había alquilado durante la época de *Skip y Scooter* parecían más residencias de estudiantes que auténticos hogares, pues siempre vivió en ellas con amigos. En la mitad de las habitaciones solía haber videojuegos a todo volumen y, en la otra, películas porno, y latas de cerveza y envases de comida rápida por todas partes. Y mujeres, montones de mujeres. Algunas eran chicas decentes e inteligentes que merecían ser tratadas mejor.

Mientras Caitlin seguía despotricando, Bram recorrió el pasillo trasero y bajó los pocos escalones que conducían a la pequeña sala de proyecciones que había restaurado. Chaz debía de haber visto una película la noche anterior, porque todavía olía a palomitas. Bram dio un sorbo a su bebida y se arrellanó en uno de los asientos reclinables. La pantalla vacía le recordó su estado en aquel momento. Con *Skip y Scooter* había tirado por la borda la oportunidad de su vida, como había hecho su padre con todas las oportunidades que se le presentaron. Una herencia familiar.

—Espero otra llamada, cariño —declaró Bram cuando se le acabó la paciencia—. Tengo que dejarte.

—Seis semanas —replicó ella—. Es todo lo que te queda.

¡Como si él lo hubiera olvidado!

Bram miró si tenía algún mensaje y cerró el móvil. No podía culpar a Caitlin por estar resentida, pero, en aquel momento, él tenía un problema mucho mayor entre manos. Cuando se enteró de que Georgie iba a pasar el fin de semana en Las Vegas, había decidido seguirla. Sin embargo, la estrategia que había planeado tomó un giro endemoniado que nunca imaginó. Desde luego casarse nunca había estado en sus planes.

Ahora tenía que averiguar cómo convertir aquella ridícula situación en algo ventajoso para él. Georgie tenía mil estupendas razones para odiarlo, mil razones para explotar todas las debilidades que pudiera encontrar en él, lo que significaba que sólo podía permitirle ver lo que esperaba ver. Por suerte, ella ya pensaba lo peor de él, y él no haría nada para que cambiara de opinión.

Casi sentía lástima por ella. Georgie no tenía ni un ápice de maldad, así que el enfrentamiento era desigual. Ella ponía el interés de los demás por delante del suyo y, si los otros la cagaban, se culpaba a sí misma. Él, por su parte, era un hijo de puta egoísta y egocéntrico que había crecido sabiendo que tenía que cuidar de sí mismo y no experimentaba el menor reparo en utilizar a Georgie. Ahora que por fin sabía lo que quería en la vida, iría a por ello con todos sus recursos.

Georgie York no tenía la menor posibilidad.

Georgie se duchó y se preparó un sándwich de pavo. Buscando un libro para leer, entró en el comedor. Una sólida mesa negra, redonda y con patas en forma de garra que parecía de estilo español o portugués estaba situada encima de una alfombra oriental y debajo de una lámpara de araña de bronce estilo morisco, pero el comedor era también una biblioteca, pues todas las paredes salvo la que comunicaba con el jardín estaban cubiertas, de suelo a techo, de estanterías. Además de libros, contenían una variada mezcla de objetos: campanas balinesas, minerales de cuarzo, cerámicas mediterráneas y pequeños cuadros mexicanos de temática popular.

La decoradora de Bram había creado un ambiente acogedor que invitaba al recogimiento, pero la variada colección de objetos demostraba que no conocía bien a Bram o que no le importaba que su iletrado cliente no apreciara sus elecciones. Georgie cogió un volumen profusamente ilustrado de artistas californianos contemporáneos y se sentó en un sillón de piel que había en un rincón. Conforme avanzaba la tarde, su concentración se fue debilitando. Había llegado la hora de poner manos a la obra. Quizá Bram no viera la necesidad de que tuvieran un plan conjunto para tratar con la prensa, pero ella sabía que era imprescindible. Tenían que decidir con rapidez cuándo y cómo realizar su reaparición. Dejó a un lado el libro y se puso a buscar a Bram. Como no lo encontró en ningún lugar de la casa, siguió el camino de grava que, flanqueado por cañas de bambú y altos setos, conducía a la casita de los invitados.

No era mayor que un garaje de dos plazas y tenía el mismo tipo de tejas y exterior estucado que la casa principal. Las dos ventanas de la fachada delantera estaban a oscuras, pero Georgie oyó sonar un teléfono en la parte trasera y siguió un sendero en esa dirección. Una luz salía por unos ventanales abiertos y se desparramaba por un pequeño patio de grava en el que había un par de tumbonas con cojines de lona color champán y unas macetas con orejas de elefante. Unas enredaderas subían por las paredes a los lados de los ventanales. En el interior, Georgie vio un acogedor despacho con paredes de color bermellón y suelo embaldosado y cubierto con una alfombra de pita. Una serie de pósters de películas enmarcados colgaba de las paredes. Algunos eran predecibles, como el de Marlon Brando en *La ley del silencio* o el de Humphrey Bogart en *La Reina de África*, pero otros no tanto, como el de Johnny Depp en *El amor de los inocentes*, Don Cheadle en *Hotel Ruanda* y el de Jake Koranda, el padre de Meg, como *Calibre Sabueso*.

Cuando Georgie entró en el despacho, Bram estaba hablando por teléfono, sentado tras un escritorio en ele pintado de albaricoque oscuro y tenía la omnipresente copa a su lado. Unas estanterías empotradas contenían montones de revistas sobre televisión y algunas para cinéfilos, como *Cineaste* y *Fade In*. Como Georgie no tenía noticia de que Bram leyera nada que fuera más profundo que *Penthouse*, supuso que eran otro toque de la decoradora.

Bram no pareció alegrarse de ver a su flamante esposa.

—Tengo que dejarte, Jerry —dijo al auricular—. He de preparar una reunión que tengo mañana por la mañana. Recuerdos a Dorie.

—¿Tienes un despacho? —preguntó Georgie cuando él colgó.

Bram entrelazó las manos en la nuca.

—Pertenecía al anterior propietario, pero todavía no he encontrado el momento de convertirlo en un fumadero de opio.

Georgie vio algo que parecía un ejemplar del Directorio Creativo de Hollywood cerca del teléfono, pero cuando quiso examinarlo más de cerca, Bram lo cerró de golpe.

—¿Qué es eso de que tienes una reunión? Tú no tienes reuniones. Ni siquiera tienes mañanas.

—Tú eres mi reunión. —Señaló el teléfono con un gesto de la cabeza—. La prensa ha descubierto que no estamos en Las Vegas y la casa está sitiada. Esta semana tendremos que instalar verjas en la entrada. Te dejaré pagarlas.

—¡Qué amable!

—Eres tú la que tiene la pasta.

—Descuéntalas de los cincuenta mil mensuales que te pago. —Georgie dirigió la vista al letrero de Don Cheadle—. Tenemos que hacer planes. Mañana a primera hora deberíamos...

—Estoy en mi luna de miel. Nada de charlas de negocios.

—Tenemos que hablar. Hay que decidir...

—¡Georgie! ¿Estás ahí?

A ella se le cayó el corazón a los pies. Una parte de su mente se preguntó cómo la había encontrado tan deprisa. La otra parte se sorprendía de que hubiera tardado tanto.

Unos zapatos crujieron en el sendero de grava que conducía a la casa de los invitados y, entonces, apareció su padre. Iba vestido, como siempre, de un modo conservador, con camisa blanca, pantalones gris claro y mocasines con borla. A los cincuenta y dos años, Paul York estaba delgado y en forma, usaba gafas sin montura y su pelo ondulado y prematuramente entrecano hacía que lo confundieran con Richard Gere.

Entró en el despacho y permaneció en silencio, estudiando a Georgie. Salvo por el color de los ojos, no se parecían en nada. Georgie había heredado la cara redonda y la boca grande de su madre.

—¿Qué has hecho, Georgie? —preguntó él con su habitual calma indiferente.

Y así, sin más, Georgie volvió a tener ocho años, y aquellos fríos ojos verdes de siempre la estaban juzgando por permitir que un caro cachorro de bulldog se escapara durante la filmación de un anuncio de comida para perros o por derramar un zumo en su vestido antes de una audición. Ojalá fuera uno de esos padres con arrugas, sobrepeso y mejillas rasposas, no supiera nada del mundo del espectáculo y sólo se preocupara de su felicidad. Georgie recuperó la compostura.

—Hola, papá.

Él juntó las manos a la espalda y esperó a que ella se explicara.

—¡Sorpresa! —exclamó Georgie con una sonrisa falsa—. Claro que, en el fondo, no es una sorpresa de verdad. Quiero decir que... Tú sabías que estábamos saliendo, ¿no? Todo el mundo vio las fotos del Ivy. Estoy de acuerdo en que parece precipitado, pero prácticamente crecimos juntos y... Cuando está bien, está bien. Está bien, ¿no, Bram? ¿A que está bien?

Pero su marido estaba disfrutando de su nerviosismo y no pensaba darle su apoyo.

Su padre evitó mirar a Bram de forma deliberada.

—¿Estás embarazada? —preguntó con su fría voz.

—¡No! ¡Claro que no! Lo nuestro es... —intentó no atragantarse— un matrimonio por amor.

—Vosotros os odiáis.

Bram por fin se levantó de la silla y se colocó al lado de Georgie.

—Eso es agua pasada, Paul. —Rodeó la cintura de su esposa con un brazo—. Ahora somos personas diferentes.

Paul siguió ignorándolo.

—¿Tienes idea de cuántos reporteros hay frente a la casa? Mientras entraba, atacaron mi coche.

Georgie se preguntó cómo la había encontrado su padre en aquella parte de la casa, pero entonces pensó que él no permitiría que un pequeño detalle como que nadie respondiera al timbre lo detuviera. Se lo imaginó atravesando los arbustos sin que un solo pelo de su cabeza se despeinara. A diferencia de ella, Paul York nunca se alteraba ni se sentía confuso. Y tampoco perdía nunca de vista sus objetivos, por eso le costaba tanto entender que ella insistiera en tomarse seis meses de vacaciones.

—Tienes que asumir el control de toda esta publicidad inmediatamente —declaró su padre.

—Precisamente Bram y yo estábamos decidiendo nuestro siguiente paso.

Por fin, Paul volvió su atención hacia su indeseado yerno. Habían sido enemigos desde el principio. Bram odiaba las interferencias de Paul en el plató, sobre todo su forma de asegurarse de que Georgie nunca dejara de encabezar el reparto. Y Paul lo odiaba todo de Bram.

—No sé cómo has convencido a Georgie de que participe en esta farsa, pero sé el porqué. Quieres volver a aprovecharte de sus éxitos, como solías hacer en el pasado. Quieres utilizarla para revivir tu patética carrera.

Su padre no sabía lo del dinero que ella pagaría, así que, extrañamente, no había dado en el blanco.

—No digas eso. —Al menos tenía que fingir que defendía a Bram—. Por esta razón no te he telefoneado. Sabía que te enfadarías.

—¿Enfadado yo? —Su padre nunca levantaba la voz, lo que hizo que su enfado todavía le resultara más doloroso a Georgie—. ¿Intentas arruinar tu vida deliberadamente?

No, ella estaba intentando salvarla.

Paul se balanceó de atrás a delante, como solía hacer cuando ella era una niña y no lograba memorizar sus diálogos.

—Y pensar que creí que lo peor ya había pasado.

Georgie sabía a qué se refería su padre. Él adoraba a Lance y se puso furioso cuando se separaron. A veces, ella deseaba que él le hubiera dicho lo que realmente sentía, o sea que ella debería haber sido lo bastante mujer para retener a su marido.

Paul sacudió la cabeza.

—Creo que nunca me habías decepcionado tanto como ahora.

Sus palabras la hirieron en lo más hondo, pero se estaba esforzando en ser ella misma, así que esbozó otra sonrisa radiante.

—Pues piensa que sólo tengo treinta y un años. Tengo un montón de años por delante para mejorar mi récord.

—Ya está bien, Georgie —declaró Bram casi con amabilidad, y apartó el brazo de su cintura—. Paul, te lo diré sin rodeos: ahora

Georgie es mi esposa y ésta es mi casa, así que compórtate o te prohibiré visitarnos.

Georgie contuvo el aliento.

—¿Ah, sí?

Paul apretó los labios.

—Pues sí.

Bram se dirigió a las puertas vidrieras, pero antes de llegar se dio la vuelta, interpretando una salida falsa con tanta perfección como lo había hecho en cientos de episodios de *Skip y Scooter*. Incluso utilizó el mismo inicio de diálogo.

—¡Ah, y una cosa más...! —Dejó a un lado el guión con una sonrisa perversa—. Quiero ver las declaraciones de la renta de Georgie de los últimos cinco años. Y sus estados financieros.

Ella no pudo creérselo. «El muy...» Avanzó un paso hacia Bram y su padre enrojeció de indignación.

—¿Acaso estás sugiriendo que he administrado mal el dinero de Georgie?

—No lo sé. ¿Lo has hecho?

Bram había ido demasiado lejos. Puede que le molestara la forma en que su padre intentaba controlarla y, sin lugar a dudas, cuestionaba su criterio a la hora de elegir sus últimos papeles, pero él era el único hombre del mundo en el que ella confiaba plenamente en lo relativo al dinero. Cualquier niño-actor se sentiría afortunado con un padre tan escrupulosamente honesto cuidando de su dinero.

La apariencia de su padre se volvió más y más calmada, lo que nunca constituía una buena señal.

—Ahora llegamos a la verdadera razón de este matrimonio: el dinero de Georgie.

Su yerno torció la boca con insolencia.

—Primero dices que me he casado con ella para avanzar en mi carrera... Ahora, que lo he hecho por su dinero... La verdad, tío, es que me he casado con ella por el sexo.

Georgie se acercó a ellos.

—Muy bien, ya me he divertido bastante por hoy. Te llamaré mañana, papá. Te lo prometo.

—¿Eso es todo? ¿No vas a decir nada más?

—Si me concedes un par de minutos, probablemente se me ocurrirá una buena frase lapidaria, pero de momento me temo que es lo mejor que tengo.

—Te acompañaré a la puerta —declaró Bram.

—No es necesario. —El padre de Georgie llegó a la puerta en un par de zancadas—. Saldré por donde he venido.

—Papá, no, de verdad... Deja que yo...

Pero él ya se estaba alejando por el sendero de grava. Georgie se dejó caer en un sofá blando y marrón, justo debajo de Humphrey Bogart.

—Ha sido divertido —comentó Bram.

Ella apretó los puños en su regazo.

—No puedo creer que cuestionaras su honestidad de esta manera. Tú, el auténtico rey de la mala administración financiera. La forma en que mi padre maneja mi dinero es asunto mío, no tuyo.

—Si no tiene nada que ocultar, no le importará enseñarme los libros.

Ella se levantó de golpe.

—¡Pues a mí sí que me importa! Mi situación financiera es confidencial y lo primero que haré mañana por la mañana será llamar a mi abogado para que continúe siéndolo.

También mantendría una conversación privada con su contable para ocultar a su padre los cincuenta mil dólares mensuales que le pagaría a Bram. «Gastos domésticos» o «gastos de seguridad» sonaba mucho mejor que «gastos de soborno».

—Relájate —dijo Bram—. ¿De verdad crees que sé interpretar un estado financiero?

—Lo has provocado deliberadamente.

—¿No te has divertido al menos un poco? Ahora tu padre sabe que no puede mangonearme como hace contigo.

—Yo dirijo mi propia vida. —Al menos eso intentaba.

Georgie esperaba que él rebatiera su afirmación, pero Bram simplemente apagó la lámpara del escritorio y la empujó hacia la puerta.

—Hora de acostarse. Apuesto a que te gustaría un masaje en la espalda.

—Apuesto a que no. —Georgie salió del despacho y él cerró las puertas tras ellos—. ¿Por qué sigues insistiendo? Ni siquiera te gusto.

—Porque soy un tío y tú estás disponible.

Georgie dejó que su silencio hablara por sí mismo.

7

A la mañana siguiente, Georgie hizo la cama en que había dormido sola con esmero y bajó a la planta baja. En la cocina, encontró a una joven trajinando en la encimera, de espaldas a la puerta, con un colador con fresas. Llevaba el pelo teñido de negro, muy corto en un lado y largo hasta la mandíbula y escalado en el otro. Tres pequeños símbolos japoneses tatuados en su nuca desaparecían por debajo de una camiseta gris sin mangas y unos imperdibles de gran tamaño sujetaban un largo descosido en la pernera de sus tejanos. Parecía una roquera punk de los años noventa y Georgie no entendió qué hacía allí, en la cocina de Bram.

—Esto... Buenos días. —Su saludo fue ignorado. Georgie no estaba acostumbrada a que no le hicieran la pelota y volvió a intentarlo—. Soy Georgie.

—¡Como si no lo supiera! —La joven siguió sin darse la vuelta—. Ésta es la bebida especial proteínica de Bram para el desayuno. Tú tendrás que prepararte lo que quieras tú misma.

La batidora se puso en marcha.

Georgie esperó hasta que el motor se apagó.

—¿Y tú eres...?

—El ama de llaves. Chaz.

—¿Que es el diminutivo de...?

—Chaz.

Georgie captó el mensaje. Chaz la odiaba y no quería hablar con ella. Sólo a Bram se le ocurriría tener un ama de llaves que pareciera salida de una película de Tim Burton. Georgie empezó a abrir armarios en busca de una taza. Cuando la encontró, se dirigió a la cafetera.

Chaz se volvió hacia ella.

—Éste es el café especial de Bram. Es sólo para él. —Tenía cejas espesas y oscuras, y en una llevaba un *piercing*. Sus facciones eran pequeñas, afiladas y hostiles—. El café normal está en ese armario.

—Estoy segura de que a Bram no le importará que beba una taza del suyo.

Georgie cogió la jarra de la cafetera de último modelo.

—Sólo he hecho la cantidad suficiente para él.

—Pues a partir de ahora será mejor que hagas un poco más.

Georgie no hizo caso de los dardos envenenados de los que era blanco, cogió una manzana de una fuente mexicana de Talavera y se la llevó, junto con el café, al porche trasero.

Bebió la mitad del delicioso café, y comprobó si tenía mensajes en el móvil. Lance había vuelto a telefonearle, en esta ocasión desde Tailandia.

«Georgie, ¿te has vuelto loca? Devuélveme la llamada en cuanto oigas este mensaje.»

Ella borró el mensaje y, a continuación, telefoneó a su publicista y a su abogado. Sus evasivas acerca de lo que había ocurrido durante el fin de semana los estaban volviendo locos, pero ella no pensaba contarle la verdad a nadie, ni siquiera a las personas en que teóricamente debía confiar. Utilizó con ellos el mismo argumento que el día anterior con su asistente personal, cuando le indicó que empacara sus cosas: «No puedo creer que precisamente tú no supieras que Bram y yo estábamos saliendo. Hicimos lo posible por mantenerlo en secreto, pero tú sueles leer en mí como en un libro abierto.»

Al final reunió el coraje necesario para telefonear a Sasha. Le preguntó acerca del incendio, pero ella cambió de tema.

—Me estoy ocupando de él. Ahora explícame qué está pasando de verdad, no la chorrada que me contó April acerca de que tú y Mister Sexy os pusisteis nostálgicos viendo una reposición de *Skip y Scooter*.

—Ésta es mi explicación y todos nos ajustaremos a ella, ¿de acuerdo?

—Pero...

—Por favor.

Al final, Sasha cedió.

—De momento no insistiré, pero la próxima vez que vaya a Los

Ángeles tendremos una larga charla. Por desgracia, tengo que quedarme en Chicago durante un tiempo.

Georgie siempre esperaba con ilusión las visitas de Sasha, pero en esta ocasión se sintió más que feliz de posponer lo que sabía que constituiría un tenso interrogatorio.

No se molestó en telefonear a su agente. Su padre se encargaría de Laura. Intentar conseguir el cariño de su padre era como esforzarse en una rueda de hámster. No importaba lo deprisa que corriera: nunca se acercaba al objetivo. Algún día dejaría de intentarlo. En cuanto a lo de contarle la verdad..., por el momento, no. Nunca.

Bram salió al porche bebiendo los restos de algo rosa, espeso y espumoso. Mientras Georgie se fijaba en la forma en que su camiseta marcaba unos músculos que a ella no le resultaban nada familiares, decidió que prefería su anterior aspecto de heroinómano. Al menos aquello lo entendía. Vio cómo un trozo de fresa desaparecía en la boca de Bram. Ella también quería un batido rosa y espumoso para desayunar. Claro que también quería muchas cosas que no podía tener: un matrimonio fantástico, hijos, una relación saludable con su padre, y una carrera que mejorara con el tiempo. Pero en aquel momento se conformaría con un buen plan para hacer creer al público que se había enamorado otra vez.

—Las vacaciones han tocado a su fin, Skipper. —Ella se levantó de la silla—. El fin de semana ha terminado y la prensa exige respuestas. Como mínimo, hemos de planificar los próximos días. Lo primero que tenemos que hacer es...

—No hagas enfadar a Chaz.

Bram se limpió una burbuja de espuma rosa de la comisura de los labios.

—¿Yo? Esa chica es una máquina de cabrear parlante.

—También es la mejor ama de llaves que he tenido nunca.

—Por su aspecto, parece que tenga dieciocho años. ¿Quién tiene un ama de llaves tan joven?

—Tiene veinte años. Y yo tengo un ama de llaves tan joven. Déjala tranquila.

—Si voy a vivir aquí, va a resultar un poco difícil.

—Te lo dejaré bien claro: si tengo que elegir entre tú y Chaz, ella gana de lejos.

Bram y su vaso vacío desaparecieron en el interior de la casa.

Se acostaban juntos. Eso explicaría la hostilidad de Chaz. No parecía su tipo, pero ¿qué sabía ella sobre los gustos actuales de Bram? Nada en absoluto, y tenía la intención de que siguiera de esa manera.

Aaron Wiggins, su asistente personal, llegó media hora más tarde. Georgie mantuvo la puerta abierta para que él pudiera entrar con su maleta más grande y algunos conjuntos colgados en perchas.

—Ahí fuera hay una auténtica zona de guerra —declaró Aaron con el entusiasmo de un chico de veintiséis años que sigue obsesionado con los videojuegos—. Los *paparazzi*, una cadena de noticias... Y creo que he visto a aquella tía de la cadena *E!*

—Estupendo —ironizó Georgie.

Aaron era su asistente personal desde que el anterior se pasara al campo de Lance y Jade. Aaron era casi tan ancho como alto, debía de pesar ciento treinta kilos y apenas alcanzaba el metro ochenta. Su pelo áspero y castaño enmarcaba una cara gordinflona adornada con unas gafas enormes y estrafalarias, una nariz larga y una boca pequeña y dulce.

—Mañana por la mañana empaquetaré el resto de tu ropa —explicó—. ¿Dónde quieres que deje todo esto?

—Arriba. El armario de Bram está lleno, así que he convertido el dormitorio contiguo en mi vestidor.

Cuando llegaron al final de las escaleras, Aaron resollaba y su bolso negro se había deslizado hasta el ángulo de su codo. Georgie deseaba que se cuidara más, pero él no hacía caso de sus indirectas. Cuando pasaron por el dormitorio de Bram, Aaron echó un vistazo al interior y se detuvo.

—Precioso. —Se refería al equipo de sonido, no a la decoración—. ¿Te importa si dejo tu ropa en tu vestidor y vengo a darle una ojeada? —preguntó.

Sabiendo cuánto le gustaban los aparatos, Georgie no pudo negarse. Aaron dejó la ropa y la maleta en la habitación contigua y regresó a examinar el equipo electrónico.

—¡Increíble!

—¿Quieres celebrar una fiesta, guapo? —preguntó una voz sedosa desde la puerta.

Aaron reaccionó soltando un extraño soplido.

—Soy Aaron, el asistente personal de Georgie.

Bram arqueó una de sus cejas perfectas mientras miraba a Georgie. Los asistentes personales solían ser mujeres jóvenes y guapas u hombres gays muy bien vestidos. Aaron no encajaba en ninguna de estas categorías. Georgie estuvo a punto de no contratarlo a pesar de que su padre se lo recomendó. Sin embargo, durante la entrevista, la alarma contra incendios de su casa se disparó y Aaron arregló el problema con tanta facilidad que ella decidió concederle una oportunidad. Aaron resultó ser alegre, listo, muy bien organizado y no tener manías acerca de las tareas que ella le encargaba. Además, su autoestima era tan baja como su habilidad para el arte dramático y nunca le pedía favores, como que consiguiera que lo admitieran en un club o un restaurante de moda, cosas que su anterior asistente daba por sentadas.

Muchos chicos como Aaron se habían mudado a Los Ángeles desde sus ciudades del Medio Oeste soñando con realizar efectos especiales en Hollywood, pero enseguida descubrían que conseguir un trabajo en este campo no era una tarea tan fácil. Ahora Aaron trabajaba de asistente personal para Georgie y se encargaba de su página Web. En su tiempo libre, jugaba a los videojuegos y engullía comida basura.

Aaron estrechó la mano de Bram y señaló el equipo de sonido, alojado en el interior de un mueble toscamente labrado cuyas puertas parecían proceder de una misión española.

—He leído cosas sobre equipos como éste. ¿Desde cuándo lo tienes?

—Lo compré el año pasado. ¿Quieres probarlo?

Mientras Aaron escudriñaba el equipo, Georgie examinó la habitación vacía que había en un recodo del pasillo, donde había decidido instalar su estudio. Al final, Aaron se reunió con ella y juntos decidieron qué muebles necesitaría para guardar sus cosas. Después de hacer planes para dejar su casa de alquiler y redactar un borrador de carta para sus fans de la Web, Georgie le dijo que cancelara las reuniones y citas a las que pensaba asistir antes de tomarse los seis meses de vacaciones.

Había pensado viajar por Europa, evitando las grandes ciudades y conduciendo por las zonas rurales. Se había imaginado visitando pueblos, paseando por viejos caminos y quizá, sólo quizás, encontrándose a sí misma. Pero su viaje de autodescubrimiento había tomado un desvío mucho más peligroso.

—Ahora entiendo por qué te tomas seis meses de descanso —comentó Aaron—. Buen plan. Al no tener nada en tu agenda, podrás disfrutar de una larga luna de miel.

¡Sí, una luna de miel estupenda!

Para su luna de miel, ella y Lance habían alquilado una casa de campo en la Toscana que daba a un olivar. Después de unos días, Lance se puso nervioso, pero a ella le encantó aquel lugar.

Georgie apenas había pensado en su ex marido en toda la mañana, lo que constituía todo un récord. Cuando Aaron se disponía a irse, Chaz pasó por el vestíbulo y Georgie los presentó.

—Éste es Aaron Wiggins, mi asistente personal. Aaron, Chaz es el ama de llaves de Bram.

Chaz deslizó sus ojos pintados con raya negra del cabello áspero de Aaron a los tensos ojales de su camisa de cuadros y de allí a su abultada barriga y sus deportivas negras. Torció el gesto y dijo:

—Mantente alejado de la nevera, ¿vale? Está fuera de tu jurisdicción.

Aaron enrojeció y Georgie sintió deseos de abofetear a la chica. «Si tengo que elegir entre tú y Chaz, ella gana de lejos.»

—Mientras Aaron trabaje para mí —declaró entonces—, tendrá libre acceso a todas las zonas de la casa. Confío en que lo harás sentirse cómodo.

—Os deseo suerte —repuso Chaz y se alejó altiva con la regadera que llevaba en la mano.

—¿Qué le pasa? —preguntó Aaron.

—Le cuesta un poco adaptarse a la idea de que Bram está casado. No le hagas caso.

Era un buen consejo, pero a Georgie le costó imaginarse al bueno de Aaron aguantando el tipo frente aquella ama de llaves de veinte años y lengua viperina.

Cuando Aaron se marchó, Georgie salió al jardín en busca de Bram. Tenían que hacer planes y él ya le había dado demasiadas largas. Georgie siguió el sonido de agua borboteante hasta una piscina pequeña de contorno irregular situada en un rincón recogido detrás de un roble y unos arbustos. En un extremo de la piscina, el agua de una cascada de un metro de altura caía sobre unas piedras negras y brillantes otorgando al rincón un aire de recogimiento.

Georgie siguió caminando y, al final, encontró a Bram encerrado en su despacho. Estaba otra vez hablando por teléfono. Cuando ella sacudió la manecilla de la puerta, él le dio la espalda. Georgie intentó escuchar la conversación a través del cristal, pero no lo logró. Él colgó y se puso a teclear en el ordenador. Georgie no conseguía imaginar qué hacía Bram con un ordenador. Y, ahora que lo pensaba, ¿qué hacía fuera de la cama antes de las cuatro de la tarde?

—¡Déjame entrar!

—¡No puedo! —gritó él sin dejar de teclear—. Estoy ocupado buscando formas de gastarme tu dinero.

En vez de enfadarse, Georgie se puso a cantar *Your Body Is a Wonderland* y a tamborilear en los cristales, hasta que Bram no pudo aguantarlo más y se levantó para abrirle la puerta.

—Será mejor que no me entretengas mucho, las prostitutas que he contratado llegarán en cinco minutos.

—Gracias por decírmelo. —Entró en el despacho y señaló el ordenador con un gesto de la cabeza—. Mientras tú babeabas contemplando imágenes de animadoras desnudas yo he estado trabajando en nuestra reaparición en el mundo. Quizá quieras tomar notas. —Se sentó en el cómodo sofá marrón, debajo de Marlon Brando, y cruzó las piernas—. Tú tienes una página Web, ¿no? He escrito una carta en nombre de los dos para nuestros fans.

Cuando Bram apoyó los codos en el escritorio, Georgie perdió el hilo. Skip tenía un escritorio, pero Bram no. Skip también tenía una buena educación, una finalidad en la vida y una firme moralidad.

Volvió a la realidad.

—Aaron nos ha reservado mesa para cenar mañana en Mr. Chow. Será un auténtico zoo, pero creo que es la manera más rápida de que...

—¿Una carta a nuestros fans y una cena en Mr. Chow? Esto sí que es pensar. ¿Y qué más se te ha ocurrido?

—Una comida en el Chateau el miércoles y una cena en Il Sole el jueves. Dentro de dos semanas hay un importante acto benéfico para ayudar a los enfermos de Alzheimer. Después se celebrará un baile para recaudar fondos para obras benéficas. Comemos, sonreímos y posamos.

—Nada de bailes. Ni uno.

—Siento oír eso. ¿Te lo ha prohibido el médico?

La sonrisa de Bram se curvó como la cola de una serpiente por encima de sus brillantes dientes blancos.

—Me lo pasaré de miedo gastándome los cincuenta mil pavos que me pagarás cada mes por aguantarte.

Era un desvergonzado. Georgie lo contempló apoyar los pies en el borde del escritorio.

—¿Eso es todo? —preguntó Bram—. ¿Ése es tu plan para aparecer en primera plana? ¿Que salgamos a comer?

—Supongo que podríamos seguir tu ejemplo y hacer que nos detuvieran por conducir borrachos, pero sería un poco borde, ¿no te parece?

—Muy graciosa. —Bram bajó los pies al suelo—. Celebraremos una fiesta.

Georgie casi se estaba divirtiendo, pero al oír su propuesta lo miró con recelo.

—¿Qué clase de fiesta?

—Una cara y multitudinaria para celebrar que nos hemos casado, ¿qué demonios creías? Dentro de seis semanas. Dos meses, quizá. Lo suficiente para enviar las invitaciones y crear expectación, pero no tanto como para que el público pierda el interés por nuestra bonita historia de amor. ¿Por qué me miras así?

—¿Se te ha ocurrido a ti solito?

—Estando borracho suelo ser bastante creativo.

—Tú odias todo lo que sea formal. Solías presentarte descalzo en las fiestas de la cadena. —Y con un aire de chico tan malo y atractivo que todas las invitadas a las fiestas lo deseaban.

—Prometo ponerme los zapatos. Tú haz que tu chico encuentre a un buen organizador de fiestas. El tema es obvio.

Georgie descruzó las piernas.

—¿Qué quieres decir con que es obvio? A mí no me lo parece.

—Esto te pasa porque no bebes lo suficiente para pensar creativamente.

—Ilumíname.

—*Skip y Scooter*, desde luego. ¿Qué si no?

Georgie se levantó del sofá.

—¿El tema será *Skip y Scooter*? ¿Estás loco?

—Pediremos a la gente que vaya disfrazada. Ya sea de los Scofield o de los criados. Arriba y abajo.

—Estás bromeando.

—Le pediremos al pastelero que ponga una pareja de esos estúpidos muñequitos de Skip y Scooter encima del pastel.

—¿Unos muñequitos?

—Y le diremos a la florista que utilice aquellas flores azules como-se-llamen que salían en la pantalla de los créditos iniciales. Y también una reproducción en miniatura de la mansión en caramelo como regalito sorpresa para los invitados. Ese tipo de porquería.

—¿Te has vuelto loco?

—Hay que dar a la gente lo que quiere, Georgie. Es la primera regla de los negocios. Me sorprende que una ricachona como tú no lo sepa.

Ella lo miró fijamente y él le sonrió con una expresión inocente que no encajaba con su cara de ángel caído. Y entonces ella lo entendió todo.

—¡Oh, Dios mío, hablabas en serio cuando comentaste lo del espectáculo de reencuentro de *Skip y Scooter*!

Bram sonrió ampliamente.

—Creo que deberíamos poner el escudo de armas de los Scofield en los menús. Y el lema de la familia... ¿Cómo demonios era? ¿Avaricia para siempre?

—¡Es verdad que quieres que se celebre un espectáculo de reencuentro! —Georgie se dejó caer en el sofá—. No fue sólo el dinero lo que te llevó a aceptar este matrimonio.

—Yo no estaría tan seguro.

—Además del dinero, quieres un espectáculo de reencuentro.

La silla del escritorio crujió mientras Bram se reclinaba.

—Nuestra fiesta será más divertida que la cursi recepción que diste cuando te casaste con el Perdedor. ¡Por favor, dime que no es verdad que te fuiste de la iglesia en un carruaje tirado por seis caballos blancos!

Lo del carruaje había sido idea de Lance, y ella se sintió como una princesa. Pero ahora su príncipe se había escapado con la bruja malvada y Georgie se había casado por accidente con el lobo malo.

—No pienso celebrar un espectáculo de reencuentro de *Skip y Scooter* —declaró—. Me he pasado ocho años intentando escapar de la sombra de Scooter y no pienso recaer en lo mismo.

—Si de verdad hubieras querido escapar de la sombra de Scooter, no habrías rodado todas esas lamentables comedias románticas.

—No hay nada malo en las comedias románticas.

—Pero sí que lo hay en las comedias románticas malas. Y no se

105

puede decir que las tuyas fueran *Pretty Woman* ni *Jerry Maguire*, cariño.

—Yo odiaba *Pretty Woman*.

—Pues la audiencia no. Por otro lado, el público sí que odió *Gente guapa* y *Verano en la ciudad*. Y no he oído nada bueno acerca del proyecto que acabas de terminar.

—Es tu carrera la que está en el retrete, no la mía. —Lo que sólo era parcialmente cierto, pues *Concurso de baile* no se emitiría hasta el invierno siguiente—. No conseguirás arrastrarme al fango contigo.

Sonó el teléfono del escritorio. Bram miró la pantalla y contestó.

—¿Sí?... De acuerdo... —Colgó y rodeó el escritorio con la copa en la mano—. Era Chaz. Arréglate el maquillaje. Ha llegado la hora de lucirse ante la prensa.

—¿Desde cuándo te preocupa lucirte ante alguien que no sea una mujer tonta?

—Desde que me he convertido en un respetable hombre casado. Nos vemos en la puerta principal dentro de quince minutos. No olvides aplicarte el pintalabios que no mancha.

—No te preocupes, lo recordaré. —Se levantó del sofá y pasó junto a él—. ¡Ah, y todo aquel rollo que me soltaste acerca de la carta del poder! Todo un ejemplo de autoengaño...

Georgie hizo un gesto despectivo con la mano y se dirigió hacia la casa.

Cuando terminó de retocarse el maquillaje, ahuecarse el pelo con los dedos y ponerse un vestido verde menta de encaje de Marc Jacobs, percibió un aroma a algo recién horneado que subía por las escaleras. El estómago le crujió. No recordaba la última vez que había tenido tanta hambre. Bram la estaba esperando en el vestíbulo con Chaz, quien lo miraba como si fuese el Rey Sol.

Georgie se puso al lado de su marido y él le rodeó los hombros.

—Chaz, asegúrate de que Georgie tiene todo lo que necesita.

La chica respondió con una amabilidad que podía convencer a Bram, pero que Georgie no se tragó ni por un instante.

—Sea lo que sea lo que necesites, sólo tienes que pedírmelo, Georgie.

—Gracias. De hecho, hoy apenas he comido nada y no me importaría...

—Luego, cariño. Ahora tenemos trabajo. —Bram la besó en la frente y se volvió para coger una de las dos bandejas llenas de galletas caseras que Chaz sostenía—. Chaz ha cocinado estas galletas para nuestros amigos de la prensa. —Entregó la bandeja a Georgie y cogió la otra—. Se las ofreceremos y posaremos para las fotos.

Lo que más gustaba a los de la prensa era la comida gratis. La idea era fantástica y Georgie deseó que se le hubiera ocurrido a ella. Bram abrió la puerta y la dejó pasar primero.

—Hasta que coloquen la verja, he contratado un servicio de seguridad —dijo—. Estoy seguro de que no te importará pagar tu parte de la factura.

—¿Y cuál es mi parte?

—Toda. Es lo justo, ¿no crees?, ya que yo te proporciono un techo.

—Si al menos incluyeras algo de comida debajo de ese techo...

—¿No puedes pensar en otra cosa que no sea comer?

—En este momento no.

Georgie cogió una galleta de su bandeja y le dio un buen mordisco. Todavía estaba caliente... y deliciosa.

—No hay tiempo para esto. —Bram le quitó el resto de galleta y se lo metió en la boca—. ¡Joder, qué buenas están! Chaz cocina cada día mejor.

Georgie vio cómo la galleta le bajaba por el gaznate. Durante un año, todo el mundo la había presionado para que comiera, y ahora que tenía hambre él le quitaba la comida. Eso le provocó aún más hambre.

—¡Pues yo no tengo modo de saberlo!

El final del camino que conducía a la casa apareció a la vista, y también los fornidos guardas de seguridad que había allí apostados. Varias docenas de *paparazzi* y algunos miembros de la prensa legítima se agolpaban ruidosamente en la calle. Georgie los saludó alegremente con la mano. Bram se la cogió y, con los dedos entrelazados y las galletas, se dirigieron hacia allí. Los *paparazzi* empezaron a «soltarles manguerazos», un término desagradable que describía la agresiva toma de fotografías a los famosos.

—¡Si jugáis limpio, posaremos para vosotros! —gritó Bram—. Pero si alguien se acerca demasiado a Georgie, nos largaremos. Lo digo en serio. Que nadie se acerque a ella.

Georgie se emocionó, pero se acordó de que Bram estaba representando el papel de esposo protector y enseguida regresó al mundo de la cordura.

—¡Nosotros siempre jugamos limpio, Bram! —gritó una reportera por encima del barullo.

A continuación empezaron a dispararles preguntas incluso antes de que Bram pasara las bandejas a los guardias de seguridad para que repartieran las galletas. ¿Cuándo se habían enamorado? ¿Dónde? ¿Por qué ahora, después de tantos años? ¿Qué había sido de su mutuo resentimiento? Una pregunta seguía a la otra.

—Georgia, ¿te has casado por despecho a Lance?

—Todo el mundo dice que estás anoréxica. ¿Es cierto?

Ambos eran auténticos profesionales manejando a la prensa y sólo contestaron las preguntas que quisieron.

—¡La gente opina que todo esto es un ardid publicitario! —exclamó Mel Duffy.

—Uno finge una cita por publicidad —replicó Bram—, pero no se casa. De todas maneras, la gente puede opinar lo que quiera.

—Georgie, se rumorea que estás embarazada.

—¿De verdad? —El comentario le dolió, pero se hizo la graciosa y se dio unos golpecitos en la barriga—. ¿Hola? ¿Hay alguien ahí?

—Georgie no está embarazada —explicó Bram—. Cuando lo esté, os lo comunicaremos.

—¿Vais a viajar a algún lugar de luna de miel? —preguntó un reportero con acento británico.

Bram acarició la espalda de su esposa.

—Cuando llegue el momento.

—¿Habéis decidido adónde iréis?

—A Maui —contestó él.

—A Haití —contestó ella.

Se miraron y ella se puso de puntillas y le dio un beso en la mejilla.

—Bram y yo queremos utilizar toda esta locura de medios para llamar la atención sobre la difícil situación de la gente pobre.

No estaba muy informada acerca de Haití, pero sí sabía que en aquel país había pobreza y, además, estaba mucho más cerca que Tailandia y Filipinas, que era donde Lance y Jade estaban realizando sus buenas obras.

—Como veis, todavía lo estamos decidiendo —comentó Bram.

Y sin más abrazó a Georgie y le dio el apasionado beso que la prensa estaba esperando. Ella realizó todos los movimientos de respuesta adecuados, pero estaba cansada, hambrienta y atrapada en los brazos de su enemigo más ancestral.

Al final se separaron y Bram se dirigió a los reporteros mientras miraba a Georgie con el ardor de un amante.

—Estamos encantados de que os quedéis por aquí, pero os aseguro que esta noche no iremos a ninguna parte.

Georgie intentó ruborizarse, pero era pedir demasiado. ¿Algún día conseguiría saber qué había pasado en aquella habitación de hotel en Las Vegas? No había visto ninguna prueba de que hubieran hecho el amor, pero los dos estaban desnudos, lo que, en su opinión, era una prueba bastante fiable.

Cuando se volvieron para regresar a la casa, Bram deslizó la mano hasta el trasero de Georgie a beneficio de los mirones.

—Precioso —declaró Bram.

El dolor que Georgie había intentado atenuar con tanto ahínco salió a la superficie.

—Nunca te he perdonado lo que sucedió en aquel yate. Y nunca te lo perdonaré.

Bram apartó la mano.

—Había bebido. Sé que no actué exactamente como un amante romántico, pero...

—Lo que hiciste estuvo a un paso de ser una violación.

Él se detuvo en seco.

—Qué ridiculez dices. Yo nunca he forzado a una mujer, y desde luego no te forcé a ti.

—No me forzaste físicamente, pero...

—Estabas enamorada de mí. Todo el mundo lo sabía. Y te lanzaste a mis brazos desde el principio.

—Ni siquiera te tumbaste en la cama conmigo —contestó ella—. Me levantaste la falda y te serviste tú mismo.

—Lo único que tenías que hacer era decirme que no.

—Y después te marchaste. Nada más acabar.

—Yo nunca me habría enamorado de ti, Georgie. Había hecho todo lo posible para que lo comprendieras, pero tú no quisiste entenderlo. Al menos, aquel día te quedó claro.

—¡No te atrevas a insinuar que me hiciste un favor! Tú querías aliviarte y yo estaba a mano. Te aprovechaste de una niña tonta que creía que eras romántico y misterioso cuando, en realidad, no eras más que un gilipollas egoísta y egocéntrico. Tú y yo somos enemigos. Lo éramos entonces y seguimos siéndolo.

—Por mí, bien.

Mientras Bram se alejaba hecho una furia, Georgie se dijo que le había dicho exactamente lo que necesitaba decirle. Pero nada podía cambiar el pasado, y ella no se sentía mejor.

8

A la mañana siguiente Georgie nadó durante casi una hora en la apartada piscina. El día anterior le había explicado a Bram hasta qué punto le había hecho daño, pero mostrar su vulnerabilidad ante él era un lujo que no podía repetir. Nunca más.

Cuando salía de la piscina, oyó una voz procedente del camino que transcurría al otro lado de los arbustos.

—Tranquilízate, Caitlin... Sí, lo sé. Ten un poco de fe, cariño...

Bram siguió caminando y Georgie no oyó nada más. Mientras se envolvía en una toalla, ella se preguntó quién era Caitlin y cuánto tardaría Bram en recurrir a una de sus misteriosas mujeres para practicar sexo extramatrimonial.

Georgie se arregló el húmedo pelo con los dedos, enrolló la toalla por debajo de sus axilas y entró en la casa para hurgar en la nevera. Cuando estaba sacando un yogur de moras, Chaz entró en la cocina y dejó un montón de cartas en la isla central.

—Te agradecería que te mantuvieras alejada de la nevera. Todo está organizado como a mí me gusta.

—No tocaré nada que no vaya a comerme.

Chaz era una lata insufrible, pero aun así Georgie la compadecía. No creía que fuera la amante de Bram, pero se veía que estaba enamorada de él. Al recordar el dolor que producía esta enfermedad, decidió enfocar su relación con Chaz de otra manera.

—Háblame de ti, Chaz. ¿Creciste en esta ciudad?

—No.

La chica sacó un cuenco de un armario.

Georgie volvió a intentarlo.

—Yo soy un desastre cocinando. ¿Cómo aprendiste tú?

Chaz cerró el armario de un portazo.

—No tengo tiempo para charlas. He de preparar la comida para Bram.

—¿Qué hay en el menú?

—Una ensalada especial que a él le gusta mucho.

—A mí ya me va bien.

Chaz cogió un trapo de cocina.

—No puedo cocinar para los dos. Ya tengo mucho que hacer. Si no quieres que me vaya, tendrás que ocuparte de ti misma.

Georgie lamió la tapa del yogur.

—¿Quién ha dicho que no quiero que te vayas?

Chaz enrojeció de rabia. Georgie era comprensiva, pero la hostilidad de Chaz estaba empeorando una situación ya de por sí desagradable. Georgie sacó una cucharilla de un cajón.

—Prepara comida para dos, Chaz. Es una orden.

—Yo sólo acepto órdenes de Bram. Él me dijo que nunca se metería en cómo hago mi trabajo.

—Cuando te lo dijo no estaba casado, pero ahora sí lo está, y tu forma de actuar destructiva está pasada de moda. Tienes dos opciones: o eres amable conmigo o contrataré a mis propios empleados, y entonces tendrás que compartir tu cocina. No sé por qué, pero tengo la impresión de que eso no te gustaría.

Georgie y su yogur salieron de la cocina.

Conforme los pasos de Georgie se iban desvaneciendo en el aire, Chaz se apretó el estómago con los puños intentando contener todo el odio que pugnaba por desbordarse. Georgie York lo tenía todo. Era rica y famosa. Tenía una ropa preciosa y una gran carrera. Y ahora también tenía a Bram, pero Chaz era la única que tenía que cuidar de él.

Un colibrí se acercó volando a los ventanales de la cocina que comunicaban con el porche trasero. Chaz arrancó un trozo de papel de cocina y abrió la nevera. La leche no estaba donde ella la había dejado y dos envases de yogur se habían volcado. Incluso los huevos estaban en el lado equivocado de la estantería.

Lo puso todo en orden y limpió una mancha de la puerta de la nevera. No soportaba que nadie hurgara en su cocina. En su casa. Echó el papel a la basura. Georgie ni siquiera era tan guapa, al menos no como las mujeres con que Bram solía salir. Ella no se lo merecía. No se merecía nada de lo que tenía. Todo el mundo sabía que sólo era famosa porque su padre había hecho de ella una estrella. Georgie había crecido mientras todos le besaban los pies y le decían que era la mejor. Pero a Chaz nadie la había halagado. Ni siquiera una vez.

Miró alrededor. La luz del sol que entraba por los seis estrechos ventanales hacía que los motivos azules de los azulejos centellearan. Aquél era su lugar favorito. Incluso más que su apartamento situado encima del garaje, y Georgie quería entrometerse en su mundo.

Todavía le costaba creer que Bram no le hubiera contado que se iba a casar. Esto era lo que más le dolía. Pero había algo que no acababa de estar bien. Él no trataba a Georgie de la forma que Chaz pensaba que trataría a la mujer que amara. Chaz decidió averiguar qué pasaba exactamente.

Georgie se mantuvo fuera de la vista mientras Aaron supervisaba a los hombres de las mudanzas que descargaban sus cosas. A última hora de la tarde, Aaron ya había montado el despacho de Georgie y ella había sacado la ropa de las cajas que llenaban su dormitorio, aunque sólo contenían su ropa de uso diario. Cuando Aaron se fue, las paredes se cernieron sobre ella. Aunque su Prius estaba aparcado en el camino de la entrada, no podía ir sola a ningún lugar, al menos no el cuarto día de su matrimonio, pues todos los fotógrafos de la ciudad estaban apostados enfrente de la casa. Decidió intentar leer.

Mucho más tarde, Bram la encontró junto a las puertas del balcón de su dormitorio, animándose interiormente acerca de aspectos como la independencia y la propia identidad.

—Vayamos a la playa —propuso él—. Aquí me estoy volviendo loco.

—Pronto habrá oscurecido.

—¿Y a quién le importa? —Se frotó la rubia barba de varios días con los nudillos—. Ya me he fumado dos paquetes de cigarrillos. Tengo que salir de aquí.

Ella también, aunque tuviera que hacerlo con él.

—¿Has estado bebiendo?

—¡Mierda, no! Pero me pondré a beber si sigo atrapado aquí mucho tiempo más. ¿Quieres venir o no?

—Dame veinte minutos.

En cuanto Bram salió de la habitación, Georgie consultó el apartado «Superinformal» de la carpeta de anillas que Aaron mantenía al día con fotografías de toda la ropa de Georgie junto con instrucciones de April sobre cómo combinarla. Quizás algún día Georgie podría disfrutar del lujo de salir de casa sin tener que preocuparse acerca de su aspecto, pero de momento no podía permitírselo. Eligió sus tejanos Rock & Republic, una camiseta de tirantes ajustada y un sencillo jersey Michael Kors sobre el que April había anotado que «armonizará el conjunto».

Georgie era capaz de vestirse sola, pero April tenía mucho mejor gusto que ella. El público no tenía ni idea de lo perdidas que estaban respecto a la moda la mayoría de las famosas y de lo mucho que dependían de sus estilistas. Georgie siempre le estaría agradecida a April por seguir aconsejándola.

Los *paparazzi* los esperaban a la entrada de la casa como una jauría de perros hambrientos. Cuando Bram arrancó el coche, los fotógrafos se precipitaron sobre su Audi. Bram maniobró entre ellos, pero enseguida media docena de todoterrenos negros lo siguieron en fila.

—Me siento como si estuviéramos encabezando un cortejo fúnebre —comentó Georgie—. Sólo por una vez me gustaría poder salir de casa sin arreglarme el pelo y sin maquillaje e ir a algún lugar sin que me fotografiaran.

Bram miró por el retrovisor.

—No hay nada más patético que un famoso quejándose de los infortunios de la fama.

—Yo llevo soportando esta situación desde que Lance y yo empezamos a salir, mientras que tú sólo has tenido que aguantarlo durante unos días.

—A mí también me fotografían.

—Los vídeos de sexo no cuentan. Ya veremos lo contento que estarás dentro de un par de meses.

Bram se detuvo ante un *stop* y casi los golpearon por detrás, así que Georgie dejó que se concentrara en la conducción.

El tráfico sólo era moderadamente espantoso y el séquito los siguió hasta Malibú. Unos cuantos todoterrenos más se incorporaron a la procesión fúnebre, aunque los *paparazzi* seguramente ya habían deducido que Bram se dirigía a una de las playas semiprivadas de la zona.

A quienes visitaban por primera vez Malibú siempre les sorprendía ver largos tramos de carretera bordeados de garajes privados que formaban una sólida pared que restringía el acceso a la playa a todos, salvo a los pocos privilegiados que vivían en aquellas casas. Bram aparcó delante de uno de los garajes de color pardo, un poco más allá de la casa de Trevor. Segundos después, atravesaban la antigua casa de la playa de Trev, la que él había puesto a la venta.

La noche era un verdadero cliché romántico. La luz de la luna teñía de escarcha las crestas de las olas y el oleaje lamía la orilla. La fría arena se filtró entre los dedos de los pies de Georgie. Lo único que le faltaba era el hombre correcto. Se acordó del fragmento de conversación que oyó mantener a Bram con aquella misteriosa Caitlin y se preguntó cuánto tardaría en verse involucrada en otro escándalo relacionado con otra mujer.

Conforme se acercaban a la orilla, Bram aminoró el paso. Un rayo de luna infundió un tono plateado a sus pestañas.

—Tienes razón, Scooter —dijo Bram—. La noche del yate me comporté como un gilipollas y te pido perdón.

Ella nunca lo había oído disculparse por nada, pero guardaba en su interior demasiado dolor y vergüenza para que unas pocas palabras produjeran algún cambio.

—Disculpa no aceptada.

—Está bien.

Georgie esperó unos minutos.

—¿Eso es todo?

Él introdujo las manos en los bolsillos.

—No sé qué más decir. Sucedió y no me siento orgulloso de ello.

—Querías aliviarte —declaró ella con amargura—, y allí estaba yo, convenientemente situada delante de ti.

—Espera. —A diferencia de Georgie, él no llevaba puesto ningún jersey y la brisa marina pegó la camiseta a su pecho—. Podría haberme aliviado con cualquiera de las mujeres que había en el yate aquella noche. Y no estoy siendo arrogante. Simplemente, es la verdad.

Una ola salpicó los tobillos de Georgie.

—Pero no lo hiciste con ninguna de ellas, sino que elegiste a la boba aquí presente.

—Tú no eras boba, sólo inocente.

Georgie necesitaba preguntarle algo, pero no quería mirarlo a la cara, así que se agachó para recogerse los tejanos.

—¿Por qué lo hiciste?

—¿Por qué crees que lo hice? —Bram cogió una piedra de la playa y la arrojó al agua—. Quería ponerte en tu lugar. Hacerte bajar unos cuantos peldaños. Demostrarte que, aunque tu padre se asegurara de que figurabas la primera en el reparto y obtenías el mejor sueldo, yo podía someterte a mi voluntad.

Georgie se incorporó.

—¡Qué amable!

—Tú lo has preguntado.

El hecho de que, por fin, se hubiera responsabilizado de su mal comportamiento la hizo sentirse un poco mejor. No tanto como para perdonarlo, pero sí lo suficiente como para poder coexistir con él mientras estuvieran atrapados en aquella farsa de matrimonio. Reiniciaron el paseo.

—Hace años que ocurrió. —Georgie rodeó una tortuga de arena que debían de haber hecho unos niños—. No ha habido daños duraderos.

—Tú eras virgen. No me tragué esa chorrada que me soltaste acerca de que te habías acostado con un hombre mayor.

—Era Hugh Grant —contestó ella.

—¡Qué más quisieras!

Georgie cogió un mechón de pelo que tenía suelto y se lo remetió detrás de la oreja.

—Hugh me dijo que estuve sublime. ¡No! Espera. Ése fue Colin Firth. Siempre confundo a los británicos mayores con que me he acostado.

—Es un problema común.

Bram lanzó otra piedra al agua.

Georgie contempló la única estrella que brillaba en aquellos momentos en el cielo. El año anterior, durante una fiesta en una playa, alguien le contó que no se trataba de una estrella, sino de la Estación Espacial Internacional.

—¿Quién es ella?

—¿Quién?

—La mujer con la que hablabas en susurros por el móvil esta mañana.

—Tienes unas orejas muy grandes.

—Para pillarte engañándome.

—¿No te parece que es un poco pronto para que te engañe? Aunque tienes que admitir que, de momento, la luna de miel ha sido un auténtico desastre.

Georgie hundió los talones en la arena.

—Cuando se trata de vicios, nunca te subestimo.

—Veo que has espabilado.

—No era sólo el sexo, Bram, sino todo. Tuviste la oportunidad de tu vida con *Skip y Scooter* y la tiraste por la borda. No supiste valorar lo que tenías.

—Valoré lo que me proporcionó: coches, mujeres, alcohol, drogas... Tenía ropa de diseño gratis, una colección de Rolex, grandes casas donde podía vivir con mis colegas. Me lo pasé de miedo.

—Ya me di cuenta.

—De pequeño me enseñaron que si tenías dinero, lo gastabas. Disfruté de cada segundo de aquella época.

Pero consiguió su placer a costa de muchas otras personas. Georgie se arremangó el jersey.

—Mucha gente pagó un alto precio por tu diversión. Los actores, el equipo...

—Sí, bueno, aquí me has pillado.

—Tú también pagaste un precio.

—Pero no me oirás quejarme por ello.

—No, no te lo permitirías.

Bram levantó la cabeza.

—¡Mierda!

—¿Qué...?

De repente la estrechó entre sus brazos y le dio un apasionado beso en la boca. Deslizó una mano por debajo de su camiseta hasta la parte baja de su espalda y, con la otra, la agarró por la cadera. Una ola llegó hasta ellos y la espuma se arremolinó entre sus tobillos. Un momento perfecto de pasión a la luz de la luna.

—¡Cámaras!

Bram pronunció la palabra junto a los labios de Georgie, como si ella no lo hubiera deducido por sí misma.

117

Georgie le rodeó el cuello con los brazos e inclinó la cabeza. ¿De verdad creían que podrían gozar de un poco de intimidad aunque estuvieran en una playa supuestamente privada? Los chacales siempre encontraban una forma de acceder a aquellos lugares. Georgie se preguntó qué podían captar las imágenes. Todo.

Su beso se volvió más intenso. Más profundo. Los pechos de Georgie se aplastaron contra el torso masculino y ella sintió un cosquilleo en los pezones. Y también percibió que el miembro de Bram se endurecía.

Él deslizó el pulgar por el trasero de Georgie e introdujo el muslo entre sus piernas.

—Ahora te voy a manosear por arriba.

Su mano se deslizó por encima de las costillas hasta el pecho. La mano que ningún fotógrafo podía ver. La acarició a través del sujetador y una indecente oleada de excitación recorrió el cuerpo de Georgie. ¡Hacía tanto tiempo! Y aquello era seguro, porque era falso y porque sólo llegaría hasta donde ella lo permitiera.

Los dedos de Bram siguieron el contorno abultado de los pechos de Georgie por encima de las cazoletas del sujetador y él le susurró junto a los labios:

—Cuando dejemos de jugar, te follaré tan fuerte y profundo que no querrás que acabe nunca.

Sus rudas palabras enviaron una oleada de calor por el cuerpo de Georgie y ella no se sintió nada culpable. No los unía una relación personal. Aquello era puramente físico. Bram podía ser un prostituto al que ella hubiera contratado para pasar la noche.

Sin embargo, los prostitutos regresaban a sus casas cuando terminaban el trabajo, así que Georgie se separó a desgana de aquellos brazos musculosos.

—Ya está bien. Me aburro.

Los dedos de Bram acariciaron su erecto pezón antes de apartarse de ella.

—Sí, ya lo noto.

La brisa nocturna erizó el vello de la nuca de Georgie dejando un rastro de carne de gallina a su paso. Se ciñó el jersey contra el cuerpo.

—Bueno, no eres ni mucho menos Hugh Grant, pero desde luego tu técnica ha mejorado desde los viejos y horribles días de entonces.

—Me alegra oírlo.

A Georgie no le gustó el tono sedoso de su voz.

—Regresemos —dijo—. Me está entrando frío.

—Yo puedo solucionarlo.

Ella hubiera apostado a que sí que podía. Apretó el paso y dijo:

—Respecto a la mujer con que hablabas antes por el móvil...

—¿Ahora volvemos a ese tema?

—Debes saber que... si muero mientras estamos casados, todo mi dinero irá a la beneficencia o a mi padre.

Bram se detuvo de repente.

—No veo la conexión.

—Tú no obtendrías ni un centavo. —Georgie caminó todavía más deprisa—. No estoy acusando a nadie, sólo dejando las cosas claras por si a ti y a la amiga con que hablabas por teléfono se os ocurre pensar en lo bien que os lo pasaríais viviendo de mi dinero.

Georgie se estaba poniendo chula deliberadamente para molestarlo. De todas formas, Bram estaba arruinado y no tenía moral, así que ella se sintió mucho mejor después de dejarle claro que confabular su muerte prematura no le reportaría ningún beneficio.

Bram se le acercó levantando arena con los talones por la rapidez con que avanzaba.

—Eres una imbécil.

—Sólo me estoy cubriendo las espaldas.

Él la cogió de la mano, más como un carcelero que como un amante.

—Para tu información, no había ninguna cámara, sólo quería pasármelo bien.

—Pues para tu información... yo también sabía que no había ninguna cámara, sólo quería pasármelo bien. —Georgie no sabía que no había ningún fotógrafo, pero debería haberlo supuesto.

La brisa soplaba y las olas rompían en la orilla. Ella no había terminado de meterse con él, así que se inclinó sobre su brazo.

—Skip y Scooter juntos a la luz de la luna. ¡Qué romántico!

Él contraatacó silbando *Tomorrow*, de la película *Annie*, como solía hacer cuando quería cabrearla.

9

A la mañana siguiente, Georgie esperó hasta que oyó a Bram entrar en el gimnasio. Entonces se dirigió al salón, cogió la llave que le había visto guardar en un cuenco de bronce situado en una estantería y se dirigió al despacho de Bram, en la casa de los invitados. Todavía no se había acostumbrado a la idea de que Bram tuviera un despacho en lugar de dirigir sus negocios desde el taburete de un bar.

Mientras avanzaba por el camino de grava, pensó en lo distinto que había sido el embate sexual de Bram comparado con su experiencia con Lance. Su ex marido quería que ella fuera la seductora y eso era, exactamente, lo que ella había intentado ser. Leyó una docena de manuales sobre sexo y se compró la lencería más erótica que encontró, por muy incómoda que fuera. Realizó *stripteases* que la hicieron sentirse como una estúpida, le susurró vergonzantes fantasías masculinas al oído e intentó encontrar lugares imaginativos para hacer el amor a fin de que Lance no se aburriera. Él parecía valorar sus esfuerzos y siempre dijo que se sentía satisfecho, pero era evidente que ella se había quedado corta, si no él no la habría dejado por Jade Gentry.

Georgie se había esforzado muchísimo sólo para conseguir un fracaso. El sexo podía resultar fácil para algunas mujeres, pero a ella siempre le había parecido complicado, y sólo pensar en el actual dilema con Bram le revolvía el estómago. Bram no renunciaría al sexo. O lo tenía con ella o con otra. O con ambas.

Georgie se había prometido enfrentarse a los problemas cara a cara, pero sólo llevaban casados cinco días y ella necesitaba más tiempo para decidirse respecto a aquella cuestión.

Abrió la puerta del despacho y encendió el ordenador. Mientras esperaba a que se iniciara el sistema, examinó las estanterías. Tenía que averiguar si el espectáculo de reencuentro era sólo imaginación de Bram o algo tangible.

Encontró una variada colección de libros y un montón de guiones de todo tipo, pero ninguno para un espectáculo de reencuentro de *Skip y Scooter*. También encontró un surtido de DVDs que iban desde *Toro salvaje* hasta uno titulado *Sex Trek: La próxima penetración*. Las vitrinas de los archivadores estaban cerradas con llave, pero su escritorio no, y allí, debajo de una botella de whisky, encontró la caja de un manuscrito. Estaba cerrada con cinta adhesiva. En la etiqueta ponía: «Skip y Scooter: El reencuentro.»

Se quedó boquiabierta. Ella creía que Bram se lo había inventado para pincharla. Él sabía que grabar un espectáculo de reencuentro constituiría un gran retroceso en la carrera de Georgie, así que, ¿cómo esperaba convencerla para que accediera a ello?

A Georgie no le gustó la única respuesta que se le ocurrió. Chantaje. Podía amenazarla con romper el matrimonio si ella no apoyaba el proyecto. Sin embargo, separarse de ella implicaría cerrar el grifo del dinero que ella le daba, además de que quedaría como un capullo. Aunque esto, seguramente, no le importaría. Aun así... Georgie recordó la forma de comportarse de Bram cuando se les había acercado Rory Keene en el Ivy. Quizás a Bram le importaba más su imagen de lo que había dejado entrever.

—¿Qué estás haciendo aquí?

Georgie levantó la cabeza de golpe y vio a Chaz junto a la puerta. Parecía la hija natural de Martha Stewart y Joey Ramone. Su uniforme de ama de llaves de aquel día consistía en unos tejanos que parecían un colador, una camiseta sin mangas de color verde aceituna y unas chanclas negras. Georgie cerró el cajón con el pie. Como no se le ocurrió ninguna excusa razonable, decidió darle la vuelta a la tortilla.

—Aún mejor: ¿qué estás haciendo tú aquí?

Los ojos enmarcados en negro de Chaz se entornaron con hostilidad.

—A Bram no le gusta que entren desconocidos en su despacho. No deberías estar aquí.

—Yo no soy una desconocida. Soy su esposa. —Palabras que nunca habría imaginado que saldrían de su boca.

—Él ni siquiera deja entrar aquí a las mujeres de la limpieza. —Chaz levantó la barbilla—. Sólo me deja entrar a mí.

—Tú eres muy fiel. Por cierto, ¿a qué se debe tanta lealtad?

Chaz sacó una escoba de un armario.

—Es mi trabajo.

Ahora Georgie no podía fisgonear en el ordenador, así que se dispuso a marcharse. Sin embargo, al levantarse se fijó en una cámara de vídeo que había en una esquina del escritorio. Chaz empezó a barrer el suelo. Georgie examinó la cámara y descubrió que Bram había borrado el vulgar encuentro sexual que debía de haber filmado la última vez que utilizó la cámara.

Chaz dejó de barrer.

—No toques eso.

Georgie enfocó impulsivamente a Chaz con la cámara y pulsó el botón de grabación.

—¿Por qué te importa tanto que coja la cámara?

Chaz apretó el mango de la escoba contra su pecho.

—¿Qué estás haciendo?

—Siento curiosidad por tu lealtad.

—¡Apaga eso!

Georgie filmó un primer plano de Chaz. Detrás de sus *piercings* y su ceño fruncido, tenía unas facciones delicadas, casi frágiles. Se había recogido el pelo de un lado con un pequeño pasador plateado y el del otro lado le salía disparado como una cresta por encima de la oreja. La independencia y hostilidad de aquella chica la fascinaban. Georgie no se imaginaba lo libre que debía de sentirse una al importarle tan poco lo que opinaran los demás.

—Creo que debes de ser la única persona en Los Ángeles a quien no le gustan las cámaras —declaró—. ¿No aspiras a ser actriz? Ésa es la razón por la que la mayoría de las jóvenes vienen a esta ciudad.

—¿Yo? No. ¿Y cómo sabes que no he vivido siempre aquí?

—Es sólo una impresión. —A través del visor, Georgie percibió la tensión que atenazaba las comisuras de su pequeña boca—. La mayoría de las jóvenes veinteañeras se aburrirían en un trabajo como el tuyo.

Chaz cogió el palo de la escoba con más fuerza, casi como si se tratara de un arma.

—A mí me gusta mi trabajo. Tú probablemente crees que el trabajo doméstico no es importante.

Georgie repitió las palabras de su padre.

—Yo creo que un trabajo es lo que las personas hacen de él.

La cámara había modificado sutilmente la relación que había entre ellas y por primera vez Chaz parecía insegura.

—La gente debería hacer lo que es buena haciendo —dijo la chica por fin—. Y yo soy buena haciendo esto. —Intentó volver a barrer, pero la cámara la molestaba—. ¡Apaga eso!

—¿Cómo ha ocurrido? —Georgie salió de detrás del escritorio para mantenerla enfocada—. ¿Cómo has aprendido a llevar una casa siendo tan joven?

Chaz empezó a barrer un rincón de la habitación.

—Simplemente aprendí.

Georgie esperó y, para su sorpresa, la otra continuó.

—Mi madrastra trabajaba en un motel a las afueras de Barstow. Doce habitaciones y la cafetería. ¿Vas a apagar eso de una vez?

—Dentro de un minuto.

Las cámaras hacían que algunas personas se encerraran en sí mismas y que otras se volvieran comunicativas. Por lo visto, Chaz era una de estas últimas. Georgie avanzó otro paso.

—¿Tú también trabajabas allí?

—A veces. A mi madrastra le gustaba irse de juerga y no siempre volvía a casa a tiempo para ir a trabajar. En esos casos, yo me saltaba el colegio e iba en su lugar.

Aprovechando que dominaba la situación, Georgie accionó el *zoom* centrándolo en la cara.

—¿Cuántos años tenías entonces?

—No lo sé. Once, más o menos. —Volvió a barrer el rincón que acababa de barrer—. Al dueño del motel no le importaba los años que tuviera siempre que el trabajo se hiciera, y yo lo hacía mejor que mi madrastra.

La cámara registraba datos, no juzgaba el hecho de que una niña de once años trabajara.

—¿Cómo te sentías al tener que saltarte las clases del colegio? —Se encendió la luz de batería baja.

Chaz se encogió de hombros.

—Necesitábamos el dinero.

—El trabajo debía de ser duro.

—Había cosas buenas.

—¿Como qué?

Ella seguía barriendo el mismo rincón.

—No lo sé.

Apoyó la escoba en la pared y cogió un trapo.

Georgie la animó a seguir con un comentario amable.

—No puedo imaginarme muchas cosas buenas en esa situación.

Chaz pasó el trapo por una estantería.

—A veces, una familia con niños alquilaba una habitación. Algunos días pedían pizzas o llevaban hamburguesas a la habitación y los niños ensuciaban la alfombra. Por la mañana, la habitación estaba hecha un auténtico asco. —Se dedicó a limpiar el mismo libro que acababa de limpiar—. Había comida y basura por todas partes. Las sábanas estaban por el suelo y las toallas sucias. Pero, cuando yo había acabado, todo estaba limpio y ordenado otra vez. —Se irguió y dejó el trapo—. ¡Esto es una gilipollez y yo tengo trabajo! Volveré cuando te hayas ido.

Y salió indignada de la habitación justo cuando la cámara se quedó sin batería.

Georgie soltó el aliento que había estado conteniendo. Si no la hubiera estado grabando, Chaz nunca le habría contado tantas cosas. Mientras sacaba la cinta de la cámara y la metía en su bolsillo, experimentó la misma clase de excitación que sentía cuando una escena difícil le salía bordada.

Para cenar, Georgie se encontró con el bocadillo más desagradable que quepa imaginar, una monstruosidad formada por grandes rebanadas de pan, gruesos trozos de bistec, ríos de mayonesa y varias lonchas de queso. Georgie lo apartó a un lado, se preparó un bocadillo normal y se lo comió a solas en el porche. No vio a Bram en lo que quedaba de día.

Al día siguiente, Aaron le llevó el último ejemplar de la revista *Flash*. Una de las fotografías que les tomó Mel Duffy en el balcón del Bellagio ocupaba la portada junto con unos llamativos titulares:

¡LA BODA QUE IMPACTÓ AL MUNDO!
FOTOS EXCLUSIVAS DE LA FELIZ
LUNA DE MIEL DE SKIP Y SCOOTER

En la imagen, Bram la tenía en brazos, la falda blanca y vaporosa de Georgie caía sobre sus mangas y los dos se miraban con ardor a los ojos. La fotografía de su boda con Lance también había ocupado la portada de aquella revista, pero los recién casados genuinos no parecían tan enamorados como los falsos.

Georgie debería haberse sentido satisfecha. Nada de titulares lastimeros, sólo reportajes de felicidad suprema.

Los fans de Georgie York se quedaron atónitos por su sorprendente escapada a Las Vegas con Bramwell Shepard, el chico malo que protagonizó con ella *Skip y Scooter*. «Hace meses que salen juntos en secreto», declaró April Robillar Patriot, la amiga del alma de Georgie. «Están rebosantes de felicidad y todos estamos muy contentos por ellos.»

Georgie envió un agradecimiento silencioso a April y leyó por encima el resto del artículo.

... Su publicista desmiente los rumores de una enconada enemistad entre los protagonistas de *Skip y Scooter*. «Nunca fueron enemigos. Bram hace tiempo que se enmendó.»

¡Menuda mentira!

Sus amigos dicen que tienen mucho en común...

Como no fuera el odio mutuo que se profesaban, a Georgie no se le ocurría nada más. Dejó la revista a un lado.

Como no tenía nada productivo que hacer, fue al salón y arrancó unas cuantas hojas secas del limonero que había en un tiesto. Con el rabillo del ojo, vio que Bram entraba en la cocina. Seguramente para rellenar su copa. No quería que él creyera que lo estaba evitando de una forma deliberada, aunque fuera cierto, así que sacó el móvil de su bolsillo y le telefoneó.

—Ganaste la casa en una partida de póquer, ¿no es así? Eso explicaría muchas cosas.

—¿Como qué?

—La bonita decoración, el precioso jardín, los libros con palabras en lugar de sólo imágenes. Pero no importa... Skip y Scooter tienen que hacer otra aparición pública hoy. ¿Qué tal un paseo y un café?

—Por mí, bien.

Bram entró en el salón con el móvil pegado a la oreja. Iba vestido con unos tejanos y una vieja camiseta de Nirvana.

—¿Por qué me telefoneas en lugar de hablarme directamente?

Georgie cambió de oreja el teléfono.

—He decidido que nos comunicamos mejor a distancia.

—¿Desde cuándo lo has decidido? Ah, sí, ya me acuerdo. Desde hace dos noches, cuando te besé en la playa. —Se apoyó en el marco de la puerta y la miró seductoramente de arriba abajo—. Lo sé por tu forma de mirarme. Te excito y eso te saca de quicio.

—Tú eres guapo y yo un poco putilla, así que ¿cómo resistirme? —Georgie se acercó más el teléfono a la oreja—. Por suerte, tu personalidad anula por completo el efecto. La razón de que te haya telefoneado...

—En lugar de cruzar la habitación y hablarme cara a cara...

—... es que lo nuestro es una relación de negocios.

—¿Desde cuándo un matrimonio es una relación de negocios? Esto la enfureció y Georgie cerró el móvil.

—Desde que me embaucaste para que te pagara cincuenta mil dólares mensuales.

—Buena observación. —Bram guardó su móvil en un bolsillo y se acercó con calma a Georgie—. He oído decir que el Perdedor no te dio ni un centavo por el divorcio.

Georgie podría haber conseguido que Lance le pagara millones como compensación, pero ¿para qué? Ella no quería su dinero, lo quería a él.

—¿Quién necesita más dinero? ¡Ups..., tú!

—Tengo que realizar unas llamadas —dijo Bram—. Dame media hora. —Introdujo la mano en el bolsillo de sus tejanos—. Una cosa más... —Le lanzó a Georgie un estuche—. Lo he comprado por cien pavos en eBay. Tienes que admitir que parece auténtico.

Ella abrió el estuche: contenía un anillo con un diamante cuadrado de tres quilates.

—¡Uau! Un diamante falso a juego con un marido falso. A mí ya me está bien. —Se puso el anillo.

—Esta piedra es más grande que la que te regaló el Perdedor, el muy tacaño.

—Sí, pero el suyo era auténtico.

—¿Como sus votos matrimoniales?

Una parte de Georgie se autoengañaba y todavía quería creer lo mejor del hombre que la había abandonado, pero reprimió la necesidad que experimentaba de salir en defensa de Lance.

—Lo guardaré siempre, como un tesoro —dijo lentamente mientras pasaba junto a Bram camino de las escaleras.

Georgie consultó el archivador de tres anillas de April y eligió unos pantalones de popelina y una camiseta fruncida de color verde musgo con mangas cortitas y abombadas. También se puso unas manoletinas de Tory Burch, pero renunció al bolso de diseño de tres mil dólares que April recomendaba. Las fans no eran conscientes de que los bolsos obscenamente caros que las famosas utilizaban con tanta ligereza eran regalos de los diseñadores, y Georgie estaba harta de formar parte de la conspiración concebida para que las mujeres corrientes se gastaran montones de dinero en *el bolso* que reemplazarían por otro *el bolso* antes incluso de que les cargaran el precio del primero en la cuenta. En su lugar, sacó del armario un bolso divertido y original que Sasha le regaló el año anterior.

Georgie se arregló el pelo, se retocó el maquillaje y, cuando bajó las escaleras y vio a Bram vestido con los mismos tejanos y la misma camiseta de Nirvana que llevaba antes, tuvo que tragarse su resentimiento. Por lo visto, Bram no había hecho nada para presentarse ante los fotógrafos y, aún más enervante, no necesitaba hacer nada. Su barba de varios días resultaba tan fotogénica como su pelo encrespado y despeinado. Otro signo de la conspiración hollywoodiense contra las mujeres famosas.

Él señaló la tarjeta que colgaba de un espléndido ramo de flores que había encima de la cómoda.

—¿Desde cuándo Rory Keene y tú sois tan buenas amigas?

—¿Es de ella?

—Nos desea lo mejor. Corrígeme si me equivoco, pero parece sentir un interés especial por ti.

—Apenas la conozco.

Esto era verdad, aunque en una ocasión Rory le telefoneó para aconsejarle que no se involucrara en cierto proyecto. Georgie siguió su consejo y, efectivamente, la película tuvo problemas financieros y el rodaje se abandonó sin poder terminarla. Como Vortex no estaba implicada en el proyecto y Rory no ganaba nada con el consejo, a Georgie le intrigó su interés por ella.

—Supongo que se siente vinculada conmigo por el año que estuvo trabajando como ayudante de producción en *Skip y Scooter*.

Bram dejó la tarjeta sobre la cómoda.

—Pues no parece sentirse nada vinculada conmigo.

—Porque yo fui amable con ella.

Georgie apenas se acordaba de la Rory de aquellos días, pero sí de la costumbre de Bram de hacerle la vida difícil a los miembros del equipo.

—De una modesta ayudante de producción a la jefa de Vortex Studios en catorce años —declaró Bram—. ¡Quién lo habría dicho!

—Por lo visto, tú no. —Y lo obsequió con su sonrisa más burlona—. Cosechar lo que uno ha sembrado es un asco.

—Eso parece. —Bram se puso unas Ray-Ban negras de cristal reflector devastadoramente sexys—. Salgamos a enseñar tu anillo al público norteamericano.

Posaron para los *paparazzi* en la entrada del Cofee Bean & Tea Leaf, en el Beverly Boulevard. Bram la besó en el pelo y sonrió a los fotógrafos.

—¡A que es guapa! Soy el tío más afortunado del mundo.

Después del horrible año cargado de humillaciones públicas, sus fingidas palabras de adoración fueron como un bálsamo para la magullada alma de Georgie. Qué patético, ¿no? Ella le dio un pisotón como respuesta.

Chaz regresaba a la casa después de limpiar el despacho de Bram cuando vio que el seboso asistente de Georgie estaba junto a la piscina, contemplando el agua. Se acercó a él.

—No deberías estar aquí.

Aaron parpadeó tras sus gafas. Aquel tío era un auténtico adefesio. Su pelo, castaño y áspero, salía disparado de su cabeza; quien hubiera elegido aquellas espantosas y enormes gafas debía de estar ciego. Vestía como un sesentón gordo, con la barriga colgándole por encima del cinturón y una camisa informal a cuadros que le tiraba de los ojales.

—Vale.

Aaron pasó junto a ella camino de la casa y Chaz se sacudió las manos.

—Por cierto, ¿qué estabas haciendo?

Él introdujo las manos en los bolsillos de su pantalón, lo que aumentó el volumen de sus caderas.

—Tomándome un descanso.

—¿De qué? Tu trabajo es fácil.

—A veces, pero ahora es un poco ajetreado.

—Sí, realmente se te ve muy ajetreado.

Aaron no la mandó al cuerno, algo que se merecía por ser tan antipática, pero es que Chaz odiaba que hubiera gente deambulando por su casa. Además, lo que ocurrió el día anterior en el despacho de Bram, con Georgie y la cámara, la había sacado de quicio. Tendría que haberse ido sin miramientos, pero...

Intentó rectificar su mal talante.

—Seguramente a Bram no le importaría que te bañaras en la piscina de vez en cuando, siempre que no lo hicieras muy a menudo.

—No tengo tiempo para baños.

Aaron sacó las manos de los bolsillos y se alejó en dirección a la casa.

Chaz ya no nadaba, pero cuando era pequeña le encantaba el agua. Probablemente, a Aaron le daba vergüenza el aspecto que ofrecía en bañador. O quizás esto sólo les ocurría a las mujeres.

—¡Este lugar es muy recogido! —gritó Chaz—. ¡Nadie te vería!

Él entró en la casa sin contestarle.

La chica sacó una red de detrás de las rocas de la cascada y empezó a limpiar la piscina de hojas. Bram había contratado un servicio de limpieza para la piscina, pero a ella le gustaba hacer que el agua se viera limpia y clara. Bram le dijo que podía nadar siempre que quisiera, pero ella no lo hizo nunca.

Dejó la red en su sitio. Hasta el lunes, ella se había sentido feliz allí, pero ahora, con todos aquellos desconocidos invadiendo su espacio, los sentimientos desagradables volvían a aflorar.

Media hora más tarde, entró en el despacho de Georgie. El mobiliario estaba formado por un escritorio de gran tamaño y con forma de riñón, un archivador de pared y un par de sillas de diseño funcional tapizadas con una tela color pimentón estampada con un diseño de ramas de árbol. Todo era demasiado moderno para la casa y a Chaz no le gustaba.

Aaron estaba de espaldas, hablando por teléfono.

—La señora York todavía no concede entrevistas, pero estoy seguro de que estará encantada de contribuir a su subasta benéfica... No, ya ha donado los guiones de *Skip y Scooter* al Museo de Broadcast Communications, pero cada año diseña adornos navideños para grupos como el suyo y los firma personalmente...

Cuando hablaba por teléfono, parecía una persona diferente, seguro de sí mismo, no un fanático de la tecnología. Chaz dejó un rollito de pavo encima del escritorio. Lo había preparado con una torta sin grasa, carne magra de pavo, rodajas de tomate, hojas de espinaca, una rodaja de aguacate y tiras de zanahoria como acompañamiento. El tío necesitaba que le dieran una pista.

Mientras terminaba de hablar por teléfono, Aaron le dio una ojeada al rollito. Cuando colgó, Chaz dijo:

—No pienses que te voy a preparar uno cada día. —Cogió el último ejemplar de la revista *Flash*, que mostraba una fotografía de Bram y Georgie en la portada, y se sentó en el extremo del escritorio para hojearla—. Vamos, come.

Aaron cogió el rollito y le dio un mordisco.

—¿Tienes mayonesa?

—No. —Chaz se llevó una muestra de un perfume a la nariz y la olfateó—. ¿Cuántos años tienes?

Aaron tenía buenos modales y tragó antes de contestar.

—Veintiséis.

Tenía seis años más que ella, pero parecía más joven.

—¿Fuiste a la universidad?

—Sí, a la de Kansas.

—Mucha gente que ha ido a la universidad no sabe una mierda. —Chaz examinó la cara de Aaron y decidió que alguien tenía que decírselo—. Tus gafas son patéticas. No te ofendas.

—¿Qué les pasa a mis gafas?

—Que son horribles. Deberías llevar lentes de contacto o algo por el estilo.

—Las lentillas dan muchos problemas.

—Tus ojos son bonitos. Deberías mostrarlos. Al menos, consigue unas gafas decentes.

Aaron tenía los ojos de un azul intenso y espesas pestañas, y esto era lo único potable en él. Frunció el ceño, lo que hizo que pareciera que sus mejillas se tragaban el resto de su cara.

—No creo que nadie con las cejas agujereadas tenga derecho a criticar a los demás.

A Chaz le encantaban los *piercings* de sus cejas. Hacían que se

130

sintiera dura, como una rebelde a quien la sociedad le importaba un comino.

—A mí no me interesa lo que tú opinas —declaró Chaz.

Él volvió a centrarse en el ordenador y abrió una pantalla que contenía una especie de gráfico. Ella se levantó para irse, pero, camino de la puerta, vio el horrible y voluminoso maletín de Aaron, que estaba abierto en el suelo y dentro había una bolsa de patatas. Se acercó al maletín y cogió la bolsa.

—¡Eh! ¿Qué haces?

—Esto no lo necesitas. Más tarde te subiré algo de fruta.

Aaron se levantó de la silla.

—Devuélvemela. No quiero tu fruta.

—¿Y sí quieres esta porquería?

—Sí, sí que la quiero.

—¡Lástima! —Chaz la dejó caer al suelo y le dio un fuerte pisotón. La bolsa se abrió con un estallido—. Pues aquí la tienes.

Aaron miró con fijeza a Chaz.

—¿Y a ti qué demonios te pasa?

—Que soy una bruja.

Mientras salía del despacho y bajaba las escaleras, Chaz se lo imaginó recogiendo con ansia los trocitos de patata.

Bram se encerraba continuamente en su despacho, como si tuviera un empleo de verdad, dejando a Georgie sin posibilidad de descargar su frustración. Al final, ella decidió utilizar su gimnasio y retomar la rutina diaria de calentamiento de ballet que solía realizar. Sus músculos estaban rígidos y no cooperaban, pero ella insistió. Quizás haría que le instalaran una barra de ejercicios. Siempre le había encantado bailar y sabía que no debería haber abandonado esa práctica. Y lo mismo podía decir del canto. No era una gran cantante y la potente voz que le había resultado tan útil de niña no había madurado con la edad, pero todavía podía entonar bien una melodía y su energía compensaba su carencia de matices vocales.

Cuando terminó su tabla de ejercicios, telefoneó a Sasha y April y realizó unas compras por Internet. Su rutina diaria se había visto reducida a molestar a sus ocupadas amigas y asegurarse de que tenía buen aspecto para las fotografías, pero animaba sus días siguiendo a Chaz por la casa con la cámara y formulándole preguntas indiscretas.

Chaz se quejaba con amargura, pero contestaba a las preguntas y Georgie averiguó más cosas acerca de ella. Su creciente fascinación por el ama de llaves era lo único que evitaba que contratara su propia cocinera.

El viernes por la mañana, el séptimo día de su matrimonio, los esposos se reunieron con una planificadora de fiestas, la sumamente cuidadosa, extremadamente cara y muy elogiada Poppy Patterson. Todo en ella resultaba irritante, pero le encantó la idea de utilizar la serie *Skip y Scooter* como tema de la fiesta, así que la contrataron y le dijeron que concretara los detalles con Aaron.

Aquella tarde, el padre de Georgie decidió que ya la había castigado bastante y por fin respondió a una de sus llamadas.

—Georgie, sé que quieres que apruebe tu matrimonio, pero no puedo hacerlo porque es un gran error.

Ella no podía contarle la verdad, pero tampoco podía mentirle más de lo que ya había hecho.

—Sólo he pensado que podíamos mantener una conversación agradable. ¿Es demasiado pedir?

—Ahora mismo, sí. Shepard no me gusta. No confío en él y estoy preocupado por ti.

—No tienes por qué preocuparte. Bram no es... no es exactamente como lo recuerdas. —Georgie se esforzó en encontrar un ejemplo convincente de la creciente madurez de Bram mientras intentaba olvidar lo mucho que bebía—. Ahora es... mayor.

Su padre no se sintió impresionado.

—Recuerda lo que te digo, Georgie. Si alguna vez intenta dañarte, sea de la forma que sea, prométeme que acudirás a mí en busca de ayuda.

—Haces que suene como si fuera a pegarme.

—Hay distintas formas de hacer daño a las personas. Tú nunca lo has visto de una forma racional.

—Eso fue hace mucho tiempo. Ahora no somos los mismos.

—Tengo que irme. Hablaremos en otro momento.

Y así, sin más, colgó.

Georgie se mordió el labio y los ojos le escocieron. Su padre la quería, de esto estaba convencida, pero el suyo no era el tipo de amor cálido y paternal que ella deseaba. Un amor sin tantos condicionantes, por el que no tuviera que luchar tanto.

10

El sábado, Georgie se despertó hacia las tres de la madrugada y no pudo volver a dormirse. Una semana antes, más o menos a aquella hora, ella estaba de pie, al lado de Bram, formulando sus votos matrimoniales. Se preguntó qué había jurado con exactitud.

El aire del dormitorio estaba cargado. Apartó las sábanas, se puso unas viejas zapatillas Crocs amarillas y salió al balcón. Las hojas de las palmeras chasqueaban al son de la brisa y el suave gorgoteo de la cascada llegó hasta ella desde la piscina. La tarde anterior, Lance le había dejado otro mensaje en el móvil. Estaba preocupado por ella. Georgie deseó que la dejara tranquila o poder odiarlo. Bueno, en realidad lo odiaba con frecuencia, aunque esto no la hacía sentirse mejor.

El tintineo de unos cubitos de hielo interrumpió sus pensamientos y una voz llegó hasta ella en la oscuridad.

—Si vas a saltar, espera hasta mañana. Estoy demasiado borracho para manejar un cadáver esta noche.

Bram estaba sentado junto a las vidrieras de su dormitorio, a la izquierda de donde estaba ella. Calzaba unas deportivas viejas y tenía los pies apoyados en la barandilla. Con una copa en la mano y una sombra en forma de hoz cruzándole la cara, era la viva imagen de un hombre planteándose cuál de los siete pecados capitales cometería a continuación.

Georgie sabía que todos los dormitorios de la parte de atrás de la casa daban a aquel balcón, pero nunca antes había visto allí a Bram.

—No tengo por qué saltar —contestó—. Estoy en la cima del mundo. —Apoyó la mano en la barandilla—. ¿Por qué no estás durmiendo?

—Porque ésta es la primera oportunidad que he tenido en toda la semana de beber con tranquilidad.

Bram contempló el pijama de su esposa, que estaba a años luz de las camisolas vaporosas y los diminutos *bodys* que solía ponerse para Lance. De todos modos, él no pareció desaprobar sus cómodos pantaloncitos estampados con labios rosas y amarillos de estilo pop.

Mientras contemplaba la caída de los hombros de Bram y la suave curvatura de su cintura, Georgie tuvo la sensación de que faltaba algo, aunque no supo qué.

—¿Alguien te ha dicho que bebes demasiado?

—Me plantearé dejar la bebida cuando nos divorciemos. —Bebió otro sorbo—. ¿Qué hacías metiendo la nariz en mi despacho el miércoles por la mañana?

Ella ya se había preguntado cuánto tardaría Chaz en delatarla.

—Curiosear. ¿Qué si no?

—Quiero que me devuelvas la cámara de vídeo.

Georgie deslizó el pulgar por una zona áspera de la barandilla.

—Te la devolveré. Ya le he encargado a Aaron que me compre una.

—¿Para qué?

—Para pasar el rato.

Bram dejó su copa en el suelo.

—Aparte de llevarte mis cosas, ¿qué más estabas haciendo allí?

Georgie se preguntó hasta qué punto contarle la verdad y, al final, decidió soltársela sin tapujos.

—Tenía que averiguar si el espectáculo de reencuentro era verdad o producto de tu imaginación. Encontré el guión, pero la caja estaba cerrada a cal y canto. Aunque, de todas formas, tampoco lo habría leído.

Él se levantó de la silla y se le acercó con parsimonia.

—Deberías habérmelo pedido. La confianza es la base de un buen matrimonio, Georgie. Me siento herido.

—No es verdad. Y no pienso participar en un espectáculo de reencuentro. Nunca. Estoy harta de estar encasillada. Quiero papeles que me apasionen. Volver a representar a Scooter sería la peor decisión profesional que podría tomar. Y tú odias a Skip, así que no sé por qué te empeñas en este proyecto. Bueno, sí que lo sé, y siento que estés arruinado, pero yo no sabotearé mi carrera para ayudarte a solucionar tus problemas financieros.

Bram pasó junto a ella y asomó la cabeza en su dormitorio.

—Entonces supongo que eso es todo, ¿no?

—Por supuesto.

—Está bien.

Deslizó la mano por el marco de la puerta, como si examinara el estado de la madera, pero ella no se tragaba su fácil rendición.

—Lo digo en serio.

—Ya lo he captado. —Bram se volvió hacia ella—. Y yo que creí que intentabas husmear en mi vida amorosa...

—Estás casado conmigo, ¿recuerdas? Tú no tienes una vida amorosa.

En cuanto las palabras salieron de su boca, Georgie deseó no haberlas pronunciado. Acababa de abrir una puerta de diez metros de ancho para que Bram hurgara en el tema que ella más deseaba evitar.

—Me voy a la cama —dijo.

—No tan deprisa.

Bram le acarició el brazo antes de que ella entrara en el dormitorio, y fue entonces cuando Georgie cayó en la cuenta del origen de la extraña sensación de que a Bram le faltaba algo.

—¡Tú ya no fumas!

—¿De dónde has sacado esa idea? —La soltó y fue a coger su copa.

Ella ya había notado antes que Bram olía a jabón y cítricos, pero hasta aquel preciso momento no había llegado a la conclusión lógica. Aunque sólo llevaban juntos siete días, ¿cómo podía haber pasado por alto algo tan obvio?

—Siempre hablas de los cigarrillos, pero no te he visto fumar ni uno.

—Claro que sí. —Bram se dejó caer en la silla—. Fumo continuamente. Justo antes de que salieras al balcón, acababa de terminar uno.

—No, no es verdad. Ya no hueles a humo y en ninguno de los patéticos besos tuyos que he tenido que soportar he notado el sabor a tabaco. En la época de *Skip y Scooter*, besarte era como lamer un cenicero, pero ahora... Seguro que has dejado de fumar.

Él se encogió de hombros.

—Está bien, me has pillado. He dejado de fumar, pero sólo porque lo de la bebida se me ha ido de las manos y no puedo manejar más de una adicción a la vez. —Se llevó la copa a los labios.

Al menos era consciente de su problema. Incluso por las mañanas, siempre llevaba una copa en la mano y la noche anterior había bebido vino durante la cena. Claro que ella también había bebido vino, pero ésta había sido la única bebida alcohólica que ella había tomado en todo el día.

—¿Cuándo dejaste de fumar?

Bram murmuró algo que ella no logró descifrar.

—¿Qué?

—He dicho que hace cinco años.

—¡Cinco años! —Esto la enfureció—. ¿Por qué no podías, simplemente, decir que habías dejado de fumar? ¿Por qué tienes que andar siempre con esos jueguecitos mentales?

—Porque me gustan.

Ella lo conocía y no lo conocía, y se sentía agotada de tener que estar siempre en guardia.

—Estoy cansada. Ya hablaremos por la mañana.

—¿Eres consciente de que no podemos seguir así durante mucho tiempo?

Ella simuló que no lo había entendido.

—Ninguno de los dos ha matado al otro todavía, ¿no? Yo diría que lo estamos haciendo bastante bien.

—Ahora eres tú quien está jugando. —Los cubitos de su bebida tintinearon cuando él la dejó en el suelo y se levantó de la silla—. Tienes que admitir que he sido paciente.

—Sólo llevamos casados una semana.

—Exacto. Toda una semana sin sexo.

—Eres un obseso.

Georgie se volvió hacia el dormitorio, pero él la detuvo otra vez.

—No lo digo para alardear, sólo quiero que lo sepas. No espero tener sexo durante una primera cita, aunque en general suela ocurrir así. Como máximo, en la segunda.

—Fascinante. Por desgracia para ti, yo creo en establecer primero una relación. Además, el matrimonio se fundamenta en el compromiso y yo estoy dispuesta a comprometerme.

—¿Qué tipo de compromiso?

Ella fingió reflexionar.

—Tendré sexo contigo... después de nuestra cuarta cita.

—¿Y cómo defines exactamente la palabra «cita»?

Georgie sacudió la mano con ligereza.

—¡Bueno, lo sabré en cuanto lo vea!

—Seguro que sí. —Bram deslizó el dedo pulgar por su brazo desnudo—. Sinceramente, no estoy muy preocupado. Los dos sabemos que no tardarás mucho en ceder.

—¿Por tu impresionante atractivo sexual?

—Pues sí, pero también porque, seamos sinceros, tú estás a punto.

—¿Eso crees?

—Querida, eres un orgasmo esperando ocurrir.

Georgie sintió un hormigueo en la piel.

—¿De verdad?

—Llevas divorciada un año, y el Perdedor es medio marica, así que no me convencerás de que fuera gran cosa como amante.

Ella, de una forma predecible y patética, salió en defensa de Lance.

—Pues era un gran amante. Amable y considerado.

—¡Qué aburrimiento!

—¡Cómo no, tenías que decir algo sarcástico!

—Por suerte para ti, yo no soy amable ni considerado. —Deslizó el dedo por la parte interior del codo de Georgie—. A mí me gusta el sexo duro y sucio. ¿O acaso la idea de tener sexo con un hombre adulto asusta a nuestra pequeña Scooter?

Georgie se apartó de él.

—¿Qué hombre? Yo lo único que veo aquí es a un chiquillo con un cuerpo grande.

—¡Deja ya de joder, Georgie! He renunciado a muchas cosas por ti, pero no pienso renunciar al sexo.

Ella hacía tiempo que sabía que sólo podría evitar esta cuestión durante cierto tiempo. Si no le daba a Bram lo que quería, él no sentiría el menor remordimiento en buscar a alguien que se lo diera. Georgie odiaba sentirse atrapada.

—¡Deja tú de joder! —replicó—. Los dos sabemos que la probabilidad de que seas fiel es menor que el saldo de tu cuenta.

—Yo no soy Lance Marks.

—Desde luego, pero Lance sólo me engañó con una mujer, mientras que tú lo harías con miles. —Dirigió su dedo índice a las facciones perfectas de Bram—. Ya me han humillado públicamente una vez y, llámame susceptible, pero no quiero que vuelva a ocurrirme.

—Yo puedo serle fiel a una mujer durante seis meses —Bram deslizó la mirada a sus pechos—, si es lo bastante buena en la cama para mantener mi interés.

La estaba provocando de una forma deliberada, pero aquellas palabras la hirieron de tal forma que su respuesta sarcástica no sonó nada sarcástica:

—Entonces, es obvio que tenemos un problema.

Bram frunció el ceño.

—¡Eh, que yo soy el único que puede humillarte! Si lo haces tú misma, entonces no tiene ninguna gracia.

Georgie odió que él hubiera vislumbrado, incluso durante un breve instante, su baja autoestima.

—Me aseguraré de que no vuelva a ocurrir —dijo.

Bram parecía enojado.

—No puedo creer que permitas que aquel gilipollas te hundiera de esta manera. El problema es suyo, no tuyo.

—Ya lo sé.

—No creo que lo sepas. Vuestro matrimonio se derrumbó por culpa de su carácter, no del tuyo. Los tíos como Lance siempre andan detrás de la mujer que consideran más fuerte, y el Perdedor ha decidido que en este momento ésa es Jade.

Georgie perdió el control.

—¡Claro que es Jade! ¡Ella lo tiene todo! Es guapa, una gran actriz, y en cuanto a generosidad, ella no se queda en las simples palabras. Jade está por ahí salvando vidas. Gracias a ella, ahora mismo muchas niñas asiáticas están asistiendo a la escuela en vez de verse obligadas a vender sus cuerpos a los pervertidos sexuales. Es probable que, cualquier día de estos, a Jade le concedan el Nobel de la Paz. Además, se lo merecerá. Resulta algo difícil competir con ella.

—Estoy seguro de que Lance está empezando a darse cuenta de este hecho.

Todas las emociones que ella había intentado controlar salieron a la superficie.

—¡Yo también me preocupo por los demás!

Bram parpadeó un par de veces.

—Sí, claro.

—¡Claro que me preocupo! Sé que hay sufrimiento en el mundo, lo sé y haré algo al respecto. —Georgie se dijo a sí misma que se callara, pero las palabras seguían brotando de su boca—. Iré a Haití. En cuanto pueda organizarlo. Conseguiré suministros médicos y los llevaré a Haití.

Bram inclinó la cabeza a un lado. Se produjo una larga pausa y, cuando por fin habló, se mostró inusualmente amable.

—¿No crees que eso es un poco... frío? ¿Utilizar la desgracia de ciertas personas como ardid publicitario?

Georgie hundió la cara en las manos. Bram tenía razón y ella se aborreció a sí misma.

—¡Oh, Dios mío, qué horrible soy!

Bram la cogió por los hombros y la giró hacia él.

—Por fin me caso, y lo hago con la tía más loca de Los Ángeles.

Georgie se sentía avergonzada y no confió en la compasión que él le mostraba.

—Siempre has tenido un gusto espantoso en cuanto a las mujeres.

—Y una idea fija. —Le levantó la barbilla con el dedo—. Aunque comprendo y simpatizo con tu vergonzosa crisis nerviosa, volvamos a las cuestiones más apremiantes.

—No.

—Mientras lleves mi anillo falso, te prometo que no te engañaré.

—Tus promesas no tienen valor. En cuanto hayas superado el reto, acecharás a una nueva presa. Y los dos lo sabemos.

—Estás equivocada. Vamos, Georgie, afloja.

—Necesito más tiempo para adaptarme a la idea de convertirme en una puta.

—Permite que te ayude a acelerar el proceso —repuso Bram, y de pronto la besó en la boca.

Aquel beso era real, sin fotógrafos al acecho ni directores preparados para gritar «¡Corten!». Georgie se dispuso a apartarse, pero entonces se dio cuenta de que no sentía la necesidad de hacerlo. Se trataba de Bram. Ella sabía lo golfo que era, lo poco que significaban sus besos, y esto mantenía sus expectativas bajas y cómodas.

Él le introdujo la lengua en una sensual exploración. Había aprendido a dar unos besos increíbles y ella echaba de menos la intimidad con un hombre más de lo que estaba dispuesta a admitir. Georgie le rodeó los hombros con los brazos. Bram sabía a noches oscuras y vientos peligrosos, a traición de juventud y abandono cruel.

Pero como lo conocía tan bien y estaba empezando a confiar en sí misma, no se sintió emocionalmente en peligro. Bram quería utilizarla. Pues bien, ella también lo utilizaría a él. Sólo durante unos instantes. El tiempo que durara aquel beso.

Bram le apoyó una mano en la parte baja de la espalda para unir sus caderas. Su miembro estaba tieso y ella iba a decirle que no, y ese poder le dio la libertad de permitirse disfrutar del momento. Bram curvó la mano sobre su trasero. ¡Si al menos aquel hombre que olía tan bien, la hacía sentirse tan bien y besaba tan bien no fuera Bram Shepard!

La noche y la tenue luz del dormitorio de Georgie transformaron los ojos lavanda de él en azabache.

—¡Te deseo tanto! —murmuró Bram.

Un escalofrío oscuro y erótico recorrió el cuerpo de Georgie, pero se vio interrumpido por una explosión de luz blanca y azul.

Él levantó la cabeza de golpe.

—¡Mierda!

Georgie tardó unos instantes en reaccionar. Cuando procesó el hecho de que la repentina luz procedía del *flash* de una cámara, Bram ya había entrado en acción. Pasó las piernas por encima de la barandilla del balcón y saltó al techo del porche de la planta baja. Ella dio un respingo y se inclinó por encima de la barandilla.

—¡Para! Pero ¿qué haces?

Él no le hizo caso y avanzó como pudo por el tejado, como Lance o su doble habían hecho docenas de veces en otras tantas películas. El fogonazo del *flash* había surgido de un árbol de gran tamaño que alcanzaba el jardín por encima del muro medianero.

—¡Te vas a romper el cuello! —gritó Georgie.

Bram se deslizó por el borde del tejado del porche quedando suspendido, durante un instante, de los dedos de las manos y, a continuación, se dejó caer al suelo.

Las luces de seguridad de la parte posterior de la casa se encendieron. Bram se puso de pie, atravesó el jardín a todo correr y desapareció detrás de unas cañas de bambú. Segundos después, su cabeza y sus hombros aparecieron mientras escalaba el alto muro de piedra que separaba su propiedad de la de su vecino.

¡Menuda estupidez! Georgie bajó las escaleras a toda velocidad y salió corriendo al jardín, que estaba iluminado como si fuera mediodía. La idea de que un instante tan íntimo fuera expuesto al mundo le producía náuseas. Corrió por el sendero hasta el muro mientras sus Crocs le raspaban los talones. El muro se elevaba más de medio metro por encima de su cabeza, pero encontró puntos de apoyo en las piedras y empezó a escalarlo. Un borde afilado le hizo un rasguño en la espinilla. Al final, subió lo suficiente para apoyar los brazos en el borde y ver lo que ocurría al otro lado.

El jardín del vecino era más grande y despejado que el de Bram. Tenía los arbustos bien podados, una piscina rectangular y una pista de tenis. Las luces de seguridad de aquel jardín también se habían encendido, y Georgie vio a Bram corriendo por el césped, persiguiendo a un hombre que sujetaba algo que sólo podía ser una cámara de fotografiar. Seguramente, había subido al árbol para fotografiarlos con una película de alta velocidad y el *flash* debió de dispararse por accidente. ¿Cuántas fotografías debía de haber tomado antes de delatarse a sí mismo?

El *paparazzi* le llevaba mucha ventaja, pero Bram no se rendía. Saltó por encima de una hilera de arbustos. El fotógrafo llegó a un espacio abierto cubierto de césped. Era bajo y enjuto y Georgie no lo reconoció. Entonces desapareció detrás de una caseta.

Una mujer salió de la casa principal. Gracias a las luces del jardín, Georgie vio que tenía el pelo largo y claro e iba vestida con un camisón de seda melocotón. La mujer bajó a toda prisa los escalones de contorno semicircular que conducían al jardín, lo que no parecía el acto más inteligente con un intruso merodeando por allí. Cuando entró en un círculo de luz, Georgie se dio cuenta de dos cosas a la vez.

La mujer era Rory Keene... y llevaba un arma.

11

Georgie gritó con tanta suavidad como pudo, y con su voz más amigable y tranquilizante.

—Mmm... ¿Rory? Por favor, no dispares.

Rory se volvió hacia el muro y su pelo rubio ondeó a su alrededor.

—¿Quién hay ahí?

—Soy Georgie York. Y el hombre que acabas de ver corriendo por tu jardín es Bram. Mi... esto... marido. Creo que tampoco deberías dispararle a él.

—¿Georgie?

A Georgie, los dedos de los pies se le estaban volviendo insensibles en el interior de los Crocs y empezaba a resbalar del muro.

—Un fotógrafo subió a tu árbol para sacarnos unas fotos. Bram lo está persiguiendo. —Intentó aferrarse al borde del muro, pero los brazos le dolían—. Estoy... resbalando. Tengo que bajar.

—Creo que hay una puerta al final del muro.

Georgie bajó al suelo, haciéndose un rasguño en la otra espinilla.

—¡Está por aquí, en algún lugar! —gritó Rory desde el otro lado del muro mientras Georgie tanteaba la pared de piedra—. La casa es propiedad del estudio y no hace mucho que vivo aquí.

Georgie encontró la puerta de madera, parcialmente escondida detrás de unos matorrales.

—¡Ya la he encontrado, pero está atrancada!

—Yo empujaré desde este lado.

La puerta estaba atascada, pero al final cedió lo bastante para que Georgie se deslizara al otro lado. Rory la esperaba con el arma colgando entre los pliegues de su camisón. A pesar de que su pelo rubio y largo estaba enmarañado por el hecho de que acababa de despertarse, se la veía tranquila y calmada, como si enfrentarse a unos intrusos nocturnos fuera una cosa de cada día.

—¿Qué ha pasado?

Georgie miró alrededor en busca de Bram, pero él no estaba a la vista.

—Lo siento muchísimo. Bram y yo estábamos en el balcón cuando se disparó un *flash*. Un fotógrafo estaba escondido en ese árbol tan grande de tu jardín. Bram fue tras él. ¡Todo ha pasado tan deprisa!

—¿Un fotógrafo se ha colado en mi casa para espiaros?

—Eso parece.

—¿Quieres que llame a la policía?

Si Georgie fuera una ciudadana común, eso era exactamente lo que haría, pero ella no era una ciudadana común y la policía no era una opción para ella. Rory llegó a la misma conclusión.

—Estúpida pregunta.

—Tengo que... Será mejor que me asegure de que Bram no ha matado a nadie.

Georgie echó a caminar en la dirección en que Bram había desaparecido. Justo cuando llegaba a la piscina, lo vio aparecer por el otro extremo de la casa. Aparte de una ligera cojera y una expresión asesina, no parecía herido.

—El muy hijoputa se ha escapado.

—Podrías haberte matado saltando del tejado.

—No me importa. Esa cucaracha se ha pasado de la raya.

Justo entonces vio que Rory se acercaba a ellos, con el arma colgando de su costado como si fuera un bolso de Prada. Georgie no pudo evitar sentir envidia. Una mujer con la sangre fría de Rory Keene nunca se despertaría en un hotel de Las Vegas casada con su peor enemigo. Claro que las mujeres como Rory Keene controlaban sus vidas y no al contrario.

Bram se quedó helado. Rory no le hizo el menor caso.

—Mañana a primera hora telefonearé a mi agencia de seguridad, Georgie. Está claro que las luces no son suficientes para desanimar a los visitantes indeseados.

Bram fijó la mirada en la pistola.

—¿Esa cosa está cargada?

—Pues claro.

Georgie se tragó un chiste acerca de los peligros de ser rubia e ir armada. Ni en broma parecía adecuado soltar un chiste a costa de una mujer tan expeditiva como Rory, sobre todo si acababan de despertarla a las tres de la madrugada.

—Parece una Glock —comentó él.

—Una treinta y uno.

El interés que Bram mostraba por la pistola produjo un escalofrío en Georgie.

—Tú no puedes tener una —terció—. Te exaltas con demasiada facilidad para ir armado.

Bram le dio una palmadita en la barbilla y ella sintió deseos de abofetearlo. Él le dio un beso rápido y formal que no podía ser más diferente del que se habían dado minutos antes.

—Me cuesta acostumbrarme a la idea de que te preocupes tanto por mí, cariño —declaró Bram—. ¿Cómo has llegado hasta aquí?

—Hay una puerta.

Bram asintió con la cabeza.

—Casi lo había olvidado. Por lo visto, los propietarios originales de las fincas eran amigos.

Georgie se preguntó por qué Rory vivía en una casa alquilada por el estudio en lugar de una propia.

—Bram se olvidó de comentarme que vivías aquí.

Georgie deslizó la mano por la espalda de su marido. Un gesto que parecía afectuoso, salvo por el pellizco que le dio como represalia por la palmadita en la barbilla.

Él hizo una mueca.

—Sí que te lo mencioné, cariño. Supongo que con todo lo que nos ha ocurrido últimamente se te borró de la memoria. Además, éste no es el tipo de vecindario que predisponga a relacionarse con los vecinos.

Eso era cierto. Aquellas fincas caras y separadas por altos muros y puertas cerradas a cal y canto no creaban el ambiente ideal para celebrar fiestas de vecinos. Cuando vivía con Lance en el barrio de Brentwood, Georgie no había llegado a conocer a la estrella pop de los años noventa que vivía en la casa contigua.

Georgie deslizó la mirada hacia la Glock de Rory.

—Será mejor que te dejemos volver a la cama.

Rory se subió el tirante del camisón.

144

—Dudo que ninguno de nosotros consiga dormir mucho después de lo ocurrido.

—Tienes razón —comentó Bram—. ¿Por qué no vienes a casa? Prepararé café y calentaré unas galletas de canela caseras. Serás nuestra primera invitada oficial.

Georgie se lo quedó mirando. Era medianoche. ¿Había perdido la cabeza?

—Mejor en otra ocasión. Tengo que leer unas cosas. —Rory lo miró con frialdad y sorprendió a Georgie dándole un rápido abrazo—. Te telefonearé en cuanto haya hablado con la empresa de seguridad. —Se volvió de nuevo hacia Bram—. Sé bueno con ella. Y tú, Georgie, si necesitas ayuda, dímelo.

El falso buen humor de Bram desapareció.

—Si Georgie necesita ayuda, yo se la daré.

—Sí, claro, seguro —contestó Rory con tono irónico.

Y se alejó en dirección a la casa mientras los pliegues de su camisón ocultaban la pistola.

Bram esperó hasta estar en su lado del muro para hablar.

—Si la prensa amarilla publica alguna de esas imágenes, iremos contra ellos.

—Probablemente no las publicarán —contestó Georgie—. Al menos aquí no. Pero en Europa hay un gran mercado, y después aparecerán en Internet. No podremos hacer nada al respecto.

—Los demandaremos.

—Nuestro matrimonio se habrá acabado mucho antes de que el juicio se celebre.

—Entonces, ¿qué sugieres? ¿Que nos olvidemos del asunto? ¿Lo que ha ocurrido no te preocupa?

La verdad era que estaba como atontada.

—Me revienta —contestó.

Cruzaron el jardín posterior de la casa en silencio. Georgie pensó que no tenía por qué sentirse alterada. Las fotografías aportarían autenticidad a su falso matrimonio. Sin embargo, en el fondo se sentía casi tan violentada como el día en que los *paparazzi* la fotografiaron mirando la ecografía de Jade.

—Me voy a la cama —declaró cuando llegaron a la casa—. Sola.

—Tú te lo pierdes.

Estaba subiendo las escaleras cuando una interesante pieza del rompecabezas que constituía Bram Shepard encajó en su lugar.

—Rory tiene algo que ver con tu proyecto del espectáculo de reencuentro, ¿no? Por eso le hacías la pelota en el Ivy hace quince días. Y la embarazosa invitación a tomar galletas de canela...

—Tía, yo le hago la pelota a todo el que pueda proporcionarme un papel decente.

—Es patético, pero debo reconocer que resulta altamente gratificante verte de rodillas.

—Cualquier cosa con tal de progresar —declaró él restándole importancia.

Bram no podía dormir, así que se dirigió a la piscina. Su vida se había vuelto muy complicada, pensó mientras se desnudaba y se sumergía en el agua. Él esperaba que aquel estúpido matrimonio le facilitara las cosas, pero no había tenido en cuenta la actitud protectora de Rory respecto a Georgie.

Se volvió cara arriba y flotó en el agua. Cada vez que intentaba salir del pozo en que había caído, otro hundimiento amenazaba con volver a enterrarlo. Georgie creía que se trataba sólo de una cuestión de dinero, pero ella no sabía que lo que más necesitaba Bram era respetabilidad. Y él no quería que ella lo supiera. Quería que Georgie siguiera viéndolo como el cabrón que siempre había sido. Su vida era sólo suya y no dejaría que ella entrara en ninguna área realmente importante.

No siempre había sido un solitario. Crecer sin una familia de verdad lo había empujado a crear para sí mismo una familia artificial con los colegas que, a la larga, lo habían dejado de lado. Bram creía que eran amigos suyos, pero ellos lo habían utilizado. Se habían gastado su dinero, habían explotado sus contactos y después le habían tendido una trampa con la maldita cinta erótica. Lección aprendida. Intentar ser el mejor implicaba ir solo.

Georgie no utilizaba a las personas, pero aun así no quería que ella hurgara en su psique intentando averiguar hasta qué punto necesitaba crear una vida nueva para sí mismo. Georgie lo conocía desde hacía mucho tiempo y veía demasiado. Además, resultaba peligrosamente fácil hablar con ella. Pero Bram no soportaba la idea de que lo viera fracasar, algo que cada día era más probable.

Georgie le resultaba útil para mejorar su reputación y tener sexo. Y, aunque se moría de ganas de acelerar este segundo aspecto, su desagradable comportamiento de la noche del yate implicaba que tenía que concederle todo el tiempo que ella necesitara... y después atraerla hacia él.

Pasaron cuatro días. Justo cuando Georgie empezaba a confiar en que las fotografías del balcón no saldrían a la luz, aparecieron en un periódico sensacionalista del Reino Unido. Y después estaban en todas partes. Sin embargo, en lugar de reflejar un encuentro entre amantes, las borrosas imágenes parecían mostrar una acalorada discusión entre ambos. En la primera, Georgie tenía la mano apoyada en la cadera denotando una actitud beligerante. En la siguiente tenía la cara hundida en las manos, de cuando se sintió avergonzada por su plan egoísta de ir a Haití. Sin embargo, hasta el observador menos crítico interpretaría que estaba llorando debido a la discusión. La siguiente imagen mostraba a Bram sosteniéndola por los hombros. Se trataba de un gesto de consuelo, pero la imprecisa imagen hacía que su postura pareciera amenazadora. Por fin, la última, la más borrosa, mostraba su íntimo beso. Por desgracia, resultaba imposible discernir si Bram la estaba besando o zarandeando.

Se desató un auténtico infierno.

—¡No puedo creer que esos cabrones queden impunes después de soltar esta basura! —exclamó Bram.

Intentó atrapar una mosca que tuvo la temeridad de aterrizar al lado de su taza de café. En el pasado, Bram era un experto haciendo caso omiso de la publicidad adversa, pero ahora quería sangre, la del fotógrafo y la de quienes habían editado las imágenes, desde el periódico inicial a las páginas de cotilleo de Internet.

—¡Si al menos pudiera ponerle las manos encima a uno de ellos...!

—Si te vas a poner violento, a mí no me mires —declaró Georgie—. Por una vez, estoy de tu lado.

Estaban sentados en la terraza del Urth Caffé, en Melrose, bebiendo un café orgánico. Habían transcurrido siete días desde que las fotografías aparecieran. Los *paparazzi* y mirones estaban apostados en la acera, y el resto de los clientes de la cafetería observaban sin disimulo a los recién casados más famosos del mundo.

Todo lo que Georgie había esperado conseguir con aquel matrimonio se estaba volviendo en su contra. Todas sus amigas le habían telefoneado, salvo Meg, que seguía «desaparecida en combate». Georgie había conseguido evitar que April y Sasha viajaran a Los Ángeles para verla. En cuanto a su padre, se había presentado en casa de Bram hecho una furia y había amenazado con matarlo. Georgie no había conseguido convencerlo de lo que había ocurrido en realidad y su oposición a su matrimonio se había agudizado. ¡Pues sí que se estaba luciendo con su propósito de hacerse cargo de su vida! Su autoconfianza estaba más frágil que nunca.

—¿Quieres hacer el favor de sonreírme?

La mandíbula encajada de Bram hacía que su sonrisa resultara difícil de creer, pero Georgie se portó bien y se inclinó para besarle la tensa comisura de los labios.

Desde la noche del balcón, once días antes, no se habían dado ningún beso, pero ella había pensado en el de aquella noche más de lo que querría. Bram podía desagradarle como persona, pero, por lo visto, su cuerpo era otra cosa, porque el único placer que había experimentado durante toda la semana había sido verlo por ahí sin camiseta, o incluso con ella, como en aquel momento.

—¡Y esto es una cita, mierda! Nuestra quinta cita de esta semana.

—Chorradas —dijo ella sin dejar de sonreír—. Esto son negocios. Control de daños, como las otras salidas. Te lo dije, no será una cita hasta que los dos lo estemos pasando bien y, por si no lo habías notado, los dos estamos fatal.

Bram apretó la mandíbula.

—Quizá podrías poner algo más de empeño.

Georgie mojó su segundo biscote en el café y lo mordisqueó con desgana. Al menos había ganado unos kilos de peso, pero esto no compensaba el hecho de que estuviera atrapada en una situación imposible, con la prensa acosándola... y con un hombre que exudaba testosterona.

Él dejó su taza de café sobre la mesa.

—La gente cree que las fotografías no mienten.

—Pues ésas sí que lo hacen.

Los titulares ponían:

«¡Fin del matrimonio! Próxima parada: Separación.»

«Georgie, de nuevo con el corazón roto.»

«Ultimátum de Georgie a Bram: ¡Apúntate a rehabilitación!»

Incluso la antigua cinta de sexo de Bram había vuelto a salir a la luz.

Ellos habían intentado reparar los daños apareciendo a diario en los lugares frecuentados por los *paparazzi*. Habían comprado *muffins* en la panadería City, en Brentwood, habían comido en el Chateau, habían vuelto al Ivy y también se habían dejado ver en el Nobu, el Polo Lounge y Mr. Chow. Dedicaron dos noches a ir de club en club, lo que hizo que Georgie se sintiera vieja y todavía más deprimida. Aquella mañana habían ido de compras a la tienda de objetos para casa de Armani, en Robertson, y a Fred Segal, en Melrose; después, se detuvieron en una tienda de moda donde compraron varias camisetas espantosas a juego que se pondrían, única y exclusivamente, en público.

Sólo se habían arriesgado a salir por separado en contadas ocasiones. Bram se escapó para asistir a un par de reuniones misteriosas. Georgie acudió a unas clases de baile, salió a correr una mañana temprano y envió un sustancioso cheque anónimo para participar en la compra de comida de un programa de ayuda a los pobres de Haití. De todas formas, la mayoría de las veces tenían que ir juntos a todas partes. Por sugerencia de Bram, ella utilizaba el truco favorito de los famosos ávidos de publicidad, que consistía en cambiarse de ropa varias veces al día, pues cada nuevo conjunto significaba que la prensa amarilla compraba una nueva foto. Después de pasar el último año intentando evitar la atención pública, su actual situación implicaba una ironía que a ella no se le escapaba.

Hasta entonces, el resto de los clientes de la cafetería se había contentado con mirarlos, pero de repente un joven con barbita de chivo y un Rolex falso se acercó a su mesa.

—¿Podéis firmarme un autógrafo?

A Georgie no le importaba firmar autógrafos a los fans verdaderos, pero algo le dijo que aquél estaría a la venta en eBay a última hora de la tarde.

—Vuestra firma será suficiente —declaró el joven, confirmando las sospechas de Georgie.

Ella cogió el rotulador y el papel inmaculado que él le tendió.

—Me gustaría dedicártelo —declaró ella.

—No, no es necesario.

—Insisto.

Si un autógrafo estaba dedicado, perdía valor. El joven se percató de que Georgie lo había pillado y, tras realizar una mueca huraña, murmuró el nombre de Harry.

Georgie escribió: «Para Harry, con todo mi cariño.» En la línea siguiente escribió mal su apellido a propósito añadiendo una «e» a York, con lo que el autógrafo parecía falso. Bram, por su parte, garabateó «Miley Cyrus» en su papel.

El chico arrugó ambos papeles y se alejó ofendido mientras murmuraba:

—Gracias por nada.

Bram se reclinó en la silla y dijo:

—¿Qué mierda de vida es ésta?

—Ahora mismo es la nuestra, y tenemos que sacarle el mejor partido.

—Hazme un favor y ahórrame la banda sonora de *Annie*.

—Eres muy negativo.

A continuación, Georgie se puso a tararear el estribillo de *Tomorrow*.

—Ya está bien. —Bram se puso de pie de golpe—. Larguémonos de aquí.

Caminaron por la acera cogidos de la mano, con el pelo rubio de Bram brillando al sol, el de Georgie pidiendo a gritos un corte y los *paparazzi* pisándoles los talones. El paseo duró un buen rato.

—¿Tienes que pararte y hablar con todos los niños con que te cruzas? —gruñó Bram.

—Es una buena estrategia publicitaria. —Georgie no le confesó lo mucho que le gustaba hablar con los niños—. ¿Y quién eres tú para quejarte? ¿Cuántas veces he tenido que esperarte mientras flirteabas con otras mujeres?

—La última tenía, como poco, sesenta años.

También tenía un lunar enorme en la cara e iba muy mal maquillada, pero Bram alabó sus pendientes e incluso le lanzó una mirada seductora. Georgie se había dado cuenta de que Bram ignoraba con frecuencia a las mujeres más atractivas para detenerse y charlar con las más comunes. Durante unos instantes, las hacía sentirse bellas.

A Georgie la fastidiaba que Bram hiciera cosas buenas.

De todos modos, el mal humor de él le había levantado el ánimo y, cuando pasaron junto a una floristería, ella tiró de él hacia el interior de la tienda. El olor era muy agradable y las flores estaban maravillosamente dispuestas. La dependienta los dejó solos. Georgie observó con toda tranquilidad los ramos y, al final, eligió uno mixto de lirios, rosas y azucenas.

—Te toca pagar a ti.

—Siempre he sido un tío muy generoso.

—Luego me cargarás la factura a mí, ¿no?

—Triste pero cierto.

Antes de que llegaran a la caja, el móvil de Bram sonó. Él miró la pantalla y rechazó la llamada. Georgie se había percatado de que Bram hablaba mucho por teléfono, pero siempre donde ella no pudiera oírlo. Alargó el brazo antes de que él guardara el teléfono en el bolsillo.

—¿Me lo dejas? Tengo que hacer una llamada y he olvidado el mío.

Bram se lo dio, pero en lugar de marcar un número, Georgie consultó la lista de últimas llamadas.

—Caitlin Carter. Ahora sé el apellido de tu amante.

Él le quitó el móvil.

—Deja de curiosear. Y ella no es mi amante.

—Entonces ¿por qué no hablas con ella delante de mí?

—Porque no quiero.

Bram se dirigió al mostrador con el ramo. Por el camino, se detuvo junto a un carro lleno de flores color pastel y Georgie admiró el contraste entre su masculina seguridad y las delicadas flores. Entonces volvió a experimentar aquella desconcertante excitación. Por la mañana, incluso se había inventado una excusa para hacer ejercicio con él sólo por el espectáculo.

Resultaba patético, pero comprensible. Ella incluso estaba un poco orgullosa de sí misma. A pesar del caos provocado por las fotografías, experimentaba un deseo sexual de lo más elemental, alejado incluso del afecto. Básicamente se había convertido en un tío.

Bram le dio el ramo para que saliera con él de la tienda. Habían tenido suerte encontrando un aparcamiento cerca, pero todavía tenían que atravesar la ruidosa aglomeración de reporteros que acechaban en la otra acera.

—¡Bram! ¡Georgie! ¡Aquí!

—¿Ya os habéis reconciliado?

—¿Las flores de la enmienda, Bram?

—¡Aquí, Georgie!

Bram apretó a Georgie contra su torso.

—Manteneos a distancia, chicos. Dejadnos espacio.

—Georgie, se comenta que has ido a ver a un abogado.

Bram dio un empujón a un fornido fotógrafo que se había acercado demasiado.

—¡He dicho que os mantengáis a distancia!

De repente, Mel Duffy surgió de la multitud y los enfocó con su cámara.

—¡Eh, Georgie! ¿Algún comentario acerca del aborto de Jade Gentry?

El obturador de su cámara se disparó.

Georgie sentía náuseas. De algún modo, su envidia había envenenado a aquel feto indefenso. Duffy les dijo que el aborto se había producido en Tailandia, aproximadamente dos semanas antes, pocos días después de su boda en Las Vegas, cuando Lance y Jade iban a reunirse con los miembros de una delegación especial de Naciones Unidas. Su publicista acababa de comunicar la noticia añadiendo que la pareja estaba destrozada, aunque los médicos les habían asegurado que no existía ningún impedimento para que tuvieran otro hijo. Todos los mensajes que Lance le había dejado en el teléfono...

Bram no dijo nada hasta que casi habían llegado a su casa. Entonces apagó la radio y miró a Georgie de reojo.

—No me digas que te lo estás tomando a pecho.

¿Qué clase de mujer sentía celos de un bebé inocente que ni siquiera había nacido?, pensó Georgie. El sentimiento de culpabilidad le revolvía el estómago.

—¿Yo? Claro que no. Es triste, eso es todo. Como es lógico, me sabe mal por ellos.

Bram puso cara de comprender la verdad y ella apartó la mirada. Necesitaba un gigoló, no un psiquiatra. Se ajustó las gafas de sol.

—Nadie quiere que ocurra algo así. Es posible que desee no haberme alterado tanto cuando me enteré de que Jade estaba embarazada, pero ésta es una reacción natural.

—Lo que ha ocurrido no tiene nada que ver contigo.

—Ya lo sé.

—Tu mente lo sabe, pero el resto de tu persona se pone totalmente neurótica cuando se habla de algo relacionado con el Perdedor.

Georgie abandonó el autodominio.

—¡Acaba de quedarse sin su bebé! Un bebé que yo no quería que naciera.

—¡Lo sabía! Sabía que pensabas que, de algún modo, eras responsable de lo que ha sucedido. Sé fuerte, Georgie.

—¿Crees que no lo soy? Estoy sobreviviendo a nuestro matrimonio, ¿no?

—Lo nuestro no es un matrimonio, sino una partida de ajedrez.

Bram tenía razón, y ella estaba harta de aquella farsa.

Realizaron el resto del trayecto en silencio, pero, después de aparcar en el garaje, Bram no bajó inmediatamente del coche sino que permaneció sentado, se quitó las gafas de sol y jugueteó con las patillas.

—Caitlin es la hija de Sarah Carter.

—¿La novelista?

Georgie soltó la manecilla de la puerta.

—Murió hace tres años.

—Ya me acuerdo.

Teniendo en cuenta el pasado de Bram, Georgie creyó que Caitlin era una joven guapa y tonta, pero con una escritora del calibre de Sarah Carter como madre, esto era poco probable. Carter había escrito varias novelas literarias de intriga y ninguna de ellas había tenido éxito. Después de su muerte, una editorial pequeña publicó *La casa del árbol*, una novela suya inédita. La novela fue dejando huella en el público y, a la larga, se convirtió en la obra estrella de los círculos literarios. A Georgie, como al resto del mundo, le encantó.

—Cuando la novela se publicó por primera vez, antes de que entrara en las listas de éxitos, Caitlin y yo estábamos saliendo —explicó Bram—. Caitlin me comentó que lo último que había escrito su madre antes de morir era el guión para la versión cinematográfica de *La casa del árbol*, y me dejó leerlo.

—¿Sarah Carter en persona escribió el guión de la película?

—Y es jodidamente bueno. Dos horas después de haberlo leído, yo ya había conseguido la opción de la versión cinematográfica.

Georgie casi se atragantó.

—¿Tú tienes la opción de realización del guión de *La casa del árbol*? ¿Tú?

—Estaba borracho y no me paré a pensar en qué me estaba metiendo.

Bram salió del coche con el mismo aspecto de tío bueno e inútil de siempre.

Georgie atravesó corriendo el garaje tras él.

—¡Espera un segundo! ¿Me estás diciendo que conseguiste los derechos antes de que el libro se convirtiera en un superventas?

Él se dirigió hacia la casa.

—Estaba borracho y tuve suerte.

—Pues sí. ¿Y de cuánta suerte estamos hablando?

—De mucha. En estos momentos, Caitlin podría vender los derechos de realización por veinte veces más de lo que yo le pagué. Algo que no deja de recordarme continuamente.

Georgie se llevó la mano al pecho.

—Dame un minuto. No sé qué me cuesta más imaginarme, si a ti como productor o el hecho de que leyeras todo un guión de principio a fin.

Bram fue a la cocina.

—He madurado desde los días de *Skip y Scooter*.

—Eso lo dirás tú.

—No tuve que consultar casi ninguna de las palabras importantes en el diccionario.

Ella no esperaba que añadiera nada más y se sorprendió cuando él continuó:

—Por desgracia, estoy teniendo problemas para conseguir la financiación.

Georgie se detuvo de golpe.

—¿Me estás diciendo que estás intentando en serio llevar adelante el proyecto?

—No tengo nada mejor que hacer.

Eso explicaba las misteriosas llamadas telefónicas, pero no por qué lo había mantenido tan en secreto. Él dejó las llaves del coche sobre la encimera de la cocina.

—La mala noticia es que mi opción expira antes de tres semanas y, si no consigo el dinero para entonces, Caitlin recuperará los derechos.

—Y será considerablemente más rica.

—A ella lo único que le importa es el dinero. Odiaba a su madre. Vendería los derechos de *La casa del árbol* a una productora de dibujos animados si le hicieran la mejor oferta.

Georgie nunca había comprado la opción de realización de una novela o un guión ya escrito, pero sabía cómo funcionaba el proceso. El titular de la opción, en aquel caso Bram, sólo disponía de cierto período de tiempo a fin de conseguir un respaldo financiero sólido para el proyecto antes de que su opción expirara, momento en el que los derechos revertirían en el propietario original. Si esto ocurría, lo único que le quedaría a Bram sería un enorme agujero en su cuenta bancaria, y eso explicaba su actitud aduladora hacia Rory Keene.

—¿Estás cerca de conseguir que alguien te respalde en el proyecto? —preguntó Georgie, aunque ya tenía una idea de la respuesta.

Bram sacó una botella de agua de la nevera.

—Bastante cerca. A Hank Peters le encanta el guión y está interesado en dirigir la película, lo que ha llamado la atención del gremio. Con el reparto adecuado, podríamos rodarla con un presupuesto muy reducido, lo que sería otra ventaja.

Peters era un gran director, pero Georgie no se lo imaginaba queriendo trabajar con el inpresentable de Bram Shepard.

—¿Hank está interesado o se ha comprometido?

—Está interesado en comprometerse. Y yo ya dispongo de un actor para el personaje de Danny Grimes. Esto forma parte del trato.

Grimes era un personaje polifacético y a Georgie no le sorprendía que muchos actores quisieran interpretarlo.

—¿A quién has conseguido?

Bram giró el tapón de la botella.

—¿A quién crees?

Ella lo miró fijamente y soltó un gemido.

—¡Oh, no...! ¡Tú no!

—Un par de clases de interpretación y seré capaz de hacerlo.

—No puedes interpretar un personaje como ése. Grimes tiene un carácter muy complejo. Es contradictorio, está torturado... Todos se reirían de ti. No me extraña que no consigas que nadie te financie.

—Gracias por tu voto de confianza. —Bebió un trago de agua.

—¿Has reflexionado a fondo sobre este asunto? Las grandes productoras buscan algo más que una reputación de severa informalidad. Y tu insistencia en interpretar el papel protagonista... no es muy inteligente por tu parte.

—Puedo hacerlo.

Su entusiasmo inquietó a Georgie. El Bram que ella conocía sólo se preocupaba por el placer. Consideró la posibilidad de que no lo conociera tan bien como creía, y no sólo por el interés que mostraba en *La casa del árbol*... Georgie no había percibido ningún signo de drogadicción en Bram, quien, además, se pasaba horas en su despacho todos los días. Se había deshecho de sus viejos y desalmados amigos, lo que resultaba extraño en un tío que odiaba estar solo. El alcohol y una arrogancia patológica parecían ser sus únicos vicios.

—Me voy a nadar. —Y se marchó a la piscina.

Georgie subió a su habitación y se puso unos pantalones cortos y una camiseta sin mangas. Si el guión era tan bueno como Bram decía, todos los productores de la ciudad debían de estar esperando a que su opción expirara para abalanzarse sobre el proyecto. El papel protagonista caería en manos del guaperas del mes en lugar del actor mejor preparado para interpretarlo, que, en cualquier caso, no era Bram. Éste había interpretado brillantemente a Skip Scofield, pero no tenía las dotes ni la profundidad para abordar un papel emocionalmente complejo, como demostraban los superficiales personajes que había interpretado desde entonces.

Georgie se estaba poniendo sus sandalias más cómodas cuando, de repente, levantó la cabeza.

—¡Cabrón!

Bajó las escaleras con furia y cruzó el porche hasta la piscina, donde Bram estaba dando brazadas.

—¡Tú, imbécil! ¡No existe ningún guión sobre el reencuentro de Skip y Scooter! Fue una pantalla de humo que utilizaste para ocultar lo que estabas haciendo realmente.

—Ya te dije que no había ningún espectáculo de reencuentro. —Se sumergió en el agua.

—Pero me hiciste creer que lo había —declaró ella en cuanto el otro emergió a la superficie—. Este estúpido matrimonio de pacotilla... Mi dinero sólo era un extra, ¿no? *La casa del árbol* es la verdadera razón de que accedieras a cooperar. No podías permitirte ser el segundo hombre en la historia reciente que rompiera el corazón de la querida Georgie York. No podías porque necesitabas que los mandamases creyeran que te habías convertido en un ciudadano decente y te tomaran en serio.

—¿Tienes algún problema con eso?

—¡Tengo un problema con que me engañen!

—Estás tratando conmigo. ¿Qué esperabas?

Georgie avanzó enojada por el bordillo de la piscina mientras él nadaba hacia la cascada.

—Si la gente cree que mi respetabilidad se te ha contagiado mejorará tu posibilidad de conseguir que se haga la película, ¿no es eso lo que pretendías?

—No deberías menospreciar así el vínculo sagrado del matrimonio.

—¿Qué vínculo sagrado? La única razón de que me hayas contado la verdad es que quieres acostarte conmigo.

—Soy un tío. Denúnciame.

—¡No vuelvas a dirigirme la palabra nunca más! Durante lo que te queda de vida.

Georgie se alejó hecha una furia.

—¡Por mí, de acuerdo! —gritó él—. A menos que quieras decirme palabras guarras, no me gustan las mujeres que hablan demasiado en la cama.

El teléfono que Bram había dejado junto a la piscina sonó. Él nadó hasta el bordillo y lo cogió. Georgie se detuvo para escuchar.

—Scott... ¿Cómo va todo? Sí, ha sido de locos... —Se cambió el teléfono de oreja y subió la escalerilla—. No quiero explicártelo por teléfono, pero tengo algo que te interesará. Podríamos quedar mañana por la tarde en el Mandarin para tomar una copa y hablar sobre ello. —Frunció el ceño—. ¿El viernes por la mañana? De acuerdo. Cambiaré un par de citas. Ahora tengo que dejarte, llego tarde a una reunión.

Cerró el móvil y cogió una toalla. Georgie tamborileó con el pie en el suelo.

—¿Tarde para una reunión?

—Esto es Los Ángeles. Sé siempre la primera en terminar una conversación.

—Lo tendré en cuenta. Y no conseguirás de mí ni un pavo más.

En lugar de regresar a la casa, se dirigió con determinación al despacho de Bram. La idea de que él quisiera trabajar la inquietaba. Al menos, su revelación acerca de aquel guión le había dado algo en lo que pensar, distrayéndola del posible papel metafísico que había representado en la pérdida del bebé de Lance.

Arrancó la cinta adhesiva que cerraba la caja que supuestamen-

157

te contenía el guión del reencuentro de Skip y Scooter y sacó del interior un montón de revistas pornográficas con una nota en un post-it azul que decía: «La realidad es mucho mejor.»

Mientras se dirigía al gimnasio, Bram se preguntó qué estúpida debilidad lo había empujado a contarle a Georgie lo de *La casa del árbol*. Claro que, cuando ella se enteró de lo del bebé de Lance y Jade puso una expresión tan jodidamente melodramática (otra vez aquel exagerado sentido de la responsabilidad suyo) que, por lo que fuera, a él se le escapó la verdad, aunque enseguida se arrepintió de habérsela contado. El fracaso flotaba sobre él como un nubarrón. Con unas probabilidades tan elevadas en su contra, cuanta menos gente supiera lo mucho que *La casa del árbol* significaba para él, mejor. Sobre todo Georgie, quien estaba deseando verlo fracasar.

No se molestó en cambiarse el bañador húmedo y entró directamente en el gimnasio. Un par de días antes había aparecido una barra de ballet. Otra invasión de su espacio íntimo. ¿Qué haría con su vida si *La casa del árbol* se le escapaba de las manos? ¿Volver a actuar como artista invitado o como seductor insulso? La idea le revolvió el estómago.

Puso un CD de Usher y contempló con desagrado la cinta de correr. Él quería estar al aire libre y correr libremente kilómetros y kilómetros por las colinas, como solía hacer, pero gracias al percance de Las Vegas estaba atrapado.

Al menos ahora tenía el gimnasio para él solo. Ver a Georgie realizar su rutina de estiramientos se había convertido en una tortura. Ella se recogía el pelo para hacer ejercicio y hasta su nuca le resultaba erótica. Y después realizaba aquellos sexys movimientos con sus largas piernas. El hecho de que la huerfanita Annie fuera la primera de su lista de mujeres excitantes decía mucho sobre su vida.

Pero no podía infravalorarla con tanta facilidad como ella se infravaloraba a sí misma. Georgie tenía un atractivo sexual inconsciente que daba cien vueltas a las tetas voluminosas y las poses afectadas. Nadie pillaría a Georgie York haciendo alarde de sus cualidades de fémina en público.

Ni en privado... Algo que él estaba cada día más empeñado en cambiar. Georgie podía odiar las entrañas de Bram, pero estaba claro que le encantaba el envoltorio. Ella todavía no lo sabía, pero sus días de consumirse por culpa del Perdedor estaban llegando a su fin.

¿Quién había dicho que él sólo se preocupaba de sí mismo? Liberar a Georgie York se había convertido en su deber cívico.

12

Transcurrieron dos días más. Georgie estaba en la cocina intentando plagiar uno de los deliciosos batidos de Chaz cuando oyó un ruido procedente del frente de la casa. Segundos más tarde, Meg Koranda irrumpió en la habitación como si fuera un galgo juguetón expulsado de la escuela de adiestramiento tantas veces que sus propietarios habían renunciado a adiestrarlo. En su caso, los propietarios eran sus adorables padres, Jake Koranda, la leyenda de la pantalla, y Fleur Savagar Koranda, la *Niña de purpurina*, quien, en una época, había sido la chica de portada más famosa de Norteamérica y ahora era la poderosa jefa de la agencia de talentos más exclusiva del país.

Meg se lanzó sobre Georgie arrastrando con ella un olor a incienso.

—¡Oh, Dios mío, Georgie! Me enteré de la noticia hace sólo dos días, cuando telefoneé a casa, y cogí el primer avión que encontré. ¡Estaba en un ashram fabuloso! Totalmente aislado del mundo. ¡Incluso cogí piojos! Pero valió la pena. Mi madre dice que te has vuelto loca.

Mientras Georgie le devolvía el entusiasta abrazo, esperó que los piojos fueran una de las exageraciones de su amiga de veintiséis años, pero su pelo cortado al rape no pintaba demasiado bien. En cualquier caso, los cortes de pelo de Meg cambiaban como el clima, y el *bindi* rojo que llevaba en el entrecejo y los pendientes largos que parecían hechos de hueso de yak la llevaron a sospechar que su amiga estaba pasando por una etapa de moda monástica chic. Sus gruesas sandalias de cuero y su camiseta de malla rojiza confirmaban esa impresión. Sólo sus tejanos eran cien por cien de Los Ángeles.

Meg era delgada y esbelta y había heredado los grandes pies y manos de su madre, pero no su extravagante belleza. Tenía las facciones irregulares de su padre, su pelo castaño y su tono moreno de piel. Dependiendo de la luz, los ojos de Meg eran azules, verdes o castaños; tan variables como su personalidad. Meg era la hermana pequeña que Georgie siempre quiso tener y, aunque la quería con locura, esto no impedía que percibiera sus fallos. Su amiga era mimada e impulsiva; metro setenta de diversión, buenas intenciones, buen corazón y una irresponsabilidad casi total en su intento por superar el legado de sus famosos padres.

Georgie le apretó los hombros.

—¿Cómo has podido desaparecer durante tanto tiempo sin decirnos nada? Te hemos echado de menos.

—Estaba apartada de la civilización. Perdí la noción del tiempo. —Meg retrocedió y contempló la licuadora con su variado contenido sin procesar de color rosa—. Si eso contiene alcohol, quiero un poco.

—¡Pero si son las diez de la mañana!

—En Punjab no. Empieza por el principio y cuéntamelo todo.

Bram, que era quien debía de haberla dejado entrar, apareció en la puerta de la cocina.

—¿Cómo va la solemne reunión?

Meg corrió hacia él. En el pasado, salieron juntos unas cuantas veces desoyendo las protestas de Georgie, Sasha, April y los padres de Meg. Ella juraba que nunca practicaron el sexo, pero Georgie no la creía del todo. Meg rodeó la cintura de Bram con un brazo.

—Siento no haberte hecho caso cuando entré. —Volvió a mirar a Georgie—. Nunca follamos. Te lo juro. Díselo, Bram.

—Si nunca follamos —declaró él con su voz más ronca y sexy—, ¿cómo sé que tienes un dragón tatuado en el trasero?

—Porque yo te lo dije. No le hagas caso, Georgie. De verdad. Sabes que sólo salí con él porque mis padres se pusieron pesadísimos en su contra. —Meg levantó la mirada hacia Bram, lo que, dada su considerable estatura, sólo requirió que elevara los ojos unos centímetros—. Padezco de un trastorno antagónico. En cuanto alguien me dice que no haga algo, tengo que hacerlo. Es un fallo de personalidad.

Bram subió la mano por la espalda de Meg y bajó la voz hasta convertirla en un susurro seductor.

—Si lo hubiera sabido cuando salíamos, te habría exigido que no te desnudaras.

Los ojos de Meg pasaron de verde mar a azul tormenta.

—¿Me estás echando los tejos?

—Por favor, cuéntaselo a Georgie.

Meg extendió el dedo índice.

—Pero si está aquí mismo.

—¿Cómo sabes que nos está escuchando? Si eres amiga suya, no permitirás que ignore lo que está ocurriendo delante de sus narices.

Georgie lo miró arqueando una ceja y entonces lo silenció poniendo en marcha la licuadora. Por desgracia, se había olvidado de apretar bien la tapa.

—¡Cuidado!

—¡Joder, Georgie...!

Ella intentó pulsar el *off*, pero el botón estaba resbaladizo y el aparato lanzó su contenido en todas direcciones. Fresas, plátano, semillas de linaza, hierba de trigo y zumo de zanahoria volaron por los aires y aterrizaron en la inmaculada encimera, los armarios, el suelo y la exorbitantemente cara casaca color crema de Georgie. Bram la empujó a un lado y encontró el botón correcto, pero no sin antes quedar decorados él y su camiseta blanca con vistosos grumos de fruta.

—Chaz te matará —dijo sin el menor rastro de seducción en la voz—. Te lo digo en serio.

Meg estaba lo bastante lejos para haber resultado ilesa, salvo por un trocito de plátano que lamió de su brazo.

—¿Quién es Chaz?

Georgie cogió un trapo de cocina y se puso a limpiar su casaca.

—¿Te acuerdas de la señora Danvers, la aterradora ama de llaves de *Rebeca*?

Los pendientes de hueso de yak de Meg se agitaron.

—Leí la novela en la universidad.

—Imagínate a una rockera punk y huraña de veinte años que administra la casa como la enfermera Ratched de *El nido del cuco* y ahí tienes a Chaz, la encantadora ama de llaves de Bram.

Meg contempló a Bram, quien se estaba quitando la camiseta.

—No percibo una vibración realmente amorosa entre vosotros —declaró Meg.

Él cogió un trapo de cocina.

—Entonces supongo que no eres tan perceptiva como crees. ¿Por qué si no nos habríamos casado?

—Porque últimamente Georgie no es responsable de sus actos, y tú vas detrás de su dinero. Mi madre dice que eres la clase de tío que nunca crece.

Georgie no pudo contener una sonrisita de suficiencia.

—Esto podría explicar por qué mamá Fleur se negó a representarte, Bram.

La contrariedad de él habría resultado más visible si su mejilla no hubiera estado manchada de pegajosas semillas de lino.

—Pues tampoco quiso representarte a ti.

—Sólo porque soy muy amiga de Meg, lo que habría creado un conflicto de intereses.

—En realidad no fue por esto —señaló Meg—. Mi madre te adora como persona, Georgie, pero no trabajaría con tu padre ni muerta. ¿Os importa si me quedo por aquí un par de días?

—¡Sí! —exclamó Bram.

—No, claro que no. —Georgie la miró con preocupación—. ¿Qué ocurre?

—Sólo quiero pasar un tiempo contigo, nada más.

Georgie no le creyó del todo, pero ¿quién sabía con exactitud lo que Meg estaba pensando?

—Puedes quedarte en la casa de los invitados.

Bram gruñó.

—No, no puede quedarse allí. Mi despacho está en la casa de los invitados.

—Sólo en la mitad. Tú nunca entras en el dormitorio.

Bram se volvió hacia Meg.

—No llevamos casados ni tres semanas. ¿Qué tipo de amargada se entromete entre dos personas que, prácticamente, están de luna de miel?

La atolondrada de Meg Koranda desapareció y, en su lugar, surgió la hija de Jake Koranda, con una expresión tan dura como la de su progenitor cuando interpretaba al pistolero Calibre Sabueso.

—El tipo de amargada que quiere asegurarse de que los intereses de su amiga están a salvo cuando sospecha que ella no está cuidando de sí misma adecuadamente.

—Estoy bien —contestó Georgie—. Bram y yo estamos locamente enamorados. Sólo que tenemos una extraña forma de demostrarlo.

Él abandonó sus esfuerzos de limpieza.

—¿Les has dicho a tus padres que quieres quedarte aquí?, porque, te juro por Dios, Meg, que ahora mismo lo último que necesito es a Jake pateándome el culo. O a tu madre.

—Yo me encargaré de mi padre. Y a mi madre ya le caes mal, así que no será un problema.

Chaz eligió aquel momento para entrar en la cocina. Aquella mañana, dos gomas de pelo diminutas formaban, con su pelo rojo fosforescente, dos cuernecitos de demonio en miniatura encima de su cabeza. Parecía una niña de catorce años, pero, cuando vio el estado de la cocina, despotricó como un marinero curtido. Hasta que Bram intervino...

—Lo siento, Chaz. Se me descontroló la licuadora.

La chica enseguida se suavizó.

—La próxima vez, espérame, ¿de acuerdo?

—Desde luego —contestó él con voz contrita.

Chaz empezó a arrancar trozos del rollo de papel de cocina y a dárselos a Bram y Georgie.

—Limpiaos los zapatos para no dejar un rastro de esta mierda por toda la casa.

Rehusó toda oferta de ayuda y se puso a limpiar aquella suciedad con una concentración absoluta. Mientras salían de la cocina, Georgie se acordó del entusiasmo que sentía Chaz por arreglar desastres y deseó haber tenido a mano la cámara de vídeo.

Finalmente, Georgie se decidió por Meg y, aquella tarde, mientras estaban sentadas junto a la piscina, enfocó a su amiga con la cámara y empezó a formularle preguntas acerca de sus experiencias en la India. Sin embargo, a diferencia de Chaz, Meg había crecido rodeada de cámaras y sólo contestó las preguntas que quiso. Cuando Georgie intentó presionarla, le dijo que estaba cansada de hablar de sí misma y que quería nadar.

Poco después apareció Bram, cerró el móvil y se acomodó en la tumbona que había al lado de Georgie. Contempló a Meg nadando en la piscina.

—Tener a tu amiga por aquí no es buena idea. Todavía me pone.

—No es verdad. Sólo quieres molestarme.

Bram iba sin camiseta y una oleada de deseo recorrió la vertiente putilla de Georgie. Bram creía que ella lo estaba rechazando para jugar con él, pero la cosa era más complicada. Georgie nunca había considerado el sexo un entretenimiento superficial. Siempre había necesitado que fuera algo importante. Hasta entonces.

¿Estaba, por fin, lo bastante lúcida y segura de sí misma para permitirse una aventura frívola? Unos cuantos revolcones apasionados y después «*arrivederci*, chaval, y procura no darte con la puerta al salir». Pero este escenario tenía un fallo mayúsculo. ¿Cómo podía tener una aventura frívola con un hombre al que no podía mandar a su casa al terminar? Vivir con Bram bajo el mismo techo era muy complicado.

—No me has explicado nada acerca de tu reunión en el Mandarin de esta mañana —comentó Georgie para distraerse.

—No hay nada que contar. Más que nada, el tío quería conocer los trapos sucios de nuestro matrimonio. —Bram se encogió de hombros—. ¿Qué importancia tiene? Hace una tarde preciosa y ninguno de los dos se siente fatal. Tienes que admitir que ésta es una maravillosa tercera cita.

—Buen intento.

—Ríndete ya, Georgie. He notado cómo me miras. Lo único que te falta es relamerte.

—Por desgracia, soy humana y tú estás mejor ahora que hace unos años. Si al menos fueras una persona real en lugar de un muñeco hinchable...

Bram pasó las piernas por encima de la tumbona y se puso de pie al lado de Georgie, como un Apolo dorado descendido del Olimpo para recordar a las féminas mortales las consecuencias de juguetear con los dioses.

—Una semana más, Georgie. Es todo lo que tienes.

—¿O qué?

—Ya lo verás.

De algún modo, no parecía una amenaza banal.

Laura Moody terminó su ensalada y tiró el envase en la papelera junto a su escritorio, el cual estaba situado en una oficina con paredes acristaladas, en la tercera planta del edificio Starlight Artists Management. Laura tenía cuarenta y nueve años, estaba soltera y perpetuamente a dieta para perder los cinco kilos de sobra que, según los estándares de Hollywood, la convertían en una auténtica obesa. Tenía el pelo castaño y suelto —de momento, sin el menor rastro de canas—, ojos color coñac y una larga nariz equilibrada por una potente barbilla. No era ni guapa ni fea, lo que la convertía en invisible en Los Ángeles. Los trajes y las chaquetas de diseñadores conocidos, que eran el uniforme exigido a los agentes de artistas en Hollywood, nunca acababan de encajar con su baja estatura, y hasta cuando iba vestida de Armani alguien le pedía que fuera a buscar el café.

—Hola, Laura.

Al oír la voz de Paul York, Laura casi volcó su Pepsi Diet. Después de una semana de evitar sus llamadas, por fin la había atrapado. Paul era un hombre muy atractivo, de pelo espeso y gris y facciones armoniosas, pero tenía la personalidad de un carcelero. Aquel día, iba vestido con su uniforme habitual: pantalones grises, una camisa azul de vestir y unas Ray-Bans colgadas del bolsillo de la camisa. Su caminar tranquilo y relajado no la engañó. Paul York estaba tan relajado como una cobra.

—Por lo visto, últimamente tienes problemas para devolver las llamadas —declaró Paul.

—Esta semana ha sido una locura. —Laura tanteó con el pie por debajo del escritorio en busca de los zapatos de tacón de aguja que se había quitado un rato antes—. Justo ahora iba a telefonearte.

—Cinco días tarde.

—He tenido una gripe estomacal.

Mientras buscaba los zapatos, se obligó a recordar todo lo que admiraba en Paul. Podía ser el estereotipo de padre sobreprotector de niña famosa, pero había educado bien a Georgie. A diferencia de tantos otros niños famosos, Georgie nunca había necesitado pasar una temporada en un centro de rehabilitación, no había cambiado de novio todas las semanas ni se había «olvidado» de que no llevaba puestas unas bragas al salir de un coche. Paul también había sido muy escrupuloso gestionando el dinero de su hija y sólo se había reservado unos modestos honorarios que le permitían vivir de forma confortable pero no ostentosa. Lo que no había hecho era proteger a Georgie de su propia ambición.

Paul se dirigió a la pared detrás del sofá del despacho de Laura y se tomó su tiempo examinando las placas y fotografías que colgaban de ella: menciones cívicas, títulos profesionales, tomas de ella con varias celebridades a ninguna de las cuales representaba... Georgie era su único cliente de categoría y su fuente de ingresos más importante.

—Quiero a Georgie en el proyecto Greenberg —declaró Paul.

Laura consiguió mantener una sonrisa serena.

—¿La historia de chica-vampiro sexy y tonta? Interesante idea. «Una idea horrible.»

—El guión es fantástico —comentó Paul—. Me sorprendió lo bueno que es.

—Realmente divertido —corroboró ella—. Todo el mundo habla de él.

—Georgie aportará una nueva dimensión a la historia.

Una vez más, Paul no tenía en cuenta los deseos de su hija. *La venganza de la vampiro bombón*, a pesar de ser divertida y tener un diálogo ingenioso, representaba el tipo de papel que Georgie quería evitar.

Laura tamborileó con las uñas encima del escritorio.

—El papel podría haber sido escrito para ella. Lástima que Greenberg esté tan empeñado en que lo interprete una actriz dramática.

—Él sólo cree que sabe lo que quiere.

—Es probable que tengas razón. —Laura miró el techo—. Cree que contratar a una actriz seria y dramática dará más credibilidad al proyecto.

—Yo no he dicho que vaya a ser fácil. Gánate tu quince por ciento y consigue que le conceda una entrevista. Dile que a Georgie le encanta el guión y quiere hacerlo por encima de todo.

—Desde luego. Lo llamaré enseguida.

¿Cómo demonios convencería a Greenberg para que se reuniera con Georgie? Laura tenía más confianza en la habilidad de Paul para convencer a su hija para que interpretara un papel que no quería, que en la suya propia para convencer al director para que la contratara.

—Otra cosa... —Sólo había encontrado un zapato, así que no podía ponerse de pie, lo que le otorgaba a Paul la ventaja de estar por encima de ella—. Empiezan a rodar el mes que viene y Georgie ha pedido seis meses de baja.

—Yo me encargaré de Georgie.

—Prácticamente está de luna de miel y...

—He dicho que me encargaré de ella. Cuando hables con Greenberg, recuérdale la vis cómica de Georgie y lo mucho que la audiencia femenina se identifica con ella. Ya conoces el rollo. Y recuérdale también que en estos momentos es el centro de atención de la prensa. Eso vende entradas.

No necesariamente. La presencia de Georgie en la prensa del corazón nunca se había traducido en éxito de audiencia. Laura empujó a un lado el bloc que tenía encima del escritorio.

—Sí, bueno... Ya sabes que haré lo que pueda, pero no debemos olvidar que esto es Hollywood.

—Nada de excusas. No lo intentes, hazlo, Laura. Y que sea deprisa.

Paul se despidió con gesto malhumorado y salió del despacho.

Le dolía la cabeza. Seis años atrás, cuando Paul la había elegido entre todos los agentes de Starlight para representar a Georgie, Laura se sintió entusiasmada. Lo interpretó como su gran oportunidad, como un tardío reconocimiento por una década de duro trabajo durante la cual una docena de jóvenes que frecuentaban el Ivy y que tenían la mitad de experiencia que ella la habían adelantado. Entonces no se dio cuenta de que había cerrado un trato con el demonio, un demonio llamado Paul York.

Y ahora sus sueños de convertirse en una agente influyente parecían cosa de risa. Ella no tenía ni el engreimiento ni la apariencia de los otros agentes. La única razón por la que Paul la había contratado era porque quería una portavoz que pudiera controlar, y los agentes reputados de Starlight no se prestarían a seguirle el juego. El sustento de Laura, que ahora incluía un apartamento de lujo, dependía de su habilidad para convertir en realidad los deseos de Paul.

Ella solía enorgullecerse de su integridad, pero ahora apenas recordaba el significado de esta palabra.

Durante los cuatro días siguientes, Bram se reunió con otro inversor potencial, pero no estuvo más dispuesto a apostar por él que los anteriores. Georgie asistió a dos clases más de baile, fue a que le cortaran el pelo un par de centímetros y se preocupó acerca de su futuro. Cuando esto le resultó demasiado deprimente, intentó persuadir a Meg para que fuera de compras con ella, pero su amiga conocía bien el funcionamiento de Hollywood.

—Si quisiera que mi cara apareciera en todas las páginas de *US Weekly*, saldría a dar una vuelta con mis padres. Sois vosotros los que habéis elegido este tipo de vida, no yo.

Así que se fue a montar a caballo y Georgie tuvo que soportar una difícil comida con su padre en el restaurante de moda más reciente, donde se sentaron en un compartimiento con asientos de piel y debajo de una lámpara de araña fabricada con metal laminado.

—*La venganza de la vampiro bombón* tiene un guión brillante y es muy divertida —declaró Paul clavando el tenedor en su bistec a la plancha con ensalada—. Ya sabes lo difícil que es encontrar una combinación así.

Le tendió la cesta del pan a Georgie, pero ella no tenía mucho apetito. Durante las últimas dos semanas, Chaz le había preparado montones de hamburguesas con queso y raciones de lasaña. La verdad era que las aristas de sus huesos habían empezado a perder su carácter afilado y sus mejillas habían dejado de parecer cavidades funestas, aunque ella estaba casi segura de que ésta no era la intención de Chaz.

—Estoy segura de que será un gran éxito, pero... —Removió el *risotto* al limón de su plato e intentó mantenerse firme en su resolución. Se trataba de su vida, de su carrera, y tenía que abrirse camino ella sola—. Necesito un descanso de los papeles emocionalmente insustanciales. He hecho mis deberes, papá, y no quiero actuar en otra comedia. Quiero algo que suponga un reto para mí, algo que pueda entusiasmarme.

Georgie no se molestó en sacar a colación lo de los seis meses de vacaciones por los que tanto había luchado. Tenía que volver al trabajo lo antes posible para evitar pasar tanto tiempo con Bram.

Su padre se reclinó en el asiento.

—No seas tan predecible, Georgie. ¡Otra actriz de comedia que quiere interpretar a Lady Macbeth! Haz aquello para lo que eres buena.

Ella no podía permitirse ceder.

—¿Cómo sé que no soy buena en otro tipo de papeles si no me arriesgo a probarlos?

—¿Tienes idea de lo que se está esforzando Laura para conseguirte una reunión con Greenberg?

—Primero tendría que haber hablado conmigo. —Como si Laura pensara alguna vez en consultarla a ella.

Paul se quitó las gafas y se frotó los ojos. Parecía cansado, lo que hizo sentirse culpable a su hija. Para él la vida no había sido fácil, pues enviudó a los veinticinco años y tuvo que criar a una niña de cuatro. Él le había dedicado toda su vida y, en aquella etapa, lo único que ella le daba a cambio era resentimiento. Volvió a ponerse las gafas, cogió el tenedor y lo dejó de nuevo en el plato sin usarlo.

—Creo que esta dejadez tuya...

—Esto no es justo.

—Esta falta de enfoque, entonces. Creo que es influencia de Bram, y me asusta que te esté contagiando su actitud de poca profesionalidad.

—Bram no tiene nada que ver con mi actitud.

Mientras hurgaba en su *risotto*, Georgie esperaba que su padre le recordara que se había mostrado más dispuesta a cooperar mientras estuvo casada con Lance. Su padre y Lance coincidían siempre en todo. Tanto que ella con frecuencia pensó que Lance debería haber sido el hijo de Paul en lugar de ella.

Pero Paul elegía sus batallas.

—Tienen planeado estrenar *La vampiro bombón* el Cuatro de Julio del año que viene. Es la película de verano perfecta. Tiene la palabra «éxito» escrita por todas partes.

—No lo será si yo salgo en ella.

—No hagas eso, Georgie. Los pensamientos negativos atraen resultados negativos.

—*Concurso de baile* será un fracaso. Los dos lo sabemos muy bien.

—Estoy de acuerdo en que tomaron algunas malas decisiones, pero precisamente por eso tienes que vincular tu nombre a *La vampiro bombón* lo antes posible. Toda la publicidad de la que eres objeto ahora te abre las puertas de una oportunidad irrepetible. Si no la aprovechas, te arrepentirás el resto de tu vida.

Georgie reprimió su enfado recordándose que su padre siempre quería lo mejor para ella. Desde el comienzo, él había sido su defensor incondicional. Si ella interpretaba un papel que era un fracaso, él le decía que el director de reparto era un desastre. Esto era lo que ocurría con su padre. Él siempre había hecho lo posible para protegerla. Incluso se había negado a que actuara como protagonista en la historia de una niña prostituta cuando tenía doce años.

¡Si al menos su proteccionismo se debiera al amor en lugar de la ambición!

Una vez más, Georgie pensó en lo distinto que habría sido todo si no hubiera perdido a su madre.

—Papá..., si mamá no hubiera muerto, ¿crees que habrías continuado con tu carrera de actor?

—¿Quién sabe? Es inútil especular.

—Lo sé, pero... —El *risotto* estaba demasiado salado y Georgie apartó el plato—. Cuéntame otra vez cómo os conocisteis.

Paul suspiró.

—Nos conocimos el último año de la carrera. Yo interpretaba a Becket en *Asesinato en la catedral* y ella me entrevistó para el periódico de la universidad. Atracción entre opuestos. Tu madre era muy atolondrada.

—¿La querías?

—Georgie, de eso hace mucho tiempo. Tenemos que centrarnos en el presente.

—¿La querías?

—Mucho.

La impaciencia con que soltó aquella palabra le indicó a Georgie que sólo decía lo que ella quería oír.

Mientras contemplaba su *risotto* intacto, pensó que resultaba irónico que en aquellos momentos se sintiera más cómoda con su marido de mala reputación que con su propio padre. Claro que a ella la opinión de Bram no le importaba. Quizás uno de aquellos días dejara de preocuparse por lo que opinaba su padre.

Antes de que terminaran de comer, su sentimiento de culpabilidad le hizo sacar lo mejor de sí misma e invitó a su padre a cenar el fin de semana siguiente. También invitaría a Trev y Meg. Quizás incluso a Laura. Su agente títere era buena dando conversación y, con Bram y su padre lanzándose dardos el uno al otro, necesitaría un mediador.

A Chaz le dio un ataque cuando Georgie le dijo que pensaba contratar un servicio de comidas a domicilio.

—Mis comidas siempre han sido lo bastante buenas para Bram y sus amigos —dijo Chaz—, pero supongo que tú eres demasiado selecta.

—¡Muy bien! —replicó Georgie—. Si quieres cocinar, cocina. Sólo intentaba facilitarte las cosas.

—Entonces dile a Aaron que me ayude a servir.

—De acuerdo. —Tenía que preguntarlo—: ¿Para qué amigos de Bram cocinaste? No parece tener muchas visitas.

—Sí que las tiene. Yo cociné para sus *amigas*. Y para Trevor. Y también estaba aquel famoso director, un tal señor Peters, que vino hará un par de meses.

Así que era cierto que Hank Peters se había reunido con Bram. Interesante.

La mala publicidad de las fotografías del balcón por fin empezó a decaer, pero ellos tenían que volver a realizar una aparición pública antes de que cobrara fuerza otra vez. El jueves, dos días antes de la cena, fueron al restaurante de postres Pinkberry, en West Hollywood. Hacía días que Bram no comentaba nada acerca de su falta de vida sexual, lo que resultaba desconcertante. Se comportaba como si el sexo no fuera una cuestión que le importara en absoluto, aunque siempre parecía olvidar ponerse la camiseta y rozaba el brazo de Georgie cada vez que pasaba por su lado. Ella, por su parte, empezaba a sentirse como si estuviera ardiendo por dentro.

Bram estaba jugando con ella.

El Pinkberry de West Hollywood se había convertido en uno de los lugares de concurrencia favoritos de los famosos, lo que significaba que los *paparazzi* siempre merodeaban por allí. Georgie se puso unos pantalones azul marino y una blusa blanca con seis botones rojos de estilo retro. Tardó una hora en arreglarse. Bram llevaba los mismos tejanos y la misma camiseta de la mañana.

Georgie pidió yogur helado con mango y moras. Bram refunfuñó algo acerca de que quería un maldito Dairy Queen y acabó no pidiendo nada. Cuando salieron del restaurante, la media docena de fotógrafos que había en la puerta entraron en acción.

—¡Georgie! ¡Bram! Hace días que no os vemos. ¿Dónde habéis estado?

—Somos unos recién casados —contestó Bram—. ¿Dónde crees que hemos estado?

—Georgie, ¿quieres declarar algo acerca del aborto de Jade Gentry?

—¿Has hablado con Lance?

—¿Tenéis planeado crear una familia?

Las preguntas siguieron lloviendo sobre ellos hasta que un reportero dijo con marcado acento de Brooklyn:

—Bram, ¿sigues teniendo problemas para encontrar un trabajo decente? Supongo que Georgie y su dinero llegaron justo a tiempo.

Bram se puso tenso y ella lo cogió del brazo.

—No sé quién eres —declaró Georgie sin abandonar su sonrisa—, pero los días en que Bram atizaba a los fotógrafos que actúan como gusanos no están tan lejos. ¿O quizás es eso lo que quieres?

Algunos fotógrafos miraron con desagrado al interpelante, pero esto no evitó que mantuvieran las cámaras preparadas por si Bram perdía el control. Una imagen de Bram propinando un puñetazo a un periodista les reportaría miles de dólares, y al agredido la posibilidad de conseguir una sustanciosa indemnización legal.

—No tenía intención de golpearlo —le dijo Bram a Georgie cuando por fin se abrieron paso entre los fotógrafos—. No soy tan estúpido como para cometer semejante gilipollez.

—Será por todas las veces que las cometiste en el pasado.

Él volvió la cabeza hacia los *paparazzi*, quienes los seguían de cerca.

—Démosles la imagen del millón.

—¿Que es...?

—Ya lo verás.

La cogió de la mano y tiró de ella a lo largo de la acera mientras los *paparazzi* les pisaban los talones.

13

La tiendecita con su fachada de fuerte color mostaza le hizo pensar a Georgie en una antigua mercería inglesa. Encima de la puerta había la imagen de una mujer de estilo *art nouveau* abrazando las letras negras y brillantes del nombre de la tienda: «Provocativa.» Las dos oes formaban sus pechos.

Georgie había oído hablar de aquel *sex shop* selecto a April, pero nunca había entrado.

—Excelente idea —comentó.

—¡Y yo que pensaba que te pondrías en plan mojigato!

Bram le apoyó la mano en el trasero.

—Hace años que no soy mojigata.

—Podrías haberme engañado con facilidad.

Él mantuvo la puerta abierta para que ella pasara y entraron en la perfumada tienda acompañados por los gritos de los fotógrafos y el chasquido de las cámaras. La ley les impedía entrar en la tienda, así que se pelearon para conseguir la mejor posición y poder fotografiarlos a través del escaparate.

El interior de estilo eduardiano consistía en unas paredes color amarillo mostaza suave y unas molduras de madera que proporcionaban una sensación de calidez. Unas plumas de pavo real pintadas en el techo rodeaban la lámpara de araña, y unos dibujos eróticos de Aubrey Beardsley con marcos dorados decoraban las paredes. Georgie y Bram eran los únicos clientes, pero ella supuso que eso cambiaría en cuanto se corriera la voz de que estaban allí.

La tienda proporcionaba una exhibición variada de fantasías sexuales. Bram se encaminó directamente a la colección de lencería erótica, mientras que Georgie no podía apartar la vista de una exposición artísticamente dispuesta de consoladores colocados delante de un espejo antiguo. Georgie se dio cuenta de que llevaba observándolos demasiado tiempo cuando los labios de Bram le rozaron la oreja.

—Me encantará dejarte el mío.

A ella se le encogió levemente el estómago.

La dependienta, una mujer de mediana edad, largo pelo moreno y vestida con una elegante y ajustada camiseta y una falda vaporosa, los reconoció y enseguida se acercó. El tacón de aguja de sus zapatos se clavó en la moqueta del suelo.

—Bienvenidos a Provocativa.

—Gracias —contestó Bram—. Interesante lugar.

Impactada por la excitación que le producía tener a dos celebridades en su tienda, la dependienta empezó a enumerar las peculiaridades del lugar:

—Al otro lado de aquel arco tenemos una sala con artículos sadomasoquistas. Unos látigos preciosos, palmetas, pinzas para pezones y algunas ataduras realmente lujosas. Os sorprenderá lo cómodas que son. Todos nuestros juguetes son de gran calidad. Como podéis ver, disponemos de una amplia variedad de consoladores, vibradores, anillos para penes y... —señaló un escaparate de cristal— una maravillosa colección de cuentas anales nacaradas.

Georgie hizo una mueca. Había oído hablar de las cuentas anales, pero no se le ocurría cómo se utilizaban ni para qué servían.

Cuando la dependienta se dio la vuelta para examinar las estanterías, Bram le susurró a su esposa:

—Vista una, vistas todas. Aunque no contigo.

A ella se le volvió a encoger el estómago.

La dependienta le dijo:

—Acabo de desempaquetar un envío de pelucas púbicas con adornos de bisutería. ¿Alguna vez te has puesto una?

—Dame una pista.

La mujer esbozó una sonrisa repelente y apoyó las manos en la cintura adoptando la pose de un guía de un museo de arte.

—Las pelucas púbicas las llevaban originariamente las prostitutas para ocultar la pérdida de vello púbico o las marcas de la sífilis. Las versiones modernas son mucho más sexys y, con tantas mujeres depiladas hoy en día, se han vuelto muy populares.

Georgie se oponía, tanto erótica como ideológicamente, a depi-

175

larse por completo el vello púbico. La idea de renunciar a algo tan intrínseco de las mujeres para parecer niñas preadolescentes le sonaba a pornografía infantil. Sin embargo, la vendedora ya había abierto un escaparate y sacado un objeto triangular adornado con destellantes cristales de colores púrpura, azul y carmesí. Georgie lo examinó y descubrió una pequeña abertura en forma de uve situada en el ángulo inferior del triángulo y que, obviamente, estaba pensada para mostrar la rendija correspondiente.

—Naturalmente, todas nuestras pelucas púbicas vienen con su adhesivo.

Bram cogió la peluca para examinarla y después se la devolvió.

—Creo que pasamos. Algunas cosas no necesitan una decoración extra.

—Comprendo —contestó la mujer—, aunque ésta viene con unos cubre-pezones de bisutería a juego.

—Se interpondrían en mi camino.

El sonrojo de Georgie indicó a la dependienta que estaba metiéndose en problemas.

—Tenemos una lencería preciosa —explicó a Bram—. Nuestros sujetadores de tres pétalos son muy populares. Su esposa puede llevarlos con todos los pétalos levantados o sólo con los laterales. O puede soltarlos todos.

Georgie sintió un hormigueo en los pechos.

—Muy eficiente.

Bram deslizó la mano por debajo del pelo de Georgie y le acarició la nuca produciéndole piel de gallina.

—¿Habéis oído hablar de nuestro probador VIP?

A Georgie le vino a la memoria una conversación que mantuvo con April en cierta ocasión. Intentó parecer reflexiva.

—Yo... Esto... Creo que una amiga me comentó algo.

—Tiene una mirilla en la pared posterior. Si queréis, podéis abrirla. Al otro lado hay un probador más pequeño para tu marido.

Bram se echó a reír, una de las pocas risas genuinas que Georgie le había oído desde que aparecieran las fotografías del balcón.

—Si más hombres conocieran este lugar, dejarían de decir que odian ir de compras.

La vendedora sonrió a Georgie con complicidad.

—Disponemos de una exótica colección de tangas para hombre y la mirilla funciona en ambos sentidos. —De pronto, la dependienta ya no pudo contenerse más—: Tengo que deciros que me encantasteis en *Skip y Scooter*. ¡Todo el mundo está tan emocionado con vuestra boda! Y no dejéis que esos estúpidos rumores os inquieten. —Tuvo que parar porque otros clientes habían entrado—. Si necesitáis algo, llamadme y vendré enseguida.

Georgie la siguió con la mirada.

—A la hora de la cena, una lista de todo lo que compremos estará colgada en Internet. Un aceite para masaje suena seguro.

—Bueno, creo que podemos ser un poco más atrevidos que eso.

—Nada de látigos o palmetas. Ya he superado lo del sadomasoquismo. Al principio era divertido, pero después de un tiempo, hacer llorar a todos esos hombres maduros resultaba aburrido.

Bram sonrió.

—Y tampoco nada de consoladores —dijo—, aunque sé lo mucho que deseas uno. Lo cual no es ninguna sorpresa, ya que...

—¿Quieres dejarlo de lado de una vez?

—De lado... Encima... Debajo... —Bram le acarició la curvatura del labio superior—. Dentro...

Una ráfaga de calor recorrió el cuerpo de Georgie. Estaba a punto de derretirse.

Él la condujo hacia la sección de la lencería, donde unos expositores tenuemente iluminados mostraban unos conjuntos pervertidos de braga y sujetador, ligueros y unos *bodys* diminutos con corbata y agujeritos. Todos los artículos estaban muy bien confeccionados y eran ultracaros. Bram sostuvo en alto un sujetador fruncido en la parte superior de las cazoletas con sendos cordones de seda.

—¿Tú qué usas, una...?

—Una noventa C —contestó ella.

Bram arqueó una ceja y cogió una noventa B, que era exactamente la talla de Georgie, lo que no la sorprendió, teniendo en cuenta su conocimiento de la anatomía femenina. Varios clientes más habían entrado en la tienda, pero de momento los dejaban tranquilos.

—Para que lo sepas —susurró Georgie tanto para Bram como para sí misma—, esto no es una cita, y la mirilla se quedará cerrada.

—Esto es definitivamente una cita. —Bram examinó un *body* de malla negra y declaró—: Excelente fabricación. —Tocó los cordones de satén—. Mucho más suave que el cuero.

177

—A mí me encanta el cuero. —Georgie cogió un tanga de piel para hombre.

—Ni en un millón de años —replicó Bram.

Ella le arrebató el *body* de malla negra.

—¡Lástima!

Tuvieron un reto de miradas y él fue el primero en ceder.

—De acuerdo, tú ganas. Uno por otro.

—Trato hecho.

Intercambiaron las prendas como si lo que estaban viviendo fuera real en lugar de ser dos actores que fingían hábilmente. Bram añadió varios sujetadores sin copas y varias bragas sin entrepierna a las prendas que había elegido para su esposa. Ésta eligió para él unas cuantas prendas de cuero, pero cuando encontró un interesante par de perneras, Bram compuso una expresión tan lastimosa que ella las devolvió a su lugar. Él le correspondió el favor dejando un corsé de apariencia tortuosa. Al final, intercambiaron las prendas y la dependienta los condujo a la parte trasera de la tienda, donde estaba el probador VIP. La mujer abrió una puerta de paneles de madera con una llave antigua, colgó las prendas de Georgie en una percha de bronce y, a continuación, acompañó a Bram a su probador.

Georgie se encontró en una habitación de estilo antiguo, con paredes pintadas de rosa, un espejo de cuerpo entero de marco dorado, una banqueta tapizada y apliques de pantalla rosada y con fleco que proporcionaban una iluminación suave y acogedora. La peculiaridad más intrigante de la habitación se encontraba en la pared del fondo, a la altura de los ojos. Consistía en una ventanita cuadrada de unos treinta centímetros de lado y el pomo, sin la menor sutileza, tenía la forma de una diminuta concha de almeja parcialmente abierta con una perla encima.

Ya era suficiente. Fin del juego. De una vez por todas. A menos que...

«No. Desde luego que no.»

Alguien dio un golpecito en la pared.

—¡Abre!

Georgie tiró de la concha y abrió la ventanilla. La cara de Bram le devolvió la mirada a través de la rejilla negra de hierro. Apenas podía considerarse una mirilla. Las paredes rosa que enmarcaban la cara deberían haber suavizado sus facciones, pero en realidad lo hacían parecer más masculino. Bram se frotó la mandíbula.

178

—Me avergüenza admitirlo, pero este lugar me ha puesto a cien.

Bram no estaba avergonzado en absoluto; sin embargo, la atmósfera desinhibida del local también la había excitado a ella. Georgie dio vueltas a su anillo de boda falso. Melrose Avenue podía estar a sólo unas manzanas de allí, pero aquel emporio erótico la hacía sentirse como si hubiera entrado en otro mundo, un mundo extrañamente seguro donde un hombre nada digno de fiar podía mirar pero no tocar, un mundo donde todo giraba alrededor del sexo y donde el sufrimiento emocional no constituía una posibilidad.

—Ojalá hubiéramos dado una ojeada a los artículos para atarse —declaró Bram.

Georgie no pudo resistirse a jugar con fuego.

—Sólo por curiosidad... ¿A cuál de los dos habrías atado?

—¿Para empezar? A ti. —Su voz adquirió un tono bajo y ronco—. Pero cuando hubieras demostrado una sumisión adecuada, podríamos cambiar los papeles. ¿Qué te parece si ahora te pruebas ese *body* de malla para mí?

La tentación de jugar con el demonio en aquel antro sexual era casi irresistible.

—¿Y qué conseguiré a cambio?

—¿Qué quieres?

Georgie reflexionó unos instantes.

—Retrocede.

Él lo hizo y ella acercó la cara a la rejilla. Entonces vio que el probador de Bram, que era más pequeño que el suyo, tenía las paredes de color ocre oscuro y unos pomos de hierro de gran tamaño, de los que colgaban las prendas que ella había elegido para él.

—Ese tanga de piel negra.

—Ni hablar.

—¡Lástima!

Georgie cerró la ventanilla.

—¡Eh!

Ella se tomó su tiempo antes de volver a abrir.

—¿Has cambiado de idea?

—Si empiezas tú, sí.

—Sí, como que voy a caer en esa trampa.

Volvieron a retarse con los ojos. Ella mantuvo la mirada firme, aunque su corazón se había desbocado.

—¡Vamos, Georgie! He tenido una mala semana. Ponerte esa ropa para mí es lo menos que puedes hacer.

—Yo también he tenido una mala semana y esto no es ropa, son artículos para estimular el sexo. Si tanto lo deseas, empieza tú.

—¿Qué tal si lo hacemos al mismo tiempo?

—Hecho.

Georgie volvió a cerrar la ventanilla. Las manos le temblaban. Se quitó las manoletinas de lunares blancos y azul marino.

Transcurridos unos minutos, Bram llamó desde el otro lado.

—¿Lista?

—No; me siento como una estúpida.

—¿*Tú* te sientes como una estúpida? Esta cosa es un jodido taparrabos.

—Lo sé. Lo elegí yo, ¿te acuerdas? Y soy yo la que debería quejarse. Estas tiras están organizadas de tal forma que no esconden nada.

—Abre la ventanilla. ¡Ahora!

—He cambiado de idea.

—A la de tres —dijo Bram.

—Tienes que apartarte de la ventanilla para que pueda verte.

—De acuerdo. Ya me estoy apartando. Una... Dos... ¡Tres!

Georgie abrió la ventanilla y miró al otro lado.

Bram la miró a ella.

Los dos estaban totalmente vestidos.

Él sacudió la cabeza.

—Tienes un problema serio de confianza.

Ella entornó los ojos.

—Al menos yo me he quitado los zapatos. Tú ni siquiera eso.

—Está bien, nuevo trato —dijo Bram—. La ventana se queda abierta. Tú te sacas una prenda. Yo me saco otra. Incluso estoy dispuesto a empezar primero. —Y se quitó la camiseta.

Ella ya sabía que él tenía un torso fantástico. Se había pasado mucho tiempo mirándolo de reojo. Sus músculos estaban bien delineados, pero no tan desarrollados como para que su coeficiente intelectual se viera amenazado, porque, la verdad, ¿hasta qué punto resulta sexy un hombre que no tiene nada mejor que hacer durante todo el día que trabajar sus músculos?

—Estoy esperando —dijo Bram.

Un cálculo rápido le indicó a Georgie que ella tenía puestas más prendas que él. ¿Realmente iba a meterse en aquello? Tener sexo con Bram no era una garantía de que no la engañara, pero él tampoco era un estúpido. Bram sabía que estaban en la lente de un microscopio y que le resultaría muy difícil hacer algo sin que se enterara todo el mundo. Además, él siempre elegía el camino más fácil y, en aquel caso, ese camino era ella.

Georgie se llevó la mano a la nuca y se quitó el collar de plata.

—Esto no es justo —se quejó Bram.

Ella pensó que su viaje al terreno de juego del demonio exigía que, al menos, realizara unas piruetas.

—Quítate los pantalones. Hay un taparrabos esperándote.

—Todavía tengo los zapatos puestos, ¿recuerdas? —Y retrocedió un paso para que ella pudiera verlo mientras se quitaba una única deportiva.

—Esto es trampa. —Georgie retrocedió y se quitó un pequeño diamante del lóbulo de la oreja.

—Mira quién habla de trampas. —Otra deportiva salió disparada.

—Yo nunca he hecho trampas en mi vida —dijo ella y se quitó el otro pendiente de diamante.

—No te creo. —Un calcetín.

—Quizás en el Pictionary. —Su anillo de boda.

Cada vez que uno de ellos se quitaba algo, se alejaba de la rejilla para que el otro pudiera verlo. Adelante y atrás... Adelante y atrás... Un baile sensual de desvelar y ocultar.

El segundo calcetín de Bram cayó al suelo.

—¿Algún hombre te ha echado un chorro de miel en el vientre y después te lo ha limpiado con la lengua?

—Docenas de veces.

Georgie jugueteó con el botón superior de su blusa para ganar tiempo, pues todavía no estaba segura de hasta dónde quería llegar en aquel juego de mirar y mostrarse.

—¿Cuánto tiempo hace que no haces el amor? —preguntó.

—Demasiado. —Bram introdujo el pulgar en el cierre a presión del pantalón.

—¿Cuándo fue la última vez? —Retorció con los dedos el botón de plástico rojo de su blusa.

—¿Podemos hablar de esto en otro momento? —Bajó la cremallera del pantalón.

—Me parece que no. —Georgie pensó que hablar de las anteriores amantes de Bram disminuiría el deseo que experimentaba, pero no fue así.

—Hablaremos de ello más tarde. Te lo prometo.

—No te creo.

—Si te miento, puedes caminar desnuda sobre mi espalda con unos zapatos de tacón de aguja.

—Si me mientes... —El botón superior pareció abrirse por iniciativa propia— nunca volverás a ver éstas.

Georgie se desabrochó la blusa botón a botón y, después, la dejó caer por sus brazos. Llevaba puesto un sujetador de encaje blanco de La Perla con unas braguitas a juego de las que Bram todavía no sabía nada.

Él bajó la mano hasta la cintura y, lentamente, se quitó el reloj —ella se había olvidado de su estúpido reloj—, quedando vestido sólo con los tejanos y... ¿qué, debajo? Georgie no podía respirar hondo. Se retiró de la ventanilla, se desabrochó los pantalones azul marino y, mirando fijamente a Bram a los ojos, se los bajó.

Sus piernas siempre habían sido su mejor atributo —largas, delgadas y fuertes—, las piernas de una bailarina, y él se entretuvo mirándolas. Unos segundos interminables transcurrieron antes de que retrocediera y se quitara los tejanos. Llevaba puestos unos calzoncillos grises de punto End Zone que se ajustaban a una considerable erección. Georgie lo contempló con atención.

—Ahora la ropa interior —dijo Bram acercándose a la rejilla.

Ella nunca se había sentido tan excitada, y ni siquiera se habían tocado. Se desabrochó el sujetador. Los tirantes se deslizaron por sus hombros, pero ella cubrió las cazoletas con las manos para evitar que cayeran y se acercó a la rejilla.

—Gánatelo —susurró.

La voz de Bram se volvió ronca.

—Esta vez tendré que confiar en ti.

Introdujo los pulgares en la cinturilla de sus End Zone, se los bajó y se quedó delante de Georgie magníficamente desnudo. Ella recorrió su cuerpo con la mirada: sus amplios hombros bronceados, su musculoso torso, sus estrechas caderas algo más pálidas que el resto del cuerpo... Ni siquiera notó que el sujetador le caía de las manos.

—Retrocede —dijo Bram en un ronco susurro.

Él la estaba utilizando y ella lo estaba utilizando a él, y no le importaba. Georgie se colocó en medio del probador y se quitó las frágiles bragas de nailon. Bram la contempló con tanta intensidad que ella sintió un hormigueo en la piel. Él había estado con mujeres mucho más guapas, pero Georgie no experimentó la terrible inseguridad que experimentaba con Lance. Aquél era Bram. A ella no le importaba su opinión. Lo único que le importaba era su cuerpo. Ladeó la cabeza.

—Aléjate para que pueda verte otra vez.

Pero a Bram se le había acabado la paciencia.

—El juego ha terminado. Nos largamos de aquí. Ahora.

Georgie no quería irse. Quería quedarse en aquel mundo de fantasía sensual para siempre. Descolgó el sujetador de pétalos azul pálido.

—Me pregunto cómo me quedará esto.

—¿Te vas a poner ropa?

—Voy a ver si me queda bien.

Georgie volvió su desnudo trasero hacia Bram y se puso el sujetador. Cada copa estaba formada por tres pétalos suaves. Se giró de nuevo hacia él y, sin decir una palabra, desató los pétalos uno a uno. Primero los de los lados y después el del centro. Tomándose todo el tiempo del mundo.

Los ojos de Bram chispearon a través de la rejilla.

—Me estás matando.

—Lo sé.

Georgie descolgó las braguitas a juego del colgador y se colocó en medio de la habitación para que él la viera ponérselas. Tenían una abertura en la entrepierna.

—Me sienta bien, ¿no crees?

—Ahora mismo no puedo pensar. Acércate.

Ella se acercó a la rejilla con lentitud. Cuando llegó, Bram susurró:

—Más cerca.

Presionaron las caras contra la rejilla y sus bocas se juntaron a través del enrejado de metal negro. Sólo sus bocas.

Y entonces la tierra se movió.

Se movió de verdad.

Al menos la pared sí que se movió. Georgie abrió los ojos de golpe y, cuando el último obstáculo que los separaba desapareció, soltó un soplido de sobresalto. Tendría que haber supuesto que una tienda tan imaginativa no pasaría por alto algo así. Su sensación de seguridad se desvaneció.

Bram entró en su probador.

—No le cuentan a todo el mundo lo de la puerta.

Georgie nunca había practicado el sexo sin amor y lo que Bram le ofrecía era pura y simple excitación. Ella sabía que Bram era un bribón nada fiable. Y no se hacía ilusiones. Tenía los ojos muy abiertos, justo como quería tenerlos.

—Ésta es nuestra primera cita —dijo Georgie.

—¡Y menuda cita!

Bram cerró la puerta que comunicaba los dos probadores y contempló los pechos desnudos de Georgie que exhibía el sujetador.

—Señora, me encanta su ropa interior.

Bram le rozó un pezón con los nudillos de la mano, cogió uno de los sedosos pétalos y lo abrochó, y después le succionó el pezón a través de la frágil barrera.

A Georgie le flaquearon las piernas. Él se sentó en el acolchado diván y tiró de ella de tal forma que quedó a horcajadas sobre los muslos de él. Se besaron. Bram le succionó el pecho. Georgie le hundió los dedos en el pelo y se mordió los labios para no gritar. Él separó los muslos separando, a su vez, los de ella. Georgie seguía llevando puestas las bragas sin entrepierna. Bram apartó la tela de nailon y jugueteó con el sexo de su esposa hasta que ella tembló de deseo.

Cuando Georgie no pudo aguantar más, afianzó las rodillas en el diván, se enderezó y, poco a poco, introdujo el miembro turgente en su interior.

Bram respiraba en jadeos, pero no intentó penetrarla, sino que le dio todo el tiempo que ella necesitó para aceptarlo. Y ella se aprovechó. Maliciosamente. En cuanto se introducía muy lentamente un centímetro del pene, volvía a sacárselo y empezaba de nuevo. Los hombros de Bram se volvieron resbaladizos a causa del sudor. Pero a ella no le importaba lo que él necesitara, no le importaba si le proporcionaba o no placer, no le importaban sus sentimientos, sus fantasías, su ego. Lo único que le importaba era lo que él podía hacer por ella. Y si no la satisfacía, si al final resultaba ser un inútil, ella no se inventaría excusas para disculparlo como había hecho con Lance, sino que se quejaría largo y tendido hasta que él lo entendiera. Aunque no parecía que esto fuera a ser necesario.

—Pagarás por esto —dijo Bram con los dientes apretados.

Pero siguió permitiéndole que hiciera lo que quisiera, hasta que ella se excitó tanto que tuvo que interrumpir el juego. Sólo entonces le hincó los dedos en el trasero y la hizo descender con fuerza sobre él.

No podían provocar ningún ruido. Sólo una delgada pared evitaba que quedaran expuestos. Bram hundió la cara en los pechos de Georgie y le frotó el bajo vientre. Georgie se arqueó contra la mano de Bram, echó la cabeza atrás, se agarró a los hombros de él y se unió a Bram en una cabalgada salvaje y silenciosa.

Sin amarlo. Sólo usándolo.

Él se estremeció. Ella dejó caer la cabeza atrás.

Liberación...

Los aspectos prácticos no entraron en la mente de Georgie hasta después. El desorden. La ropa interior usada que no habían pagado. El marido inconveniente. Cuando se separaron, su cordura regresó. Tenía que asegurarse de que él entendía que lo que había pasado no cambiaba nada.

—Bien hecho, Skipper. —Georgie estiró sus entumecidas piernas—. No eres George Clooney, pero prometes.

Bram se dirigió a la puerta oculta, pero entonces se volvió y examinó el cuerpo de Georgie, como si estuviera marcando su territorio.

—Al menos esto responde a una pregunta.

—¿Qué pregunta?

Él le sonrió con languidez.

—Por fin recuerdo lo que sucedió aquella noche en Las Vegas.

14

A través de la ventana, Chaz vio que Aaron aparcaba su Honda azul oscuro en la entrada. Minutos más tarde, la puerta principal de la casa se abrió. Aquel chico era un auténtico desastre. Chaz irrumpió en el vestíbulo para enfrentarse a él, pero Aaron no llevaba encima la bolsa de donuts que ella esperaba, sólo su birrioso maletín negro habitual. Él no se mostró contento de verla e intentó pasar por su lado saludándola con una sacudida de la cabeza, pero ella se interpuso al pie de las escaleras.

—¿Qué has tomado para desayunar?

—Déjame tranquilo, Chaz. Tú no eres mi madre.

Ella apoyó una mano en la pared y la otra en la barandilla. Aaron había empezado a sudar y ni siquiera hacía calor.

—Seguro que todas las mañanas ella preparaba para su niño unos huevos con salchichas acompañados de *pancakes*.

—He desayunado un bol de cereales, ¿vale?

—Te dije que yo te prepararía el desayuno.

—No pienso volver a pasar por eso. La última vez sólo me diste la clara de dos huevos revueltos.

—Con una tostada y una naranja. Deja ya de actuar como un niño. Tienes que enfrentarte a tus problemas en lugar de comer para escapar de ellos.

—Así que ahora eres psiquiatra. —Le separó la mano de la pared y pasó por su lado—. Sólo tienes veinte años. ¿Qué coño sabes tú de nada?

Aaron nunca soltaba tacos, y a Chaz le gustó haberlo enervado tanto como para que lo hiciera. Lo siguió escaleras arriba.

—¿Has visto a Becky este fin de semana?

Cuando llegaron arriba, a Aaron le faltaba el aliento.

—No debería haberte hablado de ella.

Becky vivía en el apartamento contiguo al de Aaron. Él estaba loco por ella, pero Becky ni siquiera sabía que él existía, lo que no constituía ninguna sorpresa. Por lo visto, Becky era un cerebrito, como Aaron, y tenía buen aspecto, aunque no era guapa, lo que significaba que si él perdía algo de peso, se hacía un buen corte de pelo, compraba ropa decente y dejaba de actuar como un tío raro, podía tener una posibilidad con la chica.

—¿Intentaste hablar con ella como te dije?

—Tengo trabajo.

—¿Lo hiciste?

Chaz le había dicho que se mostrara amigable con ella, pero no demasiado, lo que significaba que no debía soltar aquella estúpida risa suya de cerdo. Y tampoco debía hablarle de los videojuegos. Nunca.

—No la he visto, ¿vale?

—Sí, sí que la has visto. —Chaz lo siguió al interior del despacho de Georgie—. La viste, pero no tuviste cojones para hablarle. ¿Tan difícil es decirle hola y preguntarle cómo le va?

—Creo que podría ser algo más original que eso.

—Cuando intentas ser original, suenas ridículo. Sé enrollado aunque sólo sea por una vez. Dile sólo «Hola» y pregúntale cómo le va. ¿Has traído tu bañador como te dije?

Aaron dejó su maletín en una silla.

—Tampoco eres mi entrenador personal.

—¿Lo has traído?

—No lo sé. Puede.

Chaz pensó que estaba realizando progresos. Ahora él la dejaba que le preparara la comida y ya no llevaba comida basura a la casa porque sabía que ella la encontraría y la tiraría. Sólo habían pasado tres semanas, pero Chaz estaba casi segura de que el estómago de Aaron había empezado a encogerse.

—Esta noche no podrás irte a casa hasta que hayas nadado media hora. Lo digo en serio.

—Para variar, podrías pensar en mejorar tú en lugar de fijarte tanto en los demás. —Aaron se dejó caer en la silla que había delante del ordenador—. Para empezar, podrías ocuparte de tu trastorno de personalidad.

—A mí me gusta mi trastorno de personalidad. Mantiene aleja-dos a los mamones. —Esbozó una sonrisita de suficiencia—. Aun-que, en estos momentos, no parece estar funcionando muy bien.

En realidad, Aaron no era un mamón. Él era un tío decente y Chaz admiraba en secreto su inteligencia. Pero no se enteraba de nada. Y era un solitario. Si al menos hiciera lo que ella le decía, es-taba convencida de que podría arreglarlo para que consiguiera salir con una chica. No una tía buena, pero sí alguna cerebrito como él.

—La comida es a las doce y media —dijo Chaz—. Sé puntual.

Cuando se volvió para irse, vio que Georgie estaba en la puerta del despacho filmándolo todo con su cámara de vídeo.

Chaz apoyó las manos en las caderas.

—Esto es ilegal, ¿lo sabes? Es ilegal filmar a la gente sin su per-miso.

Georgie mantuvo el ojo pegado a la cámara.

—Pues búscate un abogado.

Chaz salió hecha una furia al pasillo y se dirigió a las escaleras. En aquel momento, Georgie era la última persona con la que quería hablar. El día antes, cuando Georgie y Bram llegaron a la casa, esta-ban muy raros. Georgie tenía una escocedura en el cuello y no mi-raba a Bram, quien no dejaba de sonreírle en plan listillo. Chaz no sabía qué se traían entre manos. Ellos creían que ella no se ha-bía enterado de que dormían en habitaciones separadas. Como si Georgie supiera cómo hacer una cama de una forma medianamen-te decente. ¿Qué había ocurrido el día antes?

Chaz pensó en todo el dinero que podría conseguir si les con-tara a los periodistas que los recién casados dormían en camas se-paradas. Si con ello hiriera a Georgie, quizá lo haría. Pero nunca le haría daño a Bram.

Georgie la siguió escaleras abajo.

—¿Por qué eres tan dura con Aaron?

Chaz también podría formularle a ella unas cuantas preguntas, como por qué era tan dura con Bram, y qué había ocurrido el día anterior, y por qué la noche pasada Georgie había vuelto a dormir en el otro dormitorio. Pero ella había aprendido a guardarse para sí misma lo que sabía hasta que tuviera una razón para utilizarlo.

—Yo tengo una pregunta mejor —declaró Chaz—. ¿Por qué no has intentado ayudar a Aaron? Es un auténtico desastre. Casi no puede subir las escaleras sin que le dé un ataque al corazón.

—Y a ti te gusta arreglar los desastres.

—¿Y qué?

Todo aquel asunto de la cámara de vídeo era muy raro. Chaz no sabía por qué Georgie la grababa continuamente y por qué ella no se negaba a hablar. Pero cada vez que Georgie la perseguía con su cámara, ella se sorprendía a sí misma hablando como una cotorra. Era como si... como si hablar sobre ella misma a la cámara, de algún modo, la convirtiera en alguien importante. Como si su vida fuera algo especial y ella tuviera algo valioso que decir.

Llegaron al final de las escaleras y Georgie la siguió al interior de la cocina.

—Cuéntame qué ocurrió cuando te fuiste de Barstow.

—Ya te lo dije. Vine a Los Ángeles y encontré un lugar donde vivir a las afueras de Sunset.

—Casi no tenías dinero. ¿Cómo conseguiste pagar el alquiler?

—Encontré un trabajo. ¿Qué creías si no?

—¿Qué tipo de trabajo?

—Tengo que orinar. —Chaz se dirigió al aseo que había junto a la cocina—. ¿También me vas a seguir ahí dentro?

Cerró la puerta y echó el pestillo. Nadie conseguiría que hablara sobre lo sucedido cuando llegó a Los Ángeles. Nadie.

Cuando salió, Georgie había desaparecido y Bram estaba hablando por teléfono. Chaz cogió un trapo de cocina y limpió la encimera.

—Dile a Georgie que deje de seguirme a todas partes con su cámara —dijo cuando él acabó de hablar por teléfono.

—Resulta difícil decirle nada a Georgie. —Bram sacó la jarra de té helado de la nevera.

—Por cierto, ¿qué pasa con ella? ¿Por qué no deja de filmarme? —preguntó Chaz.

—¿Quién sabe? Hace un par de días la vi filmando a las mujeres de la limpieza. Les hablaba en castellano.

Chaz nunca lo admitiría, pero no le gustó la idea de que Georgie grabara a alguien que no fuera ella.

—Estupendo. Puede que así ya no me moleste más.

Él señaló el móvil.

—¿Ya lo has hecho?

La chica abrió el lavavajillas y metió los vasos del desayuno.

—Estoy pensándomelo.

—Chaz, ahí fuera hay todo un mundo. No puedes esconderte aquí para siempre.

—¡No me estoy escondiendo! Y ahora, si no te importa, mañana por la noche hay invitados y tengo un montón de cosas que hacer.

Él sacudió la cabeza.

—A veces creo que no te hice ningún favor contratándote.

Bram estaba equivocado. Le había hecho el favor más grande de su vida y ella nunca lo olvidaría.

Aquella tarde, mientras se vestía para las fotos de los *paparazzi*, Georgie se preguntó por qué tener sexo con un chico malo era más excitante que tenerlo con un tío decente. Aunque aquel tío decente la hubiera abandonado por otra mujer. Entonces, ¿por qué había querido dormir sola la noche anterior? Porque el sexo de la tarde había sido demasiado bueno y divertido. Deliciosamente libertino. Tan alocado y libre de complicaciones que no estaba preparada para estropearlo con la vida real. También porque quería que Bram comprendiera que no se había convertido en alguien disponible sólo porque hubiera tenido con él la aventura sexual más excitante de su vida. Pero para dormir sola había tenido que hacer uso de toda su fuerza de voluntad, y no le gustó la mirada de sabelotodo que Bram le lanzó cuando ella le dijo que se iba a dormir al otro dormitorio.

Salieron de la casa en una operación de café con fotos. Georgie decidió que la mejor manera de recuperar el sentido de la normalidad era entablar una pelea.

—Deja de tararear —dijo mirando a Bram con el ceño fruncido desde el asiento del copiloto—. Si crees que sigues la melodía, estás equivocado.

—¿Qué te está carcomiendo? Yo no, por desgracia.

—Eres asqueroso.

—¡Eh! ¿Qué le ha ocurrido a tu sentido del humor?

—Tú.

—Supongo que eso lo explica todo. —Bram empezó a tararear unos compases de la canción *It's the Hard-knock Life*, de *Annie*, sólo para provocarla—. Ayer por la tarde estabas mucho más simpática. Mucho más.

—Aquello fue lujuria, tío. Te estaba utilizando.

—Pues lo hiciste francamente bien.

A Georgie no le gustó que él se negara a entablar la pelea que ella necesitaba.

—No deberías haber dicho que te acordabas de lo que sucedió en Las Vegas porque no es verdad.

—Es una simple cuestión de eliminación. Estoy seguro de que uno de los dos perdió el sentido antes de que lo hiciéramos porque, si lo hubiéramos hecho, me acordaría.

Por una vez, ella se sintió inclinada a creerle.

Cuando salieron del Coffee Bean & Tea Leaf, los *paparazzi* los rodearon. Georgie pensó en los millones de fotografías que había visto de famosos con tazas de café o botellas de agua en la mano. ¿Desde cuándo la deshidratación se había convertido en riesgo laboral de la fama?

—¡Aquí! ¡Mirad hacia aquí!

—¿Qué planes tenéis para el fin de semana?

—¿Vuestra relación sigue siendo sólida?

—Como una roca. —Bram apretó con más fuerza la cintura de Georgie y susurró—: Si fueras tan dura como pretendes, ayer por la noche no te habrías ido corriendo a tu camita.

Ella lo miró a los ojos con una amplia sonrisa.

—Ya te lo dije. Tengo la regla.

Él le devolvió la sonrisa.

—Y yo te contesté que no me importa en absoluto.

A Lance sí que le importaba. Se mostró amable, pero tener sexo con una mujer que estaba menstruando no era lo suyo. Claro que, en aquel momento, ella no tenía la regla.

—Es obvio que no he sido lo bastante clara —susurró Georgie representando el papel de predadora sexual mientras las cámaras no dejaban de disparar a su alrededor—. Ayer pasaste la audición en Provocativa. De ahora en adelante, tu única función es estar a mi servicio. Cuando y donde yo quiera. Y en estos momentos no quiero.

Mentirosa. Sí que quería, y también quería sexo con él. Precisamente, la experiencia del día anterior había sido increíble porque la había tenido con el guapísimo, inútil y depravado Bram Shepard. Para él, el sexo no significaba más que una sacudida de manos, y saberlo le proporcionaba a Georgie una nueva y excitante sensación de libertad. Su marido falso, y posiblemente alcohólico, nunca tendría el poder que Lance había tenido sobre ella. Con Bram, ella nunca se preocuparía por si un *négligé* era lo bastante sexy para atraerlo, ni pensaría que tenía que leer el último manual de sexo para mantenerlo interesado. ¿A quién le importaba? Quizá ni siquiera se depilara las piernas.

Bram le besó la parte superior de la oreja.

—Para que quede claro, Scoot, tú no tienes la regla. Y ayer por la noche saliste corriendo como una gallina porque tienes miedo de no poder manejarme.

—Mentira.

Bram lanzó un último saludo a los fotógrafos y condujo a Georgie hacia la calle hablándole de forma que sólo ella lo oyera.

—¿Sabes qué ocurre con todas esas restricciones que pretendes imponerme? —Bram le frotó la espalda con los nudillos—. Que no voy a hacerles el menor caso.

A Bram le encantaba jugar con ella, mental y físicamente. El día anterior lo había puesto como una moto. En su mente, Georgie y Scooter siempre habían sido, casi, la misma persona, pero Scooter nunca se habría atrevido a un numerito como aquél. Lo ocurrido en Provocativa demostraba que el Perdedor no había conseguido arrebatarle a Georgie toda su autoestima, algo que le había resultado cada vez más evidente durante las últimas semanas. El hecho de que Lance hubiera cambiado a Georgie por un cubito de hielo como Jade le proporcionaba a Bram más placer del que debería.

Mientras regresaban a la casa, él barajó la posibilidad de desnudar a Georgie en cuanto llegaran, lo que no le costaría mucho, pero Aaron arruinó sus planes al recibirlos en la entrada.

—Ha telefoneado la secretaria de Rory Keene. Te ha invitado a tomar un vino en su casa a las cinco.

Bram decidió confiar en que el afecto que Rory sentía por Georgie se tradujera en una oportunidad para exponerle su caso personalmente, en lugar de hacerlo a través de sus intermediarios. Sonrió con amplitud e hizo tintinear las llaves del coche.

—Telefonéale y dile que allí estaremos.

Aaron se subió las gafas por el puente de la nariz.

—De ti no ha dicho nada, Bram. Sólo ha invitado a Georgie.

Bram apretó las llaves con la mano.

—Se refería a los dos.

—Creo que no. Me dijo que le dijera a Georgie que no se arreglara porque sólo estarían ellas.

Aaron se marchó a toda prisa.

Bram soltó una ristra de palabrotas. Rory seguía evitándolo. Le encantaba el guión de *La casa del árbol*, pero como aspirante a vicepresidenta, nunca respaldaría la película a menos que él renunciara a ser el productor y protagonista, lo que acabaría con el objetivo de Bram de reactivar su carrera. A veces pensaba que debería comprar un espacio publicitario en la revista *Variety* y anunciar al mundo que ya no era el muchacho salvaje y sin la suficiente personalidad para asimilar el éxito de antes. O quizá bastaría con algo más simple, como «¿Qué tal una jodida segunda oportunidad?».

Si al menos Rory accediera a hablar con él en persona, pero lo más cerca que había conseguido estar de ella fue la noche del incidente, en su jardín. Incluso, unos días más tarde, entró en su finca por la puerta del muro con una botella de Cristal como disculpa por haberla despertado, pero uno de sus empleados cogió el champán y así, sin más, cerró la puerta de la casa.

Bram miró fijamente a Georgie. Gracias a Chaz, había ganado suficiente peso para que aquellos enormes ojos verdes que lo miraban a través del flequillo, hubieran perdido su aspecto hundido, y su brillante pelo castaño se curvaba junto a unas mejillas más rellenas que antes.

—Quiero verte en mi despacho dentro de diez minutos.

Georgie abrió la boca para mandarlo al cuerno, pero él estaba preparado.

—A menos que no estés interesada en ver el guión de *La casa del árbol*...

Sabía que la había pillado, así que se alejó sin volver la vista atrás.

Ella le hizo esperar diez minutos más de lo que él había dicho. No había empleado aquel tiempo en cambiarse de ropa, pues seguía llevando el mismo conjunto que se había puesto para la salida matutina en beneficio de los *paparazzi*: un jersey de punto amarillo limón con el cuello redondo y ligeramente volteado, una rebeca muy corta y tan ligera como una telaraña y unos pantalones anchos de cutí, de color verde y crema, que sólo a alguien tan delgado como ella podían sentarle bien. El conjunto ocultaba mucho más de lo que revelaba, lo que lo convertía en endiabladamente sexy.

Georgie dio el primer paso en aquel nuevo juego que habían iniciado, señalando con la cabeza el letrero de Jake Koranda en su papel de Calibre Sabueso.

—Él sí que es un hombre de verdad.

—Me aseguraré de transmitirle tu opinión. —Bram estrujó una pelota de goma con la mano imitando a Humphrey Bogart en *El motín del Caine*—. Para variar, necesito un poco de cooperación.

Ella puso cara de sentirse herida.

—¿Qué quieres decir con «para variar»? Yo siempre coopero. —Se dejó caer en el sofá—. Está bien, en general coopero con otras personas, pero aun así...

—Deja de bromear y escúchame. —Apretó la pelota en la palma de la mano y extendió el dedo índice señalando la nariz de Georgie—. No me sabotees con Rory Keene.

—Yo nunca haría algo así.

—¿Ah, no? A Rory le encanta todo de *La casa del árbol* salvo...

—¿Tú? —Georgie abrió más sus enormes ojos verdes—. Será porque tienes una mala reputación.

—Gracias por aclarármelo. —Dejó la pelota sobre el escritorio—. Tengo que hacer esta película, Georgie. Yo, sólo yo. Tienes que convencer a Rory de que me he convertido en el Marido del Año.

—No es verdad.

—Fíngelo.

—¿Me estás pidiendo ayuda?

Otra vez actuando como la huérfana Annie de grandes ojos, pero Georgie siempre había sido una mujer de equipo y Bram supuso que le ayudaría... después de hacérselo pasar realmente mal.

Ella se llevó un dedo a la mejilla.

—Si le hago la pelota a Rory por ti, ¿qué obtendré yo a cambio?

—Sexo caliente y mi eterna gratitud.

Georgie fingió reflexionar sobre su propuesta.

—No. No es suficiente.

—Dejaré que Meg se quede en la casa de los invitados.

—Meg ya está instalada en la casa de los invitados.

—Te lo diré de otra manera: no le tiraré los tejos mientras esté en la casa de los invitados.

—Sea como sea, tú nunca le tirarás los tejos. Siempre la has tratado como si tuviera doce años. —Al final, habló en serio—. Quiero leer el guión antes de verme con Rory esta tarde. Dámelo.

—Ya te dije que te permitiría verlo.

—Sí, pero no me dijiste que me dejarías leerlo.

—Vaya, te habías dado cuenta.

Georgie alargó el brazo.

Bram titubeó y dijo:

—En lo que a guiones se refiere, no se puede decir que tu juicio sea muy bueno. Al fin y al cabo, protagonizaste *Verano en la ciudad*.

—Y también *Gente guapa*, que fue otra bazofia. Y también *Concurso de baile*, que todavía no has visto y no te recomiendo que lo hagas. —Georgie agitó la mano que le tendía a Bram—. Pero todo eso forma parte del pasado. Ahora tienes delante a una Georgie York nueva. Dámelo.

Ella ya no era la incauta de antes, así que Bram no tenía opción. Sacó el guión encuadernado del cajón de en medio del escritorio, el que ella había registrado tres semanas antes y en el que sólo había encontrado un teléfono roto. Georgie se lo arrancó de las manos antes de que él cambiara de opinión, lo saludó alegremente con la mano y se fue.

Bram odiaba pedir ayuda, sobre todo a Georgie, así que se hundió en la silla para regodearse en su desgracia. Cuando vio que esto no lo llevaba a ninguna parte, volvió a enfrascarse en el ordenador. Aunque el guión era muy bueno, precisaba algunos retoques, y él había estado corrigiendo alguna que otra escena desde que lo había leído por primera vez. Podía imaginarse lo que Georgie diría si supiera que alguien que había abandonado el colegio antes de terminarlo, estaba modificando los textos de Sarah Carter. O, lo que era peor, se imaginaba cuánto se reiría si averiguara que él en persona había escrito un guión.

Pero no, ella no se reiría. A diferencia de él, Georgie no tenía ni un ápice de crueldad y Bram incluso la imaginaba pronunciando unas palabras bienintencionadas de ánimo.

La idea lo sacó de quicio. Él no necesitaba falsos ánimos de nadie, y menos de Georgie. Él se había hecho a sí mismo, había estropeado su vida él solito y ahora estaba saliendo adelante de la misma forma. Él solo.

Georgie leyó el guión con sumo interés y, al cabo de dos horas, ya lo había terminado. Era tan maravilloso como el libro. Una oportunidad increíble... y no sólo para Bram.

La casa del árbol contaba la historia de Danny Grimes, encarcelado injustamente por abusar sexualmente de una niña. Lo soltaban por una cuestión técnica y la enfermedad terminal de su padre lo obligaba a regresar a su casa y enfrentarse tanto a los habitantes de su ciudad como a la agresiva fiscal, ahora senadora, que había escondido las pruebas de ADN para asegurarse de que lo condenaban. El autoimpuesto aislamiento de Danny se veía amenazado por sus sospechas de que la niña de la casa de al lado era víctima de abusos por parte de su padre. El guión resultaba potente y emocionante, con personajes complejos y fascinantes que en ningún caso eran lo que parecían ser.

Encontró a Bram dando brazadas en la piscina. Ella se quedó en el bordillo, cerca de la cascada, y cambió el peso de pierna con impaciencia mientras esperaba a que él se detuviera. Bram la vio, pero siguió nadando. Georgie asió el recogedor de hojas y le golpeó en la cabeza.

—¡Eh!

Bram se dio la vuelta salpicando el aire con el agua.

Ella inspiró hondo.

—Quiero interpretar a Helene.

—¡Buena suerte!

Se sumergió y nadó hasta la escalerilla al otro extremo de la piscina.

Georgie dejó el recogedor. El corazón le latía con fuerza por la excitación. En cuanto terminó de leer la primera escena, supo que tenía que hacer el papel de la fría y ambiciosa fiscal. Ésta era, exactamente, la oportunidad que estaba esperando. Interpretar a Helene acabaría con años de encasillamiento y constituía el reto que tanto anhelaba. Caminó hasta la escalerilla.

—El guión es genial. Emocionante, complejo, e induce a la reflexión. Tiene todo lo que me dijiste. Tengo que interpretar a Helene. Lo digo en serio.

El agua resbaló por el cuerpo de Bram cuando salió de la piscina.

—Por si no has prestado atención, tengo un ligero problema para conseguir financiar la película, así que decidir qué actriz interpretará a Helene es lo último que me preocupa.

Georgie cogió la toalla y se la tendió.

—Pero si consigues luz verde… La única razón de que nadie piense en mí como actriz dramática es que nunca he tenido la oportunidad de demostrar mi valía. Y no me digas que la audiencia sólo nos vería como Skip y Scooter. La historia de amor es entre Danny y la enfermera, no con Helene. Sé exactamente cómo interpretar ese papel. Y trabajaré por el mínimo dinero.

—A ver si lo entiendes: aunque consiga la financiación para esta película, tú no interpretarás a Helene. —Bram se frotó la cabeza con la toalla y se la colgó del cuello—. Teniendo en cuenta lo deslucida que ha sido mi carrera durante los últimos años, esta película necesita una actriz con un probado historial de éxitos de taquilla y, enfrentémonos a la verdad, tu cara se vende mucho más en la prensa del corazón que en las taquillas de los cines.

Georgie se negó a admitirlo.

—Piensa en la publicidad que supondría que los dos rodáramos una película juntos. El público haría cola para ver el resultado.

—Sería desastroso. —Bram dejó la toalla en una silla—. Georgie, esta discusión es más que prematura.

—¿Piensas que no puedo interpretar un personaje complejo? ¿Tú sí pero yo no? ¡Estás muy equivocado! Yo tengo la disciplina y la resolución para hacerlo.

—Lo que significa que piensas que yo no las tengo.

Ella no quería insultarlo de una forma descarada, pero la verdad era la verdad.

—No puedes usar trucos para interpretar a Danny. Él está amargado y torturado. Ha soportado algo que nadie debería tener que experimentar.

—Yo he vivido con este guión durante más de un año —replicó Bram—, y sé muy bien qué hay en el interior de Danny. Y ahora, en lugar de discutir, ¿por qué no utilizas tu cerebro para decidir cómo vas a convencer a Rory Keene de que soy un ciudadano serio y responsable y que tiene que reunirse conmigo?

Georgie utilizó la puerta del muro del jardín. La casa de estilo normando y ladrillos blancos de Rory era más grande que la de Bram, pero no tan acogedora. En la parte trasera, las terrazas daban a la piscina y al jardín de diseño formal. Rory estaba sentada a la sombra de un porche lateral, en un sofá de hierro forjado cubierto con cojines naranja brillante. Con su largo cabello rubio recogido en una coleta y sentada encima de sus piernas dobladas, debería parecer una mamá de clase media dedicada a sus hijos, pero no era así. Incluso en un entorno tan informal, despedía la tranquila e intimidante seguridad de una ejecutiva emprendedora.

Rory dejó a un lado el guión que estaba leyendo y le ofreció a Georgie una copa de champán. Ahora que Bram no era el único que se estaba jugando algo, ella se esforzó en mantener su nerviosismo bajo control mientras aceptaba la copa y se acomodaba en un sillón cercano al sofá. Charlaron sobre los ingresos de taquilla del fin de semana anterior y sobre el éxito del último estreno de Jack Black. Al final, Rory sacó a relucir la razón de haberla invitado.

—Georgie, esto es un poco delicado... —Su mirada firme indicaba que la delicadeza no le preocupaba mucho—. Desde que salieron aquellas horribles fotografías, me he estado diciendo que debo ocuparme de mis asuntos, pero no puedo. Si te ocurriera algo, nunca me lo perdonaría.

Georgie no se esperaba aquello y se sintió incómoda. Aunque los cotilleos de la prensa se estaban apaciguando, era evidente que a Rory no se la convencía tan fácilmente.

—No le des más vueltas. En serio. Todo va bien. Ahora háblame de la casa. Me sorprendió saber que estabas de alquiler.

Rory bebió un sorbo de champán y dejó la copa en la mesa que tenía al lado.

—La alquila el estudio. Es nuestra versión de la Casa Blanca. Yo tengo mi zona privada, pero reservamos un ala aparte para los invitados especiales: VIP de la empresa, directores, productores, personas a las que queremos agasajar... Ahora mismo, estamos hospedando a unos directores de cine extranjeros realmente increíbles. Forman parte de un proyecto que estoy promoviendo.

—Estoy segura de que se sentirán halagados de hospedarse aquí.

—Un equipo de empleados se encarga de atenderlos. Yo no tengo que entretener a nadie si no lo deseo. —Rory desplegó las piernas y volvió a dirigir la imponente fuerza de sus ojos de hielo hacia Georgie—. Si alguna vez te sientes... incómoda, como si necesitaras marcharte a toda prisa, puedes venir a mi casa. A cualquier hora del día o la noche.

Georgie no sabía qué odiaba más, si la idea de que Rory creyera que Bram era un maltratador o la de que ella tenía tan poca autoestima que permitiría que alguien abusara de ella.

—Aquellas fotos eran engañosas, Rory. Sé que parecía que estuviéramos peleándonos, pero no es cierto. Sinceramente, Bram nunca me haría daño. Volverme loca, sí, pero hacerme daño físicamente, nunca.

—Las mujeres no siempre piensan razonablemente cuando hay un hombre como Bram Shepard por medio —declaró Rory—. Y después de lo que pasaste con Lance...

—Me emociona que te preocupes por mí, de verdad, pero no es necesario. —Georgie no quiso dejar escapar la ocasión—. Ya has intentado cuidarme antes. Te lo agradezco, pero no puedo evitar preguntarme por qué.

—No te acuerdas de lo que hiciste por mí, ¿no?

—Espero que te prestara unos pendientes preciosos de diamantes y que estés pensando en devolvérmelos.

Rory esbozó su sonrisa de diosa de las nieves.

—No tienes esa suerte. —Cogió su copa de champán y la hizo girar con los dedos—. Cuando trabajé en *Skip y Scooter* siempre te mostraste amable con los miembros del equipo.

Georgie nunca había entendido la lógica de las estrellas que les hacían la vida imposible a las personas cuyo trabajo consistía en que tuvieran mejor aspecto. Además, su padre nunca le habría permitido comportarse como una diva. Aun así, ser amable con el equipo no le parecía una razón suficiente para que Rory se preocupara por ella.

—También me gusta ver que la gente decente alcanza el éxito.

Rory bebió otro sorbo de champán.

En aquellos momentos, Georgie no se sentía precisamente como una persona de éxito.

—Tú fuiste la mejor asistente de producción que trabajó en la serie. Lamenté que sólo te quedaras una temporada.

—Trabajar en aquel programa era duro. Demasiada testosterona.

Georgie se acordó de cuando se burló de Bram por habérselo hecho pasar mal a Rory, pero ahora no le pareció tan divertido.

—Bram intentó ligar contigo, ¿no?

—Continuamente. —Rory tiró, distraída, del diamante de su pendiente—. Pero el verdadero problema fueron sus amigos.

—Eran unos imbéciles. Un puñado de parásitos que vivían de él. Me alegra decirte que ya se los ha sacado de encima.

Bram se había sacado de encima a todo el mundo, lo que resultaba extraño para alguien que siempre había procurado estar rodeado de gente.

—Introducían imágenes pornográficas en mi carpeta de trabajo —explicó Rory con calma—. Tiraban del cierre de mi sujetador cuando pasaba por su lado. Y cosas peores.

—¿Y Bram no lo impidió?

—No creo que se enterara de lo peor. Pero ellos eran sus amigos e insistía en que se les permitiera estar en el plató. Cuando intenté hablar con él sobre ellos, me dijo que lo dejara en paz. —Se rodeó una muñeca con la otra mano—. Una tarde, dos de ellos me acorralaron.

Georgie se enderezó en el sillón.

—¡Ahora me acuerdo! Aquel día ya habíamos acabado de rodar, pero yo me había dejado un libro o algo en el plató. Regresé para cogerlo y vi que te habían inmovilizado contra la pared. Me había olvidado de que aquélla eras tú.

—Sí, era yo. Tú te pusiste a gritarles, e incluso les propinaste un par de puñetazos. Puede que sólo fueras una adolescente, pero tenías mucho más poder que una simple ayudante de producción y ellos se largaron. Después fuiste a hablar con los productores. Les prohibieron volver al plató y Bram no pudo hacer nada para evitarlo. —Rory ladeó la cabeza ligeramente—. Nunca olvidaré que salieras en mi defensa.

—Cualquiera habría hecho lo mismo.

—Quién sabe. La cuestión es que no olvido a mis amigos.

Georgie se acordó de Bram.

—Supongo que tampoco olvidas a tus enemigos.

Rory arqueó una ceja.

—No, a menos que mi pérdida de memoria haga que el estudio gane mucho dinero.

Georgie sonrió y después se puso seria.

—Si entre tú y Bram no hubiera esa historia del pasado, ¿te sentirías distinta respecto a *La casa del árbol*?

—Los estudios invierten en algo más que en el simple guión. Se trata de todo el conjunto.

—Y en este caso Bram es el eje.

—Pero no tiene experiencia en proyectos como éste.

Bram llevaba en el negocio desde que era un adolescente. Era su carácter, no su falta de experiencia lo que le producía rechazo a Rory, quien no se anduvo con miramientos.

—Bram se ha ganado su mala reputación a pulso, Georgie. Ha decepcionado a muchas personas.

—Lo sé, pero... la gente cambia. Nunca lo he visto tan entusiasmado por nada.

Rory esbozó una sonrisa distante tipo hollywoodiense que significaba que la decisión estaba tomada. Al tener a Paul como padre, Georgie nunca había necesitado presionar a los demás, pero nadie más que ella podía librar aquella batalla. Ella ansiaba desesperadamente interpretar a Helene, y el éxito de Bram ponía a su alcance esa oportunidad.

—Creo que el entusiasmo es muy importante a la hora de realizar una gran película —declaró—. Toda la experiencia del mundo no significa nada si el realizador no está enamorado del proyecto.

La pasión genuina que Bram experimentaba hacia *La casa del árbol* la obligó a plantearse cuánto tiempo hacía que ella no experimentaba aquel tipo de sentimiento. Interpretar a Helene se lo permitiría de nuevo.

Rory se inclinó y miró a Georgie con firmeza e intensidad.

—Si de verdad quieres ayudar a Bram, convéncelo para que se retire y me deje a mí llevar adelante el proyecto.

—En cuyo caso él no sería el productor ni el protagonista...

—Él es un buen actor, pero esta película necesita uno de primera categoría y Bram es demasiado limitado.

Limitado. Justo lo que se suponía que ella era también.

—Ya está bien de hablar de trabajo. —Rory había dicho lo que tenía que decir y cambió de tema—. He oído decir que la hija de Jake y Fleur ya ha regresado a Los Ángeles.

Georgie no podía presionarla más, así que dejó que la conversación derivara a las amistades.

—Las buenas amigas requieren tiempo, algo que yo nunca he tenido —declaró Rory con su calma habitual—. Pero todo tiene un precio y a mí me encanta mi trabajo, así que no me quejo.

Quizá no se quejara, pero Georgie creyó percibir arrepentimiento en su voz. Ella no podía imaginarse la vida sin el apoyo de sus amigas y, justo antes de irse, no pudo evitar invitar a Rory a la cena del día siguiente.

Para su sorpresa, Rory aceptó.

Bram la estaba esperando al otro lado de la puerta del jardín.

—¿Cómo ha ido?

—Bien.

Ya le contaría al día siguiente que había invitado a Rory. Si se lo contaba en ese momento, Bram correría a contratar a un chef francés y una orquesta. Con el dinero de ella.

—¿Cómo de bien?

—Te dije que no te sabotearía y no lo he hecho.

—¿De verdad?

—Le he dicho que has madurado y que sientes verdadera pasión por el proyecto.

—¿Se lo has dicho con la cara seria?

—¡Sí, con la cara seria! ¡Joder!

Bram la estrechó entre sus brazos y le dio un largo beso. El beso fue sensual, porque él daba unos besos muy sensuales, pero sobre todo fue un beso entusiasta, como un Doberman que encuentra un jugoso hueso en su camino. Así, sin más, Georgie sintió que se derretía. ¿Y por qué no? Después de lo que había pasado, se merecía todo el placer frívolo que pudiera conseguir.

Bram le cogió el trasero con ambas manos.

—¿Dónde está Meg?

—En un concierto. ¿Quieres hacer un trío?

—Esta noche no.

La besó otra vez. Y otra. Al poco rato se estaban tocando irrefrenablemente. Él la soltó de una forma tan abrupta que Georgie casi se cayó al suelo.

—¡Chaz! ¡Aaron! —Bram salió disparado hacia el porche—. ¡Venid aquí!

Tuvo que llamarlos dos veces para que acudieran. Aaron estaba trabajando horas extra para rediseñar la página Web de Georgie y unos auriculares Bose colgaban de su cuello. Chaz apareció empuñando un cuchillo de cocina de aspecto intimidante. Bram les tendió un par de billetes de cincuenta dólares que acababa de sacar de su billetero.

—Ya habéis acabado por hoy. Aquí tenéis un extra por ser unos empleados tan fieles. Ahora largaos. Nos vemos mañana por la mañana.

Aaron contempló los billetes como si fuera la primera vez en su vida que veía dinero. Chaz distendió su ceño semipermanente-mente fruncido.

—Estoy a mitad de preparar la cena.

—Seguro que mañana estará deliciosa para comer.

Bram los cogió por un brazo y los empujó hacia la puerta que comunicaba con el garaje mientras Chaz no dejaba de protestar.

—¡Al menos deja que apague el puto horno antes de que incendies toda la casa!

—Ya me encargaré del horno.

Cuando Chaz y Aaron se fueron, Bram regresó en busca de Georgie. En cuestión de segundos estaban en la casa con todas las puertas cerradas. Después de un corto rodeo para apagar el horno, llegaron al dormitorio. Las prisas de Bram emocionaron a Georgie, quien lo miró ceñuda.

—¿No crees que ha sido un poco... precipitado?

—No. —Bram cerró la puerta del dormitorio con llave—. Quítate la ropa.

15

—No me hagas pedírtelo dos veces —declaró cuando vio que Georgie no reaccionaba de inmediato.

Su actitud amenazante y seductora envió una nueva oleada de deseo al cuerpo de Georgie. ¡Aquello era tan maravillosamente poco complicado! Lo único que le interesaba a él era echar un polvo, y lo mismo le ocurría a ella. Georgie por fin tenía las ideas tan claras como para disfrutar de aquellos momentos de placer irresponsable.

—Tú todavía estás vestido —dijo mientras se quitaba la camiseta—. ¡Desnúdate!

Bram contempló sus pechos cubiertos con encaje amarillo claro y su forma de mirarla llenó a Georgie de placer. Le encantaba sentirse deseada, y no le importaba que fuera por simple conveniencia.

Él la agarró de la muñeca.

—Esta vez quiero una cama para poder verte centímetro a centímetro.

Ella casi se derritió allí mismo, en medio del dormitorio. Mientras contemplaba sus turbios ojos lavanda, se recordó que él no le importaba tanto como para que la hiciera sufrir. Entonces Bram la besó y ella dejó de pensar.

En aquella ocasión no hubo ningún *striptease* lento. Echaron la ropa a un lado y se lanzaron el uno sobre el otro. Hasta el día anterior, Georgie nunca se había entregado sin amor, pero en aquel momento ofreció su cuerpo con abandono. Bram lo exploró palmo a palmo, separándole las piernas, subiendo uno de sus tobillos a su hombro. Ella jugó con él y lo torturó, no para excitarlo sino porque le apetecía hacerlo, porque el objetivo de aquella aventura era obtener el propio placer y no intentar retener a un hombre que no la quería.

Bram se mostró tan esmerado como exigente. Utilizó los dedos, la boca, el pene. Georgie experimentó una libertad gozosa, como si tuviera alas. La explosión final fue un auténtico cataclismo.

Después, ella se tumbó sin fuerzas al lado de Bram. Tan agotada que apenas podía hablar.

—Bueno... Seguro que la próxima vez será mejor.

Él se tumbó boca arriba. Su piel estaba tan sudada como la de ella. Esbozó una sonrisa perezosa.

—Tengo que reconocerlo, eres mucha mujer para un solo hombre.

Georgie sonrió. El aire acondicionado se puso en marcha y lanzó un chorro de aire frío sobre sus cuerpos calientes. Ella se sentía... Intentó calificar sus emociones, y al final lo logró: se sentía feliz.

Bram era el único hombre que había estado en el apartamento de Chaz, pero ahora Aaron estaba sentado en su sofá, con los auriculares todavía colgando del cuello y la clavija junto a su rodilla. Iba vestido con unos tejanos viejos y una camiseta verde y arrugada en la que se leía: TODO LO QUE TU BASE SON NOS PERTENECEN, lo que no tenía ningún sentido. Su cabello rizado enmarcaba su cara redonda y tenía las gafas torcidas.

—No puedes quedarte aquí —dijo Chaz—. Tienes que irte.

—Ya te lo he dicho, las llaves de mi coche están en el despacho de Georgie.

—Entonces coge el mío.

Bram le había comprado un precioso Honda Odyssey nuevo, pero a ella no le gustaba salir de la casa a menos que fuera imprescindible, así que, salvo para los encargos domésticos, no lo utilizaba mucho. Por otro lado, la mayor parte del tiempo lo pasaba en su apartamento. Bram le había dejado amueblarlo a su gusto. Ella eligió muebles modernos de color chocolate y marrón claro, una sencilla librería negra, una tumbona angular para leer y un par de cuadros abstractos en blanco y negro. Muy pocas cosas. Nada de desorden. Todo limpio y relajado. Todo salvo Aaron.

Él se rascó el pecho a través de la camiseta.

—Mi permiso de conducir está en mi billetera, y ésta también está en el despacho de Georgie.

—¿Y qué? Yo he conducido sin permiso durante años.

Chaz había aprendido a conducir sola cuando tenía trece años, pues pensó que ella supondría un peligro menor en la carretera que su madrastra alcohólica.

Tanto ella como Aaron tenían llaves de la casa principal, pero ninguno de los dos se sentía especialmente ansioso por volver allí en aquel momento. Por suerte, el apartamento del garaje estaba en el extremo opuesto del dormitorio principal de la casa. Chaz no podía imaginarse lo que sería tener que oír a Bram y Georgie echando un polvo. Odiaba a Georgie. Odiaba ver a Bram riéndose de alguna de las estupideces que ella soltaba. Odiaba oírlos hablar de películas que ella no había visto. Ella quería ser la primera para Bram. Lo cual era absurdo.

Más le valía a Bram haberse acordado de apagar el horno.

—Ni sueñes con dormir aquí —dijo.

—¿Quién ha dicho que fuera a hacerlo? Les daré algo de tiempo y después iré a recoger mis cosas.

Él se levantó y se acercó a la librería, que contenía un televisor, libros de cocina y otros que Bram le había dado a Chaz, entre ellos, algunos de Ruth Reichl, una famosa escritora de libros de cocina que explicaba cómo empezó a interesarse por la comida y todo eso. Los suyos eran los mejores libros que Chaz había leído nunca.

—Deberías dejar de actuar como una bruja con Georgie. —Aaron cogió uno de los libros de Reichl y le dio la vuelta para leer la contraportada—. Sólo te falta colgarte un letrero del cuello en el que ponga que estás enamorada de Bram.

—¡Yo no estoy enamorada de Bram! —Le arrebató el libro y volvió a ponerlo en la estantería—. Sólo me preocupo por él y no me gusta como ella lo trata.

—Sólo porque ella no le besa el culo como haces tú.

—¡Yo no le beso el culo! Siempre le digo exactamente lo que pienso.

—Sí, y mientras despotricas de él, corres a prepararle una comida especial y plancharle las camisetas. Ayer te vi correr para limpiar unas migas de la silla en que iba a sentarse.

—Cuido de él porque es mi trabajo, no porque esté enamorada de él.

—Pues parece que sea más que un trabajo. Parece que sea toda tu vida.

—¡Menuda gilipollez! Es sólo que... estoy en deuda con él. Eso es todo.

—¿Por qué estás en deuda con él?

«Por todo.»

Chaz se dio la vuelta y entró en su diminuta cocina. Aaron era demasiado estúpido para distinguir entre querer a una persona y estar enamorado de ella. Chaz quería a Bram con todo el corazón, pero no era un querer sexual. Era como si él fuera el mejor hermano del universo, un hermano por el que ella haría cualquier cosa.

Hurgó en la nevera en busca de una limonada Mountain Dew. En cierta ocasión, Aaron le contó que se había vuelto adicto a la Mountain Dew en la universidad, pero Chaz sólo se sirvió un vaso para ella. Habría querido asistir a una escuela de cocina, no a la universidad. Cuando su madrastra murió, ella ahorró el dinero suficiente para trasladarse a Los Ángeles. Sin embargo, para una persona sin título universitario era muy difícil encontrar trabajo y su plan para trabajar en un restaurante caro y así poderse pagar los estudios enseguida se desvaneció. Acabó lavando platos y sirviendo mesas en un par de restaurantes mexicanos baratos, pero Los Ángeles era un lugar caro e, incluso trabajando dieciséis horas diarias, tuvo que echar mano de sus ahorros para salir adelante.

Un día, al volver a su casa del trabajo, descubrió que alguien había entrado a la fuerza en su penosa habitación alquilada y le había robado todo, incluidos sus ahorros. Chaz se dijo que no debía perder los nervios. Quizá tuviera que saltarse una comida aquí y otra allá y, durante un tiempo, no podría comprarse un coche, pero si trabajaba unas horas extra todavía podría pagar el alquiler.

Y podría haberlo conseguido... si un conductor no la hubiera atropellado cuando se dirigía a la lavandería y se hubiera dado a la fuga. Aparte de unas costillas astilladas y la mano rota, Chaz no sufrió mayores lesiones, pero perdió los dos empleos que tenía porque no podía lavar platos con una mano enyesada. Al cabo de un mes dormía en las calles.

Aaron entró en la cocina.

—¿Tienes algo para comer? No he tomado nada desde mediodía.

Chaz tenía un armario lleno de comida basura sobre el que no pensaba decirle nada a Aaron.

—Sólo tengo cereales y algo de fruta.

Escondió el vaso de Mountain Dew detrás de la tostadora para que Aaron no lo viera. No porque ella fuera egoísta, sino porque no era una bebida dietética.

—Supongo que es mejor que nada —contestó él.

Chaz sacó la caja de cereales y se la dio junto con unas fresas, pero él empezó a poner las fresas en un cuenco sin trocearlas, así que lo empujó a un lado y lo preparó ella misma. Deseó tener cereales Special K para Aaron en lugar de los Frosted Flakes.

La cocina contaba con una diminuta encimera encastrada que servía de mesa. Mientras Aaron comía, ella limpió el cajón de la cubertería. Ya se había dado cuenta de que él tenía buenos modales comiendo y pensó que esto podía gustarle a Becky, su vecina..., si alguna vez se daba cuenta de que él existía. Cuando Aaron terminó su último bocado, Chaz recogió el cuenco de los cereales.

—Voy a cortarte el pelo.

—Ni hablar. Mi pelo está bien.

—Parece un estropajo. ¿Quieres que Becky se fije en ti o no?

—Si es tan superficial que lo único que le preocupa es el aspecto, entonces no estoy interesado en ella. —Se fijó en los vaqueros y la camiseta negra de Chaz—. Además, no se puede decir que tú seas una experta en moda.

—Yo tengo mi propio estilo.

—Pues yo también tengo el mío.

—Sí, un estilo patético. —Chaz leyó el eslogan de su camiseta verde: TODO LO QUE TU BASE SON NOS PERTENECEN—. Por cierto, ¿qué quiere decir eso?

Aaron puso los ojos en blanco, como si ella tuviera que saberlo.

—Zero Wing. Un videojuego japonés de 1989. Es histórico. Míralo.

—Sí, ahora mismo. —Chaz sacó unas tijeras de un cajón—. Vamos al lavabo, no quiero tener pelos tuyos por todas partes.

—Si tanto deseas cortarle el pelo a alguien, córtate el tuyo. —Soltó un bufido y señaló el corte de pelo desigual de Chaz—. No, espera, eso ya lo has hecho.

A Chaz le gustaba su pelo. Entonces dejó las tijeras en la encimera con rabia.

—Pues ya puedes ir olvidándote de Becky. O de cualquier otra mujer..., porque no te mirarán dos veces.

—¿Por qué habría de escuchar los consejos de alguien que no tiene una vida?

—¿Tú crees que no tengo una vida?

—No he visto a ningún tío por aquí.

—Eso no significa que no tenga una vida.

Chaz no le dijo que no soportaba la idea de estar con un hombre. No siempre había sido así. En el instituto había salido en serio con dos chicos y tuvo sexo con uno de ellos. Al final, resultó que era un gilipollas, aunque a ella le gustó lo del sexo. Pero ya no.

Aaron la estaba mirando como si creyera que era su psiquiatra y esto la enfureció tanto que arremetió contra él.

—Quítate esos estúpidos auriculares. Pareces idiota.

—Esperaré en el coche.

Salió del apartamento y bajó con pasos pesados y ruidosos las escaleras que conducían a la entrada del garaje.

Chaz corrió hasta la puerta y gritó:

—¡Vale! ¡Pero que sepas que tengo patatas fritas *y* Mountain Dew!

—¡Me alegro por ti!

Se oyó un portazo y todo quedó en silencio.

Chaz regresó al sofá y cogió el libro de cocina que estaba estudiando. Se alegraba de que Aaron se hubiera ido. Además, ella no quería que se quedara.

Cogió la libreta que tenía en la mesita para anotar todo lo que tenía que hacer antes de la fiesta del día siguiente. ¡A la mierda con él! Ahora su apartamento estaba justo como a ella le gustaba. Vacío. Todo para ella.

Pero la libreta resbaló de sus dedos y el libro de cocina cayó a la alfombra. Chaz rompió a llorar.

Bram no consiguió mantenerse vestido en toda la mañana, y a mediodía Georgie sintió deseos de golpearlo en su desnudo y atractivo torso. O paseaba por el jardín vestido con un bañador y dando sorbos a uno de sus interminables whiskys o, y esto era lo que más la sacaba de quicio, subía medio desnudo por una escalera de mano para limpiar un canalón que, según él, estaba embozado. Como si todo el mundo en Hollywood se dedicara a limpiar los canalones de su casa.

Bram la estaba castigando por haber pasado el resto de la noche en el dormitorio contiguo. Injusto. Su relación era de lujuria, no de la intimidad que suponía dormir juntitos y abrazados.

Georgie intentó refugiarse en la cocina, pero Chaz estaba insoportable y, además de rechazar su ayuda, ignoró todas sus sugerencias. Con Meg no le fue mejor. Cuando vio que Georgie iba por ahí con su cámara de vídeo, se cubrió la cabeza con un pañuelo, como si fuera uno de los hijos de Michael Jackson. Su imitación resultó divertida, pero no era lo que Georgie quería filmar. Al final, se encerró en su habitación para volver a leer *La casa del árbol* y pensar en Helene.

Por la tarde, puso la mesa. A pesar de la posibilidad de lluvia, cenarían en el porche trasero, que siempre quedaba protegido de la lluvia, salvo en los casos de grandes tormentas. Georgie preparó un centro de mesa con alcachofas, limones y hojas de eucalipto en un cuenco de cerámica azul. Quedó un poco torcido, pero le gustó cómo resaltaba los salvamanteles amarillos y los platos de color cobalto. En cuanto añadiera un par de velones, quedaría perfecto.

Georgie notó que Bram se acercaba a ella por la espalda justo antes de que su mano se apoyara en su trasero.

—¿Por qué has puesto la mesa para siete?

—¿Siete? —Había llegado la hora de comunicarle la noticia, pero Georgie actuó como si no se hubiera dado cuenta del número—. Veamos, tú, yo, papá, Rory-y-Trev, Laura, Meg... Sí, eso es.

La mano de Bram, que estaba explorándole el trasero, se detuvo de golpe.

—¿Has dicho... Rory?

—Mmm...

—¿Rory Keene viene a cenar esta noche?

—Nunca me escuchas cuando te cuento algo. De verdad, para ti mi voz no es más que un ruido de fondo. Es como si lleváramos casados toda la vida.

—¿*Rory*?

Bram dejó el trasero de Georgie.

—Estoy segura de que te lo comenté.

—¡Pues no! ¡Estás loca o qué? Tu padre me odia a muerte. Sólo quedan dos semanas y media para que expire mi opción y quiero que tu padre esté lo más lejos posible de Rory.

—Yo me ocuparé de él.

—¡Como si lo hubieras hecho tan bien hasta ahora!

—Creí que te alegraría que Rory viniera. —Georgie intentó hacer un mohín, pero no se sorprendió al no conseguirlo.

—A Rory le encanta el guión —comentó Bram más para sí que para Georgie—. ¡Si pudiera conseguir que confiara en mí!

—Por lo que ella me dijo, es probable que ésta sea una causa perdida.

Mientras Bram recorría el porche de un extremo al otro, Georgie le repitió la conversación que había mantenido con Rory. Cuando acabó, le preguntó:

—¿Por qué trajiste a aquellos cretinos a Los Ángeles?

La amargura que Bram reprimía en su interior se escapó.

—Porque entonces yo era un niñato estúpido. No tenía familia y pensé que... No sé lo que pensé.

Georgie tenía una idea bastante aproximada de lo que él debió de pensar.

Bram se encogió de hombros y apartó la mirada.

—Ellos me dijeron que Rory se lo había inventado todo. Yo quería creerles, así que lo hice, y cuando por fin lo entendí todo, ella ya hacía tiempo que se había ido. Cuando volví a verla, mi carrera estaba en el foso y, por decirlo de alguna manera, ella dudó de la sinceridad de mis disculpas.

—Y ahora tiene la oportunidad de vengarse de ti.

—Ya veremos cómo acaba esta historia. Ella quiere el guión y lo puede conseguir más barato trabajando conmigo que intentando comprarlo cuando mi opción haya expirado.

El mismo tío que, en cierta ocasión, mandó al cuerno tres días de rodaje para ir a practicar la pesca submarina, ahora era todo responsabilidad.

—Esta noche tenemos que dar lo mejor de nosotros. A Rory le caes bien y estoy dispuesto a sacar el máximo provecho de esta circunstancia. Muchas caricias. Demostraciones de afecto. Nada de bromitas.

—Creerán que estamos enfermos.

—Cuento contigo para estar a solas con ella un rato. —Bram cogió el centro de alcachofas y limones—. Intenta encontrar a un florista. Yo contrataré a un barman y a alguien para que sirva la mesa. Y tenemos que conseguir a un jefe de cocina de verdad.

Georgie levantó la mano.

—No sigas por ahí. Nada de floristas y nada de camareros. Y Chaz está cocinando *kebabs* para que cada uno se los prepare. Pollo, ternera y vieiras.

—¿Estás loca? ¡A Rory no le podemos dar *kebabs*!

—Tendrás que confiar en mí. Recuerda que tengo un interés completamente egoísta en convencer a Rory para que respalde tu proyecto. Si me lo estropeas...

—Ya te lo dije, Georgie, Helene tiene que ser interpretada por...

—Venga ya. Tengo cosas que hacer.

Sobre todo, tenía que ayudarle a convencer a Rory de que él era la persona adecuada para realizar la película. Si Rory veía lo bien que Bram sabía comportarse, quizás olvidara sus idioteces del pasado.

A diferencia de ella, que no podía olvidar nada.

Cuando Bram se fue, Georgie se dedicó a poner velas por el porche, pero al final no pudo resistir la tentación de coger su cámara de vídeo. Aquel día en especial debería dejar en paz a Chaz, pero lo que había empezado como un capricho se había convertido en una obsesión. Además de la fascinación que sentía por Chaz, cada vez le gustaba más el proceso de filmar la vida de otras personas. Nunca imaginó lo apasionante que era estar detrás de una cámara en lugar de delante.

Encontró a Chaz en la cocina, preparando un condimento de jengibre y ajo. Cuando vio a Georgie, la chica aplastó los dientes de ajo con un cuchillo de cocina.

—Saca esa cámara de aquí.

—Como no me dejas ayudarte, me aburro. —Hizo una toma general del bien organizado caos de la cocina.

—Ve a grabar a las mujeres de la limpieza. Por lo visto te diviertes mucho con ellas.

¿Acaso había percibido un deje de celos?, se preguntó Georgie.

—Me gusta hablar con ellas. Soledad, la alta y guapa, envía la mayor parte del dinero que gana a su madre, en México, así que tiene que vivir con su hermana. Viven seis personas en un piso de un dormitorio. ¿Te lo imaginas?

Chaz balanceó la hoja del cuchillo encima del diente de ajo.

—¡Vaya una cosa! Al menos ella no duerme en la calle.

A Georgie se le pusieron los pelos de punta.

—¿Como hiciste tú?

Chaz bajó la cabeza.

—Yo nunca he dicho eso.

—Me contaste lo del accidente y que, como te rompiste la mano, te despidieron. —Accionó el *zoom*—. Y también sé que te robaron los ahorros. La conclusión es bastante obvia.

—Hay muchos niños viviendo en las calles. No fue para tanto.

—Aun así... debió de ser especialmente duro para ti. Toda aquella suciedad y sin poder limpiarla...

—Pude soportarlo. Y ahora lárgate. Lo digo en serio, Georgie, tengo que concentrarme.

Debería haberse ido, pero las turbulentas emociones que hervían detrás de la dura fachada de Chaz la habían atraído desde el principio y, de alguna forma, la cámara le exigía que las grabara. Cambió el rumbo de su interrogatorio.

—¿Preparar comida para más de una persona te pone nerviosa?

—Yo preparo comida para más de una persona prácticamente todas las noches. —Echó el ajo troceado y algo de jengibre pelado en un cuenco—. A ti te preparo la comida, ¿no?

—Pero no pones el corazón en ello. Te lo juro, Chaz, hasta tus postres tienen un sabor amargo.

Chaz levantó la cabeza de golpe.

—Eso que acabas de decir es muy desagradable.

—Es sólo una observación personal. A Bram le encanta tu forma de cocinar y a Meg también. Claro que a ti Meg parece caerte bien.

Chaz apretó los labios y movió la hoja del cuchillo a más velocidad.

Georgie se desplazó hasta el final de la encimera.

—Deberías ir con cuidado. Los grandes cocineros saben que las comidas fabulosas consisten en algo más que mezclar ingredientes. Quien eres tú como persona y lo que sientes por los demás se refleja en tus creaciones.

La velocidad con que Chaz troceaba la comida disminuyó.

—No lo creo.

Georgie se dijo que debía dejarlo correr, pero no podía, no con la cámara en las manos, no cuando sentía que estaba haciendo lo correcto. Una oleada de compasión y extraña comprensión la invadió. Tanto ella como Chaz habían encontrado su propia forma de salir adelante en un mundo sobre el que parecían tener poco control.

—Entonces, ¿por qué tus postres saben tan amargos? —preguntó con voz suave—. ¿Es a mí a quien odias... o es a ti misma?

Chaz dejó el cuchillo y miró fijamente a la cámara con sus ojos perfilados en negro muy abiertos.

—Déjala en paz, Georgie —intervino Bram con determinación desde la puerta—. Llévate tu cámara y no fastidies más.

Chaz se volvió hacia él.

—¡Se lo contaste!

Bram entró en la cocina.

—Yo no le he contado nada.

—¡Ella lo sabe! ¡Tú se lo contaste!

El enfado y el odio que Chaz experimentaba hacia sí misma eran algo visceral y Georgie quería entenderlo. Quería grabarlo como un testimonio para todas las chicas que se consumían en su propio dolor. Pero no tenía derecho a invadir la intimidad de Chaz de aquella manera, así que se obligó a sí misma a bajar la cámara.

—Ella no sabe nada que no le hayas contado tú con tu bocaza —replicó Bram.

Una vez más, Georgie se dijo que lo mejor que podía hacer era irse, pero sus pies no se movieron. Entonces dijo:

—Sé que no eres la única chica que ha venido a Los Ángeles y ha hecho lo que se ha visto obligada a hacer para sobrevivir.

Chaz apretó los puños.

—¡Yo no era una puta! Eso es lo que piensas, ¿no? ¡Que era una puta y una drogadicta!

Bram lanzó a Georgie una mirada asesina y se puso al lado de Chaz.

—¡Déjalo, Chaz! No tienes que justificarte ante nadie.

Pero algo parecía haberse desgarrado en el interior de la chica. Estaba totalmente centrada en Georgie. Tensó los labios y su voz se convirtió en un gruñido.

—¡Yo no me drogaba! ¡Nunca lo hice! Sólo quería un lugar donde vivir y un poco de comida decente.

Georgie apagó la cámara.

—¡No! —gritó Chaz—. Vuelve a encenderla. Deseabas oír esto con todas tus fuerzas... Enciéndela.

—Está bien, yo no...

—¡Enciéndela! —le espetó Chaz con furia—. Esto es importante. ¡Haz que sea importante!

Las manos de Georgie habían empezado a temblar, pero entendía lo que Chaz quería decir e hizo lo que le pedía.

—Estaba sucia y vivía de lo que tenía en la mochila. —Georgie vio, a través de la lente, que las lágrimas se desbordaban por las pestañas de Chaz—. Me pasé un día sin comer. Y después otro. Oí hablar de los comedores de beneficencia, pero no pude reunir las fuerzas para ir allí. No comer me estaba volviendo loca y me pareció mejor vender mi cuerpo que pedir caridad.

Bram intentó acariciarle la espalda, pero ella lo apartó de un empujón.

—Me dije que sólo lo haría una vez y que cobraría sólo lo justo para sobrevivir hasta que me quitaran el yeso. —Sus palabras golpearon duramente la cámara—. Era un tío mayor. Iba a pagarme doscientos pavos, pero cuando terminó, me empujó fuera de su coche y se largó sin darme nada. Yo vomité en la alcantarilla. —Apretó los dientes con amargura—. Después de aquello aprendí a cobrar por adelantado. En general, cobraba veinte dólares, pero no tomaba, nunca tomé drogas y les obligaba a ponerse condón. Yo no era como las otras chicas, unas drogadictas a las que no les importaba nada. A mí sí me importaba. ¡Y yo no era una prostituta!

Georgie volvió a intentar apagar la cámara, pero Chaz no se lo permitió.

—Esto es lo que querías oír. No te atrevas a parar ahora.

—De acuerdo —contestó Georgie con suavidad.

—Yo odiaba dormir en las calles. —Unas lágrimas manchadas de negro resbalaron por sus mejillas—. Y por encima de todo, odiaba tener que limpiarme como podía en los lavabos públicos. Lo odiaba tanto que quería morirme, pero suicidarse es más difícil de lo que uno cree. —Cogió una servilleta de papel de una caja que había en la encimera—. Poco antes de Navidad conocí a un tío al que le compré unas pastillas. No para colocarme. Las pastillas eran para... acabar con todo. —Se sonó la nariz—. Pensaba guardármelas para Nochebuena, como un regalo para mí misma. Entonces me las tomaría, me acurrucaría en el portal de cualquier casa y me dormiría para siempre.

—¡Oh, Chaz...!

A Georgie se le había encogido el corazón. Bram cogió a la chica por la espalda y le acarició los hombros.

—Lo único que tenía que hacer era esperar a que llegara la Nochebuena, pero tenía mucha hambre. —Arrugó la servilleta en la mano—. Una noche, vi a un tío salir de un club. Iba solo y se lo veía realmente limpio. Cuando me acerqué a él, me preguntó cuántos años tenía. Muchos me lo preguntaban y yo les respondía lo que ellos querían oír, así que, a veces, contestaba que tenía catorce años, o incluso doce. Pero él no parecía ser un puerco de ésos, así que le dije la verdad. Él me dio algo de dinero y se alejó. Era un billete de cien dólares y yo debería haberle dado las gracias y ya está, pero estaba como loca, le grité que no necesitaba su caridad. Cuando se volvió para mirarme, le tiré el billete.

Chaz se separó de Bram y echó la servilleta al cubo de la basura.

—Él volvió, recogió el dinero del suelo y me preguntó cuánto tiempo hacía que no comía. Le dije que no me acordaba y él me llevó a un bar y pidió unas hamburguesas y más cosas. No me dejó ir a lavarme las manos porque me dijo que intentaría largarme, pero yo no lo habría hecho. Tenía demasiada hambre. Envolví la hamburguesa en una servilleta y me la comí de forma que mis manos no la tocaran.

Se dirigió al fregadero, abrió el grifo y se lavó las manos de espaldas a Georgie y Bram.

—Él esperó a que yo terminara y entonces me dijo que me llevaría a un lugar de acogida de los servicios sociales, y yo le contesté que no necesitaba a los servicios sociales, sino un trabajo en un restaurante. Pero, aunque ya me habían quitado el yeso, no encontraba ningún empleo porque no tenía una dirección y no conseguía estar limpia.

Georgie bajó la cámara y se pasó la lengua por los labios.

—Así que él te dio un empleo. Invitó a una chica de la calle a la que no conocía de nada a su casa y le dio un trabajo.

Chaz se volvió para mirarla. Orgullosa, desafiante, con aire desdeñoso.

—Y se cree superlisto respecto a todo. Yo podría haberle clavado un cuchillo. Él no se da cuenta de lo malas que pueden ser las personas. ¿Entiendes por qué tengo que vigilarlo de cerca?

—Sí, lo comprendo —contestó Georgie—. Antes no lo comprendía, pero ahora sí.

—Estoy seguro de que habría vencido a una enclenque como tú —declaró Bram.

Chaz cogió un papel de cocina y se acercó a Georgie como si él no hubiera dicho nada.

—Ahora que lo tienes todo en tu cámara, quizá me dejes tranquila.

—Quizá, pero probablemente no.

Chaz se volvió de golpe hacia Bram.

—¿Ves lo rara que es? ¿Ahora lo ves?

Bram introdujo la mano en el bolsillo.

—¿Y yo qué quieres que haga?

—Pues... no sé. Dile que es jodidamente rara.

—Eres rara —dijo Bram a Georgie—. Chaz tiene razón.

—Lo sé, y os agradezco que me aguantéis.

Georgie comenzó a sentir que había hecho algo bueno.

16

Georgie se encerró en el lavabo de Bram y se metió en la bañera. Tanto ella como Chaz habían sido traicionadas por hombres. Chaz de un modo más horrible, en las calles, y Georgie en un yate en medio del lago Michigan, y después por el marido que prometió amarla para siempre. Ahora las dos intentaban encontrar la forma de salir adelante. Se preguntó si Chaz le habría contado su desgarradora historia si no hubiera tenido la cámara. «Esto es importante —dijo Chaz cuando Georgie intentó dejar de grabar—. Haz que sea importante.»

¿La cámara simplemente grababa la realidad o la modificaba? ¿Podía cambiar el futuro? Georgie se preguntó si la grabación de su historia podía ayudar a Chaz a dejar atrás su pasado y vivir una vida más plena. ¿No sería maravilloso? ¿Y no lo sería todavía más que filmar la historia de Chaz ayudara a Georgie a ver su propia vida con más perspectiva?

Se sumergió más en el agua y reflexionó sobre la parte de la historia que la había impactado de verdad. El papel de Bram. Él había sido el destructor de Georgie, pero el salvador de Chaz. Georgie seguía averiguando cosas nuevas acerca de él y ninguna encajaba con lo que sabía de antes. Bram proclamaba con orgullo que no le importaba nadie salvo él mismo, pero esto no era del todo cierto.

Georgie se lavó la cabeza y se secó el pelo de forma que cayera, liso y sedoso, alrededor de su cara redonda. Se aplicó sombra de ojos marrón y uno de sus múltiples pintalabios neutros. A continuación se puso unos pantalones pitillo rojo cayena, una camisola gris brillante y unas manoletinas plateadas. Añadió al conjunto unos pendientes de plata de diseño abstracto.

Al final de las escaleras se encontró con Bram, quien recorría el vestíbulo de un lado al otro vestido con unos pantalones y una camisa blancos.

—Creí que te pondrías los tejanos —dijo ella.

—He cambiado de idea.

Él la miró de arriba abajo con seductora lentitud, lo que la puso nerviosa.

—Te pareces a Robert Redford en *El gran Gatsby* —comentó—. Aunque tú estás más bueno. Lo digo porque es un hecho, no como un cumplido, así que no tienes por qué darme las gracias.

—No te las daré. —Bram siguió mirándola de forma seductora, subiendo la mirada desde las manoletinas plateadas, por sus piernas y caderas, entreteniéndose en sus pechos y acabando en su cara—. Tú también estás muy bien. Esos grandes ojos verdes...

—Ojos de besugo.

La mirada seductora de Bram se convirtió en una de exasperación.

—Tú no tienes ojos de besugo y hace ya tiempo que deberías haber superado tus inseguridades.

—Soy realista: cara de pan, ojos de besugo y boca de buzón, pero mi cuerpo empieza a gustarme otra vez y no pienso ponerme implantes.

Bram suspiró.

—Nadie quiere que te pongas implantes, y yo menos que nadie. Y tampoco tienes una cara de pan. ¿Cuándo vas a dejar de camuflar tu boca y ponerte pintalabios rojo? Da la casualidad de que yo tengo una relación íntima con esa boca y debo decirte que es fantástica. —Deslizó la mano por la cadera de Georgie—. Y lo que te digo es un hecho, no un cumplido.

Aquello se estaba poniendo demasiado caliente para ella, así que cambió de conversación con una sugerencia amistosa.

—Si quieres que Rory piense que te has reformado, deberías dejar de beber.

—Sólo beberé té helado.

—Buena idea.

Georgie fue a la cocina para ver cómo se encontraba Chaz. La encimera estaba cubierta de cuencos de cerámica de color cobalto con trozos de pimiento rojo, higo, mango, aros de cebolla dulce y tacos de piña.

—Acuérdate de darle la vuelta al pollo en el horno al cabo de cuatro minutos —le dijo Chaz a Aaron, quien estaba poniendo vasos en una bandeja—. No más tarde de cuatro minutos. ¿Lo entiendes?

—Lo entendí las dos primeras veces que me lo dijiste.

—Los ramitos de romero van encima de la ternera mientras se está cocinando. —Ignorando a Georgie, Chaz tiró a la basura un tomate que se le había caído en el fregadero—. Y rocía las vieiras con la salsa de chile dulce. Acuérdate de que se secan enseguida, así que no las dejes en el fuego demasiado tiempo.

—Deberías cocinar tú, no yo —dijo Aaron.

—¡Sí, como si no tuviera bastantes cosas que hacer!

Chaz parecía tan malhumorada como siempre, lo que resultaba tranquilizador. Georgie le dio un descanso y habló con Aaron.

—¿Qué le ha pasado a tu pelo?

—Me lo he cortado esta tarde.

Chaz soltó un resoplido y Aaron le lanzó una mirada hostil.

—Tardaba mucho en secarse por las mañanas, eso es todo.

Otro resoplido.

—Te queda muy bien.

Georgie lo observó más atentamente. Los botones de su camisa verde oscuro estaban muy bien alineados, sin ninguna tensión, y los pantalones ya no le apretaban la barriga. Aaron estaba perdiendo peso y Georgie tuvo la sensación de que sabía quién era la responsable.

—Gracias por ayudar a Chaz esta noche —dijo mientras robaba un champiñón de un cuenco de la encimera—. Si se pone muy peligrosa, utiliza el spray de pimienta.

—Se lo echaría a sí mismo en el ojo —replicó Chaz. Estaba muy animada, pero sabía que Georgie había sido testimonio de su dolor y no quería mirarla a la cara.

Georgie apretó el brazo de Aaron.

—Recuérdame que te dé un plus de peligrosidad cuando todo esto haya terminado.

Meg asomó la cabeza en la cocina. Llevaba una casaca de color champán con unas mallas leopardo y unos botines naranja. Una cinta estrecha de yute trenzado había reemplazado el *bindi* de su frente. Esbozó una amplia sonrisa y extendió los brazos.

—¡Estoy estupenda! ¡A que sí!

Realmente estaba muy guapa, aunque Georgie la conocía bien y sabía que ella no se lo acababa de creer. Podía llevar el conjunto de ropa más fantástico del mundo con la misma soltura que su madre, que antes era una supermodelo, pero Meg seguía viéndose como un patito feo. Aun así, Georgie envidió la relación de Meg con sus famosos padres. A pesar de las enojosas complejidades que había entre ellos, se querían de una forma incondicional.

El timbre de la puerta sonó. Cuando Georgie llegó al vestíbulo, Bram ya había dejado entrar a Trevor.

—La señora Shepard, supongo. —Trev le tendió una cesta llena de caros productos de perfumería—. No quería fomentar el problema de Bram con la bebida trayendo alcohol.

—Gracias.

Bram bebió un trago de whisky.

—Yo no tengo ningún problema con la bebida.

Laura llegó justo entonces, con la respiración entrecortada y el pelo suelto y algo despeinado. No se podía decir que fuera la imagen de una poderosa agente de Hollywood, pero precisamente por esa razón Paul la había contratado. Al entrar en la casa tropezó y Bram la cogió del brazo.

—Lo siento —se disculpó ella—. No he utilizado los pies en todo el día y me había olvidado de cómo funcionan.

Él sonrió.

—Es un problema común.

—Traigo buenísimas noticias —dijo Laura mientras le daba un beso en la mejilla a Georgie—. Tienes una reunión con Greenberg el martes.

Georgie se puso furiosa, pero Laura ya se había vuelto hacia Bram.

—Tienes una casa preciosa. ¿Quién te la ha decorado?

—Yo. Con la ayuda de Trev Elliott.

Bram y Laura desaparecieron en dirección al porche trasero mientras Georgie se quedaba embobada mirándolo. ¿Bram había elegido las alfombras orientales y las telas tibetanas? ¿Había elegido él solo las pinturas populares mexicanas? ¿Y las campanas balinesas? ¿Y qué pasaba con todos aquellos libros usados que llenaban las estanterías del salón?

Su padre apareció antes de que pudiera procesar aquella información. Paul le dio un frío beso en la mejilla.

—Papá, esta noche necesito que seas amable con Bram —dijo Georgie mientras cruzaban el vestíbulo—. Hemos invitado a Rory Keene y Bram necesita su apoyo para un proyecto. Nada de meterte con él. Lo digo en serio.

—Quizá debería volver en otra ocasión, cuando no me des un sermón nada más cruzar la puerta.

—Sólo te pido que esta noche nos lo pasemos bien. Por favor. Es importante para mí que los dos os llevéis bien.

—Estás hablando con la persona equivocada.

Mientras Paul se alejaba, un leve recuerdo acudió a la mente de Georgie: su madre sentada sobre una manta con las piernas cruzadas y riendo gracias a su padre, quien corría por un campo con Georgie a la espalda. ¿Había sucedido de verdad o era algo que había soñado?

Cuando llegó al porche vio que Bram y su padre se habían puesto tan lejos el uno del otro como era posible. Bram entretenía a Laura mientras su padre escuchaba a Trev, quien le explicaba la comedia que estaba rodando en aquel momento. Meg se designó a sí misma camarera y, al cabo de un rato, Paul se acercó a ella. Meg siempre le había caído bien a su padre, algo que Georgie nunca había entendido, pues, en teoría, él tenía que odiar su estilo de vida indisciplinado. Sin embargo, a diferencia de Georgie, Meg le hacía reír.

Georgie estaba reprimiendo una oleada de celos cuando Rory se acercó a ellos por el camino trasero de la casa. Laura volcó su copa de vino y Paul dejó de hablar en mitad de una frase. Sólo Meg y Trev no se sintieron intimidados por la nueva incorporación a la fiesta. Bram se habría levantado de golpe si Georgie no le hubiera hincado los dedos en la muñeca para calmarlo. Por suerte, Bram entendió su indirecta y saludó a Rory de una forma más distendida:

—Las rosas palidecen cuando tú estás aquí.

—Lo siento, las plantas se mueren sólo con que las mire.

—Entonces no las mires y deja que te traiga una bebida.

Meg los entretuvo contándoles historias de sus últimos viajes. Al poco rato, había conseguido que todos rieran con su relato de un desafortunado trayecto en kayak por el río Mangde Chhu. Aaron sacó unas fuentes con los ingredientes de los *kebabs* y todos se reunieron alrededor de la mesa para preparárselos. Rory sorprendió a todos quitándose los zapatos y ofreciéndose a ayudar en la cocina. Cuando estuvieron todos sentados a la mesa, con las copas de vino llenas y los platos repletos de comida, ya se habían relajado. Todos menos Bram y Georgie.

Bram realizó el primer movimiento en su campaña para conseguir que Rory cambiara de opinión sobre él. Levantó la copa y miró a los ojos a su mujer, quien estaba sentada al otro extremo de la mesa.

—Me gustaría proponer un brindis por mi divertida, inteligente y maravillosa esposa —declaró con voz tierna y cargada de emoción—. Una mujer con un gran corazón, una gran capacidad para ver más allá de la superficie... —su voz adquirió un tono conmovedor— y dispuesta a perdonar.

El padre de Georgie frunció el ceño. Meg pareció desconcertada. Laura puso una mirada de ensoñación. Trev se mostró confuso y la expresión de Rory era indescifrable. Bram sonrió a Georgie con el corazón rebosante de amor.

¡Rebosante de gilipolleces!

A Georgie se le hizo un nudo en la garganta.

—¡Para ya, tonto! Me vas a hacer llorar.

Levantaron las copas y brindaron.

—Sé que hablo en nombre de todos al decir que resulta fantástico veros a los dos tan felices —dijo Laura sonriendo.

—Los dos teníamos que madurar —declaró Bram en un alarde de sinceridad—. Sobre todo yo, aunque seremos amables y pasaremos por alto el matrimonio de Georgie con Mister Estúpido. Pero por fin estamos donde queremos estar. Con esto no quiero decir que no nos queden aún algunas cosas que solucionar...

Ella se preparó para lo que se avecinaba, fuera lo que fuere.

—Georgie sólo quiere tener dos hijos —prosiguió Bram—, pero yo quiero más. Hemos tenido alguna que otra discusión al respecto...

¡Aquel hombre era un caradura!

Paul dejó su tenedor en el plato y se dirigió a Bram por primera vez aquella noche.

—Con Georgie embarazada y sin poder trabajar, te resultará difícil mantener tu ritmo de vida. —Y soltó una breve carcajada en un intento, poco convincente, de que su comentario pasara por una broma.

Esto era, exactamente, lo que Bram le había advertido que pasaría, pero él simplemente se reclinó en la silla y sonrió de forma relajada.

—Georgie tiene una salud de hierro. Además, pueden grabarla del pecho para arriba. ¡Vaya, que me apuesto cualquier cosa a que puede tener un bebé y volver al trabajo al día siguiente! ¿Qué te parece, cariño?

—Sí, y también podría acuclillarme en mitad del plató y tener el bebé allí mismo.

Bram le guiñó el ojo.

—Ésa es la actitud.

—El sindicato no lo aceptaría —intervino Trevor—. Sería una violación del estatuto del trabajador.

Meg sonrió.

Bram había ganado la batalla y el padre de Georgie bajó la mirada al plato con expresión malhumorada. Trev contó una divertida anécdota sobre la coprotagonista de la película que estaba rodando. Todos rieron, pero una sombra había oscurecido el corazón de Georgie. Deseó que Bram no hubiera sacado a colación el tema de los hijos. Ella tenía dos opciones: o renunciar a tener un bebé o reunir el valor para tenerlo sola. ¿Y por qué no? Los padres estaban muy sobrevalorados. Podía acudir a un banco de esperma o si no...

No. ¡Decididamente no!

Como postre, tomaron un delicioso pastel de limón decorado con frambuesas y virutas de chocolate. Después, Bram sacó a rastras a Chaz de la cocina. Todos la alabaron y ella se ruborizó hasta las cejas.

—Me alegro de que..., bueno, de que os haya gustado. —Y lanzó a Georgie una mirada furibunda.

—El postre estaba estupendo, Chaz —dijo Georgie—. Has conseguido un equilibrio perfecto entre el sabor ácido y el dulce.

Chaz la observó con recelo.

A las seis, Trev recibió una llamada y se fue, pero, a pesar de que se había levantado viento y el aire olía a lluvia, el resto de los invitados no parecía tener prisa en terminar la velada. Bram puso música de jazz y se enfrascó con Rory en una relajada conversación acerca del cine italiano. Georgie lo felicitó mentalmente por ser tan comedido. Cuando Rory se disculpó para ir al lavabo, Georgie se acercó a Bram.

—Lo estás haciendo muy bien. Cuando vuelva, dale espacio para que no piense que estás desesperado.

—Pues estoy desesperado. Al menos...

Ella se llevó un mechón de pelo detrás de la oreja y Bram miró fijamente su mano.

—¿Dónde está tu anillo de boda?

Georgie contempló su dedo.

—Se me cayó por accidente en el lavamanos mientras me estaba arreglando. ¿Acabas de darte cuenta de que no lo llevo?

—Pero...

—Es más barato comprar otro que pagar a un fontanero.

—¿Desde cuándo te preocupa que algo resulte barato? —Bram se volvió hacia los invitados y habló con calma, aunque con cierta tensión de fondo—: Disculpadme unos minutos. Uno de mis fans está en el lecho de muerte, pobre tío. Le prometí a su mujer que le telefonearía esta tarde.

Y así, sin más, se marchó.

Georgie esbozó una sonrisa triste y actuó como si telefonear a alguien que estaba en el lecho de muerte fuera lo más normal del mundo.

Empezó a lloviznar, y el porche, iluminado por las velas, resultó todavía más acogedor. Todos los invitados estaban conversando, así que Georgie pudo desaparecer sin que nadie se diera cuenta.

Encontró a Bram arrodillado, con la cabeza metida debajo del lavamanos y con un cubo de plástico y una llave inglesa a su lado.

—¿Qué estás haciendo?

—Recuperar tu anillo.

—¿Por qué?

—Porque es tu anillo de boda —contestó él con sequedad—. Todas las mujeres tienen un vínculo sentimental con su anillo de bodas.

—Yo no. El mío lo compraste en eBay por cien pavos.

Bram sacó la cabeza de debajo del lavamanos.

—¿Quién te ha dicho eso?

—Tú.

Él refunfuñó, cogió la llave inglesa y volvió a meter la cabeza debajo del lavamanos.

A Georgie se le estaban poniendo los pelos de punta.

—Porque tú lo compraste en eBay, ¿no?

—No exactamente —respondió la voz amortiguada de Bram.

—Entonces, ¿dónde lo compraste?

—En... esa tienda.

—¿Qué tienda?

Él asomó la cabeza.

—¿Cómo quieres que me acuerde?

—¡Hace sólo un mes que lo compraste!

—Lo que tú digas.

Su cabeza volvió a desaparecer.

—Me dijiste que el anillo era falso. Es falso, ¿no?

—Define «falso».

La llave inglesa produjo un ruido metálico al chocar contra una cañería.

—Falso es «no auténtico».

—Vaya.

—¿Bram?

Se oyó otro ruido metálico.

—Entonces no es falso.

—¿Quieres decir que es auténtico?

—Eso es lo que he dicho, ¿no?

—¿Por qué no me lo dijiste desde el principio?

—Porque nuestra relación se basa en el engaño. —Alargó una mano—. Pásame el cubo.

—¡No me lo puedo creer!

Bram tanteó el aire en busca del cubo sin sacar la cabeza.

—¡Habría sido más cuidadosa! —Georgie pensó en todos los lugares en que había dejado el anillo momentáneamente y deseó patearle el culo a su marido—. ¡Ayer, cuando fui a nadar, lo dejé en la plataforma del trampolín!

—¡Menuda estupidez!

Un chorro de agua cayó en el cubo.

—¡Lo tengo! —exclamó Bram un segundo más tarde.

Georgie se sentó sobre la tapa del retrete y hundió la cara entre las manos.

—Estoy harta de tener un matrimonio basado en el engaño.

Bram salió de debajo del mueble del lavamanos con el cubo.

—Si lo piensas, tener un matrimonio basado en el engaño es el único tipo de matrimonio que conoces. Eso debería consolarte.

Georgie se incorporó de golpe.

—Quiero un anillo falso. A mí me gustaba tener un anillo falso. ¿Por qué no haces siempre lo que se supone que debes hacer?

—Porque nunca sé lo que se supone que debo hacer. —Colocó el tapón del desagüe y lavó el anillo no falso de Georgie—. Cuando bajemos, me llevaré a Rory aparte. No permitas que nadie nos interrumpa, ¿de acuerdo?

—¡Georgie! —llamó Meg desde la planta baja—. Georgie, corre, baja. Tienes una visita.

¿Cómo podía tener una visita con un guardia apostado en la puerta de la finca?

Bram le cogió la mano y le puso el anillo.

—Esta vez procura ser más cuidadosa.

Ella contempló el diamante de gran tamaño.

—Lo he pagado yo, ¿no?

—Todo el mundo debería tener una mujer rica.

Georgie pasó con brusquedad junto a él y recorrió el pasillo con rapidez. A mitad de camino de las escaleras, se detuvo de golpe.

Su ex marido la esperaba en la planta inferior.

17

Meg tiró con nerviosismo de uno de sus pendientes de ámbar.

—Le he dicho que no podía entrar.

El aspecto de Lance era tan malo como podía serlo el de alguien tan pulcro como él. Por lo visto, se estaba dejando crecer el pelo y la barba para su próxima película de acción, porque dos centímetros de barba oscura y descuidada sobresalían de su mandíbula y su cabello negro colgaba desparejo alrededor de su mentón cuadrado. Su aspecto no resultaba atractivo, aunque sin duda mejoraría después de que su equipo de peluquería y maquillaje acabara con él. Una camiseta manchada de café se ajustaba a aquellos voluminosos músculos a cuyo mantenimiento Lance dedicaba varias horas diarias. Unas pulseras estrechas de yute trenzado —parecidas a la cinta que Meg llevaba en la frente pero más desgastadas— rodeaban su muñeca, y calzaba unas sandalias de lona y cuerda. Un hábil dentista había moldeado sus impecables dientes blancos, pero Lance nunca había permitido que nadie tocara su ligeramente torcida nariz. Su oficina de prensa decía que se la había roto en una pelea callejera entre adolescentes, pero en realidad fue al tropezar en los escalones de la casa de la hermandad universitaria a la que pertenecía y había tenido miedo de operarse para que se la enderezaran.

—Georgie, te he dejado media docena de mensajes. Como no me contestabas, tenía miedo de que... ¿Por qué no respondiste a mis llamadas?

Ella aferró la barandilla de la escalera.

—Porque no quería.

Como la mayoría de los actores de papeles protagonistas de Hollywood, Lance no era excepcionalmente alto, apenas un metro ochenta, pero su mandíbula de granito, su masculino mentón partido, sus enternecedores ojos oscuros y su pronunciada musculatura compensaban su escasa estatura.

—Necesitaba hablar contigo. Necesitaba oír tu voz para asegurarme de que estabas bien.

Georgie deseaba que Lance se arrastrara a sus pies. Quería oírle decir que había cometido el mayor error de su vida y que haría cualquier cosa para recuperarla, pero esto no parecía que fuera a suceder. Georgie descendió un escalón.

—Tienes un aspecto horrible.

—He venido directamente desde el aeropuerto. Acabamos de llegar de Filipinas.

Ella se obligó a terminar de bajar las escaleras.

—Viajas en un jet privado. El trayecto no puede haber sido muy duro.

—Dos personas de nuestro equipo se pusieron enfermas. Fue...

Lance miró por encima del hombro hacia Meg, quien montaba guardia detrás de él; se había quitado los botines naranja y, con sus desnudos tobillos emergiendo de las mallas azules de diseño de leopardo, parecía que la hubieran sumergido, cabeza abajo, en una cuba de pintura de distintos colores.

—¿Podemos hablar en privado? —preguntó Lance.

—No, pero a Meg siempre le has caído bien. Puedes hablar con ella.

—Ya no me cae bien —contestó Meg—. Creo que es un mamón.

Lance odiaba que no lo adoraran y el desánimo se reflejó en sus ojos. Estupendo.

—Envíame un e-mail —sugirió Georgie—. Tengo invitados y he de regresar a la fiesta.

—Cinco minutos. No te pido más.

Una idea alarmante acudió a la mente de Georgie.

—Hay fotógrafos por todas partes. Si te han visto entrar...

—No soy tan estúpido. Mi *coach* personal me ha dejado su coche y tiene las ventanillas tintadas, así que nadie me ha visto. Llamé al interfono y alguien me dejó entrar.

A Georgie no le costó deducir quién le había permitido la entrada a la finca. En la cocina había un intercomunicador y seguro que Chaz sabía cuánto odiaría ella que Lance se presentara en aquellos momentos. Georgie introdujo el pulgar en el bolsillo de sus pantalones.

—¿Jade sabe que estás aquí?

—Claro. Nos lo contamos todo y ella entiende por qué tengo que hacer esto. Ella sabe lo que siento por ti.

—¿Y qué es, exactamente, lo que sientes por Georgie?

Bram descendió con gran calma las escaleras. Con su cabello rubio y despeinado, su mirada lavanda de hombre harto de la vida y su ropa blanca de Gatsby, parecía el supermimado y hastiado, pero potencialmente peligroso, heredero de una perdida fortuna licorera de Nueva Inglaterra.

Lance se acercó a su esposa en actitud protectora.

—Esto es entre Georgie y yo.

—Lo siento, tío. —Bram acabó de bajar las escaleras—. Perdiste tu oportunidad de mantener una conversación privada con ella cuando la cambiaste por Jade. ¡Pobre imbécil!

Lance dio un amenazante paso al frente.

—No sigas por ahí, Shepard. No digas una palabra más acerca de Jade.

—Relájate. —Bram apoyó el codo en el primer poste de la barandilla—. Lo único que siento por tu esposa es admiración, pero esto no significa que alguna vez deseara casarme con ella. El mantenimiento es demasiado caro.

—Nada de lo que tengas que preocuparte —dijo Lance con voz tensa.

Aunque Bram era bastante más alto que su ex marido, la estupenda forma física de Lance debería hacer que su presencia resultara más imponente, pero, de algún modo, la perfecta elegancia de Bram le proporcionaba ventaja en aquella pelea de machos. Georgie no pudo evitar preguntarse cómo una mujer como ella había acabado casada con dos hombres tan impresionantes. Se acercó a Bram.

—Di lo que tengas que decir, Lance, y después déjame en paz.

—¿Puedes venir fuera un momento?

—Georgie y yo no tenemos secretos el uno para el otro. —Bram dejó que su voz fuese un murmullo tipo Clint Eastwood años setenta—. A mí no me gustan los secretos. No me gustan en absoluto.

Georgie consideró la posibilidad de sobreponerse a aquellos instintos machistas, pero sólo durante un instante.

—Bram es muy posesivo. La mayor parte de las veces, de una forma positiva.

Él curvó la mano en la nuca de Georgie.

—Y procuraremos que siga así.

La oleada de diversión que Georgie experimentó le indicó que llevaba demasiado tiempo viviendo con el demonio. Aun así, aquélla era su batalla, no la de Bram, y aunque apreciaba mucho su apoyo, tenía que librarla ella sola.

—No parece que Lance vaya a marcharse así como así, de modo que será mejor que solucione esto de una vez por todas.

—No tienes por qué hablar con él. —Bram le soltó la nuca—. Nada me gustaría más que una buena excusa para enviar a la calle a este bastardo de una patada en el culo.

—Sé que lo harías, cariño, pero siento estropearte la diversión. ¿Te importa dejarnos solos unos minutos? Te prometo que te lo contaré todo. Sé lo mucho que te gusta reírte.

Meg lanzó una mirada furibunda a Lance y cogió a Bram del brazo.

—Vamos, colega. Te prepararé otra copa.

¡Justo lo que Bram no necesitaba! Pero la intención de Meg era buena.

Él fijó la mirada en Georgie y ella se dio cuenta de que intentaba decidir la duración e intensidad del beso que iba a darle. Sin embargo, con gran sabiduría, restó énfasis a la escena y sólo le rozó la mano.

—Estaré cerca por si me necesitas.

Georgie quería quedarse en el vestíbulo, pero Lance tenía otra idea y entró en el salón obligándola a seguirlo. Su pasión por las superficies lisas y las líneas duras y modernas harían que desdeñara aquella encantadora habitación, con sus naranjos chinos, las telas tibetanas y los cojines indios con espejitos. Además, aunque la casa de Bram era espaciosa, podría haber cabido en una esquina de la enorme finca en la que ella y Lance habían vivido.

Georgie recordó algo en lo que debería haber pensado antes.

—Siento lo del bebé. Lo digo de corazón.

Lance se detuvo delante de la chimenea y pareció que la enredadera que crecía a lo largo de la repisa surgía de su cabeza.

—Ha sido duro, pero ocurrió muy al inicio y Jade se quedó embarazada con tanta facilidad que no hemos permitido que esto nos deprima. Todo ocurre por alguna razón.

Georgie no estaba de acuerdo. Ella creía que a veces las cosas ocurrían simplemente porque la vida podía ser una mierda.

—Aun así, lo siento.

Lance se encogió de hombros y ella tuvo la impresión de que, en el fondo, se sentía aliviado. Oyó el estruendo lejano de un trueno y se preguntó cómo podía haber amado a aquel hombre de emociones superficiales y pasiones variables. Ella había llorado y le había suplicado, pero nunca expresó libremente su rabia. Nada como el presente para solucionarlo.

Se acercó a Lance.

—Nunca te perdonaré que contaras por ahí la mentira de que yo no quería tener hijos. ¿Cómo pudiste hacer algo tan cobarde?

Él se quedó desconcertado y jugueteó con su desgastada pulsera.

—Fue cosa de... un publicista demasiado meticuloso.

—¡Mentira! —La rabia de Georgie explotó como un relámpago—. Eres un mentiroso y un falso. Tuviste decenas de oportunidades para corregir esa historia y nunca lo hiciste.

—¿Por qué estás tan arisca? ¿Qué querías que dijera?

—La verdad. —Georgie acabó de recorrer la distancia que los separaba. Eran casi de la misma estatura y ella lo miró fijamente a los ojos—. Claro que ser sincero habría hecho que parecieras todavía más capullo a los ojos del público y eso no podías permitirlo, ¿verdad?

Él empezó a tartamudear.

—No me hables de capullos. ¿Cómo has podido casarte con ese gilipollas?

—Fácil. Está buenísimo y me adora.

La verdad y la mentira se entremezclaron.

—Tú siempre lo has odiado. No entiendo cómo ha podido suceder.

—Entre odiar a alguien y encontrar la gran pasión de tu vida hay una línea muy fina.

—¿De eso se trata? ¿De sexo?

—El sexo es algo realmente grande en nuestra relación. Y lo de «grande» lo digo en serio.

Ahora estaba siendo realmente mezquina. El hecho de que Lance no estuviera muy bien dotado nunca la había preocupado, pero a él sí, y ella debería sentirse avergonzada de sí misma. Pero no lo estaba.

—Bram es insaciable. Últimamente he pasado tanto tiempo desnuda que es un milagro que todavía me acuerde de cómo vestirme.

Lance siempre se había negado a reconocer que tenía problemas en su vida sexual. Se volvió de espaldas a ella para examinar la talla árabe de la repisa.

—No quiero pelearme contigo, Georgie. No somos enemigos.

—Recapacita.

—Si me hubieras devuelto las llamadas... Ya me siento bastante culpable. No sé cómo lo hizo Bram, pero estoy seguro de que te coaccionó y quiero ayudarte. Tengo que ayudarte a salir de esto.

—Fascinante. Salvo que yo no necesito ayuda.

—El hecho de que te casaras con él... —Se volvió de nuevo hacia ella—. ¿No lo ves? No sólo es malo para ti, sino que degrada lo que tú y yo tuvimos.

Georgie se sintió demasiado sorprendida para responder, pero al punto se echó a reír.

Lance hinchó el pecho. Todo en él reflejaba su dignidad herida.

—No es divertido. Si se hubiera tratado de alguien decente... Nuestra relación era sincera y auténtica. Sólo porque no durara no significa que, en su momento, no fuera buena. —Se alejó de la chimenea—. Si te casaste con Bram por propia voluntad (y me cuesta mucho creerlo) has manchado nuestra relación y te has rebajado a ti misma.

—Muy bien, oficialmente, has sobrepasado tu tiempo.

Él insistió.

—Bram es un jugador. Es perezoso y no tiene ningún objetivo en la vida. ¡Es alcohólico y drogadicto, por el amor de Dios! ¡No es más que un vago!

—Sal de aquí.

—No me vas a contar la verdad, ¿no? Sigues demasiado enfadada. Entonces dime... ¿qué habrías hecho si hubieras estado en mi lugar? ¿Qué habrías hecho si hubieras conocido al amor de tu vida mientras estabas casada con otra persona? Dímelo.

—Fácil. Para empezar, yo nunca me habría casado con nadie que no fuera el amor de mi vida.

Lance torció el gesto.

—Sé que crees que lo que hice es imperdonable, pero te pido que lo mires de una forma distinta. Intenta entender que lo que ocurrió entre Jade y yo no podría haber ocurrido si tú no me hubieras enseñado lo que significa amar de verdad a alguien. Amar a alguien con todo tu corazón.

Su descaro hizo que Georgie sintiera deseos de reír o gritar. Lance tiró de su desaliñada barba.

—Resulta difícil de comprender, lo sé, pero, sin ti, yo no habría sabido de lo que es capaz el corazón. —Alargó el brazo hacia ella, pero debió de ver algo en sus ojos que lo detuvo—. Georgie, tú me diste el valor para amar a Jade como ella merece que la amen. Como yo merezco amar a alguien.

Una extraña fascinación se había apoderado de Georgie.

—¿Hablas en serio?

—Ya te he dicho lo mal que me siento por haberte hecho daño. Nunca quise causarte tanto dolor.

Georgie había visto aquella misma expresión de angustia en la cara de Lance cuando veía las noticias en la televisión, leía un libro especialmente emocionante o visitaba un centro de acogida para animales abandonados. Lance siempre había sentido las cosas profundamente. En cierta ocasión, ella lo vio llorar mientras contemplaba el anuncio de una cerveza.

—No puedes imaginarte lo que me costó dejarte —declaró él—. Pero lo que siento por Jade... lo que ella siente por mí... es mayor que nosotros dos.

—¿Has dicho «mayor que nosotros dos»?

—No encuentro otra forma de explicarlo. Tú me enseñaste el camino hacia el amor y te lo debo todo en este sentido. Veo que no piensas contarme cómo te viste atrapada en esta situación con Bram. Es tu elección, pero de todas maneras te ayudaré. Déjame hacer esto por ti. Por favor, Georgie. Déjame ayudarte a salir de esto.

—No quiero salir de esto.

Un nuevo relámpago, esta vez más cercano, sacudió los cristales.

—Jade y yo hemos hablado sobre esto. Ella tiene una casa en Lanai. Es totalmente privada. Deja a Bram, Georgie. Ve a relajarte allí unas semanas y después... —Levantó la mano a pesar de que ella no había dicho nada—. Escúchame, ¿quieres? Sé que, al principio, te parecerá raro, pero prométeme que me escucharás hasta el final.

Ella lo miró con fijeza.

—No me lo perdería por nada del mundo.

—Creo que hemos encontrado la manera de transformar lo que sucedió entre nosotros tres en algo bueno. Algo realmente extraordinario que volverá a sacar brillo a tu reputación.

—No sabía que mi reputación necesitara brillo.

—Digamos que hará que la gente olvide que una vez estuviste casada con Bram Shepard. —Lance volvió a juguetear con su pulsera—. Tú, Jade y yo... tenemos la oportunidad de hacer algo bueno. Algo que... será un ejemplo para el mundo entero. Prométeme que no te negarás hasta que hayas reflexionado sobre ello en serio. Es lo único que pido.

—El suspense me está matando.

—Nosotros, Jade y yo, queremos que vengas con nosotros cuando volvamos a Tailandia.

Un trueno sacudió la casa. La tormenta estaba cerca.

—¿Que vaya con vosotros?

—Sé que parece una locura. Al principio, a mí también me lo pareció, pero, cuanto más hablábamos de ello, más comprendimos que se nos ha concedido una oportunidad de oro. Tenemos la posibilidad de enseñarle al mundo, de una forma realmente generosa, que las personas supuestamente enemigas pueden vivir juntas en paz y armonía.

Georgie no sabía si vomitar o tomarse una Coca-Cola.

La lluvia golpeó los cristales.

—La prensa enloquecerá —continuó él—. Tú parecerás una santa. Todo el mundo se olvidará de tu absurdo matrimonio. Las causas por las que Jade y yo estamos luchando, que son buenas causas, recibirán más atención. Pero, lo mejor es que todo el mundo se verá obligado a examinar sus peleas personales y las guerras religiosas. Puede que no consigamos cambiar el mundo, pero podemos darle un empujón.

—Me has dejado... sin palabras.

Las puertas ventana que comunicaban con el porche se abrieron de golpe y todos los invitados entraron. Era evidente que Bram y Meg no les habían contado que Lance se había presentado en la casa, porque uno tras otro se quedaron mirándolo fijamente. Al final, Rory rompió el silencio.

—Tenéis una forma muy original de celebrar fiestas, tíos.

—Lo mismo digo —declaró Laura, quien no podía apartar los ojos de Lance.

Al ver a Paul, Lance sonrió.

—¡Paul, es un placer volver a verte! —Cruzó la habitación a zancadas con la mano tendida—. Te he echado de menos.

—Lance.

A Georgie le sorprendió que su padre sólo le estrechara la mano en lugar de caer de rodillas y suplicarle que volviera con ella. Claro que probablemente esto ya lo había hecho.

Una acalorada Chaz llegó de la cocina con una bandeja con tazas y una fuente con lo que parecían ser trufas de chocolate caseras. Aaron la seguía con una jarra de café. Chaz se quedó mirando a Lance y casi tropezó con la alfombra antes de dejar la bandeja sobre la mesa.

—Ha-hay alguien en el coche —anunció.

—Es Jade —contestó Lance—. Será mejor que me vaya.

—¿Has traído a Jade aquí? —A Georgie le dio vueltas la cabeza.

—Ya te lo he dicho, hemos venido directamente del aeropuerto. Pero descuida, los cristales del coche están tintados. Nadie puede ver el interior.

Un tenso silencio se extendió por la habitación, hasta que Bram avanzó unos pasos con total tranquilidad.

—¡Qué vergüenza, Lancelot, mira que dejar a tu esposa esperando en el coche! —Sus ojos se entornaron peligrosamente—. Tráeme un paraguas, Chaz, la invitaré a entrar.

Georgie se quedó helada. Seguro que lo había entendido mal. Pero no. Bram estaba enfadado y reaccionaba en su típica forma impulsiva y estúpida.

Paul dio un paso adelante.

—¡Detente!

La mandíbula de Bram se tensó.

—Esto es una fiesta. Cuantos más seamos, mejor.

Georgie lo odiaba, pero se suponía que lo amaba y, con tantos testigos, no podía permitir que se notara lo que sentía en realidad. Al contrario, tenía que demostrarles cómo actuaba una chica alegre y felizmente casada en segundas nupcias al conocer a la mujer que le había robado al idiota de su ex marido.

—Chaz, ya que vas a buscar un paraguas para Bram, de paso trae una pistola para que pueda pegarme un tiro.

Dijo lo adecuado, porque Rory sonrió con amplitud.

—Es la mejor fiesta a la que he asistido en años.

—¡Y la mejor a la que yo he asistido nunca! —exclamó Laura.

—Arréglate el pelo —le dijo Meg a Georgie mientras Bram y Chaz desaparecían con Lance siguiéndoles los pasos—. Y ponte más pintalabios. Deprisa.

—¡No te atrevas a hacerlo! —dijo Rory levantando la mano—. Estás bien tal como estás.

—Rory tiene razón —dijo su pelotillera agente—. Jade Gentry no tiene nada que tú no tengas.

Meg miró hacia el techo.

—Salvo la cara más bonita del universo, un cuerpo para morirse y el ex marido de Georgie.

—No, de verdad —replicó Georgie mientras se dejaba caer en el sofá—, lo único que necesito es una pistola.

Su padre se acercó a ella.

—Ven conmigo. No vas a pasar por esto.

La intempestiva orden la decidió a hacer exactamente lo contrario.

—Claro que sí. Jade no es importante para mí.

Mentira. El hecho de que hubiera dejado de amar a Lance no implicaba que lo hubiera perdonado a él y Jade. Quería venganza.

Minutos después, Jade entró en el salón. Un foco invisible parecía iluminar su deslumbrante presencia. ¿Por qué tenía que ser tan perfecta? Resultaba irónico... La mayor parte de los actores tenían mejor aspecto en persona, mientras que las actrices solían parecer un poco encefalíticas, con la cabeza demasiado grande para sus esqueléticos cuerpos. Pero Jade no. Ella todavía era más impresionante en persona; un exquisito icono del viejo Hollywood, con los ojazos de Audrey Hepburn, los pómulos de Katherine Hepburn y la piel cremosa de Grace Kelly. Una melena brillante de pelo liso y negro enmarcaba una perfecta y encantadora cara carente del menor rastro de maquillaje. Sus pechos eran generosos, pero no vulgares. Su cintura era estrecha y sus piernas largas. Jade no era tan alta como Georgie, pero se movía con una seguridad tan imponente que ésta tenía que esforzarse para no sentirse como si se hubiera encogido.

Lance estaba a la izquierda de Jade y Bram a su derecha. Paul avanzó para darle la bienvenida interponiéndose entre ella y su hija, a saber si a propósito o de forma accidental.

—Hola, soy Paul York. Según me han dicho, acabas de llegar del aeropuerto.

—Tengo la impresión de que el viaje ha durado un siglo.

Su ropa, como la de Lance, estaba arrugada, pero aun así sus pantalones pitillo negros y su camiseta negra sin mangas se veían elegantes. Nada en ella indicaba que hubiera sufrido un aborto hacía menos de un mes. Jade cambió el peso de pierna intentando ver más allá de Paul. Sin duda, quería encontrarse con Georgie para darle un abrazo. Por suerte, su móvil sonó antes de que pudiera hacerlo.

—Tengo que contestar. Dos miembros de nuestro equipo se pusieron muy enfermos en el avión.

Sacó el móvil del bolso en forma de saco y se apartó del grupo. Laura se sirvió una taza de café y Meg cogió una trufa. Bram se acercó a Georgie. Ella deseó que no se acercara mucho porque no podría resistir la tentación de darle una patada.

Rory hizo lo que pudo para aliviar la tensión.

—Laura, he oído decir que estás intentando que Georgie protagonice la nueva película de Rich Greenberg. Es un buen guión. Ojalá hubiera caído en nuestras manos.

—¿La película de la vampiro bombón? —Meg arrugó la nariz—. Mi madre hablaba de ella el otro día.

—Georgie es perfecta para el papel —dijo Paul.

—Georgie no está interesada en esa película —intervino Bram—. Está cansada de hacer comedias.

Él tenía razón, pero Georgie estaba enfadada y ella no era la única persona inmadura del matrimonio.

—Laura me ha conseguido una cita con Greenberg.

Jade se estaba poniendo nerviosa, aunque ninguno de ellos consiguió oír más que una o dos palabras sueltas. Al final, Jade cerró el móvil y regresó al lado de Lance con su perfecto entrecejo fruncido por la tensión.

—Malas noticias acerca de Dari y Ellen. ¿Te acuerdas del brote de SARS que se produjo en Filipinas? Los médicos temen que lo hayan cogido.

—¿El SARS? Dios mío... —Lance la cogió de la mano, los dos frente al mundo—. ¿Se pondrán bien?

—No lo sé. Ahora mismo los tienen en aislamiento administrándoles antibióticos.

—Será mejor que vayamos ahora mismo al hospital.

—No podemos.

—Claro que sí. Entraremos por la parte de atrás.

—Ése no es el problema. —Jade volvió a meter el móvil en el bolso y se echó el pelo hacia atrás con una sacudida de la cabeza—. No podemos ir a ninguna parte.

Lance le acarició los dedos de la mano.

—¿Qué quieres decir?

—Quien me ha telefoneado era el jefe del Departamento de Salud Pública del condado. El hospital les ha alertado. Los resultados de las pruebas de Ellen y Dari tardarán cuarenta y ocho horas y hasta que estén seguros de si es o no el SARS, todos los que viajaban en el avión están en cuarentena. —Jade miró a los que estaban alrededor—. Y también todas las personas con las que hayamos estado en contacto desde entonces.

Se produjo un silencio mortal. Georgie se sintió mareada y Bram se quedó paralizado.

—No te referirás a nosotros —dijo Paul por fin.

—Me temo que sí.

Bram siguió sin moverse.

—¿Estás diciendo que todos debemos quedarnos aquí, en mi casa, durante los próximos dos días? ¡Pero si apenas hemos tenido ningún contacto con vosotros!

—Hasta el martes por la mañana —precisó Jade con voz tensa—. Irónico, ¿no? —Y deslizó la mirada hacia Georgie.

—Imposible —declaró Laura—. El lunes tengo reuniones. Una detrás de otra.

Meg frunció el ceño.

—Mi madre y yo hemos quedado mañana para ir a montar.

—Si tengo que estar en cuarentena, la haré en mi propia casa. —Rory buscó su bolso con la mirada—. Me iré por la puerta del jardín.

—Será mejor que antes lo consultes con Salud Pública —comentó Jade—. Esos tíos no están para bromas. Seguro que primero tendrás que enviar a casa al servicio.

Rory dejó de buscar el bolso, seguramente al acordárse de los directores de cine que alojaba en su casa.

Chaz había cogido la jarra de café que llevaba Aaron y se volvió hacia Bram.

—¿Qué es el SARS?

Aaron contestó en lugar de Bram:

—Síndrome respiratorio agudo y severo, una enfermedad grave y muy contagiosa. Hace unos años se produjo una pandemia. Murieron cientos de personas y miles cayeron enfermas. Una pandemia es como una epidemia pero mucho más extendida.

—Ya sé lo que es una pandemia —replicó Chaz tan a la defensiva que Georgie dedujo que mentía.

—Menuda tontería —dijo Bram—. Lance ni siquiera lleva en la casa quince minutos y nadie lo ha besado.

Jade sacudió la cabeza para echar su melena hacia atrás.

—Eso ya se lo he explicado a Salud Pública, pero aun así no han cambiado de opinión.

Laura sacó su móvil.

—Dame el número. Yo haré que cambien de opinión.

Pero ella no era la única fiera alfa de la habitación y las demás, Bram, Paul y Rory, ya tenían sus móviles en la mano. Aaron lanzó una mirada a Georgie y también sacó el suyo. Lance miró alrededor.

—No podéis llamar todos a la vez.

—Yo llamo —dijo Rory—. Tengo contactos.

Durante la media hora siguiente, mientras Georgie permanecía sentada y en silencio, los demás escucharon las conversaciones que mantuvo Rory con los funcionarios del Departamento de Salud Pública del condado y con el alcalde en persona. Al final, reconoció su derrota.

—Lo de los contactos no va a funcionar. Se trata de una cuestión política. Como hay famosos involucrados en el asunto, nadie quiere asumir la responsabilidad. Por si el tema se les va de las manos. Es una exageración, pero por lo visto estamos atrapados.

Uno tras otro, todos miraron a Georgie para ver su reacción al verse encerrada con su ex y su nueva esposa. Scooter Brown habría sabido manejar aquella situación. Scooter siempre salía airosa de las situaciones comprometidas. Muy bien, pues que la encantadora hechicera resolviera aquel asunto.

Georgie obligó a Scooter a levantarse del sofá.

—Le sacaremos el mejor partido a la situación. Como si estuviéramos en una gran fiesta de pijamas. Será divertido.

Chaz se metió de lleno en el berenjenal.

—Tengo toneladas de comida en la nevera, así que eso no es problema.

—Necesito una copa —dijo Bram.

—¡Exacto! —soltó Georgie sin poder contenerse, lo que significaba que Scooter tenía que intervenir y rescatarla—. ¡Es una gran idea, cariño! Abre un par de botellas.

Chaz se volvió hacia Bram.

—¿Dónde dormirá todo el mundo?

Georgie estuvo tentada de sugerir que Paul compartiera habitación con Lance. Seguro que a su padre le encantaría dormir acurrucado junto a su persona preferida.

Al final, lo organizaron. Meg insistió en dormir en el sofá del despacho de Bram, dejando la cama de la casa de los invitados para Rory y Laura. Paul dormiría en el despacho de Georgie. La habitación en que había dormido Georgie hasta entonces fue adjudicada a Lance y Jade, por lo que Georgie se vio obligada a explicar que la había estado utilizando como vestidor y que tenía que recoger algunas cosas. Chaz, después de discutirlo en voz baja, aceptó a regañadientes que Aaron durmiera en su sala. Esto dejaba a Georgie sin más opción que dormir en la cama de su marido. La situación era tan desagradable que, una vez más, Scooter tuvo que acudir en ayuda de Georgie.

—Creo que el viento está amainando —dijo alegremente—. ¿Qué tal si encendemos la barbacoa del porche? Incluso podríamos asar hamburguesas.

—O no —replicó Skip.

Rory telefoneó a su ama de llaves para que le dejara algunos objetos personales envueltos en una bolsa impermeable junto a la puerta que comunicaba los jardines de ambas casas. Meg le prestó a Laura una camiseta amplia para dormir. Jade anunció que ella dormía desnuda, así que Georgie no tuvo que molestarse en buscar nada para ella. Chaz y Aaron distribuyeron toallas, manoplas de baño, sábanas y cepillos de dientes. Georgie, mientras tanto, luchaba contra una sensación de irrealidad.

Cuando lo peor de la tormenta hubo pasado, Meg acompañó a Rory y Laura a la casa de invitados mientras Bram se dirigía, bajo los últimos restos de lluvia, a recoger las cosas de Rory. El padre de Georgie se sirvió un coñac y se sentó en el porche. Lance y Jade se retiraron a lavarse y arreglarse después del largo viaje y Aaron los condujo a la planta superior.

Georgie se puso a ayudar a una desagradecida Chaz a recoger la mesa. Poco después oyó que la ducha de su lavabo se ponía en marcha y, veinte minutos más tarde, se apagaba.

Sólo una ducha. ¡Qué bonito!

El estómago se le encogió. Que Lance estuviera allí ya era bastante horrible, pero que también estuviera Jade hacía que la situación resultara insoportable. Y todo por culpa de Bram.

Georgie subió al dormitorio de su marido. Convertiría la torrecilla del extremo de la habitación en su santuario. Había una mesa de marquetería situada entre dos sillones y una lámpara con una pesada base de bronce cerca de un diván tapizado con una tela de felpa marrón que hacía juego con las paredes trigo-miel. El diván era sólo para una persona y Georgie decidió que dormiría en él. La cama de Bram era para el sexo, no para la intimidad de toda una noche.

Se dirigió a la ventana y deslizó la vista por el mojado camino de la entrada hasta la valla de la finca. Aunque era más de medianoche, vio al menos dos coches aparcados en la calle. Los *paparazzi* mantenían su abnegada vigilancia esperando conseguir la mágica imagen que los haría ricos.

Ahora, Salud Pública tenía los nombres de todos los que estaban en cuarentena, así que la historia pronto se filtraría a la prensa. Tendrían que hacer las correspondientes declaraciones. «Los viejos problemas han quedado atrás. Ahora somos una gran y feliz familia.» Lance por fin conseguiría lo que deseaba, la apariencia de su perdón y su absolución final a los ojos del público.

Georgie apoyó la mejilla en el marco de la ventana y se preguntó cómo sería la vida contando siempre la verdad. Pero, para lograr esto, ella vivía en la ciudad equivocada. Los Ángeles era una ciudad construida a partir de la ilusión, con fachadas falsas y calles que no conducían a ningún lugar.

La puerta del dormitorio se abrió. Georgie oyó el inevitable tintineo de los cubitos de hielo y percibió el olor a lluvia conforme Bram se acercaba a ella.

—Cuando invité a entrar a Jade no pretendía que la cosa terminara así. Lo siento.

Su disculpa no solicitada calmó un poco el enfado de Georgie.

—¿Y cómo pretendías que terminara?

—Mira, estaba cabreado. —Bram mantuvo la voz baja en consideración a la única pared que los separaba de sus indeseados visitantes—. ¿A qué viene que ese tío se presente aquí por las buenas? Y después la imagen de Jade sentada en el coche y sintiendo lástima porque se imagina que estás tan destrozada por su gran amor con

Lance que ni siquiera tienes el coraje suficiente para mirarla a su jodida cara. Fue superior a mí.

«Visto de esta manera...»

Aun así, su prepotencia le recordaba demasiado a su padre.

—No te correspondía a ti tomar la decisión.

—Pero tú no ibas a tomarla. —Bram se desabotonó la camisa blanca y húmeda—. Estoy harto de ver cómo te encoges cada vez que oyes su nombre. ¿Dónde está tu orgullo? Deja de pensar que ella es mejor que tú.

—Yo no...

—Sí, tú sí. Puede que Jade sea mejor que tú en algunas cosas. Sin duda es mejor atrayendo a los maridos de otras mujeres, pero lo que Jade sea o deje de ser no tiene nada que ver contigo. Madura de una vez y sé feliz viviendo en tu propia piel.

—¿Tú me hablas de madurar?

Bram no había acabado de vapulearla.

—Jade y Lance están hechos el uno para el otro. Él no era el hombre adecuado para ti, igual que...

—¿Igual que tú?

—Exacto.

Bram bebió un trago largo de su copa.

—Gracias por tu percepción.

Georgie agarró el pijama y la bata que había cogido antes de su dormitorio y entró furiosa en el lavabo. Sin embargo, mientras se lavaba la cara, tuvo que admitir que la intención de Bram había sido buena. Invitar a Jade a entrar en la casa había sido su retorcida versión de mostrarse protector con ella. Además, no podía haber previsto las consecuencias.

Cuando salió del lavabo, Georgie vio que él estaba reclinado en los almohadones, vestido sólo con sus calzoncillos bóxer, cuya blancura resaltaba contra su morena piel. Había apartado las sábanas y tenía un libro abierto sobre el pecho. Ver a Bram Shepard leyendo un libro ya era suficientemente raro, pero no tanto como las gafas de montura metálica que reposaban en el puente de su nariz. Ella se quedó de una pieza.

—¿Qué es eso?

—¿El qué?

—¿Usas gafas?

—Sólo para leer.

—¿Usas gafas para leer?

—¿Qué hay de malo en eso?

—La gente que está tatuada no debería usar gafas para leer.

—Cuando me hice el tatuaje, no las usaba. —Se quitó las gafas y contempló el pijama azul de Georgie—. Esperaba que te pusieras uno de esos conjuntos de Provocativa.

—Aunque estuviera de humor para eso, que no lo estoy, no lo haría con ellos al otro lado de esa pared.

—Comprendo.

Se levantó de la cama y tiró de Georgie hacia el lavabo. Una vez dentro, cerró la puerta.

—Se acabó el problema.

—Sigo estando enfadada contigo.

—Lo comprendo. Lo estás porque no me he disculpado con la suficiente sinceridad.

Y empezó a besarla.

18

Georgie odiaba las películas en las que lo único que tenía que hacer el héroe para que la heroína se olvidara de que estaba enfadada con él era besarla hasta hacerle perder el sentido. Ella no tenía intención de dejar a un lado sus quejas con tanta facilidad. De la misma manera que tampoco tenía la intención de renunciar a aquel agradable entretenimiento. Así que descargó su frustración en el beso. Hincó las uñas en la espalda desnuda de Bram y le clavó los dientes en el labio. A continuación, empujó su rodilla contra...

—¡Eh, cuidado! —murmuró él.

—Cállate y gánate el sustento.

A Bram no le gustó aquel comentario y lo siguiente que supo Georgie era que tenía los pantalones del pijama en los tobillos. Volvió a levantar la rodilla, pero él se la cogió y, en un rápido movimiento, la separó de la otra y la sentó en la larga encimera de granito.

Para esto Bram sí era bueno. Georgie cogió la cinturilla de sus bóxer, pero no pudo quitárselos. Él la soltó para ayudarla y ella resbaló de la encimera. Bram se libró de los calzoncillos de una patada y volvió a subirla a la encimera. Georgie se desembarazó de él y se dirigió a la ducha de chorros múltiples y paredes de granito de color cobre. Convertir la práctica sexual en una lucha de poder no era la forma más madura de manejar una relación difícil, pero era lo único que tenía a mano en aquel momento.

—Pensándolo bien...

Bram entró en la ducha con ella.

Georgie se quitó la camiseta del pijama.

—Abre el grifo a tope.

No tuvo que pedírselo dos veces y, en cuestión de segundos, el agua caliente golpeaba sus cuerpos.

Dos personas. Una ducha. Quería que Lance se enterara.

Entonces él empezó a enjabonarle el cuerpo y Georgie se olvidó de Lance. Pechos, nalgas, muslos... Bram prestó atención a todas sus partes. Georgie le quitó el jabón y le correspondió.

—Me estás matando —gruñó él.

—Ojalá. —Georgie desplazó la mano al lugar donde produciría mayor efecto.

El agua resbaló por sus cuerpos. Bram se arrodilló y la tomó con su boca. Cuando ella estaba a punto de estallar, él se levantó, la apoyó en la mojada pared y la montó sobre él. Georgie se agarró a sus hombros y hundió la cara en su cuello. Juntos jadearon y se contorsionaron cabalgando en la riada hasta el clímax.

—No me hables —dijo Georgie después—. He pagado una buena cantidad de dinero por esto y no quiero que lo estropees.

Bram le mordió el lateral del cuello.

—Lo que tú digas, mami.

A pesar de su anterior decisión, ella acabó durmiendo en la cama de su marido, dando vueltas y más vueltas mientras él dormía tranquilamente, salvo durante otro combate de sexo que posiblemente inició ella, pero sólo para remediar su insomnio. Cuando terminaron, a Bram no le costó volver a dormirse, pero ella no tuvo tanta suerte. Bajó de la cama y se llevó el inacabado vaso de whisky de él a la torrecita. Se sentó en uno de los mullidos y cómodos sillones y contempló las sombras en las paredes. Los licores no le gustaban, pero el hielo hacía rato que debía de haber licuado el whisky, así que bebió un trago largo y se preparó para recibirlo en el estómago.

Y recibió algo... que no era whisky.

Georgie olisqueó el vaso y lo agitó a la luz de la lámpara de la mesa. El resto del líquido tenía el suave color meloso del alcohol diluido, pero el sabor era distinto. Poco a poco, la explicación acudió a su mente... Bram y sus interminables vasos de whisky... No le extrañaba que nunca pareciera borracho. ¡Durante todo aquel tiempo había estado tomando té helado! Él ya se lo había dicho, pero a ella no le pasó por la cabeza creerlo.

Apoyó la barbilla en las manos. Otro vicio que se iba por el retrete. Y no le gustó. Se suponía que Bram era un hombre de excesos. Sin sus vicios, ¿quién era él? La respuesta tardó en llegar: una versión sutilmente más peligrosa del hombre que siempre había sido. Un hombre que seguía demostrándole que no podía confiar en nada de lo que decía ni hacía.

Chaz no podía dormir. ¡Tenía tanto que hacer! ¡Tantas personas de las que ocuparse! Las mujeres de la limpieza no podían ir a causa de la cuarentena, así que ella tenía que hacerlo todo. Preparar comidas, hacer camas, lavar toallas... Georgie intentaría ayudarla, pero Chaz dudaba que supiera el aspecto que tenía una lavadora y, mucho menos, cómo funcionaba.

Se levantó para hacer pipí. Solía dormir vestida con una camiseta y unas bragas, pero aquella noche también se había puesto unos pantalones de deporte. Cuando acabó en el váter, fue a ver cómo estaba Aaron. Normalmente, tener a un tío durmiendo en su apartamento la habría sacado de quicio, pero con Aaron era distinto. A Chaz le gustaba que él le tuviera un poco de miedo, sobre todo porque era mayor que ella y muy inteligente. La vida le habría resultado más fácil si hubiera tenido un hermano como Aaron. Ella siempre había querido tener un hermano mayor, alguien que se preocupara por ella.

Últimamente, Chaz había estado demasiado ocupada para pensar en todo lo que le había contado a Georgie, pero mientras estaba en el umbral de la puerta rodeada de un silencio absoluto, se dio cuenta de que no se sentía tan alterada como era de esperar. Consideraba a Georgie su peor enemigo, pero Georgie no la había considerado una persona horrible. Y si su peor enemigo no la había mirado como si estuviera sucia, quizás ella misma no debería mirarse de ese modo. Una cosa estaba clara: Chaz ya no podía mentir acerca de su pasado o fingir que no había ocurrido, pues había soltado la verdad frente a la cámara. Además, por lo que ella sabía de Georgie, seguro que lo colgaría en YouTube.

Pero ¿y qué si lo hacía?

Se quedó junto a la puerta un buen rato, pensando en todas las cosas por las que había pasado. Había sobrevivido, ¿no? Todavía estaba viva y tenía un trabajo estupendo. Si alguien la miraba por encima del hombro, ése era su problema, no el de ella. Durante todo aquel tiempo había intentado fingir que su pasado no había ocurrido, pero sí que había ocurrido, y ya debía de estar preparada para dejar de ocultarlo, si no, no se lo habría contado a Georgie.

Contempló la librería donde guardaba los cuadernos de preparación para los exámenes de graduado escolar que Bram le había comprado. Él le había contado que mucha gente conseguía acceder a la universidad gracias a esos exámenes. Él mismo lo había hecho, aunque casi nadie sabía que había asistido a clases durante los últimos años. A Chaz no le interesaba la universidad, pero sí la escuela de cocina, y necesitaba pasar los exámenes GED de graduado escolar para que la admitieran.

Debió de hacer más ruido del que creía, porque Aaron se agitó. Chaz deseó que dejara de ser tan tozudo. Si al menos la escuchara, seguro que ella podría conseguir que le gustara a Becky.

—¿Qué quieres? —gruñó él.

Ella se dirigió a la biblioteca.

—No puedo dormir. Necesito algo para leer.

—Cógelo y lárgate.

A Chaz le gustaba que Aaron hubiera empezado a hablar como una persona de verdad en lugar de un tío raro.

—Ésta es mi casa.

—Anda, vete a dormir, ¿quieres?

En lugar de coger un libro, Chaz se sentó en el sillón que había delante de Aaron y apoyó sus desnudos pies en el borde del asiento.

—¿Y si cogemos el SARS?

—Es muy improbable. —Se sentó, bostezó y se frotó un ojo. Estaba totalmente vestido; sólo se había quitado los zapatos—. Supongo que no estaría de más que esterilizaras los platos que utilicen Jade y Lance.

Chaz se rodeó las rodillas con los brazos.

—No puedo creer que Lance Marks y Jade Gentry estén en esta casa.

Aaron se puso las gafas y se dirigió a la cocina. Chaz lo siguió.

—El único famoso al que Bram invita con regularidad es Trevor, que es fantástico y todo lo que quieras, pero yo quiero conocer a otros famosos aparte de él. Ojalá el padre de Meg viniera algún día.

Él se sirvió un vaso de agua.

—¿Y qué me dices de Georgie?

—¡Sí, como si ella me importara!

—Estás celosa.

—¡Yo no soy celosa! —Chaz se volvió hacia la puerta—. Sólo creo que debería mostrarse más amable con Bram.

—Es él quien tiene que mostrarse más amable con ella. Georgie es fantástica y él no la valora.

—Me voy a la cama. No te comas mi comida.

—¿Crees que puedo volver a dormirme, ahora que me has despertado?

—Es tu problema.

Al final, acabaron viendo una de las películas de Trevor. Chaz ya la había visto tres veces, así que se durmió apoyada en uno de los brazos del sofá.

Por la mañana, cuando se despertó, vio que Aaron se había dormido en el otro extremo del sofá. Durante unos instantes, permaneció inmóvil pensando en lo agradable que era sentirse segura.

Georgie no se sentía capaz de enfrentarse a aquel día, así que cuando Bram, su marido no alcohólico, se levantó, ella siguió con la cara hundida en la almohada. Él abrió uno de los ventanales para que entrara el aire matutino y luego le dio unas palmaditas en el trasero, pero aun así ella no se movió. ¿Por qué apresurarse a iniciar un día que prometía ser espantosamente memorable?

Bram salió del dormitorio y Georgie volvió a quedarse dormida, pero no le pareció que hubiera pasado mucho tiempo cuando él regresó.

—¿Tienes que hacer tanto ruido? —refunfuñó con la cara pegada a la almohada—. Me gusta que mis hombres sean sexys y silenciosos, ¿recuerdas?

—¿Georgie?

Aquella voz titubeante no era la de Bram. No pertenecía a ningún hombre. Ella abrió los ojos de golpe. Se volvió y vio a Jade Gentry en el dormitorio, junto a la puerta del balcón. Iba vestida con la misma camiseta negra sin mangas y los mismos pantalones del día anterior, pero su aspecto seguía siendo fresco, incluso elegante. Había recogido su pelo liso y suave en un nudo informal en su nuca y se había aplicado una sombra de ojos oscura y un pintalabios color café claro. Sus sencillas joyas consistían en unos pendientes de aro de plata y un discreto anillo de boda también de plata.

—Son las ocho y media —dijo Jade—. Creí que ya te habrías levantado.

Georgie parpadeó en dirección al sol y sacó su mano izquierda con su imponente anillo de diamante de debajo de la sábana.

—No quisiera ser descortés, Jade, pero sal de mi habitación.

—Esta conversación será buena para ti.

—No estoy de acuerdo. —Soltó la sábana de la parte inferior de la cama con los pies y la enrolló alrededor de su cuerpo desnudo—. No quiero mantener una conversación con ninguno de vosotros dos.

Jade fijó la mirada en su cuello.

—Estaremos atrapados en esta casa durante los próximos dos días. Todo resultará más cómodo si tú y yo aclaramos las cosas en privado antes de bajar.

—La comodidad no me importa en absoluto. —Georgie arrugó la sábana entre sus pechos y, en aquel momento, Lance entró por la puerta del balcón.

—Jade, ¿qué estás haciendo? —preguntó.

—Esperaba hablar con Georgie a solas —contestó con calma—, pero ella tiene otras ideas.

—¡Como enviar vuestros dos culos por encima del balcón!

Lance entrelazó su brazo con el de su esposa.

—Georgie, dale una oportunidad a Jade.

Georgie cogió otro puñado de sábana y se acercó a ellos indignada, intentando no tropezar.

—Ya le he dado a Jade un marido, por lo que, por cierto, me disculpo.

—¡Qué reunión más pervertida! —exclamó Bram desde la puerta que comunicaba con el pasillo—. ¿Puedo participar yo también?

—¡Échalos de aquí! —le ordenó Georgie sujetando la sábana con más fuerza—. Lo haría yo, pero sólo tengo una mano libre.

Él se encogió de hombros.

—De acuerdo.

—Espera. —Jade alargó el brazo—. En estos momentos tú y yo tenemos que ser los más razonables, Bram. Lo único que yo quería era hablar con Georgie sin que todo el mundo estuviera escuchándonos. Es una buena persona y yo quiero disculparme por haberla herido. Sé que esto la ayudará a dejar de lado la hostilidad que siente hacia nosotros y así podrá sanar su herida.

—¡Qué generosa! —exclamó Bram—. Seguro que si Georgie sana su herida vosotros os sentiréis mucho mejor.

—No te metas con Jade. —Lance tensó los músculos—. Georgie, siempre has sido una persona razonable. Jade necesita hacer esto, y yo también, para que todos podamos seguir adelante.

Lance fijó la mirada en el cuello de Georgie.

Bram arqueó una ceja.

—Debo admitir que vosotros, que sois un par de payasos, habéis despertado mi curiosidad. Georgie, ¿no te interesa oír lo que quieren decirte?

—Ayer por la noche ya oí lo que uno de ellos quería decirme, pero resulta que no quiero dar por terminado nuestro matrimonio y largarme a Tailandia con ellos para participar en una monumental operación fotográfica.

—Bromeas.

—No es como ella hace que parezca —contestó Jade—. Lance y yo tenemos pensado realizar un viaje humanitario. Es preciso que todos empecemos a pensar globalmente en lugar de individualmente, Georgie.

—Yo no estoy tan avanzada espiritualmente.

—Yo tampoco —añadió Bram—. Además, Georgie y yo ya hemos planeado un viaje. A Haití. Para llevar suministros médicos.

Jade se mostró entusiasmada.

—¿De verdad? ¡Fantástico! Cualquier cosa que pueda hacer para ayudaros, comunicádmela.

—Empieza por salir de mi dormitorio —declaró Georgie.

Jade estaba guapísima y dolida.

—Creo que eres una persona maravillosa, Georgie, y lamento que te sientas tan herida.

—Yo no me siento herida, tía, sólo furiosa.

—Reconozco tu derecho a estar enfadada, Georgie, y sé que lo que Lance y yo te proponemos es una locura, pero hagámoslo de todas formas. Simplemente porque sí. Demostrémosle al mundo que las mujeres somos más razonables que los hombres.

—¡Yo no soy más razonable que los hombres! Tú y mi ex marido tuvisteis una aventura a mis espaldas. Además él mintió a la prensa sobre mí, ¿y ahora queréis que vaya con vosotros a una especie de *ménage à trois* altruista? No cuentes conmigo.

Los ojos de cervatilla de Jade se derritieron convirtiéndose en insondables pozos de tristeza.

—Ya le dije a Lance que estabas demasiado centrada en ti misma para acceder.

—Bien, creo que esto es todo. —Bram abrió las puertas del balcón de par en par—. Ha sido una visita maravillosa, pero ahora Georgie tiene que vomitar.

Esta vez, Lance y Jade cedieron.

—Divertida pareja —comentó Bram mientras cerraba los ventanales—. Un poco intensos, pero aun así son para desternillarse de risa.

Georgie se dirigió al lavabo.

—Y aquí estoy yo, desnuda debajo de la sábana y con el pelo hecho un asco. Ni siquiera me he lavado los dientes. Jade puede sacar lo mejor de mí sin siquiera proponérselo.

—Debería haber sido más sensible con tu patética y baja autoestima —declaró él siguiéndola hasta el lavabo—. Me castigaré llevándote de nuevo a la cama y esforzándome mucho más en ser el hombre de tus fantasías sexuales.

—O no.

Georgie contempló su reflejo en el espejo. No le extrañaba que no pararan de mirarle el cuello, pues tenía un enorme cardenal. Se lo rozó con la punta del dedo.

—Muchas gracias.

Bram deslizó su dedo por el hombro de Georgie.

—Quería asegurarme de que Lance no se olvidara de a quién perteneces.

Ella cogió su cepillo de dientes. Las mujeres no eran propiedad de nadie, y mucho menos ella. Aun así, era un bonito detalle que Bram hubiera pensado en aquel aspecto. Lo que no encontraba tan bonito era descubrir que tenía un vicio menos de los que le había hecho creer. Tendría que hablar con él sobre esta cuestión pronto.

Él le tendió la pasta de dientes.

—Ayer por la noche, cuando salí para ir a buscar a Jade, ella ya se dirigía a la casa mientras hablaba por el móvil. No puedo demostrarlo, pero creo que ya estaba hablando de la cuarentena con alguien.

—¿Antes de entrar en la casa? —preguntó Georgie con la boca llena de dentífrico—. Pero eso no tiene sentido. Si ella ya sabía lo de la cuarentena, ¿por qué querría verse atrapada aquí dentro?

—Quizá porque se sentiría insegura si su marido se quedaba aislado dos días en el mismo lugar que su sexy ex esposa.

—¿De verdad? —Georgie sonrió y soltó un bufido—. ¡De coña!

—Ya me avisarás cuando dejes de estar obsesionada con esos dos y empieces a vivir tu vida real, ¿de acuerdo?

Ella se enjuagó la boca.

—Estamos en Los Ángeles. Aquí la vida real es una ilusión.

—¡Bram! —gritó Chaz desde el pie de las escaleras—. ¡Bram, ven deprisa! Hay una serpiente en la piscina. ¡Tienes que sacarla!

Él se estremeció.

—Haré ver que no he oído nada.

—Deberías obligar a Lance y Jade a sacarla —comentó Georgie mientras dejaba el cepillo de dientes en su lugar—. Probablemente se trate de un familiar suyo.

—¡Bram! —apremió Chaz—. ¡Deprisa!

Georgie se puso un albornoz y siguió a Bram hasta la piscina, donde había una serpiente de cascabel encima de una almohadilla de natación. No era grande, sólo debía de medir unos sesenta centímetros, pero aun así se trataba de una serpiente venenosa a la que, además, no le gustaba el agua.

Los gritos de Chaz habían alertado al resto de invitados. Cuando Lance y Jade llegaron, Bram cogió el recogedor de hojas y se lo ofreció a Lance.

—Vamos, Lancelot, impresiona a las mujeres.

—Yo paso.

—A mí no me mires —dijo Jade—. Tengo fobia a las serpientes.

—Yo las odio —dijo Chaz con una mueca.

Georgie alargó el brazo hacia Bram.

—¡Oh, vamos, dámelo a mí! Yo la sacaré.

—Buena chica. —Y le entregó el recogedor de hojas.

Justo cuando Georgie lo cogía, apareció Laura seguida de Rory, quien cerró su móvil y corrió hasta el bordillo de la piscina con un sonoro traqueteo de los tacones de sus carísimas sandalias Gucci.

—¿Es una serpiente de cascabel?

—Sin duda. —Bram miró a Rory y extendió el brazo hacia Georgie—. ¿Qué haces, cariño? Dame eso. No pienso permitir que juegues con una peligrosa serpiente.

Ella contuvo una sonrisa y le devolvió el recogedor. Él apretó los dientes con resignación y lo introdujo con cuidado en la piscina. Meg y Paul llegaron y, mientras observaban, Meg le dio algún que otro consejo. La serpiente siseó y se enroscó, pero al final Bram consiguió atraparla. Un charco de sudor se había formado entre las paletillas de Bram, quien, con los brazos bien extendidos llevó el recogedor hasta la parte trasera de la finca y echó la alimaña por encima del muro de piedra.

—¡Estupendo! —exclamó Rory—. Así, cuando haya crecido, se dirigirá directamente a mi jardín.

—Si lo hace, avísame —contestó Bram—. Iré a encargarme de ella para que no te moleste.

—Deberías haberla matado —comentó Lance.

—¿Por qué? —replicó Meg—. ¿Porque estaba actuando como una serpiente?

Georgie se dio cuenta de que tenía que aclarar algo y, como Rory estaba allí, bien podía aprovechar el momento, por inoportuno que pareciera.

—¿Sabes una cosa, Rory? La bebida que Bram siempre lleva en la mano es té helado.

Bram la miró como si se hubiera vuelto loca, y los demás también.

—Lo digo para que sepan que ya no eres un borracho —explicó ella con torpeza—. Hace cinco años que no fumas y el orégano de la cocina es orégano de verdad. En cuanto a las drogas... He encontrado algunos suplementos vitamínicos Flintstone para niños y Tylenol, pero...

—¡Yo no tomo complementos vitamínicos de esa marca!

—¡Bueno, pues complejos multivitamínicos One A Day o lo que sea! Si la gente sabe que ya no eres el imbécil de antes, puede que dejen de tratarme como si estuviera loca por haberme casado contigo. —Además, pensó, Rory podría estar más predispuesta a financiar *La casa del árbol*. Su nueva mente calculadora estaba en marcha.

Bram por fin reaccionó.

—Realmente fue una locura que te casaras conmigo, pero me alegro.

Se hicieron unas carantoñas de casados, aunque, por el ceño de Bram, Georgie dedujo que no estaba muy contento con su iniciativa.

—¡Mi héroe! —exclamó dándole unas palmaditas en el pecho.

—Eres demasiado buena conmigo, cariño.

Laura formuló a Lance y Jade la pregunta que probablemente ocupaba el primer lugar en las mentes de todos.

—¿Cómo os encontráis vosotros? ¿Tenéis algún síntoma?

—Aparte del *jet-lag*, estamos muy bien —contestó Jade.

Rory desplegó el móvil.

—Dadme una lista de todo lo que necesitéis. Uno de mis empleados lo conseguirá y lo llevará a la puerta del jardín.

Lance le dio una palmada a Paul en la espalda.

—Es fantástico volver a verte. Por fin tenemos la oportunidad de ponernos al día.

Georgie no se sentía con ánimos para seguir en aquella reunión, así que empezó a alejarse, pero la respuesta de su padre la paró en seco.

—Me temo que no tengo mucho que contarte últimamente, Lance.

Lance no supo qué responder.

—Paul..., la separación ha sido dura para todos, pero...

—¿Ah, sí? Tal como yo lo veo, más que nada ha sido dura para Georgie. Tú pareces estar bastante bien.

Lance parecía acongojado y Jade arrugó la frente. Georgie se sintió emocionada.

—Es igual, papá. No importa.

—Pues a mí sí me importa —replicó él.

Y se marchó.

Bram sonrió.

—No lo entiendo. ¡Papá estaba de tan buen humor ayer por la noche, cuando hacíamos planes para ir a pescar juntos!

Georgie estudió su rostro. ¿Desde cuándo Bram Shepard se había convertido en alguien en quien ella podía confiar? En cuanto a su padre... ¿le había hecho un desaire a Lance por respeto a ella o sólo para salvar su propio orgullo?

Después dedicó más tiempo del habitual a arreglarse el pelo y maquillarse, pero se vistió con unos simples vaqueros y una sencilla camiseta blanca para que no pareciera que se estaba esforzando demasiado en tener buen aspecto. Cuando bajó las escaleras, los invitados estaban hablando por sus móviles mientras picaban de un surtido de cereales y bollos. Chaz estaba frente a los fogones, cocinando huevos a petición de los huéspedes. Lance le pidió la clara revuelta de dos huevos. A su lado, Jade interrumpió su conversación telefónica para pedirle que calentara agua para su infusión de hierbas. Un helicóptero zumbó por encima de la finca. Georgie vio que Paul estaba en el porche hablando con alguien por el móvil. Laura estaba sentada en el comedor con una libreta delante y el móvil pegado a la oreja. Rory escribió con determinación una nota recordatoria para sí misma en el margen de la portada de *Los Angeles Times*, y Meg, sentada en un taburete, hacía lo que podía para convencer a su madre de que se encontraba bien.

Bram llegó del garaje con una caja de agua embotellada. Oyó que un segundo helicóptero se unía al primero volando en círculos sobre la casa y levantó la vista hacia el techo.

—No hay mejor negocio que el negocio del espectáculo.

Los rumores se habían extendido más deprisa de lo que Georgie esperaba. Se imaginó a un fotógrafo colgando de los patines del helicóptero, con el objetivo dirigido hacia la casa, dispuesto a arriesgar su vida para conseguir la primera imagen de ella con Lance y Jade. ¿Qué valdría una foto como ésa? Como mínimo, un cheque de seis cifras.

Georgie se sirvió una taza de café y salió al porche. Allí, el ruido de los helicópteros se oía más fuerte. Al verla acercarse, su padre, que estaba apoyado en una de las columnas en espiral, terminó su conferencia telefónica. Se estudiaron el uno al otro. Los ojos de él se veían cansados tras sus gafas sin montura. Quizá las cosas fueron más fáciles entre ellos cuando Georgie era pequeña, pero ella no lo recordaba así. De todas maneras, él fue un viudo de veinticinco años que tuvo que criar solo a una hija. Georgie cogió la taza de café con ambas manos.

—¿Todavía sigues firmando autógrafos como si fueras Richard Gere?

—Ayer mismo firmé uno.

Paul había empezado a recibir ese tipo de peticiones cuando su pelo se volvió entrecano. Al principio les explicaba que él no era Gere, pero la gente no siempre lo creía y algunos incluso realizaban comentarios acerca de lo engreídos que eran los famosos. Al final, Paul decidió que no le hacía a Gere ningún favor cabreando a sus fans, así que empezó a firmar autógrafos en su nombre.

—Seguro que era una mujer —comentó Georgie—, y seguro que le encantaste en *Oficial y caballero*. La gente tendría que superar esa película. La verdad es que no fue tu mejor interpretación.

—Es cierto. Convenientemente, se olvidan de *Infidelidad* y de *La gran estafa*.

—¿Y qué me dices de *Chicago*?

—O *Las dos caras de la verdad*.

—No, me temo que en ésa Ed Norton te superó.

Paul sonrió y los dos guardaron silencio, pues la fuente neutral de conversación se había agotado. Georgie dejó la taza en una de las mesas de azulejos y se esforzó en actuar como una persona madura.

—Te agradezco lo que le dijiste a Lance antes, pero vosotros tenéis vuestra propia relación. No estaría bien que yo os la estropeara.

—¿De verdad crees que voy a estar a gusto con él después de lo que te hizo?

Claro que no, su padre se preocupaba demasiado por la imagen de su hija para dejarse ver con Lance Marks. Un sesgado rayo de sol envió una ráfaga plateada sobre su pelo.

—Antes realizaste una emocionante defensa de Bram —comentó—, pero dudo que nadie te creyera. ¿Qué haces con él, Georgie? Explícamelo para que pueda entenderlo. Explícame cómo pudiste enamorarte de repente de un hombre al que detestabas. Un hombre que ha...

—Bram es mi marido, no quiero oírte hablar así de él.

Pero estaban hablando sin tapujos y Paul se acercó a su hija.

—Esperaba que, a estas alturas, por fin te hubieras dado cuenta del tipo de hombre que te conviene.

—¿Qué quieres decir con «por fin»? Ya me había dado cuenta antes, ¿recuerdas? Pero aquel matrimonio no fue exactamente un éxito.

—Lance nunca fue el hombre adecuado para ti.

Era culpa de los helicópteros. Hacían tanto ruido que habían distorsionado las palabras de Paul.

—¿Perdona?

Él apartó la mirada.

—Apoyé tu decisión de casarte con Lance aunque sabía que nunca te haría feliz, pero no pienso volver a hacerlo. En público diré lo correcto, pero en privado te diré la verdad. No pienso volver a fingir contigo.

—¡Alto ahí! ¿Qué me estás diciendo? Fuiste tú quien me presentó a Lance. Te encantaba.

—No como marido, pero tú no querías oír ni una crítica acerca de él.

—Nunca me dijiste que no te gustaba, sólo que no tenía tantos registros como yo, con lo que, una vez más, dabas a entender que yo tenía que centrarme más.

—Eso no es lo que yo quería decir, Georgie, en absoluto. Lance es un actor correcto, ha encontrado su nicho y es lo bastante listo para quedarse en él, pero nunca ha tenido una identidad propia. Él depende de la gente que lo rodea para definir quién es. Hasta que te conoció, apenas había leído nada. Eres tú quien consiguió que se interesara por la música, la danza, el arte..., incluso por los sucesos de la actualidad. Su capacidad para absorber la personalidad de otras personas le ayuda a ser un buen actor, pero no lo convierte en un buen marido.

Esto era, casi con exactitud, lo mismo que le había dicho Bram.

—Nunca soporté tu forma de comportarte cuando estabas junto a él —continuó Paul—, como si te sintieras agradecida de que él te hubiera elegido, cuando debería haber sido lo contrario. Él se alimentaba de esa actitud tuya. Se alimentaba de ti, de tu sentido del humor, de tu curiosidad, de tu forma desenvuelta de relacionarte con los demás... A él, todo eso no le sale con naturalidad.

—No me lo puedo creer... ¿Por qué no me dijiste nada? ¿Por qué no me dijiste lo que sentías respecto a él?

—Porque cada vez que lo intentaba, me volvías la espalda. Tú lo adorabas, y nada de lo que yo dijera podía cambiar eso. Además ya había suficiente tensión entre nosotros a causa de tu carrera. ¿Qué habría conseguido criticándolo, sino que sintieras más resentimiento hacia mí?

—Deberías haberme contado la verdad. Yo siempre creí que te interesabas más por él que por mí.

—A ti te gusta pensar lo peor de mí.

—¡Tú me culpaste del divorcio!

—Yo nunca te culpé, pero sí que te culpo ahora por casarte con Bramwell Shepard. De todos los hombres estúpidos...

—¡Para! No sigas por ahí.

Georgie se presionó las sienes con los dedos. Se sentía agotada. ¿Su padre le estaba contando la verdad o intentaba reescribir la historia para mantener la ilusión de su propia omnipotencia?

Varios teléfonos sonaban en el interior de la casa y Georgie oyó que el intercomunicador de la puerta del jardín emitía su zumbido característico. Llegó un tercer helicóptero y voló más bajo que los otros.

—Esto es una locura. —Georgie hizo un gesto desdeñoso con la mano—. Ya hablaremos de esto más tarde.

Laura esperó hasta que Georgie desapareció para salir del fondo del porche. Paul se veía tan vulnerable como podía verse un hombre invencible y de acero. Para ella, Paul era un verdadero misterio. Tan sumamente controlado, no podía imaginárselo riendo por un buen chiste verde, y mucho menos soltándose en un orgasmo colosal. Ni haciendo nada que supusiera un exceso.

Conforme a los patrones de Hollywood, Paul vivía modestamente. Conducía un Lexus en lugar de un Bentley y tenía una casa urbana de tres dormitorios en lugar de una mansión en las afueras. No tenía empleados personales y salía con mujeres de su misma edad. ¿Qué otro hombre de cincuenta y dos años hacía lo mismo en Hollywood?

A lo largo de los años, Laura había dedicado tanta energía a sentirse ofendida por culpa de él que ya sólo lo veía como un símbolo de su propia ineficacia. Sin embargo, acababa de presenciar su talón de Aquiles y algo en su interior se conmovió.

—Georgie es una persona increíble, Paul.

—¿Crees que no lo sé? —Rápidamente volvió a su ser de hielo—. ¿Es así como has consolidado tu carrera? ¿Escuchando conversaciones ajenas?

—Ha sido sin querer —contestó ella—. Salí para ver si tenía más cobertura aquí fuera y entonces os oí hablar. No quería interrumpiros.

—¿Ni volver adentro y dejarnos a solas?

—Me quedé preocupada al ver lo desorientado que estabas. Durante un rato, tu ofuscación me paralizó.

Laura contuvo la respiración. No podía creer que aquellas palabras hubieran salido de su boca. Quería achacar su descontrolada lengua a que había pasado la noche en vela, pero ¿y si se trataba de algo peor? ¿Y si todos los años de autodesprecio habían acabado con sus últimos restos de moderación?

Paul estaba acostumbrado a su habitual servilismo y arqueó las cejas. La carrera de Laura dependía totalmente de representar a Georgie York y tenía que disculparse de inmediato.

—Quiero decir que... Siempre se te ve tan centrado. Siempre estás seguro de tus ideas y nunca cambias de opinión. —Se fijó en los pantalones azul marino y el polo de Paul y su disculpa empezó a desvariar—. No tienes más que mirarte. Llevas la misma ropa que ayer por la noche, pero estás impecable. Ni una arruga. Resulta intimidante.

Si al menos él no se hubiera inclinado hacia atrás y no hubiera mirado con lástima el arrugado blusón y los desmejorados pantalones de color marfil de Laura, ella podría haberse contenido. Sin embargo, continuó con voz excesivamente alta:

—Estabas hablando con tu hija. Tu única hija.

Paul apretó los dedos alrededor de la taza que Georgie había dejado encima de la mesa.

—Ya sé quién es.

—Siempre creí que mi padre era un desastre. Era un manirroto y no conseguía conservar ningún empleo, pero no pasaba un día sin que abrazara a sus hijos y nos dijera cuánto nos quería.

—Si estás sugiriendo que no quiero a mi hija, te equivocas. Tú no has tenido hijos y no entiendes lo que es ser padre.

Laura tenía cuatro sobrinos maravillosos, así que tenía una idea bastante exacta de lo que implicaba ser padre, pero tenía que reprimirse como fuera. Sin embargo, su lengua parecía haberse desconectado de su cerebro.

—No entiendo cómo puedes ser tan distante con ella. ¿No puedes actuar como un padre?

—Por lo visto, no has prestado la suficiente atención, si no sabrías que estaba haciendo justamente eso.

—¿Sermoneándola y criticándola? No apruebas lo que quiere hacer con su carrera. No aceptas su gusto respecto a los hombres. Dime, ¿qué te gusta de ella? Aparte de su capacidad de ganar dinero.

Paul enrojeció de rabia. Laura no sabía quién de los dos estaba más sorprendido. Ella estaba arruinando todo lo que había tardado años en construir. Tenía que suplicarle que la perdonara, pero estaba tan enfadada consigo misma que no encontraba las palabras adecuadas.

—Acabas de pasar una línea peligrosa —repuso Paul.

—Lo sé. Yo... no debería haberlo dicho.

—Tienes toda la razón. No deberías haberlo dicho.

—Sin embargo, en lugar de huir de allí antes de causar más estragos, los pies de Laura siguieron clavados en el suelo con tozudez.

—Nunca he entendido por qué eres tan crítico con ella. Es una mujer maravillosa. Puede que no tenga el mejor de los gustos en cuanto a los hombres, aunque debo decir que Bram ha constituido una agradable sorpresa, pero Georgie es una mujer cálida y generosa. ¿Cuántos actores conoces que intenten hacer la vida más fácil a las personas que los rodean? Georgie es lista como un lince y todo le interesa. Si fuera hija mía, querría disfrutar de su compañía en lugar de actuar siempre como si creyera que necesita una reforma total.

—No sé a qué te refieres.

Sin embargo, Laura se dio cuenta de que él lo sabía perfectamente.

—¿Por qué no te diviertes con ella de vez en cuando? Pasa el rato con ella. Haced algo ajeno al trabajo. Jugad a cartas, chapotead en la piscina...

—¿Y qué tal un viajecito a Disneylandia? —ironizó Paul.

—Sí, ¿por qué no?

—Georgie tiene treinta y un años, no cinco.

—¿Hiciste esas cosas con ella cuando tenía cinco años?

—Su madre acababa de morir, así que yo estaba un poco agobiado —soltó Paul.

—Debió de ser horrible.

—Fui el mejor padre que pude.

Ella percibió auténtico dolor en sus ojos, pero eso no despertó su compasión.

—Esto es lo que me preocupa, Paul. Si yo no entiendo lo mucho que la quieres, ¿cómo va a entenderlo ella?

—Ya es suficiente. Más que suficiente. Si éste es todo el respeto que sientes hacia nuestra relación profesional, quizá tengamos que replantearnos dónde estamos.

A Laura se le encogió el estómago. Todavía podía salvar la situación. Podía alegar enfermedad, locura, SARS... Pero no lo hizo, sino que enderezó los hombros y se marchó.

El corazón le latía con fuerza mientras se dirigía a la casa de los invitados. Pensó en su gravosa hipoteca, en lo que sucedería con su reputación si perdía su mejor cliente, en cómo acababa de cometer una inmensa metedura de pata. Entonces, ¿por qué no volvía al porche y se disculpaba?

Porque una buena agente, una agente de primera categoría, servía bien a su cliente y, por primera vez, Laura se sintió como si hubiera hecho exactamente eso.

19

Durante todo el día, Bram contempló la partida de ajedrez humano que se desarrollaba ante él mientras los helicópteros los sobrevolaban en círculo. Vio cómo Georgie hacía todo lo posible por mantenerse alejada de Lance, Jade y su padre, mientras que Paul apenas hablaba con nadie. Vio que Chaz intentaba satisfacer todos los caprichos de Lance y Jade, pero que seguía mostrándose antipática con Georgie y Aaron. Meg ayudaba en la cocina, miraba con desdén a Lance cada vez que se cruzaba con él y actuaba como si Jade fuera invisible. Laura adoptó el papel de una Suiza nerviosa, intentando moverse con neutralidad entre las naciones en conflicto. Y todo el mundo le hacía la pelota a Rory. Él incluido.

Bram decidió que, con la posible excepción de Chaz, él era el único que estaba contento con la cuarentena. Había planeado acorralar a Rory la noche anterior, pero la aparición de Lance estropeó sus planes. Sin embargo, ahora tenía el resto del fin de semana para abordarla a solas y ella no podría seguir esquivándolo eternamente.

Entre los helicópteros y el incidente de la serpiente, nadie quería ir a la piscina. Varios invitados estaban en la cocina y Bram vio que Georgie se disponía a fastidiar con su cámara de vídeo otra vez. Chaz empezó a enfadarse y Bram intervino.

—Cariño, ¿por qué no practicas tu técnica de entrevistar a la gente con Laura? Ya sabes, una agente del sexo femenino en el charco de tiburones de Hollywood.

—Yo no quiero entrevistar a Laura, quiero entrevistar a Chaz otra vez.

—Sólo porque las mujeres de la limpieza no están —soltó la chica con desdén—. ¡Le encanta hablar con ellas!

A Bram le resultaba extraño sentirse como si fuera la única persona adulta de la habitación.

—Entonces ¿qué te parecería entrevistar a Aaron? —preguntó, pensando que era una sugerencia razonable.

—No me interesa hablar con los hombres —soltó Georgie—. Está bien, te entrevistaré a ti.

—Haz que se quite la ropa —sugirió Meg—. Eso animará un poco el ambiente.

—Gran idea —contestó Bram—. Lo haremos en el dormitorio.

Georgie decidió reavivar su papel de amante esposa.

—No me tientes de esa forma en público.

Una serie de imágenes semipornográficas cruzaron la mente de Bram. ¿Quién se habría imaginado que Georgie fuera semejante bomba? Desde el primer momento, su autoritarismo sexual lo había excitado muchísimo. A diferencia de otras mujeres, a ella no le preocupaba si él se excitaba o no y, por alguna razón, esto todavía lo excitaba más. El aspecto sexual de aquel matrimonio de pega se había convertido en algo mucho más divertido de lo que él había imaginado. Tanto que había empezado a sentirse un poco inquieto. Él sólo tenía espacio para una persona en su vida, y esa persona era él mismo. Lo de Chaz había sido un accidente.

A última hora de la tarde, los móviles de todo el mundo y los PDA se estaban quedando sin batería. Sólo el móvil de Rory, quien, entre otras cosas, había encargado que le dejaran junto a la puerta del jardín un cargador y un móvil de repuesto, seguía funcionando. Laura anunció que estar sin teléfono la hacía hiperventilar y le pidió a Georgie que cantara algo, pero en la casa no había ningún piano y la anfitriona se negó. A pesar de tomarle el pelo acerca de su interpretación en el musical *Annie*, Bram tenía que reconocer que resultaba agradable escucharla cantar, con su potente voz y su inagotable energía. Quizá comprara un piano para sorprenderla.

Jade se sentó en la biblioteca con un libro sobre economía internacional, Georgie desapareció con Aaron y el resto de los invitados se desplazaron a la sala de proyecciones. Bram fue a su despacho con un vaso de té helado extra fuerte; una adicción menos dañina que las anteriores.

Cogió el guión que le había enviado su agente. Con toda la publicidad de la que era objeto a causa de su matrimonio, estaba recibiendo más guiones de lo habitual, pero los papeles eran los mismos de siempre: *playboys*, gigolós y, de vez en cuando, un traficante de drogas. Bram no se acordaba de la última vez que le había llegado algo que no fuera pura basura. Tras haber leído unas páginas, se dio cuenta de que aquel guión no era distinto de los demás. Tenía ganas de fumar un cigarrillo, pero en su lugar bebió un trago de té helado, examinó su correo electrónico y, a continuación, regresó a la casa para dedicarse al verdadero trabajo que tenía pendiente.

Rory había trasladado su centro de operaciones a un rincón del porche. A pesar de que era domingo, había estado al teléfono toda la tarde, creando y destruyendo carreras, pero en aquel momento estaba inclinada sobre su ordenador portátil. Bram se acercó a la mesa donde ella estaba trabajando con paso relajado y, sin esperar una invitación que nunca llegaría, se sentó frente a ella.

—Aunque agradezco de veras tu hospitalidad —dijo Rory sin levantar la vista—, a menos que quieras hablar acerca del clima, vas a perder el tiempo.

—Supongo que eso es mejor que perder el dinero de Vortex.

Rory levantó la cabeza.

Bram extendió las piernas y se acomodó en el asiento con aires de autosuficiencia, aunque tenía el estómago encogido.

—Eres una de las mujeres más inteligentes de la ciudad, pero en estos momentos estás actuando como una estúpida.

—En general, resulta mejor persuadir a alguien mediante halagos.

—Tú no necesitas halagos. Sabes lo buena que eres, pero el rencor que sientes hacia mí se está interponiendo en tu buen juicio, el cual, en general, es excelente.

—Ésa es tu opinión.

—Caitlin Carter se ha vuelto codiciosa. Si esperas hasta que mi opción expire, te gastarás mucho más dinero en *La casa del árbol* del que te gastarías ahora. ¿Cómo explicarás esto a tu junta directiva?

—Me arriesgaré. Y eres tú el que está actuando como un estúpido. Si me cedes *La casa del árbol* ahora, sin ningún tipo de restricciones, te garantizo que aparecerás en los créditos como productor asociado...

—Eso no tiene ningún valor para mí.

—Sólo con eso ya estarías ganando dinero respecto a tu inversión inicial. Pero, si persistes en tu idea, acabarás con nada. Yo puedo conseguir que se haga esa película. ¿Qué más quieres?

—Quiero que se haga la película que está en mi cabeza. —Bram se esforzó en mantenerse sereno, pero aquel asunto significaba mucho para él y notó que estaba perdiendo la calma—. Quiero interpretar a Danny Grimes. Quiero que se me garantice que Hank Peters será el director. —Se levantó de la silla—. Quiero estar en el plató todos los días para asegurarme de que el guión que he entregado es el que se rueda realmente y no que un imbécil del estudio vaya y decida que quiere introducir una persecución de coches.

—Yo no permitiría que eso sucediera.

—Tú tienes que dirigir el estudio, ni siquiera te darías cuenta.

Rory se frotó los ojos.

—Me estás pidiendo demasiado, Bram. Te lo diré sin rodeos. Sólo se te conoce por tres cosas: *Skip y Scooter*, una cinta de sexo y por ser un juerguista impresentable. Estoy empezando a creer a Georgie cuando dice que has superado la última, pero no has hecho nada serio desde que acabó la serie. ¿De verdad me imaginas diciéndole a la junta directiva que te he confiado un proyecto como *La casa del árbol*?

—¡Tengo una jodida intuición! ¿Puedes entenderlo? —Las venas del cuello de Bram palpitaron—. Sé exactamente cómo debería hacerse esa película. Cómo debería ser. Qué debería transmitir. Soy el único que puede realizar la película que tú quieres. ¿Tanto te cuesta entenderlo?

Rory lo miró larga y serenamente.

—Lo siento —dijo con suavidad—. No puedo hacerlo.

La lástima genuina que reflejaba su voz le indicó a Bram que habían llegado al final del camino. Había hecho todo lo que había podido para convencerla y había perdido. Se sorprendió al ver que sus manos temblaban, pero, aun así, consiguió encogerse de hombros. De ningún modo le suplicaría.

Su despacho constituía el único refugio del que disponía en aquella superpoblada casa. Al darse la vuelta, un movimiento cerca de la puerta llamó su atención. Se trataba de Georgie. Aunque estaba a unos tres metros de distancia, Bram percibió preocupación en su entrecejo fruncido y lástima en sus ojos verdes.

Georgie había oído toda la conversación con Rory, y eso a Bram le dolió tanto como haber perdido su sueño.

La cena constituyó una auténtica tortura. Lance no paró de intentar recuperar la simpatía de Paul, quien no respondió a sus intentos. Jade les dio un apasionado sermón sobre la industria sexual infantil que los dejó a todos deprimidos y con un sentimiento de culpabilidad. Georgie apenas habló, Rory parecía preocupada, y Laura estuvo todo el tiempo lanzando miradas ansiosas a Paul y Georgie. Bram no pensaba permitir que Rory viera que lo había vencido, así que se obligó a bromear con Meg, la única persona en la mesa que no parecía desear estar en cualquier otro lugar.

Los helicópteros por fin terminaron su jornada.

Chaz les sirvió un empalagoso postre de caramelo. Era tan sustancioso que sólo Georgie se acabó su ración tragándosela con una obstinada determinación que Bram no comprendió. Jade, a quien no parecía importarle mucho la comida, se dejó su ración sin siquiera tocarla y, cuando Chaz reapareció, le pidió un cuarto de manzana. Su petición debió de cabrear a Georgie, porque se levantó de la mesa de golpe y se metió de lleno en su papel de Scooter Brown.

—Ni siquiera son las ocho. Vayamos al salón, tengo un entretenimiento especial para todos.

La sugerencia constituyó una sorpresa para Bram. Malas noticias. Él lo único que quería era desaparecer.

—Yo no pienso jugar a las adivinanzas —advirtió Meg—, ni a ningún otro juego al que juguéis los actores.

Laura y Rory parecían horrorizadas, pero Georgie no cedió.

—Tengo en mente algo ligeramente más interesante que esos juegos.

—Espera un momento —intervino Bram, decidido a demostrarle a Rory que no lo había dejado hecho polvo—, me prometiste que no dejarías que nadie te viera bailar desnuda salvo yo.

—Nada de bailes —replicó ella sin perder la calma—. La última vez que me deslicé por la barra me luxé un tendón.

Incluso Paul sonrió, y todas las mujeres salvo Jade se echaron a reír. Sin embargo, Bram tuvo la impresión de que la vida le resultaba demasiado pesada para tomarse nada a la ligera y Lance enseguida se puso serio para apoyar a su mujer. ¡Qué imbécil!

Mientras los demás recogían la mesa, Jade le pidió a Chaz que le preparara otro poleo menta porque el primero no estaba lo bastante caliente. Bram tuvo la impresión de que Jade dirigía sus instintos humanitarios al mundo en general mientras ignoraba a la gente que la atendía en el día a día. Al final, Georgie, quien seguía simulando estar muy alegre, los condujo al salón y asignó los asientos.

A Bram lo hizo sentarse en el sillón que había junto a la chimenea. A Rory, en el sofá que había al lado del sillón de Bram, y a los demás los colocó de una forma que podía tener sentido para ella, pero para nadie más. Bram deseó que su mujer lo hubiera consultado antes de proponer su jueguecito de salón.

Entonces entró Aaron cargado con un montón de guiones y Bram lo entendió todo.

Georgie le entregó a él el primero.

—¡Sorpresa, cariño!

Bram examinó la cubierta. Se trataba del guión de *La casa del árbol*. ¿Qué creía Georgie que estaba haciendo?

—Quizás alguno de vosotros ya hayáis oído que Bram tiene la opción para la realización de *La casa del árbol* de Sarah Carter.

Más de una cabeza se levantó de golpe para mirarla.

Georgie apoyó la mano en el hombro de su esposo.

—Sin embargo, por lo que sé, a Bram nunca le han leído el guión, así que le pedí a Aaron que hiciera copias para todos. Con tanto talento junto en la casa, creo que podríamos darle ese gusto al anfitrión, ¿no creéis?

Con tanto talento junto... y Rory Keene sentada a su lado. Georgie había lanzado los dados. No quería que él se rindiera, ni siquiera después de oír la conversación con Rory. Georgie había preparado una audición especialmente para él.

Entonces se despertó.

Georgie no lo estaba haciendo por él, sino para ella misma.

Bram se imaginó qué esperaba Georgie conseguir con aquello. Ella sabía que, en cuanto expirara la opción de Bram, Rory no dejaría escapar *La casa del árbol,* y pretendía utilizar aquella noche como audición privada para abrirse camino hacia el papel de Helene.

Un plan agresivo, pensó Bram con amargura, pero que no funcionaría. Georgie no era capaz de interpretar aquel personaje. Georgie le hincó los dedos en el hombro.

—Si no te importa, cariño, yo haré de directora de reparto.

Bram tenía que reconocerlo: Georgie estaba haciendo exactamente lo que él habría hecho en aquellas circunstancias. Entonces ¿por qué se sentía tan decepcionado?

Porque el estúpido egoísta era él, no ella.

Georgie empezó a repartir los guiones.

—Bram, como es lógico, tú leerás el personaje de Danny Grimes. Papá, ¿qué te parece si interpretas a Frank, el padre moribundo de Danny? Lance, tú harás de Ken, el vecino que abusa de su hija; interpretar al malo constituirá un bonito cambio para ti. Jade, tú leerás el texto de Marcie, la esposa servil de Ken.

El papel más ingrato de todos.

A continuación, Georgie le tendió a Laura un ejemplar del guión.

—Laura, saca a tu niña interior e interpreta a Izzy, su hija de cinco años. Y tú, Meg, leerás el papel de Natalie, la enfermera a domicilio de quien Danny está enamorado, pero no te hagas ilusiones.

—Yo no soy actriz.

—Pues finge serlo.

Bram no podía culpar a Georgie por intentar conseguir el papel de Helene. Era el tipo de personaje que podía dar un vuelco a la carrera de cualquiera, pero Helene necesitaba una actriz como Jade, quien ya tenía experiencia en personajes de carácter fuerte. Incluso realizando una lectura en frío, Jade estaría fantástica, Georgie lo sabía tan bien como él y por eso le había asignado el papel de Marcie.

Georgie se sentó en una silla en el otro extremo del salón.

—Aaron ha accedido a leer el resto de los personajes masculinos. Yo seré la narradora y me encargaré de los personajes femeninos que sobren.

No se podía decir que el personaje de Helene sobrara. La confusión de Bram se convirtió en un auténtico choque emocional cuando Georgie entregó uno de los guiones a Rory.

—Tú nunca puedes divertirte, así que hoy interpretarás a Helene.

—¿Yo?

—Saca tus dotes artísticas —la animó Georgie con una sonrisa radiante.

—No creo que las tenga.

—¿Qué más da? Esto es sólo por diversión.

Bram no lograba entenderlo. ¿Por qué se había rajado Georgie? Sólo se le ocurría una explicación, y algo parecido al pánico lo invadió: Georgie había preparado la audición para él en lugar de para sí misma.

¡Mierda! Él no le había pedido que lo hiciera. Seguramente ella había decidido que Rory se sentiría más implicada en el proyecto si le tocaba leer un papel clave como el de Helene. O, aún más inquietante, quizá quería que él y no ella fuera el centro de la atención. Fuera lo que fuere lo que rondaba por la cabeza de Georgie, estaba claro que la pequeña Scooter Brown estaba otra vez revoloteando por ahí y rociando a todos con su maldito polvo de hada.

Bram empezó a sudar. Su mujer era una condenada estúpida. ¿Cuándo se daría cuenta de que tenía que cuidar de sí misma? Si quería cambiar el curso de su carrera debía ir en busca de lo que quería y dejar de lado a todos los demás. Él nunca habría hecho un sacrificio así por ella. Pero a ella no le importaba, porque Georgie York era una maldita jugadora de equipo.

Georgie cruzó las piernas.

—Bram, antes de empezar, háblanos un poco del guión, ¿quieres? Dales a todos una idea de lo que esperas de ellos.

Él no se había preparado para aquello y se puso nervioso. Si lo estropeaba, no tendría otra oportunidad, pero no conseguía organizar sus ideas.

—Algunos de vosotros... unos cuantos... esto... probablemente habéis leído el libro. Probablemente la mayoría. Ya sabéis que es una... —Se obligó a mantener la compostura—. Es una bonita historia. Y un buen guión, quizás incluso mejor que el libro. —Las palabras empezaron a acudir con más facilidad a su boca—. Como lo que vamos a hacer ahora es una lectura en frío, la haremos sin pretensiones. No intentéis llevar al personaje más allá de lo que consta en el texto. Despojadlo de todo accesorio y leedlo sin más. Primero...

Georgie lo contemplaba desde el otro extremo del salón. Había empezado de una forma irregular, pero, poco a poco, su entusiasmo salió a la luz. Miró de reojo a Rory, pero resultaba difícil descifrar su expresión.

La idea de leer el guión se le había ocurrido justo después de oír la conversación entre Bram y Rory y de percibir la desesperación que su marido se esforzaba tanto en ocultar. Dos grandes obstáculos se interponían en su camino: su reputación como persona informal y su insistencia en interpretar a Danny Grimes. Ella no podía hacer nada más para cambiar lo primero, pero se le ocurrió que podía conseguirle una oportunidad en relación con lo segundo. No estaba claro si Bram lo lograría o no, pero al menos tendría una oportunidad.

Todos lo escuchaban con atención mientras él describía brevemente cada uno de los personajes. Pedirle a Rory que leyera el papel de Helene en lugar de hacerlo ella misma había resultado doloroso para Georgie, pero aquél era el proyecto de Bram y aquélla tenía que ser su audición. Además, en el remoto supuesto de que su plan funcionara, Bram estaría muy en deuda con ella y Georgie pretendía asegurarse de que él le pagara esa deuda.

Aun así, una vez más había puesto las necesidades de un hombre por delante de las suyas. Por otro lado, ver la pasión que Bram sentía por aquel proyecto le había permitido vislumbrar su alma. Equivocada o no, aquél parecía el único camino que podía tomar. Ya esperaría a otro día para ser desagradable.

Empezaron a leer el guión y pronto resultó obvio que los motivos ocultos de Georgie la habían empujado a cometer algunos errores de reparto graves. Jade no pudo evitar añadir a la lectura una rabia reprimida que no estaba en el guión, con lo que Margie se convirtió en un personaje mucho más intenso de lo que lo fueron las acartonadas Helene de Rory y Natalie de Meg. Lance prácticamente se retorcía los bigotes de villano mientras leía el texto de Ken, y Laura resultó muy poco convincente en su papel de niña de cinco años.

Por otro lado, Paul quedó sorprendentemente bien como padre de Danny, aunque no tanto como Bram, quien redujo su personaje a su esencia, de tal modo que todos sintieron el mudo sufrimiento de un hombre erróneamente condenado por uno de los crímenes más atroces de la sociedad; un hombre que intentaba con obstinación no ver cómo se cometía ese mismo crimen en la casa de sus vecinos.

Llegaron a la última página. Danny Grimes estaba de pie junto a la tumba de su padre y Natalie estaba a su lado.

NATALIE: Ha dejado de llover. Al final, hará un buen día.
(*Danny coge a Natalie de la mano*)
DANNY: Un buen día para construir una casa en un árbol. Pongámonos manos a la obra.

El silencio reinó en el salón. Uno a uno, todos fueron cerrando los guiones.

Bram miró a Georgie a los ojos y ella notó que su propia boca esbozaba, poco a poco, una sonrisa. La interpretación de Bram había sido brillante —serena, desesperada, inspirada— y totalmente inesperada. Una vez más, lo había infravalorado.

Al final, Meg rompió el silencio.

—¡Joder, Bram! ¿Alguien más sabe que sabes actuar?

Laura se sonó la nariz.

—Joder.

Laura miró a Paul, quien tenía la mirada perdida.

—Buen trabajo, Bram —declaró Lance—. Un poco monótono, pero no está mal para una primera lectura...

—Pues yo creo que has estado brillante —declaró Jade con rotundidad—. Has malgastado tu talento en papeles de tres al cuarto.

—Exacto —volvió a intervenir Lance—. Una actuación realmente interesante.

Georgie miró a su ex esposo. Bram y su padre tenían razón, Lance era como... un bloque gigante de tofu. No tenía sabor propio, sino que adoptaba los sabores de las personas que tenía más cerca.

Laura seguía mirando fijamente a Paul, quien de repente salió de la habitación. Georgie tenía miedo de mirar a Rory, hasta que oyó un suspiro largo y cansino.

—Está bien, Bram... Aun sabiendo que cometo un error, vayamos a hablar a algún sitio.

Georgie soltó un gritito ahogado, pero Bram, aparte de una leve mueca torcida, sólo exhibió una serena autoconfianza.

—Sí, claro, podemos hablar en mi despacho.

—Vaya, vaya... —comentó Jade cuando ambos desaparecieron.

—Lo mismo digo. —Meg descruzó las piernas y se levantó del suelo—. Estoy deseando contárselo a mi madre.

Lance tamborileó con los dedos en su muslo, algo que solía hacer cuando no estaba contento. Chaz entró en el salón procedente de la cocina, desde donde, sin lugar a dudas, lo había estado escuchando todo, y preguntó si alguien quería más café. Lo que Georgie quería era levantarse de un salto y bailar.

Los invitados se retiraron a los dormitorios y, al final, Georgie también subió al suyo. Se moría de ganas de saber qué habían hablado Rory y Bram e intentó leer mientras esperaba que él regresara, pero pronto dejó a un lado la lectura. Sus pensamientos se centraron en su ex marido. Desde el inicio de su relación hasta el final de su matrimonio, Georgie había permitido que el amor que sentía por él definiera quién era ella. Primero, la novia de Lance Marks; después, la mujer de Lance Marks; y, por último, la desgraciada ex esposa de Lance Marks. Ella se había convertido en la esclava emocional de un famoso, talentoso y engañoso, aunque no totalmente podrido, pedazo de tofu.

Bram entró disparado por la puerta y se lanzó de cabeza a la cama. Apartó la sábana y besó a Georgie hasta que le hizo perder la cabeza.

—Supongo... —murmuró ella casi sin aliento— que me estás demostrando tu gratitud.

—Así es. —Sonrió ampliamente y rozó las sienes de Georgie con los pulgares—. Gracias, Georgina. Lo digo en serio. —Deslizó la mano por debajo de la camiseta de tirantes de Georgie y le pellizcó el pezón—. Pero no vuelvas a hacer nada parecido sin advertirme antes. He estado a punto de sufrir un infarto.

Ella decidió que podía esperar a oír los detalles de la reunión con Rory y arqueó el cuerpo contra la mano de Bram.

—De nada. Ahora demuéstrame lo agradecido que estás.

Y eso fue, exactamente, lo que hizo él.

A la mañana siguiente, Bram estaba más contento de lo que Georgie lo había visto nunca. Sus ojos chispeaban y el afilado contorno de su boca se había suavizado. Rory había accedido a producir *La casa del árbol* por medio de Siracca Productions, una subsidiaria de Vortex que producía películas de bajo presupuesto, de las denominadas «independientes». Por fin Bram tenía lo que quería. Georgie experimentó una breve oleada de envidia. Últimamente, sentía más entusiasmo creativo grabando a Chaz del que había experimentado nunca realizando su verdadero trabajo. Entonces se acordó de Helene.

Aquella tarde, el Departamento de Salud levantaba la cuarentena, pues los análisis de sangre de las ayudantes de Jade determinaron que padecían un virus, no el SARS. Las dos mujeres todavía se sentían débiles, pero estaban mejorando. Cuando los invitados estuvieron listos para irse, tres helicópteros sobrevolaban la casa y una marabunta de medios de comunicación esperaba en la calle. Rory se fue por la puerta del jardín, pero el resto de los invitados esperó a que la policía llegara y despejara el camino.

Ahora que los sueños de Bram se estaban convirtiendo en realidad, Georgie tenía que dar el paso siguiente para hacer realidad los suyos. Salió al jardín en busca de Laura. Mientras bajaba los escalones del porche, Laura se aproximaba procedente de la casa de los invitados. El fino pelo de Laura se balanceaba de un lado a otro alrededor de sus suaves y bonitas facciones. No parecía lo bastante dura para ser una agente y quizá no lo era. Georgie se humedeció los labios.

—Quiero que canceles la reunión de mañana con Rich Greenberg.

Laura se detuvo de golpe y sus ojos castaños se abrieron alarmados.

—No puedo hacerlo, Georgie. No tienes ni idea de lo que me ha costado conseguir esa cita. Rich ni siquiera había pensado en ti para ese papel hasta que yo se lo sugerí, pero ahora está considerando en serio esa posibilidad.

—Lo comprendo, pero deberías habérmelo consultado antes. No pienso actuar en esa película.

—Rich tiene unas ideas fantásticas. Al menos, deberías escucharlo.

—Sería una pérdida de tiempo para él. Yo misma le telefonearé para disculparme.

Laura tiró de su collar. Sus profundas ojeras indicaban que no había dormido bien aquellos días.

—Tu padre está... Bueno, está totalmente convencido de que éste es el mejor proyecto para ti.

—Me aseguraré de que comprenda que la decisión la he tomado yo.

Laura no parecía muy convencida.

—No puedo hacerlo —dijo Georgie—. La última película que protagonicé... Lo único que hice fue cumplir con las formalidades.

—No digas eso. Tú eres una actriz fenomenal.

—Así habla una verdadera agente. —Georgie sabía lo que tenía que hacer. Precisamente Bram se lo había enseñado—. No creo que nadie deba vivir la vida simplemente cumpliendo con las formalidades. Yo quiero sacar más de mí misma.

—Lo entiendo, pero...

—Quiero interpretar a Helene en *La casa del árbol*.

Laura parpadeó.

—¡Uau! Ésta no la había visto venir. Ése es un papel totalmente distinto. ¿Bram está... de acuerdo?

—Me debe una audición y yo sé que puedo hacerlo. Es un papel que me emociona y voy a hacer todo lo que esté en mi mano para conseguirlo.

—Como es lógico, tienes mi apoyo, pero...

—Será mejor que entremos.

Georgie apretó la muñeca de Laura como muestra de lo que sentía y la condujo al interior.

La policía ya estaba en la entrada de la finca y Bram se reunió con Georgie en el vestíbulo para despedir a los invitados. Aaron apareció con una libreta y les pidió a Lance y Jade sus autógrafos.

—¿Os importa firmar aquí para Chaz? —Le entregó a Jade la libreta y un bolígrafo—. Y quizá podríais escribir alguna cosa, como que os ha gustado su comida o algo parecido. A ella le da vergüenza pedíroslo.

Jade lo miró con perplejidad.

—Es el ama de llaves —explicó Georgie—. La chica que nos ha preparado la comida durante el fin de semana.

—¡Ah, sí...!

Bram resopló.

Jade firmó en la libreta e, impaciente por irse, dio unos golpecitos en el suelo con el pie. Lance se demoró, pues todavía esperaba conseguir el perdón de Georgie. Las heridas que le había infligido volvieron a cruzar por la mente de Georgie, pero ya las había revivido demasiadas veces y aquella historia empezaba a aburrirla. Pensó en todas las cosas que podía decirle para herirlo, pero esto también le pareció aburrido.

Georgie lo miró con los ojos entornados.

—Quedas absuelto, Lancelot. Ve y no vuelvas a pecar.

Bram apoyó la mano en el trasero de Georgie y se lo acarició.

—¿Lo dices en serio? —preguntó Lance—. ¿Me has perdonado?

—¿Por qué no? Resulta difícil guardar rencor por algo que ya no te importa. Además, tú ya tienes bastantes problemas.

—¿Qué quieres decir?

Lo que Georgie quería decir era que Jade nunca miraba a Lance como él la miraba a ella, con una adoración a toda prueba. Probablemente, Jade lo quería a su manera, pero no tanto como él la quería a ella, lo que no presagiaba nada bueno para alguien con tantas inseguridades como su ex marido.

La venganza llegaba en formas extrañas, pero ella sólo le dijo:

—Cambiar el mundo no es nada fácil, pero vosotros parecéis hechos para ese fin.

Georgie le había dado lo que él quería, pero Lance no parecía totalmente feliz. En cierto sentido, le gustaba que ella sufriera —sólo un poquito— y no estaba preparado para que eso cambiara. Georgie sonrió y se agarró del brazo de Bram. Lance frunció el ceño y Jade, ajena a todo lo que sucedía, miró su reloj.

Cuando por fin se fueron, Bram rio levemente junto a la oreja de Georgie.

—Impresionante. ¿Desde cuándo eres tan madura?

—Seguro que ha sido gracias a tu influencia —contestó ella con sequedad, aunque en cierto sentido era cierto.

La vida, pensó, transcurría demasiado deprisa para perder el tiempo torturándose por heridas que se habían cerrado cuando ella no les prestaba atención.

Meg anunció que regresaba a la casa de sus padres por una temporada.

—Ahora que sé que Bram no te pega, os dejaré solos. —Entonces lanzó a Bram su versión de la mirada de gángster de su padre—. Pero no creas que no te tendré vigilado.

Al final, sólo quedó Paul.

—He hecho un esbozo de una declaración para la prensa y os sugiero que la hagáis pública lo antes posible.

Georgie se enojó, pero Bram intervino.

—¿Y qué se supone que decimos en esa declaración?

—Exactamente lo que vosotros mismos diríais. —Paul le entregó el papel—. Que estáis muy contentos de que las dos mujeres hospitalizadas se encuentren mejor... Que el pasado pasado está... Que apoyáis totalmente las buenas obras que Jade y Lance están haciendo, etcétera, etcétera.

—¡Quién iba a decir que somos tan civilizados! —exclamó Georgie.

Bram asintió con la cabeza.

—A mí me parece bien. Aaron puede ocuparse de hacerla llegar a la prensa.

Bram le entregó la nota a Georgie y se dirigió a su despacho con el aire desenfadado de quien acaba de ganar la lotería.

—¿Qué vas a hacer esta tarde? —le preguntó Paul a su hija.

A ella le aterraba contarle que había cancelado la reunión con Greenberg.

—Tengo toneladas de papeleo atrasado.

—Hazlo más tarde. Los helicópteros se han ido. ¿Qué tal si vamos a nadar un rato?

—¿A nadar?

—He visto varios bañadores de hombre en la casa de los invitados. Nos vemos en la piscina.

Paul se fue sin esperar su respuesta. ¡Qué típico! Georgie subió con rabia las escaleras, se puso con toda la calma del mundo un biquini amarillo y se enrolló una toalla de playa alrededor de la cintura. Ya había soportado bastante tensión durante los días pasados y no quería provocar lo que, sin duda, sería una escena desagradable.

Curiosamente, su padre la esperaba en medio de la piscina. Él siempre nadaba para hacer ejercicio, no como diversión, y resultaba extraño verlo allí inmóvil. Ella dejó caer la toalla, se sentó en el bordillo, cerca de la escalerilla, y metió los pies en el agua.

—Tengo que contarte algo acerca de la reunión de mañana. He hablado con Laura y...

—Nademos.

A Paul le encantaba hablar de trabajo, sobre todo si la conversación giraba en torno a próximas reuniones con productores o directores. Podía hablar interminablemente sobre la imagen que Georgie debía dar y lo que tenía que decir. Ella lo observó con curiosidad, intentando deducir por qué estaba actuando de una forma tan extraña.

—El agua está perfecta —informó él.

—Está... bien.

Georgie se sumergió en la piscina.

Paul enseguida se dirigió hacia la parte honda. Cuando inició la vuelta, Georgie empezó a nadar.

Siguieron así durante un rato, los dos nadando en direcciones opuestas y sin hablar. Cuando ella ya no lo pudo aguantar más, se puso de pie.

—Papá, sé que la reunión con Greenberg significa mucho para ti, pero...

Él dejó de nadar.

—No siempre tenemos que hablar de trabajo. ¿Por qué no nos relajamos un poco?

Georgie lo miró intrigada.

—¿Te pasa algo?

—No. No me pasa nada.

Pero él no la miraba a los ojos, y parecía sentirse incómodo. Quizá Georgie había visto muchas películas, porque empezó a preguntarse si su padre tenía alguna enfermedad terminal, o había decidido casarse con una de las mujeres con las que salía, ninguna de las cuales le caía bien a Georgie. Aun así, se sentía agradecida de que su padre saliera con mujeres de su edad en lugar de con jóvenes veinteañeras, a las que todavía atraía.

—Papá, ¿estás...?

De repente, una ola le salpicó en plena cara. Georgie levantó las manos, pero no antes de que Paul echara su brazo atrás y la salpicara otra vez. El agua le inundó la nariz y los ojos le escocieron. Georgie escupió y se atragantó.

—¿Qué estás haciendo?

Paul bajó el brazo. Su cara estaba colorada y, si no lo conociera mejor, ella habría dicho que de vergüenza.

—Sólo estaba... divirtiéndome un poco.

Georgie tosió y al final recuperó el aliento.

—¡Pues para ya!

Él retrocedió.

—Lo siento. Creí...

—¿Estás enfermo? ¿Qué te pasa?

Paul nadó hasta la escalera.

—No estoy enfermo. Hablaremos más tarde.

Cogió su toalla y se dirigió deprisa hacia la casa. Georgie contempló cómo se alejaba mientras intentaba adivinar qué había pasado.

20

Después de ducharse y vestirse, Georgie fue a su despacho. Aaron estaba sentado ante el ordenador, trabajando al ritmo insonoro que procedía de sus cascos. Empezó a quitárselos, pero Georgie le indicó con una seña que no lo hiciera. Las cosas de su padre ya no estaban. Bien. Eso significaba que, en lugar de decírselo cara a cara, podía utilizar la vía de los cobardes y enviarle un mensaje por la noche para comunicarle que había cancelado la reunión.

Georgie echó una ojeada a la lista de los invitados a la fiesta de la boda, para la que faltaban menos de tres semanas, y vio que casi todo el mundo había aceptado. ¡Menuda sorpresa! Un montón de invitaciones a actos benéficos, pases de moda y la presentación de una nueva línea de productos de su peluquera la esperaban, pero Georgie no tenía ganas de pensar en todo eso, lo único que quería era ver lo que había filmado de Chaz.

Aaron la había ayudado a instalar su nuevo equipo de edición en un rincón del despacho. Ella cargó en el ordenador las secuencias que había grabado y enseguida se quedó absorta en lo que vio. Aunque la historia de Chaz la fascinaba, también le intrigaba la de Soledad, la mujer de la limpieza. ¡Y había tantas otras mujeres con las que quería hablar! Camareras y dependientas, guardias urbanas y enfermeras a domicilio... Quería grabar la historia de mujeres comunes realizando trabajos comunes en la capital mundial del *glamour*.

Cuando levantó la vista del monitor, descubrió que Aaron ya se había ido a su casa. Laura ya debería de haber cancelado la cita con Rich Greenberg, pero, por si todavía no lo había hecho, esperaría hasta la mañana siguiente para telefonearle y presentarle sus disculpas.

Bajó a la planta baja y recibió una desagradable sorpresa al ver que su padre salía de la sala de proyecciones.

—He repasado una vieja película de Almodóvar —comentó él.

—Creí que te habías ido.

—La mujer de la limpieza ha encontrado un problema de humedades en mi casa. Ya lo están solucionando, pero tengo que estar fuera unos días hasta que acaben. Espero que no te importe que me quede aquí un poco más.

A Georgie sí le importaba, sobre todo porque entonces tendría que contarle lo de la cancelación de la cita en persona.

—Está bien.

Bram apareció procedente de la cocina.

—Quédate el tiempo que quieras, papá —dijo con voz ronca—. Ya sabes que siempre eres bienvenido en esta casa.

—Sí, como las plagas —soltó Paul.

—No si sigues las reglas.

—¿Y cuáles son esas reglas?

Era evidente que Bram se lo estaba pasando bien. Claro que tenía al mundo a sus pies, así que ¿por qué no?

—En primer lugar, deja tranquila a Georgie. Ahora ella es mi dolor de cabeza, no el tuyo.

—¡Eh! —Georgie apoyó las manos en las caderas.

—En segundo lugar... Bueno, eso es todo. Dale cancha a tu hija. Pero también me gustaría oír tu opinión acerca de *La casa del árbol.*

Paul frunció el ceño.

—¿Nunca te cansas de ser sarcástico, Shepard?

Georgie observó a Bram.

—No creo que esté siendo sarcástico, papá. De verdad quiere conocer tu opinión. Y, créeme, yo estoy tan sorprendida como tú.

Su falso marido la miró con suficiencia.

—Sólo porque Paul sea un coñazo de controlador y que te saque de quicio no significa que no sea inteligente. Ayer por la noche realizó una lectura increíble y me gustaría conocer su opinión acerca del guión.

Paul, a quien nunca le faltaban las palabras, parecía no saber qué responder. Al final, se metió las manos en los bolsillos y dijo:

—De acuerdo.

La conversación durante la cena empezó algo tensa, pero nadie llegó a las manos y, al cabo de un rato, los tres se estaban devanando los sesos intentando resolver un problema de credibilidad en la primera escena de Danny y Helene. Después, Paul comentó que el personaje de Ken debería tener más matices y argumentó que, si se añadía complejidad a la personalidad del padre abusador, resultaría más amenazador. Georgie estuvo de acuerdo con él y Bram los escuchó con atención.

Poco a poco, Georgie se dio cuenta de que el guión original no era tan perfecto como Bram le había dado a entender y que él lo había pulido. En ciertos casos, sólo le había dado simples retoques, pero en otros había añadido escenas nuevas, aunque sin dejar de ser fiel a la novela original. Saber que Bram escribía tan bien añadía otra grieta a sus viejos prejuicios acerca de él.

Bram se acabó de un trago el café.

—Me habéis dado buenas ideas. Ahora iré a tomar notas.

Ya hacía rato que Georgie debería haberse dedicado a la terrible tarea de ser sincera con su padre, así que, aun sin ganas, se despidió de Bram con un gesto de la mano.

Mientras otro silencio previsiblemente incómodo se instalaba entre padre e hija, otro recuerdo surgió en la mente de ella. Cuando su madre murió, Georgie sólo tenía cuatro años, así que no guardaba muchos recuerdos de ella, pero sí se acordaba de un sencillo apartamento que parecía estar siempre lleno de risas, rayos de sol y de lo que su madre llamaba «plantas regalo». Georgie solía cortar trozos de boniato o la parte superior de una piña y los plantaba en un cubo con tierra, o colgaba un hueso de aguacate del borde de un vaso de agua con un par de palillos. Su padre casi nunca hablaba de su madre, pero cuando lo hacía, la describía como una mujer atolondrada y desorganizada, aunque de buen corazón. De todas maneras, se los veía felices en las fotos de familia.

Georgie apretó la servilleta que tenía en el regazo cerrando el puño.

—Papá, respecto a mañana...

—Sé que no estás muy entusiasmada con el proyecto, pero no permitas que Greenberg lo note. Explícale que le darás un giro personal al personaje. Consigue que sea él quien te ofrezca ese papel. Llevará tu carrera a otro nivel, te lo prometo.

—Pero yo no quiero ese papel.

Georgie percibió la frustración de su padre y se preparó para recibir un enconado sermón acerca de su tozudez, falta de visión, inocencia e ingratitud. Pero, entonces, su padre hizo algo realmente extraño. Dijo:

—¿Por qué no jugamos a las cartas?

—¿A las cartas?

—¿Por qué no?

—Porque tú odias jugar a las cartas. Pero ¿qué te pasa, papá?

—A mí no me pasa nada. Sólo porque me apetezca jugar a las cartas con mi hija no significa que me pase algo. Podemos hacer algo más que hablar de trabajo, ¿sabes?

Georgie no se lo tragaba. Laura debía de haberle contado lo de la cancelación y, en lugar de reprochárselo directamente, su padre había decidido utilizar otra estrategia. El hecho de que creyera que podía manipularla con aquellos torpes intentos de ser su «colega» la destrozaba. Su padre agitaba lo que ella más quería delante de sus narices para obligarla a hacer lo que él quisiera. Ésta era su nueva táctica para evitar que ella escurriera el bulto.

El dolor se transformó en rabia. Ya iba siendo hora de que él se enterara de que ella ya no le permitiría controlar su vida con la vana esperanza de recoger unas migajas de afecto por el camino. El último mes de su vida la había cambiado. Había cometido errores, pero eran sus errores y tenía la intención de que siguiera siendo así.

—No me convencerás para que programe una nueva cita con Greenberg —dijo con rotundidad—. Ya la he cancelado.

Su corazón se puso a latir violentamente. ¿Tendría el valor de mantenerse firme en su decisión o volvería a ceder ante su padre?

—¿De qué me estás hablando?

A Georgie se le formó un nudo en la garganta. Habló deprisa, escabulléndose.

—Aunque Greenberg me ofreciera el papel con mi nombre impreso encima del título, no lo aceptaría. Sólo pienso hacer proyectos que me emocionen, y si no te parece bien, lo siento. —Y tragó saliva con fuerza—. No quiero herirte, pero no puedo seguir así, contigo y con Laura tomando decisiones a mis espaldas.

—Georgie, pero ¿qué dices?

—Te agradezco todo lo que has hecho por mí. Sé que sólo quieres lo mejor para mi carrera, pero lo que es mejor para mi carrera no siempre es lo mejor para mí.

¡Dios mío, no podía echarse a llorar! Tenía que ser tan severa con él como él lo era con ella. Hurgó más hondo en su creciente reserva de determinación.

—Ahora necesito que te apartes, papá. Yo tomo el mando.

—¿Que me aparte?

Ella asintió con decisión.

—Ya veo. —Las atractivas facciones de Paul no mostraron ni un ápice de emoción—. Sí, bueno... Ya veo.

Georgie se preparó para recibir su frialdad, su condescendencia, sus comentarios mordaces. Su carrera los había mantenido unidos, pero aparte de esa carrera no tenían nada en común. Si ella no se retractaba, su relación con su padre se desvanecería. ¡Qué ironía! Media hora antes, ella había disfrutado de la compañía de su padre por primera vez en mucho tiempo, y ahora estaba a punto de perderlo para siempre. Aun así, no cedería. Se había emancipado de Lance. Había llegado la hora de emanciparse de su padre.

—Por favor, papá... Intenta comprenderme.

Él ni siquiera parpadeó.

—Yo también lo siento, Georgie. Siento que hayamos llegado a esta situación.

Y eso fue todo. Se fue sin más. Recogió sus cosas en la casa de los invitados y salió de su vida.

Georgie resistió la sobrecogedora necesidad de ir tras él y subió con pesadez las escaleras. A Bram debía de haberle dado pereza ir hasta su despacho, porque estaba sentado en el sofá del despacho de ella, con el tobillo de una pierna apoyado en la rodilla de la otra y uno de los blocs de notas de Aaron en el muslo. Georgie se detuvo en el umbral.

—Creo que... he despedido a mi padre.

Bram levantó la vista.

—¿No estás segura?

—Yo... —Se apoyó en el marco de la puerta—. Oh, Dios, ¿qué he hecho?

—¿Madurar?

—No volverá a hablarme nunca más. Y es la única familia que tengo.

«Pobre, pobrecita Georgie York.»

Ella se enderezó. Ya estaba harta.

—Y también voy a despedir a Laura. Ahora mismo.

—¡Uau! ¡La matanza de Georgie York!

—¿Crees que hago mal?

Él descruzó las piernas y dejó a un lado el bloc.

—Creo que no necesitas que nadie te diga cómo tienes que dirigir tu carrera, pues eres perfectamente capaz de hacerlo tú sola.

Ella le agradeció el comentario, pero también deseó que discutiera o apoyara su decisión.

Bram la observó dirigirse al teléfono. Georgie sentía náuseas. Ella no había despedido a nadie en su vida. Su padre siempre se había encargado de hacerlo por ella.

Laura descolgó el auricular al primer tono.

—Hola, Georgie. Ahora mismo iba a llamarte. No estoy contenta, pero acabo de cancelar la reunión. Creo que deberías telefonear a Rich mañana y...

—Sí, ya le telefonearé. —Se dejó caer en la silla del escritorio de Aaron—. Laura, tengo que decirte una cosa.

—¿Te encuentras bien? Tu voz suena rara.

—Sí, me encuentro bien, pero... —Miró el pulcro montón de papeles que había encima del escritorio sin verlos—. Laura, sé que llevamos juntas mucho tiempo y te agradezco lo mucho que has trabajado, agradezco todo lo que has hecho por mí, pero... —Se frotó la frente—. Tengo que dejarte.

—¿Dejarme?

—Yo... he de realizar algunos cambios. —No había oído a Bram colocarse detrás de ella, pero notó su mano acariciándole la espalda—. Sé que tratar con mi padre puede resultar muy difícil y no te culpo de nada, de verdad que no, pero debo... empezar de nuevo. Y yo elegiré a la persona que me represente.

—Comprendo.

—Tengo que asegurarme de que mi opinión es la única que cuenta.

—Resulta irónico. —Laura rio con sequedad—. Sí, lo comprendo. Cuando hayas contratado a un nuevo agente, házmelo saber. Intentaré que la transición sea lo más fácil posible. Buena suerte, Georgie.

Laura colgó. Nada de súplicas. Nada de presiones. Georgie se sintió mal. Apoyó la frente en el escritorio.

—¡Qué injusto es todo esto! Mi padre fijó las reglas y yo las acepté, pero es Laura la que paga por todo.

Él le quitó el auricular de la mano y lo dejó en su sitio.

—Laura sabía que la relación no funcionaba y era ella la que tenía que hacer algo al respecto.

—Aun así...

Georgie escondió la cara en el antebrazo.

—Para ya. —Bram la cogió por los hombros y la obligó a enderezarse—. No te arrepientas de lo que has hecho.

—Para ti es fácil decirlo. A ti se te da bien ser desagradable.

Georgie se levantó de la silla.

—Laura me cae muy bien —dijo Bram—, y probablemente podría haber sido una agente adecuada para ti, pero no mientras esté sirviendo a dos jefes a la vez.

—Mi padre no volverá a dirigirme la palabra.

—No tendrás tanta suerte. —Él se sentó en el borde del escritorio—. ¿Y qué es lo que ha provocado la catástrofe?

—Mi padre quería que jugáramos a las cartas. Y también me salpicó con agua en la piscina.

Georgie le propinó una patada a la papelera y lo único que consiguió fue hacerse daño en el dedo gordo del pie y esparcir el contenido por la alfombra.

—¡Mierda! —Se arrodilló para arreglar el desaguisado—. Ayúdame a recoger esto antes de que Chaz lo vea.

Bram empujó un papel arrugado hacia ella con la punta del zapato.

—Por curiosidad... ¿tu vida siempre ha sido una hecatombe o da la casualidad de que he entrado en escena en un momento especialmente crucial?

Georgie echó la piel de un plátano en la papelera.

—Podrías ayudarme, ¿no?

—Lo haré. Te ayudaré a ahogar tus penas en una sesión de sexo alucinante.

Teniendo en cuenta el frágil estado de su matrimonio, lo del sexo alucinante probablemente constituía una buena idea.

—Bueno, pero yo domino, estoy harta de ser sumisa.

—Soy todo tuyo.

Una franja de luz dorada procedente de la lámpara cruzó el cuerpo desnudo de Bram iluminando desde el hombro hasta sus caderas. Se dejó caer sobre la almohada, agotado e intentando recuperar el aliento. Era un hermoso ángel caído, borracho de sexo y pecado.

—Al final te enamorarás de mí —dijo—. Lo sé.

Georgie se apartó el pelo de los ojos y contempló el torso masculino empapado en sudor. Las sacudidas de su último orgasmo la habían dejado tierna y vulnerable. Intentó recuperarse.

—Estás delirando.

Bram le cogió los muslos, que todavía lo rodeaban por las caderas.

—Te conozco. Te enamorarás de mí y lo estropearás todo.

Ella hizo una mueca y se separó de Bram.

—¿Por qué habría de enamorarme de ti?

Él le acarició el trasero.

—Porque tienes un gusto horrible con los hombres, por eso.

Georgie se tumbó a su lado.

—¡No tan horrible!

—Esto lo dices ahora, pero dentro de poco me dejarás mensajes amenazadores en el buzón de voz y acecharás a mis novias.

—Sólo para advertirlas respecto a ti.

Georgie notó la calidez del cuerpo de Bram en su piel y el olor terroso de sus cuerpos se mezcló con el olor fresco de las sábanas limpias. Como de costumbre, el sexo había sido increíble y, más tarde, ella culparía a su cerebro nublado por lo que iba a ocurrir a continuación. O quizás era el día de quemar todas las naves.

—La única cosa que podría... que podría querer de ti es... —Georgie se tapó los ojos con el brazo y lo soltó—: Quizás... un hijo.

Él se echó a reír.

—Lo digo en serio. —Levantó el brazo y se obligó a mirarlo a la cara.

—Lo sé, por eso me río.

—No te costaría nada. —Georgie se sentó y sus músculos, relajados tras haber hecho el amor, se contrajeron—. Nada de visitas aburridas. Nada de pensión alimenticia. Lo único que tendrías que hacer es darme la semilla y desaparecer antes del acontecimiento.

—Ni hablar. Ni en un trillón de años.

—Yo no te lo habría comentado...

—Sí, en eso sí que eres buena.

—... si no estuvieras tan bueno. Tus fallos son sólo de carácter, y como no dejaría que te acercaras a mi hijo, salvo para una ocasional sesión publicitaria, esto no constituiría ningún problema. Si bien es cierto que, al utilizar tu ADN me arriesgo a que mi hijo herede unos cuantos cromosomas dañados a causa de tus años de excesos, estoy dispuesta a asumirlo, pues salvo esa excepción, representas bastante bien el premio gordo de la genética masculina.

—Me siento profundamente halagado, pero... No. Jamás.

Georgie volvió a dejarse caer en la cama.

—Sabía que eras demasiado egoísta para considerar mi propuesta. ¡Es tan típicamente tuyo!

—¡No es como si me estuvieras pidiendo veinte pavos, la verdad!

—¡Sí, eso sería mejor, porque entonces sólo tendría que devolvérmelos a mí misma!

Bram se inclinó sobre ella y le mordisqueó el labio inferior.

—¿Te importaría utilizar esa fantástica boca tuya para algo que no fuera simple palabrería?

—Deja de burlarte de mi boca. ¿Qué pasa con ella? Dímelo.

—Lo que pasa es que no quiero tener un hijo.

—Exacto. —Georgie volvió a incorporarse—. Y no lo tendrás.

—¿De verdad crees que sería tan fácil?

No. Sería un caos y sumamente complicado, pero la idea de mezclar sus genes la atraía cada día más. El aspecto de Bram y —odiaba admitirlo— su intelecto combinados con el temperamento y la disciplina de ella darían como resultado un niño maravilloso, un niño que ella ansiaba tener.

—Sería más fácil que fácil —contestó—. Es algo que ni siquiera hay que pensarlo.

—Exacto, nada de pensarlo. Por suerte el resto de tu cuerpo compensa tu cabeza hueca.

—Ahorra tus fuerzas. No estoy de humor.

—Vaya, lo siento más de lo que imaginas.

Bram se puso encima y le separó las piernas con los muslos.

—¿Qué haces?

—Reivindicar mi supremacía masculina. —Cogió las muñecas de Georgie y se las sujetó por encima de la cabeza—. Lo siento, Scoot, pero tengo que hacerlo.

Y empezó a penetrarla.

—¡Eh, que no estoy tomando la pastilla!

—Buen intento. —Le mordisqueó un pecho—. Pero inútil.

Georgie no insistió. En primer lugar, porque era una mentira. En segundo, porque se había convertido en una maníaca sexual. Y en tercero...

Se olvidó del tercero y rodeó a Bram con las piernas.

Él no podía creérselo. ¡Un hijo! ¿De verdad ella había pensado que él accedería a semejante locura? Bram siempre supo que nunca se casaría, mucho menos tendría hijos. Los hombres como él no estaban hechos para nada que implicara sacrificio, cooperación o altruismo. Las escasas cantidades de estas cualidades que pudiera reunir, tenía que emplearlas en su trabajo. Georgie era la combinación más extraña de sentido común y chifladura que había visto nunca y estaba volviéndolo más que un poco loco.

Esperó a que terminara su reunión con Vortex de la tarde siguiente para contarle la noticia a Caitlin.

—Prepárate, cariño, *La casa del árbol* tiene luz verde con Vortex. Rory Keene ha cerrado el trato.

—No te creo.

—¡Y pensar que creí que te alegrarías por mí!

—¡Serás cabrón! Sólo faltaban dos semanas para que tu opción venciera.

—Quince días. Míralo de esta forma, ahora podrás dormir por las noches sabiendo que no permitiré que nadie convierta la novela de tu madre en una basura. Estoy seguro de que esto te tranquilizará mucho.

—¡Que te jodan! —Caitlin colgó de golpe.

Bram miró escaleras arriba.

—Excelente idea.

Entre el dolor de cabeza, la deprimente reunión con sus superiores de Starlight Management y una multa por exceso de velocidad que le habían puesto camino de Santa Mónica, Laura tenía un día de perros. Pulsó el timbre de la casa de dos pisos y de estilo mediterráneo de Paul York que estaba a sólo cuatro manzanas del puerto, aunque no se lo imaginaba yendo allí nunca. El pronunciado escote de su vestido de seda y sin mangas de Escada le proporcionaba algo de ventilación extra, pero seguía teniendo calor y el pelo ya había empezado a encrespársele. Cada día, por la mañana, su aspecto era pulcro y arreglado, pero no tardaba mucho en empeorar: una partícula de máscara debajo de un ojo, un tirante del sujetador resbalando por su hombro, un arañazo en un zapato, una costura desgarrada y, por muy cara que fuera la peluquería a la que acudiera, su fino pelo hacía que, conforme el día avanzaba, su peinado siempre se desmoronara.

Oyó una canción de Steely Dan en el interior de la casa y supo que había alguien dentro, pero Paul no abría la puerta, del mismo modo que tampoco había respondido a sus llamadas. Laura había intentado ponerse en contacto con él desde que Georgie la había despedido dos semanas antes, el día que se había levantado la cuarentena.

Laura aporreó la puerta y, como esto tampoco funcionaba, volvió a aporrearla. La prensa amarilla había intentado conseguir detalles acerca de la cuarentena, pero al averiguar que Rory formaba parte del grupo y que Vortex iba a financiar *La casa del árbol*, las ridículas teorías acerca de que se habían producido histéricas peleas y orgías hedonistas habían perdido fuerza.

Al final, la puerta se abrió y apareció Paul, fulminándola con la mirada.

—¿Qué demonios quieres?

Su normalmente impecable pelo gris había perdido la compostura. Estaba descalzo y lucía barba de una semana. Unos pantalones cortos y arrugados y una camiseta desteñida habían reemplazado a sus habituales trajes de Hugo Boss. Laura nunca lo había visto así y algo inoportuno se agitó en su interior.

Ella empujó la puerta con ímpetu.

—Pareces el cadáver de Richard Gere.

Él se apartó a un lado de una forma automática y Laura entró en la fresca casa de suelos de bambú, techos altos y amplias claraboyas.

—Tenemos que hablar —dijo.

—No.

—Sólo unos minutos —insistió ella.

—Como ya no tenemos negocios juntos, no tiene sentido que hablemos.

—Deja de actuar como un crío.

Él la observó y Laura se dio cuenta de que, incluso vestido con unos pantalones arrugados y una camiseta desteñida, Paul tenía mejor aspecto que ella con su vestido de Escada y sus manoletinas con tiras rojas de Taryn Rose. Otra vez aquel inoportuno estremecimiento...

Esbozó una amplia sonrisa.

—Ya no tengo que volver a hacerte la pelota. Es lo único bueno de que mi carrera se haya ido al carajo.

—Sí, bueno, lo siento.

Paul se dirigió al salón, una estancia agradablemente decorada pero sin mucha personalidad. Los muebles se veían confortables, el suelo era de tono claro y las persianas de estilo colonial. Por lo visto, no había permitido que ninguna de las sofisticadas mujeres con que había salido a lo largo de los años dejara su sello en la casa.

Laura se dirigió al equipo de música y lo apagó.

—Apostaría algo a que no has hablado con ella desde que todo se derrumbó.

—Tú no lo sabes.

—¿De verdad? Llevo viendo cómo funcionas desde hace años. Si Georgie no hace lo que papá quiere, papá la castiga dejándola de lado.

—Yo nunca he hecho eso. Disfrutas pintándome como el malo de la película, ¿verdad?

—No requiere mucho esfuerzo.

—Será mejor que te vayas, Laura. Podemos resolver lo que queda de nuestra relación laboral por correo electrónico. No tenemos nada más que decirnos.

—Eso no es cierto del todo. —Hurgó en su bolso de gran tamaño y le entregó un guión—. Quiero que te presentes a una audición para el papel de Howie. No te lo darán, pero tenemos que empezar por algún lado.

—¿Una audición? ¿De qué me estás hablando?

—He decidido representarte. En tu vida privada eres un gilipollas insensible, pero también eres un actor de talento y ya va siendo hora de que dejes de molestar a Georgie y te centres en tu propia carrera.

—Olvídalo. Ya lo hice una vez y no me llevó a ningún lado.

—Ahora eres una persona diferente. Sé que estás un poco oxidado, así que te he programado un par de clases con Leah Caldwell, la antigua profesora de interpretación de Georgie.

—Estás loca.

—Tu primera clase es mañana a las diez. Leah te va a dar caña, así que será mejor que hoy te acuestes temprano. —Laura sacó un montón de papeles de su bolso—. Éste es mi contrato de representación estándar. Léelo mientras hago unas llamadas. —Laura sacó su móvil—. ¡Ah, y que quede claro desde el principio! Tu trabajo es actuar. El mío es dirigir tu carrera. Tú haces tu trabajo, yo hago el mío. Y ya veremos lo que pasa.

Paul dejó el guión sobre la mesita auxiliar.

—No pienso presentarme a ninguna audición.

—¿Estás demasiado ocupado recordando todos los momentos Kodak con tu hija?

—Vete a la mierda.

Palabras fuertes, pero pronunciadas con poco énfasis. Paul se dejó caer en un sillón tapizado con unos sosos cuadros tipo escocés.

—¿De verdad crees que soy un gilipollas insensible?

—Sólo puedo juzgar por lo que he observado. Si no lo eres, entonces eres un actor cojonudo.

Esto la hizo pensar. Paul era un buen actor. Ella se había quedado pasmada cuando él leyó el papel del padre de *La casa del árbol*. Laura no recordaba la última vez que una actuación la hubiera emocionado tanto. ¿Y no era una de las grandes ironías de la vida que aquella actuación la hubiera realizado Paul York?

Él siempre le había parecido tan invencible que verlo con sus defensas por los suelos la desconcertaba.

—Por cierto, ¿qué te ocurre?

Paul dejó la mirada perdida.

—Es curioso cómo la vida nunca es como uno espera.

—¿Y tú qué esperabas?

Paul le tendió el contrato.

—Leeré el guión y me lo pensaré. Entonces hablaremos del contrato.

—No hay trato. Sin el contrato, el guión y yo nos vamos.

—¿Crees que voy a firmar así, sin más?

—Sí, ¿y sabes por qué? Porque yo soy la única que está interesada en ti.

—¿Y quién dice que eso me importa? —Paul dejó el contrato encima del guión—. Si quisiera volver a actuar, me representaría yo mismo.

—El actor que se representa a sí mismo tiene a un loco como cliente.

—Creo que el dicho se refería a un abogado.

—La idea es la misma. Ningún actor puede alabar sus propias virtudes sin parecer un imbécil.

Laura tenía razón, y Paul lo sabía, pero todavía no estaba dispuesto a ceder.

—Tienes respuesta para todo.

—Eso es porque los buenos agentes sabemos lo que hacemos, y yo pretendo ser para ti una agente mucho mejor de lo que lo fui para Georgie.

Él se frotó los nudillos de una mano con el pulgar de la otra.

—Deberías haber hecho valer tu opinión.

—Lo hice, y más de una vez, pero entonces tú me mirabas con ceño y... Bueno, yo me acordaba de mi hipoteca y adiós a mi valentía.

—La gente debería luchar por lo que cree.

—Tienes toda la razón. —Laura agitó el dedo índice sobre el contrato—. Entonces, ¿qué vas a hacer? ¿Te quedarás sentado autocompadeciéndote o tendrás el valor de iniciar un nuevo juego?

—No he actuado desde hace casi treinta años. Ni siquiera había considerado esa posibilidad.

—A Hollywood le encantan las caras nuevas con talento.

—No tan nuevas.

—Créeme, tus arrugas están en los lugares perfectos. —Le lanzó su mirada de chica dura para que él no considerara su comentario como una chorrada de una menopáusica que no recordaba la última vez que había tenido una verdadera cita—. Me resulta difícil creer que un actor con tu talento nunca haya pensado en volver al trabajo.

—La carrera de Georgie era lo primero.

Laura sintió una ráfaga de simpatía hacia él. ¿Cómo debía de haberse sentido poseyendo tanto talento y sin utilizarlo?

—Ahora Georgie no te necesita —declaró con tono más amable—. Al menos para que dirijas su carrera.

Paul volvió a coger el contrato.

—¡Ve a hacer tus malditas llamadas! Echaré una ojeada al contrato.

—Buena idea.

Laura salió a la terraza. Era un lugar recogido y sombreado, un rincón estupendo para disfrutarlo, pero allí sólo había un par de sillas metálicas que ni siquiera eran del mismo juego. Le pareció extraño que alguien tan refinado como Paul tuviera tan poca vida social. Abrió su móvil, escuchó el contestador de su oficina y después mantuvo una larga conversación con su padre, quien se había retirado en Phoenix. Mientras hablaban, ella se esforzó en no espiar a Paul a través de las vidrieras. Después telefoneó a su hermana, quien vivía en Milwaukee, pero su sobrina de seis años respondió a la llamada y se lanzó a contarle una historia acerca de su nuevo gatito.

Paul salió a la terraza y Laura interrumpió el monólogo de su sobrina.

—Es un actor increíble. Casi nadie sabe que se formó en Juilliard Drama. También actuó en unas cuantas obras en los círculos alternativos de Broadway, y después dejó en suspenso su carrera para criar a Georgie.

—¿Quién es Julie Yard, tía Laura?

Laura se tocó el pelo.

—No tienes ni idea de lo que me ha costado convencerlo de que tiene que volver a pensar en sí mismo. En cuanto lo veas leyendo un guión, comprenderás por qué me entusiasma tanto ser su representante.

—Estás rara —contestó la vocecita de su sobrina—. Voy a buscar a mamá. ¡Mamá!

—Estupendo. Te llamo la semana que viene. —Laura cortó la comunicación—. Esto ha ido mejor de lo que esperaba. —El sudor se deslizó entre sus pechos.

—¡Tonterías! Estabas hablando con tu buzón de voz.

—¡Sí, o con mi sobrina, en Milwaukee! —contestó ella con toda su chulería—. O con la oficina de Brian Glazer. La forma en que hago mi trabajo no es asunto tuyo. Sólo los resultados que obtenga.

Paul agitó el contrato.

—El hecho de que haya firmado este maldito documento no significa que vaya a acudir a las audiciones, sólo que leeré el guión.

¿De verdad lo había convencido? Laura no podía creérselo.

—Significa que irás a donde yo te diga. —Le arrancó el contrato de las manos y se dirigió al interior de la casa esperando que él la siguiera—. Esto no resultará fácil, así que ya puedes empezar a soltarte a ti mismo uno de esos sermones que le soltabas a Georgie, esos sobre que el rechazo forma parte del trabajo y que uno no debe tomárselo como algo personal. Resultará interesante ver si eres tan duro como ella.

—Te lo estás pasando bien con esto, ¿no?

—Más de lo que imaginas. —Laura recogió sus cosas—. Llámame en cuanto hayas terminado de leer el guión. ¡Ah, y tengo la intención de promover tu carrera utilizando el buen nombre de Georgie!

Paul enrojeció con enojo.

—No puedes hacer eso.

—Claro que sí. Ella nos despidió, ¿recuerdas? —Cuando llegó a la puerta principal, Laura se detuvo y se volvió—. Yo de ti la llamaría hoy mismo en lugar de dejarla de lado.

—Sí, como si tus ideas hubieran funcionado tan bien en el pasado.

—Es sólo una sugerencia.

Laura salió de la casa y se dirigió a su coche. Tenía ganas de dar saltos de alegría. Había sorteado el primer obstáculo y ahora todo lo que tenía que hacer era encontrarle trabajo a Paul.

Mientras salía marcha atrás de la entrada de la casa, se recordó a sí misma que conseguirle un papel a Paul no era la única tarea difícil a la que se enfrentaba. También tenía que vender su piso, cambiar su Benz por un coche más barato, cancelar sus vacaciones a Maui y mantenerse alejada de Barneys. Todas estas cosas eran potencialmente depresivas.

Pero en aquel momento encendió la radio, levantó la barbilla y cantó a pleno pulmón.

21

Cuando Bram salió del lavabo después de darse su ducha matutina, Georgie se incorporó en la cama. Dos semanas y media antes, cuando la cuarentena se levantó, se enfrentó al dilema de volver a trasladarse a la habitación de los invitados o quedarse donde estaba. Al final, le dijo a Bram que en la otra habitación había tantos microbios de Lance y Jade que no podía dormir allí. Él estuvo de acuerdo en que algunos microbios eran tan contagiosos que no merecía la pena arriesgarse.

Georgie lo admiró unos instantes. La toalla negra que tenía enrollada alrededor de la cintura hacía que sus ojos lavanda adquirieran una tonalidad índigo. Su pelo todavía estaba húmedo y hacía días que no se afeitaba, lo que le daba un aspecto viril y elegante al mismo tiempo. El bebé imaginario de Georgie se agitó en su útero. Parpadeó volviendo a la realidad.

—¿Cuándo dices que Hank Peters y tú vais a empezar con las audiciones?

—El martes siguiente a nuestra fiesta de matrimonio, como bien sabes.

—¿De verdad? Sólo falta una semana y media...

El equipo había empezado de inmediato con las tareas de preproducción porque Hank Peters tenía un compromiso para dirigir otra película en noviembre y no querían quedarse sin su colaboración. Georgie permitió que la sábana dejara al descubierto uno de sus pechos, lo que resultó inútil, porque Bram se dirigió directamente al armario para coger los tejanos y la camiseta que se habían convertido en su uniforme de trabajo como productor.

—Yo todavía soy la primera de la lista, ¿no?

—¿Quieres relajarte? Te prometí que serías la primera en hacer la prueba y lo serás, pero te juro que si confías mucho en ello...

—Lo que no resulta fácil contigo diciéndome continuamente lo poco que valgo.

Bram asomó la cabeza.

—No exageres. Eres una actriz buenísima con un gran talento de comediante, ya lo sabes.

—Pero no tan buena como para interpretar a Helene, ¿no? —Georgie esbozó una sonrisita de superioridad—. Recuerda este momento, Bramwell Shepard, porque te haré tragar tus palabras.

Deseó sentirse tan confiada como aparentaba. Había leído el guión un par de veces más y había preparado un expediente del personaje donde anotaba ideas acerca del pasado de Helene y sus gestos corporales. Pero sólo faltaban diez días para la audición y aquél era el personaje más complejo que ella había interpretado nunca. Tenía mucho trabajo que hacer antes de estar realmente preparada y, encima, le costaba concentrarse.

Bram dirigió la mirada al pecho de Georgie. Ella había tenido que esforzarse para no ceder a la tentación de comprar los camisones más sexys que pudiera encontrar. Al final, decidió seguir utilizando sus pijamas habituales, aunque su sencilla camiseta de tirantes blanca y sus pantaloncitos negros estampados con calaveras pirata yacían ahora arrugados en el suelo, al lado de la cama. Subió la sábana hasta su barbilla.

—No te olvides de que tenemos la última reunión con Poppy a las nueve.

Bram soltó un gruñido y se volvió de nuevo hacia el armario.

—No pienso soportar ninguna reunión más sobre arreglos florales y peladillas estampadas con el emblema de la familia. Por cierto, ¿qué narices son las peladillas?

—Son almendras que saben a jabón.

La inquietud que la había estado acosando desde que se dio cuenta de que ahora Bram tenía todo lo que quería, la propulsó fuera de la cama.

—La gran fiesta-espectáculo sobre la boda de Skip y Scooter fue idea tuya y sólo faltan ocho días para que se celebre. Ni sueñes con escaquearte de la reunión.

—Te doy cien pavos y otro masaje de espalda si me dejas saltármela.

—Yo no necesito cien pavos. Y respecto a lo del masaje en la espalda, repasa tu libro de anatomía, tío, porque lo que has estado masajeando no era mi espalda.

—¿Y eso no te alegra?

Tenía que reconocer que sí.

Al final, Bram asistió a la reunión.

El denso perfume, la grandilocuente forma de hablar y las ruidosas pulseras de colgantes de Poppy Paterson los volvían locos a los dos, pero Poppy era una organizadora de fiestas imaginativa y eficiente. Comprendió que los helicópteros de los *paparazzi* volvían imposible que la fiesta se celebrara al aire libre y encontró el lugar perfecto, la espléndida mansión Eldridge, construida en 1920 en el mismo estilo inglés que la mansión Scofield. En su lujoso salón cabían, confortablemente, los doscientos invitados, que habían recibido instrucciones de llevar puesto un disfraz inspirado en la serie.

Aaron y Chaz también se unieron a ellos alrededor de la mesa del comedor de Bram para concretar los últimos detalles. Empezaron hablando de la decoración y acabaron con la comida. Todos los platos del menú habían jugado un papel en uno u otro episodio de *Skip y Scooter*, empezando por el aperitivo, que consistía en mini pizzas de base gruesa, sándwiches diminutos en forma de corazón de mantequilla de cacahuete y canapés de perritos calientes. Sin ketchup.

La comida en sí era más formal y Chaz leyó el menú en voz alta:

—Ensalada Cohete con parmesano, episodio cuarenta y uno, «Scooter conoce al Alcalde»; colas de langosta glaseadas al ron con mango, episodio dos, «Un simpático aficionado a los caballos»; solomillo dorado a la pimienta negra, episodio sesenta y tres, «Skip se queda sin fin de semana».

—¿Ensalada Cohete? —preguntó Bram con indolencia—. Suena a algo explosivo.

—Es de rúcula —contestó Chaz—. A ti te gusta.

Chaz miró a Poppy, quien iba vestida con un traje de punto de color champán de St. John y unas gafas de sol redondas descansaban encima de su sofisticada melena de pelo negro.

—Me alegro de que renunciaras a dar esa porquería de *mousse* de *foie gras* —dijo Chaz.

Desde el principio, Poppy dejó claro que le molestaba tener que tratar con una veinteañera de pelo color violeta que no era una estrella del rock.

—Se mencionaba en el episodio veintiocho, «La maldición de los Scofield».

—Sí, lo que Scooter le dio de comer al perro.

A Georgie se le pusieron los ojos vidriosos mientras la discusión continuaba. Las últimas semanas habían sido raras. Bram se iba al estudio temprano por la mañana y no regresaba hasta última hora de la tarde. Ella lo echaba de menos de una forma que no podía definir con exactitud..., como si la vida fuera más monótona sin su esgrima verbal. Ni siquiera sus revolcones nocturnos la compensaban. Hacer el amor con él era divertido y excitante, pero faltaba algo.

Claro que faltaba algo: la confianza, el respeto, el amor, un futuro.

No obstante, Georgie había desarrollado, a regañadientes, un sentimiento de respeto hacia él. No conocía a ningún otro hombre que hubiera acogido a Chaz en su casa, y le encantaba que buscara siempre a las mujeres más comunes y las mirara de una forma seductora, hasta que ellas se sentían como unas supermodelos. Bram también estaba desplegando en su trabajo una importante ética laboral. Pero, en esencia, Bram siempre había mirado por sí mismo y esto no cambiaría nunca.

Al final, Poppy cogió su bolso de piel de serpiente despidiendo a su alrededor efluvios de perfume.

—He preparado una pequeña sorpresa para la fiesta —anunció—. Lo digo para que lo sepáis. Se trata de uno de los toques especiales que constituyen mi sello personal. Os encantará.

Bram la miró.

—¿Qué tipo de sorpresa?

—Bueno, la espontaneidad lo es todo.

—A mí no me entusiasma mucho la espontaneidad —comentó Georgie.

Las pulseras de Poppy tintinearon.

—Me habéis contratado para organizar una fiesta espectacular y esto es lo que haré. Estaréis en una nube. Os lo prometo.

Bram estaba impaciente por marcharse e interrumpió las protestas de Georgie.

—Siempre que no me hagas llevar unas mallas o beber cerveza sin alcohol, por mí de acuerdo.

Poppy se marchó poco después y Bram se fue al estudio.

Georgie quería editar más película y tenía que seguir trabajando en su expediente de Helene, pero primero telefoneó a April. Habían estado trabajando juntas en el vestido de novia y los accesorios de Georgie y faltaba poco para la última prueba. Cuando acabaron de hablar, Georgie anotó unas cuantas ideas más sobre Helene, pero seguía distraída. Al final, subió a la planta superior para ver las últimas imágenes que había grabado sobre un grupo de mujeres solteras que intentaban salir adelante con empleos de salario mínimo. Oír de primera mano los relatos de las vidas de aquellas mujeres le había recordado, una vez más, lo privilegiada que era.

Rory la había estado ayudando a escapar de los *paparazzi* durante sus salidas y le había ofrecido una plaza en su garaje para que aparcara un coche que los periodistas no reconocieran. Cuando Georgie quería salir sin que la siguieran, se escabullía por la puerta del jardín a la casa de Rory y salía de su garaje con un Toyota Corolla que Aaron había alquilado para ella. De momento, ninguno de los *paparazzi* se había enterado y cargar por ahí con el equipo de vídeo le había proporcionado un anonimato que no se esperaba. Aunque las personas a las que entrevistaba sabían quién era, Georgie podía ir de un lado a otro con cierto grado de libertad.

Después de unas horas, Chaz asomó la cabeza por la puerta.

—Tu viejo se está mudando otra vez a la caseta de los invitados.

Georgie levantó la cabeza del monitor de golpe.

—¿Mi padre?

Chaz tiró de su flequillo violeta fosforescente.

—Me ha dicho que no han acabado de arreglar las humedades de su casa. Personalmente, yo creo que sólo quiere gorronear a Bram.

Su padre no contestaba a sus llamadas desde que lo despidiera, así que ¿por qué se había presentado allí de repente? Lo último que necesitaba ella era otro sermón acerca de sus malas decisiones y su incompetencia general y, desde luego, no quería hablar de lo de Laura. Despedirla seguramente había sido una buena decisión, pero no se sentía del todo bien por haberlo hecho. ¡Ojalá Bram estuviera allí!

Aaron llegó de hacer unos recados con los brazos cargados de paquetes.

—Tu padre está abajo.

—Eso me han dicho.

Georgie quería acabar de editar la película y no tratar con lo inevitable, así que se acercó a Chaz con paso decidido.

—Escúchame... Si hay en ti aunque sólo sea una parte diminuta que no me odie, ¿podrías mantener a mi padre lejos de aquí durante una hora? Por favor.

La chica se tomó su tiempo en considerar su petición.

—Lo haré..., pero sólo si primero comes algo. —Y sonrió.

—Deja de darme la lata.

Chaz respondió ensanchando la sonrisa.

Gracias a las comidas de Chaz, Georgie había recuperado el peso que había perdido, pero esto no calmaba su crispación.

—¡Está bien! Pero la hora no empieza a contar hasta que haya terminado de comer.

—Vuelvo dentro de diez minutos.

Y volvió, llevando dos platos, uno con una ensalada de abundantes y riquísimos vegetales coronada con lonchas de salmón, y otro con un bocadillo enorme relleno de tres tipos de carne, queso y guacamole. Georgie y Aaron intercambiaron unas miradas de resignación mientras colocaba frente a él el plato de ensalada y el grasiento bocadillo delante de Georgie.

—Tú necesitas las calorías —dijo Chaz cuando Georgie le pidió cambiar los platos—, pero Aaron no.

Georgie cogió el bocadillo.

—Eres una gran experta en nutrición.

—Chaz es experta en todo —comentó Aaron—. Sólo tienes que preguntarle lo que sea.

La chica se cruzó de brazos con expresión de suficiencia.

—Sé que, por fin, ayer Becky habló contigo.

—Sólo quiere que le eche una ojeada a su ordenador.

—Eres tonto. No sé por qué pierdo el tiempo contigo.

Georgie sabía por qué, pero no era tan tonta como para señalar que Chaz era una cuidadora nata.

Cuando ya casi habían acabado de comer, Georgie le dijo a Chaz que bajara para cuidar de su padre. Aaron se fue para que le cambiaran el aceite al coche de Georgie y ella volvió a la edición de la película. Pasó una hora.

—¿Puedo entrar?

Georgie levantó la vista sobresaltada y vio a su padre en el umbral de la puerta. Vestía unos pantalones cortos grises, un polo azul claro y necesitaba un corte de pelo. Paul señaló el ordenador con un gesto de la cabeza.

—¿Qué estás haciendo?

Seguro que la criticaría, pero, de todos modos, ella se lo contó.

—Un nuevo hobby. He estado haciendo filmaciones de vídeo y luego las edito.

Él guardó silencio como respuesta, lo que exasperó a Georgie. Ella jugueteó con el ratón.

—Todo el mundo se merece tener un hobby. —Georgie levantó la barbilla—. He comprado un equipo de edición. Sólo para divertirme.

Paul se frotó el dedo índice con el pulgar.

—Ya veo.

—¿Hay algo malo en eso?

—No; sólo me sorprende.

Le sorprendía porque la idea no había surgido de él.

Un silencio horrible invadió la habitación. Georgie se enderezó en la silla.

—Papá, ya sé que no apruebas la forma en que he estado haciendo las cosas últimamente, pero no pienso volver a discutirlo contigo.

Él cambió el peso de pierna y asintió con la cabeza.

—Sólo quería saber si tenías idea de dónde está la caja de fusibles de la casa de los invitados. Uno de los circuitos ha saltado y no quería ir husmeando por ahí sin preguntar.

—¿La caja de los fusibles?

—No importa, se lo preguntaré a Chaz.

Sus pasos se alejaron por el pasillo.

Georgie miró con fijeza el umbral vacío de la puerta. Su padre se comportaba de una forma realmente extraña desde el incidente de la piscina. Tenía que hablar con él. Hablar en serio, pero ¿acaso no llevaba años intentándolo?

Se volvió hacia el monitor. Su padre tenía buen ojo y Georgie deseó poder enseñarle sus filmaciones, pero ella necesitaba su apoyo, no sus críticas. Si al menos pudieran estar juntos y relajados...

Un recuerdo acudió a su memoria:

Una habitación pequeña y sencilla, una alfombra fea de color dorado, libros desparramados por todas partes... Sus padres estaban bailando... Entonces empezaron a hacerse cosquillas. Y a perseguirse por la habitación. Su padre saltó por encima de una silla. Su madre la cogió en brazos. «¿Qué vas a hacer ahora, tiarrón? Yo tengo a la niña.» Y los tres cayeron al suelo muertos de risa.

Su padre salió a cenar fuera, así que Georgie no pudo preguntarle si su recuerdo era real o no, aunque probablemente no habría conseguido nada, porque él tenía la costumbre de esquivar sus preguntas acerca del pasado. Al menos, le agradecía que no hablara mal de su madre, aunque era evidente que su matrimonio había sido un error.

A la mañana siguiente, Georgie despertó hecha un manojo de nervios. Sólo faltaba una semana para la fiesta. Su padre se había instalado en su casa. Ella tenía la audición más importante de su carrera para un papel que nadie creía que pudiera interpretar. Y ahora que su falso marido había conseguido el contrato para hacer la película, era posible que decidiera que ya no necesitaba sus cincuenta mil dólares mensuales y pasara de ella. El grano que le salió en la frente casi constituyó un alivio: un problema pequeño que no tardaría mucho en desaparecer.

Pasó el resto de la mañana en la peluquería, dándose reflejos en el pelo y depilándose las cejas. Cuando regresó a la casa, los nervios la embargaban. Estaba demasiado inquieta para concentrarse y prepararse para la audición, así que decidió coger la cámara y dirigirse fuera de la zona dominada por la prensa, quizás a Santee Alley. Allí entrevistaría a algunas de las mujeres que vendían imitaciones de los grandes diseñadores.

No había visto a su padre en toda la mañana, pero él apareció justo cuando ella bajaba las escaleras con la bolsa que contenía el equipo de filmación. Paul introdujo una mano en el bolsillo de sus pantalones caqui e hizo tintinear sus llaves.

—¿Quieres ir a ver una película esta tarde?

—¿Te refieres a ir al cine?

—Será divertido.

Aquella palabra sonaba rara en su boca.

—Creo que no —contestó Georgie.

—¿Y qué tal si salimos a comer?

Ella tenía que acabar con aquello. Subió el asa de la bolsa más arriba en su hombro.

—No tienes por qué ser tan amable conmigo. Me pone nerviosa. Vamos, di lo que tengas que decir, que soy desagradecida y una mala hija, que no entiendo este negocio, que...

—Tú no eres desagradecida ni una mala hija, y no tengo nada más que decirte sobre esto. Sólo pensé que te gustaría salir un rato. —Paul sacó las llaves de su bolsillo—. No importa. Tengo recados que hacer.

Y salió por la puerta principal.

Su extraña respuesta hizo que Georgie frunciera el ceño y lo siguiera.

A ella siempre le había encantado el porche delantero de la casa de Bram, con su suelo de baldosas azules y blancas y la arcada con columnas estucadas y en espiral. Una buganvilla violeta formaba una pared en un extremo y, recientemente, Chaz había añadido unas macetas más, un banco mexicano profusamente tallado y una silla de madera a juego.

—Espera, papá.

Sin pensárselo dos veces, Georgie hurgó en la bolsa.

La expresión de Paul pasó de inquisitiva a recelosa cuando su hija sacó la cámara y dejó la bolsa en el suelo.

—He tenido un sueño —dijo ella—. Bueno, más que un sueño, es un recuerdo... —La cámara era su escudo, su protección. La puso en marcha—. Un recuerdo de ti y mamá bailando y bromeando. Tú saltaste por encima de una silla. Los tres reíamos y... éramos felices. —Se acercó a su padre—. A veces tengo recuerdos como ése. Son producto de mi imaginación, ¿no?

—Apaga esa cámara.

Georgie tropezó con la esquina del banco e hizo una mueca de dolor, pero no dejó de grabar.

—Me los he inventado para esconder la verdad que no quiero ver.

—Georgie, por favor...

—Sé contar. —Rodeó el banco y enfocó a su padre con el objetivo—. Sé que te casaste con ella porque estaba embarazada de mí. Hiciste lo correcto, pero odiaste cada instante de vuestro matrimonio.

—Estás dramatizando.

—Cuéntame la verdad. —Georgie empezó a sudar—. Sólo por una vez, y no volveré a sacar el tema. No te culparé, podías haberte desentendido pero no lo hiciste. Podrías haberme abandonado pero tampoco lo hiciste.

Él suspiró y volvió a subir las escaleras del porche, como si aquella fuera una fastidiosa reunión a la que no tuviera más remedio que asistir.

Georgie lo rodeó y retrocedió colocándose entre él y los escalones para que no pudiera escaparse.

—He visto las fotos de mamá. Era muy guapa y sé que le gustaba pasárselo bien.

—Apaga esa cámara, Georgie. Ya te he dicho que tu madre te quería, no sé qué más...

—También me dijiste que era muy atolondrada, pero sólo intentabas ser diplomático. —Su voz se volvió seria—. No me importa si ella sólo fue una aventura para ti, un ligue de una noche que salió mal. Yo sólo...

—¡Ya está bien! —Paul apuntó el índice hacia la cámara. La vena de su cuello latía visiblemente—. ¡Apaga esa cámara ahora mismo!

—Ella era mi madre. Tengo que saberlo. Si no fue más que una aventura, al menos dímelo.

—¡No, no lo fue! Y no vuelvas a decirlo nunca más. —Le arrancó la cámara de las manos y la lanzó contra el suelo, donde se hizo añicos—. ¡Tú no lo entiendes!

—¡Entonces explícamelo!

—¡Ella fue el amor de mi vida! —Sus palabras quedaron flotando en el aire.

Un escalofrío recorrió a Georgie. Miró fijamente a su padre. La angustia crispaba sus facciones. Ella se sintió mareada y temblorosa.

—No te creo.

Paul se quitó las gafas y se dejó caer en el labrado banco.

—Tu madre me tenía hechizado —dijo con voz áspera y ronca—. Era encantadora... La risa era algo tan natural en ella como la respiración. Era inteligente, más inteligente de lo que yo lo he sido nunca, y también divertida. Se negaba a ver la maldad en los demás. —Dejó las gafas a su lado con mano temblorosa—. Ella no murió en un accidente de tráfico, Georgie. Vio a un chico golpeando a su novia embarazada e intentó ayudarla. Él le pegó un tiro a tu madre en la cabeza.

—¡No! —gimió Georgie.

Paul apoyó los codos en las rodillas y dejó caer la cabeza entre las manos.

—El dolor que sentí cuando la perdí fue superior a mis fuerzas. Tú no entendías adónde había ido ella y llorabas todo el tiempo.

Y yo no podía consolarte. Apenas tenía fuerzas para alimentarte. Ella te quería tanto que no habría soportado que no me ocupara de ti. —Se frotó la cara con las manos—. Dejé de presentarme a las audiciones. No podía. Actuar requiere de una transparencia que yo ya no tenía. —Se pasó los dedos por el pelo—. No podía volver a pasar por algo así nunca más, así que me prometí que nunca amaría a nadie más como amé a tu madre.

A Georgie se le encogió el pecho con un profundo dolor.

—Y cumpliste tu promesa —susurró.

Él la miró y ella vio que las lágrimas pugnaban por rebosar de sus párpados.

—No, no la cumplí. Y no cumplirla mira adónde nos ha llevado.

Georgie tardó unos instantes en comprender lo que su padre le decía.

—¿A mí? ¿A mí me quieres de esa manera?

Paul soltó una risa nerviosa.

—Sorprendente, ¿no?

—Me... me cuesta creerlo.

Él inclinó la cabeza y empujó a un lado la cámara con el pie.

—Supongo que soy mejor actor de lo que creía.

—Pero... ¿cómo? ¡Siempre te has mostrado tan frío conmigo! Tan...

—Porque tenía que salir adelante —replicó él con fiereza—. Por nosotros. No podía derrumbarme otra vez.

—¿Durante todos estos años? ¡Ella murió hace mucho tiempo!

—La frialdad se convirtió en un hábito para mí. Un lugar seguro donde vivir.

Paul se levantó del banco. Por primera vez en su vida, a Georgie le pareció más mayor de lo que en realidad era.

—¡A veces te pareces tanto a ella! Tu risa. Tu amabilidad. Pero tú eres más práctica que ella, y no tan inocente.

—Como tú.

—En última instancia, tú eres tú misma. Por eso te quiero. Por eso te he querido siempre.

—Yo nunca he sentido que... que me quisieras mucho.

—Lo sé, pero no sabía... no se me ocurría cómo transmitírtelo, así que intenté compensarte siendo muy escrupuloso con tu carrera. Tenía que asegurarme de que estaba haciendo todo lo que podía por ti, pero siempre supe que no era suficiente. Ni de cerca.

Un sentimiento de compasión hacia su padre creció en Georgie, y también otro de tristeza por todo lo que ella se había perdido. Y también tuvo la certeza de que su madre, la mujer que él le había descrito, no habría soportado verlo de esa manera.

Él cogió sus gafas y se apretó el puente de la nariz.

—Y cuando te vi después de que Lance te abandonara, cuando vi lo que sufrías sin que yo pudiera hacer nada para consolarte... Deseé matarlo. Y después te casaste con Bram. No puedo olvidar el pasado, pero sé que lo quieres y lo estoy intentando.

Una protesta brotó en los labios de Georgie, pero la contuvo.

—Papá, sé que te hago daño al decirte que quiero dirigir mi propia carrera, pero yo sólo... quiero que seas mi padre.

—Eso ya me lo has dejado claro. —Volvió a sentarse en el banco, justo delante de Georgie; más preocupado que ofendido—. Pero tengo un problema. Conozco bien esta ciudad. Quizá se trate de una cuestión de ego o sobreprotección, pero no creo que nadie más que yo sea capaz de poner tus intereses por encima de todo lo demás.

Georgie pensó que eso era algo que él siempre había hecho, aunque ella no siempre hubiera estado de acuerdo con los resultados.

—Tendrás que confiar en mí —contestó con dulzura—. Te pediré tu opinión, pero las decisiones finales, correctas o equivocadas, las tomaré yo.

Paul asintió con lentitud y vacilación.

—Supongo que ha llegado la hora. —Se inclinó y cogió lo que antes era la cámara de Georgie—. Siento lo de la cámara. Te compraré otra.

—No importa. Tengo una de recambio.

El silencio se instaló entre ellos. Un silencio incómodo, pero los dos lo soportaron.

—Georgie... No estoy seguro de cómo ha sucedido, pero por lo visto... —jugueteó con la carcasa vacía de la cámara— existe una posibilidad remota, muy remota, de que vuelva a... concentrarme en mi carrera.

Y le contó la visita de Laura, su insistencia en tomarlo como cliente y lo de las clases de interpretación a las que había empezado a asistir. Parecía un poco avergonzado y, al mismo tiempo, perplejo.

—Me había olvidado de cuánto me gustaba actuar. Me siento como si por fin estuviera haciendo lo que debería haber hecho durante todo este tiempo. Como si hubiera llegado... a casa.

—No sé qué decir. Es maravilloso. Estoy impresionada. Emocionada. —Georgie le acarició la mano—. No te lo había dicho, pero la noche que leímos *La casa del árbol* estuviste brillante. Supongo que tú no eres el único que ha estado reprimiendo sus sentimientos. ¿Cuándo tienes la audición? Cuéntame más cosas.

Paul se las contó: le resumió el guión, le describió el personaje y le habló de la clase de interpretación a la que había asistido. Al verlo tan animado, Georgie tuvo la impresión de que estaba contemplando a un hombre que empezaba a liberarse de una prisión emocional.

La conversación giró hacia Laura.

—Si me odiara, no la culparía. —El sentimiento de culpabilidad de Georgie resurgió—. Quizá no debería haberlo hecho, pero quiero empezar desde cero y no se me ocurrió otra forma de hacerlo.

—Te resultará difícil creerlo, pero Laura parece sentirse bien con tu decisión. No me pidas que lo entienda. Has abierto una enorme brecha en sus ingresos, pero en lugar de deprimirse, ella está... no sé... entusiasmada, vigorizada..., no sé cómo llamarlo. Laura es una mujer fuera de lo común. Mucho más valerosa de lo que yo creía. Es una persona... interesante.

Georgie lo miró con atención y Paul se levantó del banco. Otro incómodo silencio surgió entre ellos. Él apoyó la mano en una columna.

—¿Qué haremos ahora, Georgie? Me gustaría ser el padre que deseas, pero creo que es un poco tarde para eso. No tengo ni idea de qué hacer.

—Pues a mí no me mires. Yo estoy emocionalmente traumatizada por todas las broncas que me has echado.

Un sabelotodo nunca dejaba de serlo, pero a ella lo único que se le ocurría era pedirle que la abrazara, que simplemente la rodeara con los brazos.

Se cruzó de brazos y dijo:

—A menos que quieras empezar con algún tipo de abrazo patético.

Para su sorpresa, su padre cerró los ojos angustiado.

—No creo que me acuerde de cómo se hace.

Su vulnerabilidad emocionó a Georgie.

—Quizá podrías intentarlo.

—¡Oh, Georgie...! —Paul extendió los brazos, estrechó a su hija contra su pecho y la abrazó tan fuerte que le hizo daño en las costillas—. ¡Te quiero tanto!

Apoyó la mandíbula en la cabeza de Georgie y la balanceó como si fuera una niña. Fue un gesto torpe, incómodo... y maravilloso.

Ella hundió la cara en el cuello de su padre. Aquello no sería fácil, ni para él ni para ella. Georgie tendría que tomar las riendas de la relación, pero ahora que sabía cuáles eran los sentimientos de él, no le importaba hacerlo.

22

La mansión Eldridge, construida en piedra gris, había sido utilizada como escenario para una docena de películas y programas de televisión, pero nunca nadie había visto las dos entradas de la fachada cubiertas con sendos doseles. La más grande y ornamentada, con un dosel de un blanco inmaculado, indicaba «LOS SCOFIELD» y conducía a la puerta principal. Un dosel verde y de menor tamaño situado a un lado de la anterior indicaba «SÓLO CRIADOS».

Conforme salían de sus limusinas, Bentleys y Porsches, los invitados se echaban a reír. Siguiendo el espíritu del evento, los que iban vestidos con traje de fiesta, esmoquin, ropa de tenis o el clásico de Chanel, levantaron la barbilla y se dirigieron a la entrada principal. Pero Jack Patriot no era tonto. Vistiendo sus vaqueros más cómodos, una camisa a cuadros y con unos guantes de jardinero y unas bolsas con semillas colgando de su cinturón, la legendaria estrella del rock entró alegremente por la puerta de servicio acompañado por su esposa. El sencillo vestido negro de ama de llaves de April habría resultado simple si ella no lo hubiera modificado para la ocasión con un corpiño ajustado y un escote pronunciado. Un par de llaves antiguas que colgaban de una cinta negra de seda se acomodaban en su escote y había recogido su rubio pelo en un moño flojo y muy sexy.

Rory Keene, disfrazada con un sencillo traje de doncella, se dirigió, como Jack y April, a la entrada de servicio con su cita para aquella noche, un inversor de riesgo bien plantado que iba disfrazado de mayordomo. Era el acompañante habitual de Rory para las ocasiones especiales, un amigo, pero sin derecho a roce.

Los padres de Meg utilizaron la entrada principal. El actor y dramaturgo Jake Koranda lucía un traje blanco que acentuaba su tez morena, y su esposa, la famosa Fleur Savagar Koranda, vestía un vaporoso vestido de *chiffon* con un estampado floreado. Meg, que iba vestida de Zoey, la hippy y mejor amiga de Scooter, decidió utilizar la entrada de servicio con su cita para la fiesta, un músico sin trabajo que era el doble del John Lennon de los años setenta.

Chaz estaba en el salón de baile, preguntándose por qué había dejado que Georgie eligiera su disfraz. Allí estaba ella, vestida como un puto ángel, con un destellante vestido plateado y una aureola sujeta a una voluminosa peluca naranja. Si levantaba los ojos, incluso podía ver unos cuantos tirabuzones de ese color cayendo sobre sus cejas. La inspiración para el disfraz procedía del episodio trece, «Skip tiene un sueño». Cuando Chaz se quejó a Georgie sobre el disfraz, ésta esbozó una extraña sonrisa y dijo que Chaz era un ángel disfrazado. ¿Qué demonios significaba eso?

Se suponía que ella tenía que ayudar a Poopy, la organizadora de la fiesta, asegurándose de que todo iba bien, pero Chaz se había pasado la mayor parte del tiempo mirando boquiabierta a los famosos que iban llegando. Según Poopy, aquella era la fiesta más importante del verano y un montón de celebridades que Bram y Georgie ni siquiera conocían habían pedido ser invitados. Georgie le dijo a Poopy, una y otra vez, que «Nada de diseñadoras de bolsos». Chaz no lo entendió hasta que Georgie se lo explicó, y entonces estuvo de acuerdo con ella.

Las pulidas molduras de color nogal de la sala de baile y el techo de paneles de madera resplandecían a la luz de las arañas. Las mesas redondas estaban cubiertas con unos manteles de color mostaza y unos sobremanteles de cuadros lavanda y azul. Unos ramos de hortensias azules, inspiradas en los créditos de la serie, colocados en unos jarrones amarillos servían de centro de mesa. Delante de cada cubierto había una maqueta de la mansión Scofield y un marco de plata con el menú, el escudo de la familia Scofield y la impresión grabada de la pezuña de *Butterscotch*, el gato de Scooter. Cuatro pantallas panorámicas de televisión situadas en otros tantos puntos de la sala pasaban, sin sonido, episodios de la serie.

Chaz vio acercarse a Aaron con una chica guapa, morena y de aspecto aburrido, que sólo podía ser Becky. Aaron no habría tenido las narices de pedirle que saliera con él si Chaz no se hubiera puesto pesada. Gracias a Chaz, él nunca había tenido mejor aspecto. «Lo único que tienes que hacer es ponerte un traje de primera calidad —le dijo ella mientras lo convencía para que fuera disfrazado de abogado de los Scofield—. Un traje que te caiga bien. Y haz que Georgie lo pague.» Una cosa tenía que reconocerle a Georgie, y es que no era tacaña. Incluso envió a Aaron al sastre de su padre.

Con aquel estupendo corte de pelo, las lentes de contacto, su cuerpo, cada día más delgado, y aquella ropa de verdad en lugar de sus absurdas camisetas estampadas con chorradas de videojuegos, Aaron parecía una persona distinta.

—Chaz, ésta es Becky.

Becky era un poco gordita, con la cara redonda, el pelo negro y brillante y una sonrisa tímida y amistosa. A Chaz le gustó lo mucho que se esforzaba para no quedarse embobada mirando a los famosos.

—Hola, Chaz, me encanta tu disfraz.

—Es bastante patético, pero gracias.

—Becky trabaja en el departamento de relaciones públicas de una compañía de seguros médicos —explicó Aaron, como si Chaz no lo supiera, igual que sabía que los padres de Becky eran de Vietnam, pero que ella había nacido en Long Beach.

Chaz se fijó en la camisa blanca de Becky, en su falda negra y corta, en sus mallas negras y en sus zapatos de tacón alto de ocho centímetros.

—Estás fantástica disfrazada de chófer.

—Aaron me sugirió lo del disfraz.

De hecho, había sido Chaz quien le había sugerido a Aaron que Becky se disfrazara de Lulu, la sexy chófer del abogado Scofield. Chaz pensó que Becky estaría muy nerviosa aquella noche y que llevar un disfraz sencillo sería algo menos de lo que preocuparse.

—En realidad, la idea fue de Chaz —explicó Aaron, aunque Chaz no lo habría culpado si hubiera fingido que era suya.

—Gracias —contestó Becky—. La verdad es que estaba un poco nerviosa por lo de esta noche.

—Es una primera cita cojonuda, ¿no?

—Increíble. Todavía no me creo que Aaron me pidiera que lo acompañara.

Becky lo miró y esbozó una ancha sonrisa, como si él fuera el no va más, lo que no era cierto, aunque sí tenía mucho mejor aspecto que antes. Él le devolvió la sonrisa y Chaz sintió una punzada de celos. No porque deseara que Aaron fuera su novio, sino porque se había acostumbrado a cuidar de él. Y también le gustaba hablar con él. Incluso le había contado todo el infierno por el que había pasado. Pero si él y Becky iban en serio, quizás él quisiera hablar sólo con ella. Quizá también se sentía un poco celosa porque le gustaría que un chico muy, muy, pero que muy bueno y que no fuera un indeseable la mirara como Aaron estaba mirando a Becky. No en aquel mismo momento, pero sí algún día.

—Aquella de allá es Sasha Holiday —explicó Aaron señalando a una mujer alta y esbelta de pelo largo y oscuro.

Unas gafas de media lente colgaban de una cadena sobre su sofisticado vestido de tubo negro. Era igual que la secretaria de la señora Scofield, pero mucho más sexy.

—Sasha es una de las mejores amigas de Georgie —le explicó Aaron a Becky.

—La reconozco de los anuncios de Comida Sana Holiday —dijo Becky—. Es preciosa, e incluso más delgada que en las fotografías.

Chaz pensó que Sasha estaba demasiado delgada y que se percibía mucha tensión alrededor de sus ojos, pero no dijo nada.

Chaz, Aaron y Becky se quedaron allí, intentando no mirar fijamente a los famosos que iban llegando: Jake Koranda, Jack Patriot y todos los actores de *Skip y Scooter*, más un puñado de compañeros de reparto de las películas de Georgie. Meg saludó a Chaz con la mano desde lejos y ella le devolvió el saludo. El acompañante de Meg parecía un perdedor, y Chaz pensó que ella se merecía alguien mucho mejor. Por la expresión de su padre, él también pensaba lo mismo.

Chaz se sorprendió al ver a Laura Moody, la antigua agente de Georgie, pero no tanto como Poopy, quien parecía que iba a sufrir un infarto. Habían invitado a Laura antes de que Georgie la despidiera y nadie se esperaba que apareciera.

—¿Dónde están la señorita York y el señor Shepard? —le susurró Becky a Aaron.

Sonaba extraño oír a alguien llamarlos de aquella manera. Aaron dio una ojeada a su reloj.

—Harán una gran entrada. Fue idea de Poopy. —Aaron enrojeció. Entonces miró a Chaz con el ceño fruncido—. Deja de reírte. Eres una cría..., y muy poco profesional.

Pero, entonces, también él se echó a reír y le explicó a Becky que la organizadora de fiestas se lo tomaba todo muy en serio y que él y Chaz no la tragaban.

Mientras tomaban el aperitivo, Rory Keene se acercó a charlar con ellos, lo que fue increíble, porque todo el mundo creyó que eran personas importantes. Laura también se acercó para saludarles. No actuó como si se sintiera violenta por estar allí, aunque todo el mundo sabía que Georgie la había despedido, y no parecía que hubiera acudido con ningún acompañante.

Poopy y los camareros dirigieron a los invitados al vestíbulo principal para la entrada de los novios. Chaz empezó a ponerse nerviosa. Georgie estaba acostumbrada a estar encima de un escenario, pero aquello era diferente, y Chaz no quería que tropezara ni hiciera nada ridículo delante de todas aquellas personas. Los músicos empezaron a tocar una obertura de Mozart o algo por el estilo. Bram apareció por una puerta de la primera planta. Era la primera vez que Chaz lo veía vestido con esmoquin, pero él se movía como si llevara uno todos los días, como James Bond o George Clooney o Patrick Dempsey, pero con el pelo claro. Parecía rico y famoso, y Chaz se sintió orgullosa por ser ella quien lo cuidaba.

Bram bajó por las imponentes escaleras y se volvió hacia arriba. La música sonó más fuerte. Entonces apareció Georgie, y Chaz volvió a experimentar una sensación de orgullo. Se la veía esplendorosa y saludable en lugar de hambrienta y con los ojos hundidos. Chaz se había asegurado de que así fuera. Miró a Bram y se dio cuenta de que él también creía que Georgie era guapa.

Georgie había insistido en que acudieran a la fiesta por separado, así que era la primera vez que Bram la veía. Hasta cierto punto, él esperaba que Georgie se presentara con el disfraz de mofeta de Scooter, como le había amenazado hacer, pero debería haber supuesto que no lo haría.

Georgie resplandecía como si estuviera corriendo desnuda a través de una lámpara de araña. Su vestido formaba una estrecha columna de tejido brillante que se ajustaba maravillosamente a su cuerpo alto y esbelto hasta las rodillas, donde se ensanchaba suavemente hasta llegar al suelo. Un delicado broche de pedrería remataba el tirante de uno de sus hombros dejando el otro desnudo, y una pieza de fino encaje cruzaba su cuerpo en diagonal dejando sutil y elegantemente a la vista parte de su piel.

La audiencia había esperado ocho temporadas para ver aquello, la visión de la que se habían visto privados por el comportamiento destructivo de Bram, la transformación de Scooter Brown de una huérfana sin hogar en una mujer elegante, de carácter generoso y gran espontaneidad, cualidades que ninguno de los Scofield había poseído nunca. Bram estaba impresionado. Podía manejar a Scooter, pero aquella criatura inteligente y sofisticada le parecía casi... peligrosa.

El pelo de Georgie estaba perfecto. Sus oscuros y esponjosos tirabuzones estaban sujetos detrás de su cabeza y unos cuantos colgaban sueltos dándole un aire de elegante informalidad. Aunque Georgie insistía en que confiaba en April en todo lo relacionado con su aspecto, ella tenía muy claro lo que le iba o no le iba bien, y no cometió el error de dejar que nadie retocara su pálida piel natural con maquillaje de color. Y tampoco se había puesto excesivas joyas. Unos espectaculares pendientes largos de diamantes colgaban de sus lóbulos, pero había dejado su esbelto cuello desnudo para que destacara por sí mismo.

Paul iba a su lado y ella apoyaba levemente la mano en la manga de su esmoquin. El hecho de que su padre la escoltara mientras descendía por las escaleras no formaba parte del plan y la expresión de ambos cuando se miraron y sonrieron desconcertó a Bram. Él sabía que Paul se había dejado ver mucho por su casa últimamente, pero Bram había estado tan ocupado que no tenía ni idea de qué había pasado para que su relación mejorara.

Paul y Georgie empezaron a bajar las escaleras. Bram no podía apartar los ojos de ella. Según los cánones de Hollywood, Georgie no podía considerarse guapa, pero el problema estaba en los cánones, no en ella. Georgie era más interesante que cualquier falsa belleza californiana liposuccionada, siliconada, hinchada a Botox y con boca de trucha.

Cuando Georgie se detuvo en el rellano, Bram se acordó, con retraso, de que tenía que haber subido las escaleras para encontrarse con ella, pero Georgie estaba acostumbrada a que él se olvidara de sus entradas. Bram despegó sus pies del suelo y subió las escaleras deteniéndose tres escalones por debajo de Georgie. Se volvió un cuarto de vuelta hacia la multitud y extendió la mano con la palma hacia arriba. Todo muy cursi, pero ella se merecía la imagen más romántica posible. Paul besó a su hija en la mejilla y asintió con la cabeza en dirección a Bram. A continuación, dejó el escenario a los novios. Georgie deslizó con calidez su mano encima de la de Bram. Los invitados prorrumpieron en un fuerte aplauso mientras ella bajaba los tres escalones que la separaban de él.

Los dos se giraron enfrentándose a un salón rebosante de sonrisas y buen humor, aunque, sin duda, la mitad de los invitados estaba realizando apuestas acerca de cuánto duraría su matrimonio. Georgie levantó la mirada hacia Bram con expresión tierna. Él se llevó la mano de ella a los labios y la besó con suavidad. Él podía representar el jodido papel de Príncipe Azul tan bien como Lance *el Perdedor*.

Pero Bram tenía que esforzarse en ser cínico. Aquella noche podía no ser más que otro cuento de hadas de Hollywood, aunque la ilusión le parecía real.

Georgie quería que fuera real: aquella noche, el mágico y chispeante vestido, sus amigas reunidas a su alrededor y la dulce expresión de su padre. Sólo el hombre que estaba a su lado era el equivocado. Aunque no le parecía tan equivocado como debería.

Se mezclaron con los invitados, quienes iban vestidos de las formas más diversas, desde tejanos y faldas de tenis a esmóquines y uniformes de colegiala. Trev y Sasha se habían presentado voluntarios para realizar los brindis, pero cuando se sentaron para cenar, de pronto Paul se puso de pie y levantó su copa.

—Esta noche celebramos el compromiso que estas dos personas increíbles han contraído entre ellas. —Entonces fijó la mirada en Georgie—. A una de estas personas la quiero mucho. —Su voz se quebró y los ojos de Georgie se llenaron de lágrimas. Paul carraspeó—. Y la otra... cada día me cae mejor.

Todos rieron, Bram incluido. Durante la última semana, la relación de Georgie con su padre había sido rara y maravillosa a la vez. Saber lo mucho que la quería y lo mucho que había querido a su madre lo había significado todo para ella. Pero mientras Paul expresaba sus buenos deseos para el futuro de los novios, Georgie tuvo que esforzarse para mantener una sonrisa en su cara. Contarle a su padre la verdad en lugar de intentar esconder sus errores por miedo a decepcionarlo constituía el siguiente paso en su viaje para ser ella misma.

Paul había esperado hasta aquella mañana para contarle que le había ofrecido a su ex agente asistir a la celebración como su acompañante. Aunque a Georgie le resultó violento saludar a Laura, se alegró de la decisión de su padre.

—Creo que es un bonito detalle hacia ella —explicó Paul—. Así todos verán que todavía la consideras parte de tu círculo íntimo.

Georgie intentó bromear siguiendo la misma línea.

—También es la manera idónea de que la gente sepa que vuelves a los escenarios y que Laura te va a representar.

Él se puso serio.

—Georgie, no es por eso que...

—Lo sé. No quería decir eso.

Estaban construyendo una nueva relación, y los dos intentaban encontrar su lugar. Georgie le dio un codazo para hacerle reír.

A continuación todos hicieron su brindis. El de Trev fue irreverente, y el de Sasha cálido, pero los dos fueron divertidos. Al inicio de la cena, se produjeron frecuentes interrupciones de invitados que hacían tintinear sus copas de agua pidiendo que los novios se besaran. A Georgie, los besos en público con Bram ya no le resultaban tan falsos. No conocía a ningún hombre que disfrutara tanto besando como Bram Shepard..., ni nadie que lo hiciera tan bien. Y tampoco conocía a ningún hombre a quien ella disfrutara tanto besando.

En la mesa de al lado, Laura mordisqueó un trozo de langosta y, disimuladamente, subió un tirante de su sujetador que había resbalado por su hombro. Había pensado ponerse un vestido de fiesta, como el resto de las invitadas, pero en el último momento cambió de idea. Para ella, aquello era una reunión de negocios y no podía permitirse pasarse la velada tirando del corpiño de un vestido que, inevitablemente, sería demasiado escotado o preocupándose por sus brazos desnudos, que no estaban tan tonificados como deberían. Así que se decidió por un sencillo traje chaqueta beis, un blusón con cuello de lazo y unas perlas: el tipo de ropa que utilizaría la señora Scofield. Aparte de su eterno problema con los tirantes de los sujetadores, había tenido bastante éxito manteniendo un aspecto decente.

La invitación de Paul constituyó para ella una gran sorpresa. Laura le telefoneó para informarle de que había fallado en la audición, pero que el director del reparto quería verlo en la audición de otro personaje. Justo cuando empezaba su charla estándar ego-reparadora, él la interrumpió.

—Yo no era el actor adecuado para el papel, pero la audición me ha servido de práctica.

Y entonces la invitó a la fiesta.

Habría sido tonta si hubiera rechazado su invitación. El hecho de que la vieran allí aquella noche ayudaría a devolverle un poco de dignidad a su reputación profesional, como Paul bien sabía. Pero Laura no podía evitar sentirse cautelosa. La fría personalidad de Paul siempre había constituido el antídoto perfecto para su atractivo físico y sus otros valores masculinos, pero su nueva vulnerabilidad la empujaba a verlo de una forma más inquietante.

Por suerte, ella entendía los peligros de las fantasías salvadoras de las mujeres. Ella tenía claro lo que quería en la vida y no lo estropearía sólo porque Paul York fuera más interesante y complicado de lo que ella había imaginado. ¿Y qué si a veces se sentía sola? Los días en que permitía que un hombre la distrajera de sus objetivos quedaban muy atrás. Paul era un cliente, y que la vieran en aquella fiesta era un buen asunto.

Paul se había mostrado atento con ella durante toda la noche, como un perfecto caballero, pero ella estaba demasiado nerviosa para comer. Mientras los otros comensales de la mesa estaban entretenidos conversando, Laura se inclinó hacia Paul.

—Gracias por invitarme. Te debo una.

—Tienes que reconocer que la situación no ha sido tan violenta como te la imaginabas.

—Sólo porque tu hija es una actriz de primera.

—Deja de defenderla. Te despidió.

—Tenía que hacerlo. Y vosotros dos no habéis dejado de sonreíros en toda la noche, así que no te hagas el duro conmigo.

—Hemos hablado, eso es todo.

Paul señaló la comisura de su boca indicándole a Laura que tenía algo en aquella parte. Ella, avergonzada, cogió su servilleta, pero no acertó con el lugar y al final él le limpió la mancha con su propia servilleta.

Luego ella cogió su copa de agua.

—Debió de ser una conversación fantástica.

—Así es. Recuérdame que te la cuente la próxima vez que esté borracho.

—No te imagino borracho, eres demasiado disciplinado.

—No sería la primera vez.

—¿Y cuándo te has emborrachado antes?

Laura esperaba que él se desentendiera de la pregunta, pero no fue así.

—Cuando murió mi esposa. Cada noche, después de que Georgie se durmiera.

Éste era un Paul York que Laura estaba empezando a conocer. Lo miró fijamente.

—¿Cómo era tu esposa? Si no quieres, no tienes por qué contestarme.

Él dejó el tenedor en el plato.

—Era increíble. Brillante. Divertida. Dulce. Yo no la merecía.

—Ella debía de pensar lo contrario, o no se habría casado contigo.

Paul pareció un poco desconcertado, como si estuviera tan acostumbrado a considerarse un miembro de segunda clase en su matrimonio, que no pudiera verlo de otra manera.

—Apenas tenía veinticinco años cuando murió —comentó—. Era una niña.

Laura tocó las perlas de su collar.

—Y todavía estás enamorado de ella.

—No como crees. —Paul jugueteó con la maqueta de la mansión Scofield de azúcar hilado que había en su plato—. Supongo que el joven de veinticinco años que habita en mí siempre estará enamorado de ella, pero de eso hace mucho tiempo. Ella siempre estaba en las nubes. Tanto podía dejar las llaves del coche en la nevera como en su bolso. Y no le importaba su aspecto en absoluto. Me volvía loco. Y siempre estaba perdiendo botones o rompiendo cosas...

A Laura empezó a erizársele el vello.

—Me cuesta imaginarte con alguien así. ¡Las mujeres con las que sales son tan elegantes!

Él se encogió de hombros.

—La vida es un caos y yo busco el orden donde puedo.

Ella dobló su servilleta en el regazo.

—Pero no te has enamorado de ninguna de ellas.

—¿Cómo lo sabes? Quizá me enamoré y me rechazaron.

—Es poco probable. Tú eres el primer premio en la lista de las ex esposas. Estable, inteligente y sumamente atractivo.

—Estaba demasiado ocupado dirigiendo la carrera de Georgie para volver a casarme.

Laura percibió cierto autorreproche.

—Hiciste un gran trabajo con ella durante muchos años —dijo—. He oído la historia. Según dicen, de niña Georgie no podía resistirse a ponerse delante de un micrófono o calzarse unas zapatillas de baile, así que deja de atormentarte.

—Le encantaba actuar. Cuando yo no la veía, se subía a las mesas para bailar. —Su expresión volvió a ensombrecerse—. Aun así, no debería haberla presionado tanto. Su madre me lo habría reprochado.

—¡Eh! Resulta fácil criticar cuando se está en el cielo, fuera del área de juego y viendo a los demás cargar con todo el peso.

Laura tuvo la osadía de hablar con ligereza de su adorada esposa y la expresión de Paul se volvió fría y distante. En los viejos tiempos, ella se habría deshecho en explicaciones intentando disculparse, pero, aunque el ceño de Paul se acentuó, no sintió la necesidad de rectificar, sino que se inclinó hacia él y susurró:

—Supéralo.

Él levantó la cabeza y la furia que sentía convirtió sus ojos en balas.

Laura le sostuvo la mirada y añadió:

—Ya va siendo hora.

La retirada era el arma preferida de Paul York y Laura esperaba que se recluyera en sí mismo, pero no lo hizo. Entonces el hielo de sus ojos se fundió.

—Interesante. Georgie me ha dicho lo mismo. —Y recogió del suelo la servilleta que se le había caído a Laura y le dedicó una larga mirada que la derritió.

23

Al principio, Chaz se fijó en el camarero porque era muy guapo y no parecía un actor. Era demasiado bajo para eso, pero tenía un cuerpo bonito y el pelo moreno y no demasiado corto. Mientras ofrecía las bandejas del aperitivo, no paraba de lanzar miradas furtivas a todo el mundo, lo que resultaba un poco inquietante, pero ella hacía lo mismo, así que no le dio mucha importancia. Después, Chaz se fijó en la extraña forma en que giraba el cuerpo.

Cuando por fin se dio cuenta de lo que el camarero estaba haciendo, se cabreó mucho. Esperó a que la cena casi hubiera acabado, se disculpó y se dirigió a la zona del servicio, donde lo encontró ordenando platos en un carrito. Cuando se aproximó a él, el camarero se fijó en su aureola y esbozó una sonrisa burlona.

—¡Eh, ángel! ¿Qué puedo hacer por ti?

Ella leyó su tarjeta identificativa.

—Puedes entregarme tu cámara, Marcus.

La socarronería de él se esfumó.

—No sé de qué me hablas.

—Tienes una cámara oculta.

—Estás loca.

Chaz intentó recordar dónde ocultaban sus cámaras los periodistas de investigación.

—Sé quién eres —dijo el camarero—. Trabajas para Bram y Georgie. ¿Cuánto te pagan?

—Más de lo que te pagan a ti.

Marcus no era alto, pero tenía aspecto de hacer ejercicio y, aunque tarde, a Chaz se le ocurrió que debería haber avisado a alguien de seguridad para que manejara aquella situación. Sin embargo, había gente a su alrededor y le pareció mejor mantenerlo en secreto.

—Si no me das la cámara, Marcus, haré que te la quiten.

Debió de parecer que hablaba en serio, porque él se inquietó. El hecho de que pudiera intimidarlo, aunque sólo fuera un poco, animó a Chaz.

—No es asunto tuyo —replicó Marcus.

—Sólo intentas ganarte la vida, lo comprendo, y en cuanto me hayas entregado la cámara olvidaré el asunto.

—No seas bruja.

Chaz se movió con rapidez y aferró el botón superior de la chaqueta de Marcus, el que no hacía juego con el resto. El botón se desprendió y, cuando ella tiró para soltarlo, se encontró con la resistencia de un fino cable.

—¡Eh!

Chaz dio un tirón fuerte y se lo arrancó.

—No se permiten cámaras, ¿no te habías enterado?

—¿Y a ti qué te importa? ¿Tienes idea de lo que las agencias pagan por porquerías como ésta?

—No lo suficiente.

Marcus había enrojecido, pero no podía arrebatarle la cámara a Chaz sin que todo el mundo notara que pasaba algo. Ella se alejó de allí, pero él la siguió.

—Podrías vender tu historia, ¿sabes? Sobre tu trabajo. Seguro que podrías conseguir, como mínimo, cien de los grandes. Devuélveme la cámara y te pondré en contacto con un tío que se encargará de todo.

«Cien mil dólares...»

—Ni siquiera tendrías que decir nada malo de ellos.

Ella no respondió. Sólo se alejó.

«Cien mil dólares...»

Después de la cena se proyectó un divertido videomontaje con escenas de *Skip y Scooter*. Poco antes de la ceremonia de cortar el pastel, apareció Dirk Duke con un micrófono. Dirk era el pinchadiscos más famoso de la ciudad. Su verdadero nombre era Adam Levenstein y Poppy lo había contratado para que pusiera música para bailar, lo que estaba programado para media hora más tarde.

Dirk era bajito, tenía la cabeza en forma de pepino, el cuello tatuado y se había educado en una universidad privada, algo que él se esforzaba en ocultar. Aquella noche, en lugar de sus habituales tejanos, iba vestido con un esmoquin que no era de su talla.

—¡Hola a todos! ¡Esta fiesta es increíble! ¡Un gran aplauso para Georgie y Bram!

La audiencia, obediente, aplaudió con entusiasmo.

—¡Eh, vosotros, fans de *Skip y Scooter*! Ver a Georgie y Bram casados es fantástico, ¿no creéis?

Más aplausos y un par de silbidos, uno de ellos de Meg.

—Estamos aquí para festejar un matrimonio que se celebró hace dos meses. Un matrimonio al que ninguno de nosotros fue invitado porque no somos lo bastante importantes.

Risas.

—Pero esta noche vamos a ponerle remedio...

Cuatro camareros entraron con un dosel nupcial cubierto con un tul blanco recogido a los lados con ramilletes de hortensias azules. Poppy iba detrás, vestida con un traje largo negro y una expresión de petulancia expectante.

Georgie le dio un codazo a Bram.

—Creo que Poppy acaba de desvelar su sorpresa. La que tú le dijiste que llevara a cabo.

Él hizo una mueca.

—Deberías haberme dado un golpe en la cabeza. Esto no me gusta nada.

A ella todavía le gustaba menos, pensó Georgie mientras contemplaba cómo los camareros colocaban el dosel en la parte delantera de la pista. Bram soltó una maldición en voz baja.

—Esa mujer está oficialmente despedida.

—Como ministro ordenado de la Iglesia de la Vida Universal... —Dirk realizó una pausa para causar más efecto— es un honor para mí... —otra pausa— pedirle a los novios que se acerquen y... —levantó la voz— ¡repitan sus votos delante de todos nosotros!

Los invitados estaban entusiasmados. Incluso el padre de Georgie. Los labios siliconados y realzados con brillo de Poppy se curvaron en una sonrisa triunfal. Un músculo se agitó en el extremo de la mandíbula de Bram. Poppy no tenía derecho a representar en público algo tan personal sin consultárselo a ellos.

Bram apretó los dientes y se levantó.

—Pon tu mejor cara.

Georgie se dijo que aquello no tenía importancia. ¿Qué era una representación pública más después de todas las que había hecho? Al levantarse, su resplandeciente vestido crujió.

Dirk alargaba las vocales, como si fuera el presentador de un juego televisivo.

—Papá, ven y únete a ellos. ¡El señor Paul York, señoras y señores! Bram, elige a tu padrino.

—Me elige a mí.

Trev se levantó de golpe y los invitados se echaron a reír.

Georgie tenía la sensación de estar asfixiándose.

—Georgie, ¿quién va a ser tu dama de honor?

Ella miró a Sasha, Meg y April y pensó en cuánta suerte tenía de que aquellas maravillosas mujeres fueran sus mejores amigas. Entonces inclinó la cabeza.

—Laura.

Laura, impresionada, al levantarse estuvo a punto de volcar la silla.

Se encontraron todos debajo del dosel. El padre de Georgie, Trev, Laura y los reticentes novios.

Dirk tuvo el detalle de volverse de espaldas al público para que Bram y Georgie estuvieran de cara a los invitados. Entonces tapó el micrófono con la mano.

—¿Estáis todos preparados?

Georgie y Bram se miraron a los ojos y se produjo un instante de perfecta comunicación sin palabras. Él arqueó una ceja y ella le explicó exactamente lo que pensaba con la mirada. Bram sonrió, le apretó la mano y le arrebató el micrófono a Dirk.

—Un cura, un rabino y un pastor entran en un bar... —Todos se echaron a reír. Bram esbozó una amplia sonrisa y se acercó el micrófono a la boca—. Gracias por vuestros buenos deseos. Georgie y yo los valoramos más de lo que podamos expresar con palabras.

Poppy, a un lado del improvisado escenario, se mordió el labio inferior. El discurso de Bram no estaba en el guión y era evidente que no le gustaba que los clientes interfirieran en su programa.

Bram soltó la mano de Georgie y señaló el dosel.

—Como ya os habréis imaginado, esta ceremonia es una sorpresa para nosotros, pero la verdad es que, aunque tanto Georgie como yo comprendemos lo atractivo que resultaría ver cómo Skip y Scooter se casan, nosotros no somos esos personajes y esta ceremonia no nos parece bien a ninguno de los dos.

Georgie deslizó la mano en el interior del codo de Bram y sonrió a los invitados que se mostraban empáticos con ellos.

Bram le cubrió los dedos con su mano.

—Ahora mismo, me apetece decir cosas realmente emotivas respecto a Georgie. Lo cariñosa, dulce y divertida que es. Y que es mi mejor amiga... Pero no quiero avergonzarla.

—No importa. —Ella se inclinó hacia el micrófono—. Avergüénzame.

Bram se echó a reír, y lo mismo hizo la multitud. Los esposos intercambiaron otro de sus besos seguido de una larga y amorosa mirada mientras él la manoseaba a escondidas y ella le pellizcaba el culo.

De repente, las rodillas de Georgie empezaron a temblar. A temblar de verdad. Un temblor de terremoto, sólo que aquel terremoto se estaba produciendo en su interior.

Se había enamorado de él.

Georgie palideció y absorbió la terrible verdad. A pesar de todo lo que sabía de Bram Shepard, se había enamorado de él, del egocéntrico y autodestructivo chico malo que le había robado la virginidad, había arruinado la serie televisiva y casi se había destruido a sí mismo.

Él resplandecía a la luz de las arañas, con aquella pulida belleza y elegante masculinidad diseñadas para el celuloide. Georgie apenas podía respirar. Justo cuando por fin estaba aprendiendo a ser ella misma, se saboteaba enamorándose de un hombre en el que no podía confiar, un hombre al que pagaba para que permaneciera a su lado. La magnitud de la calamidad la mareó.

Bram terminó su discurso. Sacaron el pastel de boda en un carrito, una maravilla glaseada de varios pisos con hortensias de pastelería y coronada con dos muñequitos de Skip y Scooter vestidos de boda. Bram cortó el primer trozo y le dio un bocado a Georgie dejando en sus labios una mancha de glaseado que limpió con un beso. Ella, con gran esfuerzo, le devolvió el favor. El pastel sabía a corazón roto.

Más tarde, April la llevó aparte para que se cambiara el resplandeciente vestido por otro azul de estilo años veinte que habían elegido para bailar. Georgie se pasó el resto de la noche en una vorágine de perpetuo movimiento, bailando y riendo, meneando las caderas y con el pelo golpeándole las mejillas.

Bailó con Bram, quien le dijo que estaba guapísima y que se moría de ganas de llevársela a la cama. Bailó con Trev y con sus amigas, con Jake Koranda, con Aaron y con su padre. Bailó con los actores que habían coprotagonizado películas con ella y con Jack Patriot. Incluso bailó con Dirk Duke. Mientras sus pies no dejaran de moverse, no tenía que pensar en cómo salvarse.

Bram se enderezó y la miró fijamente en el vestíbulo de su casa, poco después de las dos de la madrugada. Su corbata negra de lazo colgaba sobre sus hombros y llevaba el cuello de la camisa abierto.

—¿Qué demonios quieres decir con que vas a dormir en la casa de los invitados?

Georgie todavía estaba un poco bebida, pero no tanto como para no saber lo que tenía que hacer. Quería llorar... o gritar, pero tendría tiempo de sobra para ambas cosas más tarde.

—Tengo que presentarme ante ti para una audición el martes por la tarde, ¿te acuerdas? Dormir contigo tres noches antes me da una ventaja injusta sobre las otras actrices.

—Es la cosa más ridícula que he oído en mi vida.

De alguna manera, ella consiguió sacar a la superficie la frescura de la vieja Georgie, la que, una vez más, se había enamorado como una tonta.

—Lo siento, Skipper, pero yo creo en el juego limpio. Lo llevaría como un peso sobre mi conciencia.

—¡Al infierno tu conciencia!

Bram la empujó contra la pared, al pie de las escaleras, y empezó a besarla. Besos profundos, invasivos y con un toque de insistencia. Los dedos de los pies de Georgie se curvaron dentro de sus zapatos. Él introdujo una mano por el escote del vestido azul y pellizcó con suavidad la parte superior del pecho que se curvaba por encima del corpiño.

—Me vuelves loco —murmuró junto a la piel húmeda de Georgie.

Ella estaba mareada por el champán, el deseo y la desesperación. Bram deslizó la otra mano por el interior de sus braguitas, tan finas y frágiles que apenas contaban como pieza de ropa. «Para. No pares...» Las palabras rebotaban en la cabeza de Georgie mientras los besos de Bram se volvían cada vez más apremiantes y sus caricias tan íntimas que Georgie apenas podía soportarlo.

—Ya está bien —dijo él, y la cogió en brazos.

La música de fondo fue aumentando en intensidad. Compases de *Doctor Zivago* y de *Titanic*, de *Tú y yo* y de *Memorias de África* los envolvieron mientras él la subía por las escaleras de la forma más romántica del mundo; salvo por el hecho de que eran las dos de la madrugada y Bram se golpeó el codo al atravesar el umbral de la puerta.

Pero sólo tardó un segundo en recuperarse. Dejó a Georgie en el borde de la cama y le subió el vestido. Y todo volvió a ser como la primera vez, en el yate. Las caderas desnudas de Georgie en el borde del colchón. Su vestido arrugado en su cintura. La ropa de Bram esparcida por el suelo y ella enamorada como una imbécil de un hombre que no la correspondía.

Fue como la primera vez... y no lo fue. Después del primer y apasionado asalto, Bram se tomó las cosas con más calma. La amó con sus caricias, con su boca, con su sexo, con todo menos con su corazón. Y ella se permitió a sí misma amarlo. Sólo que por última vez.

Algo ligeramente inquisitivo destelló en los ojos de Bram cuando la miró a las pupilas. Notó un cambio en ella, pero no supo de qué se trataba. El placer que sentían aumentó de una forma vertiginosa, la música entró en un *crescendo* en el interior de la cabeza de Georgie, y la cámara se alejó. Cerró los ojos y cabalgó con Bram hacia la inconsciencia.

Mientras permanecía acurrucada junto al hombro de Bram, su desesperación resurgió. Aquella autodestrucción tenía que acabar.

—Entonces... ¿cuándo te enamoraste de mí? —preguntó.

—En cuanto te vi —contestó él con voz somnolienta—. No, espera... Eso fue conmigo, la primera vez que me miré en un espejo.

—No, en serio.

Bram bostezó y la besó en la frente.

—Duérmete.

Ella insistió.

—Tengo la sensación...

—¿Qué sensación?

Ahora Bram estaba despierto y receloso, pero ella tenía que saber con exactitud dónde se encontraba. Aquello era demasiado importante para que constituyera algún tipo de malentendido de comedia televisiva que pudiera arreglarse con unas cuantas frases.

—La sensación de que te has enamorado de mí.

Bram se incorporó echándola sin miramiento de su hombro.

—Es lo más estúpido... Tú sabes exactamente lo que siento por ti.

—En realidad, no. Eres más sensible de lo que demuestras y escondes mucho.

—Yo no soy nada sensible. —Bram le lanzó una mirada furibunda—. Quieres restregármelo por la cara, ¿no? Lo que dije en la fiesta.

Ella no recordaba lo que él había dicho en la fiesta, así que frunció los labios y dijo:

—Claro que quiero restregártelo por la cara, así que repítelo.

Él soltó un soplido de exasperación y se reclinó en la almohada.

—Eres la mejor amiga que he tenido nunca. ¡Vamos, ríete! En serio, nunca pensé que lo nuestro acabaría de esta manera.

Su mejor amiga... Georgie tragó saliva.

—No sé por qué; al fin y al cabo yo soy una persona muy fiable.

—Eres una tía muy rara. Nunca, ni en un millón de años, me habría imaginado que serías la persona en quien más confiara.

Pero ella no confiaba en él en absoluto. Salvo en lo que decía en aquel momento. Bram le estaba contando la verdad acerca de sus sentimientos.

—¿Y qué me dices de Chaz? Ella se dejaría matar por ti.

—Está bien, eres la segunda persona más de fiar que conozco.

—Eso está mejor. —Georgie se aconsejó dejarlo correr, pero tenía que intentarlo. Una vez más—. Realmente podría estropearlo todo... —Suspiró, como si Chaz fuera un auténtico fastidio—. Imagínate que te volvieras gilipollas y decidieras enamorarte...

—Por Dios, Georgie, ¿quieres dejarlo estar? Nadie está enamorado de nadie.

—Si estás seguro...

—Sí, estoy seguro.

—¡Qué alivio! Ahora deja de hablar para que pueda dormir.

A Georgie le dio un calambre en la pierna, pero no se atrevió a moverse hasta que oyó el sonido profundo y regular de la respiración de Bram. Sólo entonces, se levantó con cuidado de la cama. Se puso lo primero que encontró, que era la camisa del esmoquin de Bram, y bajó con sigilo las escaleras. Su padre había regresado a su piso, así que la casa de los invitados volvía a estar vacía. Georgie recorrió el

frío sendero de piedra mientras las lágrimas resbalaban por sus mejillas. Si seguía haciendo el amor con Bram, tendría que fingir que sólo
era sexo. Tendría que actuar delante de él, igual que actuaba delante
de las cámaras.

No podía hacerlo. Ni por él ni por ella. Nunca más.

24

Bram llegó tarde a la audición de Georgie, y el frío saludo con la cabeza que le dirigió Hank Peters le indicó que no se sentía satisfecho. Bram sabía que todos esperaban que volviera a sus antiguas e irresponsables costumbres, pero lo había retrasado, justificadamente, una llamada de uno de los socios de Endeavor. Sin embargo, no explicó lo que le había ocurrido, pues había soltado demasiadas excusas falsas en el pasado, sino que simplemente expresó una breve disculpa.

—Siento haberos hecho esperar.

Aunque nadie se lo había dicho a la cara, todos pensaban que la audición de Georgie constituiría una pérdida de tiempo, pero él se lo debía a ella, aunque odiaba formar parte de algo que, al final, la dejaría hecha polvo.

—Pongámonos manos a la obra —dijo Hank.

Las paredes de la sala de audiciones estaban pintadas de un verde asqueroso, el suelo estaba cubierto con una moqueta marrón con manchas y el mobiliario estaba formado por unas cuantas sillas metálicas destartaladas y un par de mesas plegables. La sala estaba en el último piso de un viejo edificio situado en la parte trasera del terreno de los estudios Vortex, donde se alojaba la productora Siracca, la subsidiaria cinematográfica independiente de Vortex. Bram se sentó en la silla vacía que había entre Hank y la directora de reparto.

Con su cara alargada, su pelo cada vez más escaso y sus gafas, Hank parecía más un sesudo profesor de universidad que un director de Hollywood, pero tenía un gran talento y a Bram todavía le costaba creer que estuvieran trabajando juntos. La directora de reparto le hizo una seña con la cabeza a su asistente, quien abandonó la sala para ir en busca de Georgie adondequiera que estuviera.

Bram no la veía desde la noche de la fiesta. Paul se puso enfermo —según le contó Chaz, había cogido algún tipo de gripe estomacal— y Georgie se fue a cuidarlo antes de que Bram se despertara a la mañana siguiente. Georgie no necesitaba que la distrajeran haciendo de enfermera justo antes de aquella audición tan importante, y Bram no comprendía que Paul no la hubiera mandado de vuelta a casa. De hecho, le habría gustado disponer de otra oportunidad para convencerla de que renunciara a aquel papel.

La asistente de reparto regresó y mantuvo la puerta abierta. La autoconfianza de Georgie era mucho más frágil de lo que ella dejaba ver. No estaría horrible, pero tampoco lo haría bien, y Bram odiaba que todos analizaran y criticaran sus dotes interpretativas.

Una actriz alta y de pelo negro entró en la sala. Una actriz que no era Georgie. Cuando la directora de reparto le preguntó qué había hecho desde su última película, Bram se inclinó hacia Hank.

—¿Dónde demonios está Georgie?

Hank lo miró con extrañeza.

—¿No lo sabes?

—No hemos podido hablar. Su padre tiene la gripe y ha estado cuidando de él.

Hank se quitó las gafas y las limpió con el borde de su camisa, casi como si no quisiera mirar a Bram a los ojos.

—Georgie ha cambiado de idea. Ha decidido que el papel no es adecuado para ella y no se va a presentar a la audición.

Bram no pudo creérselo. Se quedó durante toda la audición, sin oír ni una sola palabra, y después se disculpó e intentó localizar a Georgie. Pero ella no respondió a sus llamadas. Y tampoco Paul, ni Aaron, y Chaz no sabía más que lo que Georgie le había contado. Al final telefoneó a Laura. Ella le dijo que había hablado con Paul hacía pocas horas y que él no le había mencionado que estuviera enfermo.

Algo iba muy mal. Bram se fue a su casa.

En la calle sólo montaban guardia tres todoterrenos negros. La celebración de la boda había tenido un gran impacto en la TMZ y el resto de las páginas de cotilleo de Internet, pero la locura de los dos primeros meses por fin parecía estar llegando a su fin. Sin embargo, no se necesitaba mucho para reavivar las llamas y si se extendía el rumor de que Georgie había desaparecido, se desencadenaría un auténtico infierno.

Mientras aparcaba en el garaje, su móvil sonó. Era Aaron.

—Tengo un mensaje de Georgie. Me ha dicho que te diga que se toma un descanso.

—¿Qué demonios...? ¡Menuda tontería!

—Lo sé. Yo tampoco lo entiendo.

—¿Dónde está?

Se produjo una larga pausa.

—No puedo decírtelo.

—¡Y una mierda que no puedes!

Pero, por encima de todo, Aaron era fiel a Georgie y las amenazas de Bram no le hicieron cambiar de opinión. Al final, Bram le colgó el teléfono y se quedó atónito sentado en el coche. ¿Georgie no se atrevía a encararse con él porque se había acobardado por lo de la audición? Pero a ella nunca le habían dado miedo las audiciones. Nada de aquello tenía sentido.

La extraña conversación que mantuvieron la noche de la fiesta se reprodujo en su mente. ¿En serio podía creer que él se había enamorado de ella? Bram pensó en todas las señales equívocas que él le había enviado y volvió a abrir el móvil. Georgie no le contestó, así que se vio obligado a dejarle un mensaje.

—Está bien, Georgie, lo he captado. La otra noche hablabas en serio, pero te juro por Dios que no estoy enamorado de ti, así que deja de preocuparte. Esto es totalmente ridículo. Piensa en ello. ¿Alguna vez me has visto preocuparme de alguien que no sea yo mismo? ¿Por qué habría de empezar ahora? Sobre todo contigo. ¡Maldita sea, si hubiera sabido que ibas a salir escopeteada de esta manera, habría mantenido la boca cerrada sobre lo de la amistad! Amistad. Eso es todo lo que es. Te lo prometo, así que deja de imaginarte chorradas y devuélveme la llamada.

Pero ella no lo llamó y, durante la mañana siguiente, a Bram se le ocurrió algo todavía más insidioso. Georgie quería un bebé y, en aquel momento, no podía tener uno sin él. ¿Y si todo aquello no era más que un chantaje? ¿Su forma de manipularlo? El hecho de que ella pudiera estar pensando en hacer algo tan odioso lo enfureció, así que la llamó y le dijo lo que pensaba al respecto en el buzón de voz. Como no se cortó ni un pelo, no le extrañó que ella no le devolviera la llamada.

La casa estucada en blanco que Georgie había alquilado estaba asentada en lo alto, por encima del mar de Cortez, justo a las afueras de cabo San Lucas. Tenía dos dormitorios, un jacuzzi en forma de riñón y una pared con cristaleras correderas que daba a un patio sombreado. Como no podía viajar a México en un avión comercial, Georgie utilizó un servicio de vuelos privados.

Todas las mañanas, durante una semana, se puso una camiseta holgada, unos pantalones anchos, unas gafas de sol grandes y un sombrero de paja para poder caminar a lo largo de kilómetros de playa sin que nadie la reconociera. Por las tardes, editaba película e intentaba aplacar su tristeza.

Bram estaba furioso con ella por haber desaparecido sin dar explicaciones y sus mensajes telefónicos le habían desgarrado el corazón.

«Te lo juro por Dios. No estoy enamorado de ti... Amistad. No es más que eso. Te lo prometo.»

En cuanto a su segundo mensaje acerca de que le hacía chantaje para tener un bebé... Georgie lo borró antes de llegar a la mitad.

Su padre sabía dónde estaba. Al final, le contó la verdad acerca de Las Vegas y un poco acerca de la razón por la que había tenido que irse. Como es lógico, su padre intentó culpar a Bram, pero ella no se lo permitió y le hizo prometerle que no se pondría en contacto con él.

—Dame un poco de tiempo, papá. ¿De acuerdo?

Él accedió de mala gana.

Al día siguiente, su padre le telefoneó para darle una noticia que la dejó helada.

—He hecho algunas averiguaciones. Bram no ha tocado ni un penique del dinero que supuestamente le estabas pagando. Por lo visto, no lo necesita.

—Claro que lo necesita. Todo el mundo sabe que tiró por la ventana todo el dinero que ganó con *Skip y Scooter*.

—Sí, «tirar» lo describe bastante bien, pero cuando por fin sentó la cabeza, simplificó su estilo de vida e invirtió el dinero que le quedaba. Y la verdad es que, para ser él, lo hizo increíblemente bien. Incluso pagó la totalidad de la hipoteca que grava su casa.

Resultaba irónico. La única cosa en la que Bram no la había engañado era en sus sentimientos hacia ella. Amistad. Eso era todo.

Georgie se pasaba los días mirando hacia el infinito o cogiendo un libro y leyendo la misma frase una y otra vez. Pero no lloró como había hecho con Lance. En esta ocasión, su tristeza era demasiado profunda para derramar lágrimas. La única actividad que podría interesarle sería ir con la cámara a uno de los centros turísticos de lujo y entrevistar a las chicas del servicio. Como no podía permitirse ese tipo de exposición pública, instaló la cámara en el sombreado patio de piedras blancas y se entrevistó a sí misma.

—Cuéntame, Georgie. ¿Siempre has sido una perdedora en el amor?

»Más o menos. ¿Y tú?

»Más o menos. ¿Y por qué crees que es así?

»¿Por mi patética necesidad de ser amada?

»¿Y a qué achacas la culpa? ¿A la relación con tu padre durante tu infancia?

»Digamos que sí.

»Así que, en última instancia, el hecho de que te enamoraras de Bram Shepard es culpa de tu padre, ¿no?

»No —susurró—. Es culpa mía. Yo sabía que enamorarme de él era imposible, pero aun así tenía que hacerlo.

»Has renunciado a la audición y a la posibilidad de interpretar a Helene.

»¿Y qué? ¿Qué no haría una mujer por amor?

»¡Menuda estupidez!

»¿Qué querías que hiciera? ¿Trabajar con él todos los días y después dormir con él por las noches?

»Lo que deberías hacer es conseguir que tu carrera sea tu mayor prioridad.

»Ahora mismo, mi carrera no me importa. Ni siquiera he contratado a un nuevo agente. Lo único que me importa es...

»¿Sentirte desgraciada?

»Dentro de unos meses lo habré superado.

»¿De verdad lo crees?

No, ella no lo creía. Quería a Bram de una forma consciente, como nunca había querido a su ex marido. Nada de gafas rosa ni atolondramiento sin sentido, nada de fantasías de Cenicienta ni la falsa esperanza de que él pondría orden en su vida. Lo que sentía por Bram era complicado, sincero y profundo. Georgie sentía que... él formaba parte de ella, de lo mejor y de lo peor. Él era la persona con la que quería enfrentarse a la vida; compartir los triunfos y los fracasos; compartir las vacaciones, los cumpleaños y el día a día.

—Estupendo —dijo su entrevistadora—. Al final te he hecho llorar. Igual que Barbara Walters.

Georgie apagó la cámara y ocultó la cara entre las manos.

Georgie llevaba fuera casi dos semanas y Aaron era la única fuente de información de Bram. El asistente de Georgie se había encargado de filtrar una serie de historias ficticias sobre ellos a la prensa del corazón. Les explicó que Georgie había tomado la decisión de irse de vacaciones mientras Bram trabajaba, y también ofreció largas descripciones de románticas llamadas entre los recién casados. Las invenciones de Aaron mantenían a raya a la prensa, así que Bram no las rectificó.

La casa del árbol seguía avanzando sin mayores tropiezos, aunque la elección del reparto todavía no había terminado. Bram se habría sentido en la cima del mundo, pero, en el fondo, lo que más deseaba era contactar con su antiguo camello. Sin embargo, en lugar de llamarlo se enfrascó en el trabajo.

El lunes por la noche, cuando volvió a su casa después del trabajo, Chaz lo estaba esperando. En lugar de los libros de texto del graduado escolar, que ni siquiera había abierto, tenía sobre la mesa un nuevo surtido de libros de cocina. Cuando Bram llegó, ella se levantó de un salto.

—Te prepararé un sándwich. Uno bueno, con pan integral, pavo y guacamole. Seguro que lo único que has comido en todo el día no era más que basura.

—No quiero nada, y te dije que no me esperaras despierta.

Chaz hurgó afanosamente en la nevera.

—Ni siquiera es medianoche.

Su larga experiencia con Chaz le había enseñado que era inútil discutir con ella acerca de la comida, así que, aunque lo único que quería era dormir, se quedó en la cocina fingiendo revisar el correo que había en la encimera mientras ella sacaba recipientes de la nevera y le informaba de su rutina diaria.

—Aaron ha estado pesadísimo. Él y Becky lo han dejado. No han salido juntos ni tres semanas. Según él, son demasiado parecidos, pero eso debería ser algo bueno, ¿no?

—No siempre.

Bram miró, sin prestar atención, una invitación a una fiesta y la tiró a la basura. Él y Georgie tenían más semejanzas que diferencias, aunque había tardado un poco en darse cuenta.

Chaz dejó sobre la encimera un recipiente con tanta fuerza que la tapa salió disparada.

—Aaron sabe dónde está Georgie.

—Sí, ya lo sé. Y su padre también lo sabe.

—Deberías obligarles a decírtelo.

—¿Por qué? No pienso ir corriendo detrás de ella.

Además, gracias a una conversación telefónica que había mantenido con Trev, quien estaba en Australia rodando su última película, Bram ya sabía que Georgie estaba en cabo San Lucas. Bram consideró la posibilidad de volar a México y traer de vuelta a Georgie, pero ella lo había herido en su orgullo. En resumidas cuentas, era ella la que se había ido, así que le correspondía volver y arreglar las cosas.

Chaz puso un pan de molde encima de la tabla de madera y empezó a cortarlo con golpes secos del cuchillo.

—Sé por qué os casasteis.

Bram levantó la vista.

Ella destapó un recipiente que contenía guacamole.

—Deberíais haber sido honestos acerca de lo que sucedió en Las Vegas y haber anulado o lo que sea ese estúpido matrimonio. Como hizo Britney Spears la primera vez que se casó.

—¿Cómo sabes qué ocurrió en Las Vegas?

—Os oí hablar sobre ello.

—Nos oíste porque tenías la oreja pegada a la puerta. Si alguna vez le cuentas algo a alguien...

Chaz cerró un armario de un portazo.

—¿Es eso lo que piensas de mí? ¿Que soy una jodida bocazas?

Ahora Bram tenía a dos mujeres cabreadas en su vida, pero volver a recuperar la aceptación de ésta sería relativamente fácil.

—No, no pienso eso de ti. Lo siento.

Chaz consideró su disculpa y al final decidió aceptarla, como él sabía que ella haría. Se sentó delante de la comida que Chaz le había preparado. Él todavía no quería poner fin a su falso matrimonio. Suponía demasiadas ventajas, empezando por el sexo, que era tan fantástico que no se imaginaba perdiéndolo tan pronto. Gracias a Georgie, volvía a estar en el terreno de juego y tenía la intención de seguir allí. Quería que *La casa del árbol* fuera la primera de una serie de películas fenomenales y, de algún modo, Georgie se había convertido en la pieza clave para que esto sucediera.

Chaz dejó el sándwich delante de Bram.

—Todavía no puedo creer que Georgie no se presentara a la audición. Se toma el gran trabajo de prepararse y luego lo tira todo por la borda. No te imaginas la de vueltas que le hizo dar a Aaron para conseguirle una ropa especial. Después me obligó a darle mi opinión sobre varios peinados y maquillajes. Incluso me hizo grabarle una estúpida prueba. Y entonces va y se acobarda y sale corriendo.

Bram dejó el sándwich en el plato.

—¿Le grabaste una prueba?

—Ya sabes cómo es. Lo graba todo. Probablemente no debería decir esto, pero si algún día te graba en plan sexual, te digo en serio que deberías...

—¿La cinta sigue aquí?

—No lo sé. Supongo que sí. Seguramente está en su despacho.

Bram empezó a levantarse, pero volvió a sentarse. ¡A la mierda! Sabía exactamente lo que vería.

Sin embargo, antes de irse a dormir, su curiosidad pudo más que él y registró el despacho de Georgie hasta que encontró lo que estaba buscando.

Tuvieron su primera pelea por la cuenta del restaurante.

—Dámela —exigió Laura, sorprendida al ver que Paul cogía la cuenta antes que ella. Habían comido juntos más veces de las que podía contar y siempre había pagado ella—. Ésta es una cena de negocios y el cliente nunca paga.

—Fue una cena de negocios durante la primera hora —replicó él—. Después, no estoy tan seguro.

Ella buscó a tientas su servilleta. Era cierto que aquella noche había sido diferente. Nunca antes habían hablado de los malos tragos que habían pasado en el instituto ni del entusiasmo común que sentían por la música y el béisbol. Y, desde luego, Paul nunca antes había insistido en recogerla en su apartamento para ir al restaurante. Durante toda la noche, Laura había hecho lo posible por mantener su relación dentro de los límites de lo profesional, pero él no había dejado de sabotearla. Algo había ocurrido. Algo que ella tenía que conseguir que dejara de ocurrir lo antes posible.

Alargó la mano para que él le diera la cuenta.

—Insisto, Paul. Ésta es una celebración que te mereces de verdad. Sólo hace seis semanas que eres mi cliente y ya has conseguido un papel estupendo.

Paul había sido elegido para actuar en una curiosa y nueva serie de la HBO acerca de un grupo de veteranos de las guerras de Vietnam e Irak que dedicaban los fines de semana a recrear episodios de la guerra de Secesión.

Él apoyó la mano en la carpetita de piel que contenía la cuenta.

—Te la daré sólo si la del fin de semana que viene corre a mi cargo.

¿Acababa de pedirle una cita? Laura era demasiado vieja para participar en jueguecitos.

—¿Me estás pidiendo una cita?

Paul inclinó la cabeza y la comisura de sus labios se curvó en una divertida sonrisa.

—¿Eso he hecho?

—No, no lo has hecho.

—¿Y por qué no?

—Porque no soy delgada.

—¡Ahhh!

—Ni rubia ni elegante, ni estoy divorciada de un ejecutivo de producción de alto nivel. Porque no tengo tiempo para hacer ejercicio con un entrenador personal, la ropa no me sienta bien y arreglarme el pelo me aburre a morir. —Laura cruzó las piernas—. Pero, por encima de todo, porque soy tu agente y tengo planeado ganar mucho dinero con tu carrera.

—Entonces, ¿saldrás conmigo el próximo fin de semana?

—¡No!

—¡Lástima!

El camarero se acercó y Paul le entregó su tarjeta de crédito. Un director a quien los dos conocían se detuvo junto a su mesa para charlar con ellos y, a continuación, el aparcacoches del restaurante llevó el coche de Paul a la puerta. Para entonces, Laura supuso que el tema había quedado atrás, pero él le demostró que estaba equivocada.

—La Orquesta de Cámara de Los Ángeles toca en el Royce Hall el fin de semana que viene —comentó mientras se alejaban del restaurante—. Creo que deberíamos ir. A menos que prefieras asistir a un partido de los Dodgers.

Dos de las actividades preferidas de Laura.

—No lo entiendo. Tú eres un profesional consumado, así que sabes perfectamente que no puedo salir con un cliente. Y mucho menos con un cliente tan importante como tú.

—Lo de «importante» me gusta.

—Lo digo en serio. Vas a tener una estupenda carrera y quiero negociar todas las etapas de ella.

Paul tomó dirección norte, hacia Beverly Glen Boulevard.

—Si no fueras mi agente, ¿saldrías conmigo?

«Sin pensármelo dos veces.»

—Seguramente no. Somos muy diferentes.

—¿Por qué no paras de decir eso?

—Porque tú eres tranquilo y razonable. Y te gusta el orden. ¿Cuánto hace que no te olvidas de pagar la cuenta de la televisión por cable o que te manchas la ropa con vino?

Laura señaló la pequeña salpicadura roja que había en la falda de su vestido de seda mientras, con la otra mano, tapaba un roto reciente. Quería que él comprendiera su punto de vista sin que pensara que era una auténtica chapucera.

—Ésta es una de las cosas que me gustan de ti —declaró Paul—. Te concentras tanto en las conversaciones que te olvidas de lo que estás haciendo. Eres una persona que sabe escuchar, Laura.

Él también lo era. La atención absoluta que le había prestado mientras cenaban la había hecho sentirse la mujer más fascinante de la Tierra.

—No lo entiendo —dijo—. ¿A qué viene este interés repentino por mí?

—Yo diría que no es tan repentino. De hecho, fuiste mi acompañante en la fiesta de la boda de Georgie, ¿te acuerdas?

—Aquello fue una cita de negocios.

—¿Ah, sí?

—Eso pensé yo.

—Pues pensaste mal —replicó Paul—. Aquel día rompiste mis esquemas, me abriste los ojos acerca de Georgie y nada ha sido igual desde entonces. —El deje de una sonrisa flotó en la comisura de sus labios—. Por si no lo habías notado, soy una persona muy tensa y tú eres una mujer muy relajante, Laura Moody. Tú me destensas. ¡Ah, y también me gusta tu cuerpo!

Ella soltó una carcajada. ¿De dónde había salido tanto encanto?

¿No era suficiente con que Paul fuera inteligente, atractivo y mucho más agradable de lo que ella había imaginado?

—¡Tonterías!

Paul sonrió y tomó una estrecha calle secundaria que pasaba por encima de Stone Canyon Reservoir.

—Tú me has devuelto a mi hija y me has dado una nueva carrera. Casi me da miedo decirlo, pero por primera vez en mucho tiempo, soy feliz.

De repente, el interior del Lexus se había vuelto demasiado pequeño. Y todavía se volvió más íntimo cuando Paul tomó una carretera oscura y sin asfaltar, aparcó el coche en la cuneta y bajó las ventanillas. Cuando apagó el motor, Laura se enderezó en el asiento.

—¿Hay alguna razón para que hayas parado aquí?

—Esperaba que nos besuqueáramos.

—Estás de broma.

—Míralo desde mi punto de vista. Llevo toda la noche deseando acariciarte. Desde luego, preferiría la comodidad de un bonito sofá, pero dado que ni siquiera aceptas tener una cita conmigo, no confío en que me invites a entrar en tu casa, así que estoy improvisando.

—¡Paul, soy tu agente! Llámame loca, pero tengo la política de no besuquearme con mis clientes.

—Lo comprendo. Yo en tu lugar tendría la misma política, pero hagámoslo de todas maneras. Sólo para ver lo que ocurre.

Ella sabía lo que ocurriría. ¡Vaya si lo sabía! Cada vez le costaba más ignorar el magnetismo sexual de Paul, pero no tenía la menor intención de fastidiar su ya fastidiada carrera.

—No, no lo haremos.

Las luces automáticas, que habían estado iluminando una franja de chaparral y arbustos de roble, se apagaron arropándolos en la suave y cálida oscuridad.

—He aquí el tema. —Paul se desabrochó el cinturón de seguridad—. Llevo años dejando que la lógica dirija mi vida, y desde luego no ha funcionado tan bien. Pero ahora soy un actor, lo que oficialmente me convierte en un maníaco, así que voy a empezar a hacer lo que quiero. Y lo que quiero es... —Se inclinó hacia ella y la besó en los labios—. Lo que quiero es esto...

Todo lo que Laura tenía que hacer era apartarse, pero, en lugar de hacerlo, se permitió disfrutar del sabor de Paul..., de su olor..., de la marea embriagadora y vertiginosa... Quería más.

Pero los días en los que sacrificaba sus intereses por un placer rápido hacía tiempo que habían quedado atrás. Hundió las manos en el pelo de Paul, lo besó profunda e intensamente y, a continuación, se apartó.

—Ha sido divertido. No vuelvas a hacerlo.

En realidad, Paul no había esperado otra cosa. Pero lo había deseado. Acarició la mejilla de Laura con los nudillos de la mano. Ella no lo creería si le decía que se estaba enamorando, así que no pensaba decírselo. Ni él mismo podía creérselo. A los cincuenta y dos años, por fin volvía a enamorarse, y de una mujer a la que conocía hacía años. Aunque, incluso en la época en que ella le permitía mangonearla, él se había sentido físicamente atraído por Laura.

A él siempre le habían gustado las mujeres con redondeces y formas blandas, con el pelo suave y sedoso y los ojos del color del Armagnac. Mujeres inteligentes e independientes que sabían cómo abrirse camino en el mundo, que les gustaba la comida y que estaban más interesadas en hablar con la persona que tenían delante que en comprobar el móvil. El hecho de que no se hubiera permitido acercarse a ninguna mujer con esas cualidades sólo demostraba su determinación en mantenerse a salvo de las erráticas emociones que, en el pasado, casi lo habían destruido.

Pero, aunque se había sentido físicamente atraído por Laura, él no la había respetado, no hasta que ella le plantó cara. Cuando él percibió su integridad y la forma en que cuidaba a los demás, se volvió loco por ella, y el remate fue cuando finalmente le hizo recordar que era un actor. Ella supo lo que él necesitaba antes que él mismo.

Durante las últimas semanas, Paul se había sentido renacer. A veces, con las piernas temblorosas como las de un potro recién nacido, y otras con la sensación de estar haciendo lo correcto. No podía creer que se hubiera permitido estar perdido tanto tiempo. Sólo su preocupación por Georgie le impedía sentirse plenamente satisfecho. Esto y el persistente temor de no poder superar las sensatas barreras que Laura insistiría en mantener entre ellos.

Pero él tenía un plan y aquella noche había dado el primer paso al decirle que, entre ellos, había algo más que negocios. Paul tenía la intención de ir avanzando lentamente y así darle a Laura el tiempo suficiente para ajustarse a la idea de que estaban hechos el uno para el otro. No realizaría ningún movimiento brusco. Nada de abrirle su corazón. Sólo una persecución paciente y deliberada.

Entonces el bolso de Laura resbaló de su falda y, cuando ella se inclinó para recogerlo, se golpeó la frente contra la guantera, y el plan de Paul saltó por los aires.

—Me estoy enamorando de ti, Laura. —Y se quedó tan sorprendido al decirlo en voz alta que apenas se dio cuenta de la carcajada que soltó ella—. Sé que es una locura —continuó—, y no espero que me creas, pero es la verdad.

Laura rio más.

—No sabía que te gustara tanto jugar. No creerás que voy a creerme un cuento como éste.

Sin dejar de reír, se frotó la frente y miró a Paul a los ojos. Y se tomó su tiempo, prestándole toda su atención, como hacía siempre. Inclinó la cabeza y lo observó. Poco a poco, su risa se fue desvaneciendo y sus labios se separaron levemente. Entonces hizo algo que de verdad sorprendió a Paul: le leyó la mente.

—¡Dios mío! —exclamó—. ¡Lo dices en serio!

Él, incapaz de hablar, asintió con la cabeza. Largos segundos transcurrieron. Paul le dio el tiempo que necesitaba. El tirante del sujetador resbaló por el hombro de Laura y ella parpadeó.

—Yo no estoy enamorada de ti —declaró—. ¿Cómo podría estarlo? Sólo estoy empezando a conocerte. —Clavó en él sus ojos de color coñac—. Pero te deseo muchísimo y te juro por Dios que, si esto no funciona y siquiera se te ocurre pensar en despedirme... —desabrochó su cinturón de seguridad— te pondré en la lista negra de todos los agentes de la ciudad. ¿Queda entendido?

—Entendido —contestó Paul justo antes de que ella se lanzara al ataque.

Fue glorioso. Laura le cogió la mandíbula con ambas manos y dejó que sus bocas juguetearan. Mientras le ofrecía a Paul la dulce punta de su lengua, una oleada de ternura hizo que la excitación de Paul aumentara. Él se separó lo suficiente del volante para que ella pudiera deslizar una rodilla por encima de su muslo. El pelo suave y lacio de Laura le rozó la mejilla. Paul apoyó las manos en los costados de ella. Debajo de la fina seda de su vestido, su carne era un poema de sensualidad.

—Te quiero —susurró sin importarle ya su plan.

—Estás como una cabra.

—Y tú eres un encanto.

Paul no había hecho algo así en un coche desde que tenía diecisiete años y, en esta ocasión, no fue más cómodo que entonces. Buscó a tientas la cremallera de Laura y consiguió no hacerse un lío al
bajarla. Sus manos se deslizaron por el interior del vestido y la acarició por encima del sujetador.

—Esto es una locura —gimió Laura junto a su boca mientras él
le bajaba el sujetador lo suficiente para succionarle los pechos.

Ella entrelazó los dedos en el pelo de Paul y dejó caer la cabeza
hacia atrás.

El coche se había convertido en su enemigo. Laura tiró de la camisa de Paul arañándolo con su anillo. De algún modo, él la levantó en el aire y consiguió deslizarse debajo de ella en el asiento del
copiloto, pero no sin que ella le clavara el codo en la mandíbula y la
rodilla en el costado. Al final, Laura se sentó a horcajadas encima
de él. Con sus bocas todavía unidas, Paul introdujo la mano por debajo del vestido...

Sus caricias aumentaron en intensidad. La mano de Laura se
mostró atrevida y sabia, pese a que la ropa se interponía en su camino. Otro beso lujurioso y, entonces, de pronto él estaba en el interior de Laura. Amándola. Llenándola. Complaciéndola. Reclamán-
dola para él. El sonido de sus gemidos, de su respiración, de sus
cuerpos fusionándose acarició los oídos de Paul. Laura se agarró a él
con fuerza. Se puso tensa. Permanecieron suspendidos... volando...
disolviéndose.

Más tarde, Paul salió del coche para desentumecerse y, disimuladamente, relajó una contractura de su espalda. Laura se unió a él
un segundo más tarde.

—Esto ha sido una auténtica locura —dijo muy seria—. Finja-
mos que nunca ocurrió.

Paul miró hacia las estrellas.

—Perfecto. Entonces podemos esperar con ilusión nuestra primera vez.

La dureza de Laura se desvaneció dejando paso a la preocupación.

—Hablas en serio, ¿no?

—Sí. —La rodeó con el brazo—. Y estoy tan impresionado
como tú.

—Sorprendente. Eres un hombre sorprendente, Paul York. Tengo ganas de conocerte.

Paul rozó el suave pelo de Laura con sus labios.

—¿Para ti sólo sigue siendo deseo?

Ella apoyó la mejilla en su hombro.

—Dame un par de meses y volveremos a hablar del tema.

Georgie no conseguía encontrar su equilibrio. Estaba echada en una tumbona de teca mientras los rayos de sol de última hora de la tarde caían oblicuos sobre el patio de piedras blancas. Era un martes por la tarde, y hacía dieciséis días que había llegado a México. Se obligaría a volver a Los Ángeles antes del fin de semana en lugar de quedarse allí para siempre, como quería. Le habría gustado seguir allí hasta decidir qué nueva forma debía tomar su vida. Salvo cuando estaba delante del ordenador que había comprado unos días atrás, no lograba concentrarse en nada. El corazón le dolía demasiado.

Dos lagartijas corretearon hacia la zona sombreada. Unos barcos cabeceaban en la distancia y sus parabrisas destellaban como estroboscopios a la luz del sol. Hacía demasiado calor para seguir allí fuera, pero Georgie no se movió. La noche anterior había soñado que era una novia. Estaba frente a una ventana, con su traje de boda y trocitos de cinta blanca entremezclados con el pelo, y vio a Bram acercarse a través de una vaporosa cortina de encaje.

Las bisagras de la puerta de la valla crujieron. Georgie levantó la vista y allí estaba él, entrando en el patio con su andar despreocupado, como si ella lo hubiera conjurado, pero el romántico novio de su sueño ahora iba vestido con unos pantalones de aviador de color gris plomo, y su cara tenía una expresión hosca. Georgie odió el brinco que dio su estómago. Bram era esbelto, alto y saludable. Los años de vida disipada quedaban muy atrás. El chico malo, egocéntrico y autodestructivo hacía años que había dejado de ser un chico malo, sólo que nadie se había dado cuenta. El nudo en la garganta de Georgie le impidió pronunciar ninguna palabra.

Bram la observó a través de los cristales oscuros de sus gafas de sol, desde su pelo sudado hasta la parte baja de su biquini morado y, después, contempló sus pechos. El patio era privado y ella no esperaba visitas, y todavía menos la de él, así que allí estaba ella, con los pechos al aire justo cuando menos lo deseaba.

—¿Qué, disfrutando de tus vacaciones? —El suave murmullo de su voz le recorrió la piel como el inicio de una tormenta.

Ella era una actriz y las cámaras habían empezado a rodar. Entonces encontró su voz.

—Mira a tu alrededor. Todo es maravilloso.

Bram se acercó a ella con andar despreocupado.

—Deberías haberme avisado antes de salir corriendo.

—Nuestro matrimonio no es de ese tipo.

Cuando Georgie alargó el brazo para coger la parte de arriba del biquini de rayas amarillas y moradas, tuvo la sensación de que era de goma.

Bram se la arrebató y la lanzó al otro extremo del patio, donde aterrizó sobre una mesita.

—No te molestes en vestirte.

—Tranquilo.

Georgie se dirigió a la mesita contando despacio y en voz baja para no acelerarse, y dejando que sus caderas se contonearan bajo las diminutas braguitas moradas del biquini. ¿Quizás un último intento para conseguir que él se enamorara de ella? Pero él no lo hizo. Bram no se enamoraba, no porque fuera tan egoísta como creía, sino porque no sabía cómo hacerlo.

Se puso la parte de arriba del biquini y se sacudió el pelo.

—Tu viaje ha sido una pérdida de tiempo. Pronto regresaré a Los Ángeles.

—Eso me ha contado Trev. —Bram apretó los puños a sus costados—. Hablé con él, que está en Australia, hace un par de días, pero la historia completa la obtuve gracias a la prensa. Según *Flash*, los dos nos vamos a trasladar a la casa de Trev mientras él está rodando para así disfrutar de unas vacaciones en la playa.

—Mi asistente personal, que antes era tímido, se ha convertido en un portavoz fantástico ante los medios.

—Al menos alguien cuida de ti. ¿Qué ocurre, Georgie?

Ella intentó recobrar el dominio de sí misma.

—Yo voy a trasladarme a la casa de Trevor, pero tú no. Es una buena solución.

—¿Una solución a qué? —Él se quitó las gafas de sol con ímpetu—. No lo entiendo. No entiendo qué ha sucedido, así, de repente, de modo que será mejor que me lo expliques.

Bram estaba distante y enfadado.

—Se trata de nuestro futuro —explicó Georgie—, de la siguiente fase. ¿No crees que ha llegado la hora de que sigamos con nuestras vidas? Todo el mundo sabe que estás trabajando, así que no resultará extraño que yo pase el verano en Malibú. Si quieres, Aaron puede seguir divulgando comunicados. Incluso puedes ir a Malibú un par de veces para dar un paseo muy público conmigo por la playa. Eso estaría bien.

Eso no estaría nada bien. Cualquier contacto que tuviera con él a partir de aquel momento, no haría más que prolongar su agonía.

—No es así como habíamos decidido manejar esto. —Introdujo la patilla de sus gafas en el cuello de su camiseta—. Tenemos un acuerdo. Un año. Y espero que lo cumplas hasta el último segundo.

Él insistió en que su acuerdo sólo durara seis meses, no un año, pero Georgie dejó correr ese detalle.

—No me estás escuchando. —De algún modo, Georgie consiguió sacar a la luz la inocencia y espontaneidad de Scooter—. Tú estás trabajando. Yo estoy en la playa. Un par de apariciones públicas. Nadie sospechará nada.

—Tienes que estar en la casa. En mi casa. Y, por lo visto, no he oído tu explicación acerca de por qué no estás allí.

—Porque hace tiempo que debería haber empezado a fijar un nuevo rumbo a mi vida. La playa será un lugar estupendo para dar los primeros pasos.

La sombra de un tulipán africano ensombreció momentáneamente la cara de Bram cuando se acercó a Georgie.

—Tu vida actual ya está bien.

Aunque tenía el corazón roto, ella interpretó el papel de una mujer exasperada.

—¡Sabía que no lo entenderías! Todos los hombres sois iguales. —Cogió su toalla y la apretó contra su pecho como si fuera el amuleto de un niño—. Voy a ducharme mientras tú te calmas.

Pero mientras se volvía para entrar en la casa, Bram logró que se detuviera de golpe.

—Vi la grabación de tu prueba.

Bram vio cómo la expresión de Georgie pasaba de la confusión a la comprensión y la curiosidad. Deseó cogerla por los hombros, zarandearla, obligarla a contarle la verdad.

Los dedos con que Georgie sujetaba la toalla flaquearon.

—¿Te refieres a la cinta que me grabó Chaz?

—Es increíble —declaró él con lentitud—. Estás increíble.

Ella lo contempló con sus grandes ojos verdes.

—Clavaste el papel, como tú misma habías dicho —dijo Bram—. La gente me subestima como actor y nunca se me ocurrió que yo estuviera haciendo lo mismo contigo. Todos te hemos subestimado.

—Lo sé.

Su sencilla respuesta sacó de quicio a Bram. Él no sabía de lo que Georgie era capaz y, después de ver la cinta, se sintió como si le hubieran asestado un puñetazo en el estómago.

La noche anterior había contemplado la cinta en la oscuridad de su dormitorio. Cuando pulsó el botón de inicio, la pared vacía del despacho de Georgie apareció en la pantalla y oyó la voz de Chaz fuera de imagen.

—Estoy muy ocupada. No tengo tiempo para esta porquería.

Georgie apareció en pantalla. Iba peinada austeramente, con la raya en medio, y con un mínimo maquillaje: una base clara, nada de máscara, apenas un toque de raya en los párpados y un pintalabios rojo intenso que no podía haber sido menos adecuado para Helene. La cámara la grabó de cintura para arriba: una discreta chaqueta de traje negra, una camisa blanca y un intrincado collar de cuentas negras.

—Lo digo en serio —protestó Chaz—. Tengo que ir a hacer la cena.

Georgie se enfrentó al desaire de Chaz con el tono distante e imperioso de Helene, en lugar de responder con su forma de ser habitual, amistosa y vulnerable.

—Harás lo que yo te diga.

La chica murmuró algo que el micrófono no registró y se quedó quieta. Georgie hinchó el pecho levemente por debajo de la chaqueta y entonces una sonrisa fría y sarcástica curvó su mandíbula consiguiendo que sus rojos labios encajaran a la perfección con el papel.

—«¿Crees que puedes avergonzarme, Danny? Yo no me avergüenzo de nada. Avergonzarse es de perdedores, y aquí el perdedor eres tú, no yo. Tú eres un cero a la izquierda. No eres nada. Todos lo sabemos desde siempre, incluso desde que eras un niño.»

Su voz era grave, de una frialdad letal y totalmente serena. A diferencia de las otras actrices que se habían presentado a la audición, Georgie no mostró ninguna emoción. Nada de dientes rechinantes ni dramatismo en la voz. Todo, en su interpretación, reflejaba contención.

—«No te queda ningún amigo en esta ciudad y, aun así, crees que puedes vencerme...»

Georgie interpretó las palabras con soltura. La frialdad y la fiereza flotaron detrás de su roja sonrisa, captando a la perfección el egocentrismo de Helene, su astucia, su inteligencia, y la absoluta convicción de que se merecía todo lo que estuviera a su alcance. Bram permaneció inmóvil, hechizado, hasta que ella, con aquella helada y oscura sonrisa en los labios, llegó al final de su texto.

—«¿Te acuerdas de cómo te burlabas de mí cuando íbamos al colegio? ¿De cómo te reías? Pues bien, ¿quién ríe ahora, payaso? ¿Quién es el que ríe ahora?»

La cámara seguía grabándola, pero Georgie no se movió, simplemente esperó, con todas las células de su cuerpo despidiendo rabia contenida, orgullo desbordante y determinación inquebrantable. La cámara tembló y se oyó la voz de Chaz:

—¡Mierda, Georgie, ha sido...!

La pantalla se volvió negra.

Bram miró a Georgie, que estaba de pie frente a él, en el patio encalado, con el pelo recogido en un nudo sudoroso y despeinado, con la cara sin maquillar y la toalla de playa colgando de su mano, y durante un instante creyó que eran los ojos fríos y calculadores de Helene los que le devolvían la mirada: decididos, cínicos, astutos. Él se encargaría de solucionarlo.

—Esta mañana he despertado a Hank y le he hecho ver la prueba incluso antes de que tomara el café.

—¿Ah, sí?

—Se ha quedado alucinado. Igual que yo. Ninguna de las actrices a las que hemos visto ha conseguido lo que tú, la complejidad, el talante sombrío...

—Soy una actriz. Eso es lo que hago.

—Tu actuación ha sido electrizante.

—Gracias.

La reserva de Georgie estaba empezando a sacarlo de sus casillas. Bram esperaba que se jactara y le dijera que ya se lo había dicho, pero como Georgie no reaccionó de esa manera, él volvió a intentarlo.

—Has lanzado a Scooter Brown al olvido.

—Ésa era mi intención.

Georgie todavía no parecía haber captado su mensaje, así que Bram se lo concretó:

—El papel es tuyo.

En lugar de lanzarse a sus brazos, ella se dio la vuelta.

—Tengo que ducharme. Ponte cómodo mientras me visto.

25

Georgie se encerró en el lavabo y dejó que el agua resbalara por su cuerpo. Su buen nombre había sido reivindicado, pero esto no significaba nada para ella. Georgie ya sabía lo buena que era. ¡Menuda ironía! La única aprobación que realmente necesitaba era la suya propia. ¡Vaya lección de crecimiento personal!

Se puso los mismos pantalones cortos y blancos y la misma camiseta azul marino que había llevado por la mañana y se pasó el peine por el pelo húmedo. Había llegado la hora de encararse a Bram con toda la verdad que fuera capaz de revelarle, pero no podía hacerlo ella sola. Necesitaba la ayuda de su fiel compañera.

El pequeño y fresco salón tenía las paredes encaladas, el suelo embaldosado y sillas de mimbre oscuro con unos bonitos cojines azules. Todas las mañanas, Georgie abría las vidrieras correderas para que el patio se convirtiera en una extensión del interior permitiendo que, de vez en cuando, una lagartija entrara en la casa, pero a ella no le importaba. Había leído que algunas especies de lagartijas eran partenogénicas, lo que significaba que las hembras podían reproducirse sin tener que aparearse. ¡Ojalá ella pudiera hacer lo mismo!

Bram había encontrado una jarra de té helado en la nevera y estaba sentado con los pies apoyados en la mesa auxiliar y un vaso verde de base gruesa en equilibrio sobre su muslo. Oyó los pasos de Georgie en las frescas baldosas de terracota, pero no dirigió la mirada hacia ella.

—No pareces tan contenta respecto a lo del papel como yo esperaba.

—Por lo visto, sólo tenía que demostrarme algo a mí misma —de-

348

claró con alegría Scooter, la fiel compañera de Georgie—. ¿Quién lo habría dicho?

—Ésta es la oportunidad que estabas esperando.

—Sí, pero...

Como titubeaba, Bram se dio la vuelta para mirarla. Georgie levantó una mano.

—Tengo algo que decirte. No te hará feliz, pero a mí tampoco me lo hace. Me dirás de todo, y no te lo reprocharé.

Bram se levantó del sofá y se acercó a Georgie con el mismo recelo que emplearía si fuera una maleta abandonada en un aeropuerto.

—No te quedarás en la casa de Trev. Lo digo en serio, Georgie. ¡Yo he cumplido todos los pactos de este estúpido matrimonio, así que tú también puedes hacerlo!

—Tú no los has cumplido porque seas honrado, sino por razones egoístas.

—Es igual —contestó él—. Yo he cumplido mi parte y tú tienes que cumplir la tuya, o no eres la mujer que creí que eras.

—En principio, estoy de acuerdo, pero... —Georgie no era una persona superficial y había llegado la hora de soltar la verdad—. Pondré las cartas sobre la mesa, Skipper. —Enderezó una revista que había en un extremo de la mesa—. Siento que estoy empezando a enamorarme de ti otra vez.

—¡Y un cuerno!

Bram ni siquiera parpadeó. Georgie continuó:

—Es ridículo, ¿no? Humillante. Embarazoso... Por suerte, la cosa no ha avanzado mucho, pero ya me conoces, siempre decidida a dispararme a la menor oportunidad. Pero esta vez, no. Esta vez voy a acabar con esta estupidez incluso antes de que empiece.

—Tú no te estás enamorando de mí.

—A mí también me cuesta creerlo. Afortunadamente, sólo es el principio. —Sacudió el dedo hacia Bram—. Es tu cuerpo. Tu cara. Y tu pelo... Estás buenísimo y, lamento decirlo, yo soy tan sensible como cualquier mujer.

—Ya lo capto. Se trata de una cuestión de sexo. Básicamente, eres una mujer chapada a la antigua que necesita creer que está enamorada para disfrutar del sexo.

—¡Dios mío, creo que tienes razón!

Bram parpadeó y, unos segundos demasiado tarde, se dio cuenta de que ella lo había acorralado.

—Lo que quiero decir es que...

—Tienes toda la razón —contestó ella con énfasis—. Gracias. Ya no más sexo entre nosotros.

—¡No me refería a eso!

—La alternativa es que vuelva a tu casa y me enamore por completo de ti. Seguro que los dos somos concientes de cómo podría acabar esto: escenas violentas en las que yo lloraría y suplicaría... Tú sintiéndote como una mierda... Conociéndome, seguro que dejaría de tomar los anticonceptivos a escondidas. ¿Captas la idea?

—No puedo creerlo. —Bram se mesó el pelo—. No eres tan estúpida. Lo nuestro no es amor, es sexo. Me conoces demasiado bien para enamorarte de mí.

—Eso creía yo.

—Tú, por encima de todos los demás, sabes lo imbécil, egoísta y mujeriego que soy.

—Me odio a mí misma por esto. De verdad.

—Georgie, no lo hagas.

—¿Qué puedo decir? De todos los líos en que nos he metido éste es el peor. —Bram no respondió y Georgie se humedeció los labios—. Curioso, ¿no?

—No es nada extraño. Eres tú siendo tú misma. Eres demasiado emocional. Utiliza la cabeza. Los dos sabemos que te mereces a alguien mejor que yo.

—Por fin estamos de acuerdo en algo.

Ella lo dijo esperando aliviar la tensión que había entre los dos, pero el ceño fruncido de Bram se acentuó.

—Aquella estúpida conversación que mantuvimos sobre si yo estaba enamorado... Creí que estabas preocupada por mis sentimientos, pero sólo me estabas tanteando.

—Por favor, no me lo recuerdes. Seguro que eres consciente de cuánto me cuesta tragarme el orgullo y admitir que estoy cayendo en esa vieja trampa.

—Es algo temporal. Estabas necesitada de sexo y yo soy un amante jodidamente bueno.

—¿Y si es algo más que eso?

—No lo es. Piensa que últimamente he estado sacando casi lo mejor de mí. Ahora veo que he cometido un error. Empaca tus cosas y olvídalo. Te garantizo que no volverá a ocurrir.

—Lo siento, pero no puedo.

—Claro que puedes. Estás haciendo una montaña de todo esto.

—Ojalá fuera eso. ¿Cómo crees que me siento al admitir algo tan degradante? Sólo un hilo me mantiene unida a mi autoestima.

—Eso ocurre porque te estás comportando como una idiota.

—Y estoy decidida a ponerle fin.

—Por una vez estamos de acuerdo. —Bram enganchó los pulgares en los bolsillos del pantalón—. Está bien, llegaremos a un acuerdo. Puedes instalarte en la casa de los invitados durante un tiempo. Hasta que vuelvas a sentar la cabeza.

—Resultaría demasiado extraño, con Chaz y Aaron por allí. Trasladarme a Malibú es una idea mucho mejor.

—Chaz ya sabe lo de Las Vegas y Aaron haría cualquier cosa por ti. La casa de los invitados es el lugar perfecto para que pongas fin a tu locura. En cuanto a nuestra relación laboral... Cuando estés en el plató volverás a ser una profesional y yo volveré a ser un imbécil arrogante. No tardarás mucho en recuperar la razón.

Aquélla era la parte más difícil y, justo cuando más la necesitaba, Scooter desapareció para repartir su alegría en algún otro lugar. Georgie no podía mirar a Bram a la cara, así que salió al patio.

—Bram... No voy a aceptar el trabajo. No interpretaré a Helene.

—¿Qué? Claro que la interpretarás.

Georgie miró acantilado abajo, hacia las tejas de las casas inferiores.

—No; lo digo en serio.

Oyó el furioso golpeteo de los pasos de Bram conforme se acercaba a ella.

—Eso es lo más estúpido que te he oído decir nunca. Ésta es la oportunidad que estabas esperando. ¿Y todo aquello de reinventar tu carrera? ¿Era mentira?

—En aquel momento, no, pero...

—¡Maldita sea! ¡Voy a llamar a tu padre! —Bram se puso a su lado—. Tú eres una profesional. Uno no echa por la borda la oportunidad de su vida por una estupidez como ésta.

—Lo hace si esa oportunidad podría dejarte traumatizada durante años.

—No hablarás en serio.

—No puedo arriesgarme a trabajar contigo día tras día. No, sintiendo lo que siento ahora.

Entonces él se dejó ir. Recorrió el patio de un extremo al otro esgrimiendo argumentos. Mientras se sumergía y salía de las zonas sombreadas, Georgie lo vio como quien realmente era, un ser de luz y sombra que sólo revelaba lo que quería. Cuando Bram hizo una pausa para tomar aliento, ella sacudió la cabeza.

—Oigo lo que dices, pero no voy a cambiar de idea.

Al final, él comprendió que hablaba en serio. Georgie lo vio replegarse en sí mismo, como una criatura marina en su concha protectora.

—Siento oírte decir eso. —Frío, distante—. Al menos Jade estará contenta.

—¿Jade?

—Sí, Jade ha querido ese papel desde la lectura que hicimos en casa. ¿No lo suponías? Estábamos a punto de hacerle una oferta cuando vi tu grabación.

—¡No puedes darle el papel a Jade!

—Reconozco que se armará la de San Quintín —admitió Bram sin la menor emoción—, pero dará publicidad a la película y no voy a rechazar propaganda gratis.

Un rugido resonó en la mente de Georgie. No podía moverse y apenas podía hablar.

—Será mejor que te vayas.

—Buena idea. —Sacó las gafas de sol del cuello de su camisa con una actitud fría y seria—. Estamos a martes. Tienes hasta el fin de semana para cambiar de idea. Si no, Jade tendrá el papel. Piensa en ello cuando estés en la cama esta noche. —Se puso las gafas—. Y, de paso, piensa en si realmente quieres enamorarte de un tío que está dispuesto a lanzarte a los lobos.

Dos días más tarde, Bram llegó a su casa después de un día de trabajo y encontró a Rory Keene descalza en su cocina. Estrujaba una manga de cocina y formaba montoncitos de azúcar glaseado rosa sobre un papel encerado bajo la supervisión de una ceñuda Chaz. Bram apenas había dormido desde su regreso de México. Tenía la garganta irritada, un persistente dolor de cabeza y el estómago continuamente revuelto. Lo único que le apetecía era concentrarse en el trabajo.

—Se supone que son rosas —se quejó Chaz—. ¿Has escuchado algo de lo que te he dicho?

Rory dejó la manga de cocina con enojo y Bram realizó una mueca.

—Si fueras un poco más despacio cuando haces la demostración, quizá me saldría bien —se quejó Rory.

¿Cuándo se daría cuenta Chaz de que tenía que hacer la pelota a la gente importante? Bram intervino:

—Tienes que disculpar a mi ama de llaves. La criaron los lobos. —Y se acercó para examinar los bultitos rosa—. Parece delicioso.

Ambas mujeres lo miraron con sorna.

—Ésa no es la cuestión. Son ornamentales —explicó Rory como si él tuviera que saberlo—. Siempre he querido aprender a decorar pasteles y Chaz me está enseñando los fundamentos.

—Sí, es una clase de educación especial —murmuró Chaz.

—Yo soy una ejecutiva —replicó Rory—, no una pastelera.

—Eso está claro.

—Lárgate, Chaz —ordenó Bram.

Estar en presencia de Rory siempre lo ponía nervioso y, en aquel momento, no estaba para tratar con las dos mujeres a la vez.

—Pero si estamos en mitad de...

—¡Fuera! —Bram la empujó hacia la puerta.

Rory cogió la manga y presionó la punta contra el papel encerado. Ella y Bram no habían hablado desde la reunión inicial celebrada en las lujosas oficinas de Vortex. Sin embargo, la fría rubia vestida con un traje de seda gris y sentada frente al escritorio que tenía encima una enorme pintura abstracta de Richard Diebenkorn, no se parecía mucho a aquella mujer descalza, con tejanos, el pelo recogido en una cola de caballo y los dedos manchados de rosa. Bram se rascó la espalda y se dirigió a la nevera.

—Siento lo de Chaz. Lo mejor es no hacerle caso.

Rory se concentró en garabatear una C.

—¿Qué pasa con Georgie?

—¿Con Georgie? Nada. —Cogió la jarra de té helado con suma calma.

Rory formó otro garabato al lado del primero.

—Chaz me ha contado que ha desaparecido.

—Chaz sólo cree que lo sabe todo.

Bram deseó no haber dejado de fumar. Era mucho más fácil parecer tranquilo con un cigarrillo en la mano que con un vaso de té helado.

—Hemos decidido pasar el verano en la casa de la playa de Trev. En la nueva. La antigua la vendió el mes pasado. Como yo estaré trabajando, sólo podré ir los fines de semana, pero Georgie ya está allí.

Al menos esto era lo que decía Aaron en su último comunicado a la prensa del corazón. Y también había incluido una descripción de un inexistente encuentro entre Bram y Georgie, además de mencionar sus planes de pasar románticos fines de semana veraniegos en la casa de la playa. Aaron se estaba volviendo muy bueno mintiendo.

Rory meneó el bultito rosa con la punta de la manga de cocina.

—¡Maldita sea! Esto es más difícil de lo que parece. —Al final, levantó la vista—. Puedes contármelo todo ahora o luego en mi oficina, con Lou Jansen y Jane Clemati, de Siracca.

Una reunión que Bram quería evitar a toda costa.

—¿Todo de qué?

Rory se centró en crear una serie de pétalos de rosa. Estaba claro que no pensaba irse, así que al final Bram cedió.

—Ya debes de haber oído hablar de la cinta de la prueba.

—La he visto. Georgie está fantástica. La necesitas.

Él intentó adoptar la pose autosuficiente de Johnny Depp, pero lo mejor que podía hacer sin un cigarrillo era apoyarse en la encimera con su vaso de té helado y cruzar los tobillos.

—Mi mujer sufre una leve crisis de cobardía, eso es todo. Lo estoy solucionando.

—¿Y qué es lo que le ha provocado esa repentina cobardía?

La jefa de Vortex no debería involucrarse en las decisiones para elegir el reparto de una película de poca monta de Siracca, y Bram ya estaba más que harto del autoimpuesto papel de Rory como protectora de Georgie.

—Mi esposa ha pasado por muchas cosas estos últimos años, y en este momento no se siente con ánimos de asumir más riesgos. —Se esforzó en contener su malhumor—. Estoy intentando que cambie de opinión y agradecería que dejarais de presionarme mientras lo hago.

—¿De verdad? —La ceja arqueada de Rory indicaba que no se creía ni una palabra—. Te diré lo que creo que ha sucedido. Creo que la has cagado. Otra vez.

Depp no se inmutaría, y él tampoco.

—No la he cagado.

—Según todas las personas con que he hablado, incluida Chaz, Georgie quería participar en la película hasta el día antes de la audición. —Dejó la manga en la encimera—. Georgie es una profesional y no he oído que se haya acobardado nunca, lo que me lleva a creer que se ha retirado porque no quiere trabajar contigo.

Bram destensó la mandíbula.

—Eres tú quien no quiere trabajar conmigo, no Georgie.

—Yo aposté por ti, Bram. No sólo porque me gusta el guión o porque realizaras una lectura estupenda. Si aposté por ti fue porque Georgie cree en ti. Al menos, antes creía en ti. —Rory cogió el trapo de cocina de la encimera y se secó las manos—. No te engañes. Mucha gente espera que metas la pata, y éste es el escenario que estaban esperando. Si no quieres acabar tu carrera presentando concursos televisivos, te sugiero encarecidamente que soluciones tus problemas con tu mujer y consigas que vuelva a ponerse frente a las cámaras, que ése es su sitio.

—¿Eso es todo?

—Y dile a Chaz que espero recibir otra clase de cocina pronto.

Rory pasó junto a él con paso decidido y salió por la puerta trasera.

Bram cerró los ojos y cogió el frío vaso con ambas manos. La inoportuna visita de Rory había alimentado el sentimiento de culpa que lo acosaba desde su regreso de México, aunque la mentira que le había contado a Georgie era por su propio bien. Gracias a ella, su sueño iba a convertirse en realidad y, en cuanto superara el drama que ella misma había creado, le agradecería que no le hubiera permitido echar por la borda aquella oportunidad de oro.

Pero una mentira era una mentira y él no podía retractarse, por mucho que lo deseara.

A la mañana siguiente, se puso unos pantalones cortos y una camiseta y se dirigió a Malibú. Sólo lo siguieron dos todoterrenos negros. A pesar de las predicciones de tormenta, el tráfico de aquel viernes por la mañana era muy denso, así que tuvo más tiempo del que deseaba para pensar. Después de aparcar en la casa de Trev, saludó a los *paparazzi*, quienes empezaron a buscar un aparcamiento, algo que les costaría encontrar.

Georgie no respondió al timbre, así que Bram utilizó la llave que Trev le había dado. La casa estaba silenciosa, pero a través de las puertas abiertas que comunicaban con la terraza, Bram vio una esterilla de yoga vacía. Trev vivía en una de las playas más exclusivas de Malibú, pero aquel día, la inminente tormenta había reducido el número de adoradores del sol. Bram se quitó los zapatos y entró en la playa. La estrella de una serie policíaca de la televisión holgazaneaba junto a su tercera esposa en la arena mientras sus hijos cavaban una zanja. Un carguero soltaba bocanadas de humo en el horizonte y una bandada de gaviotas graznaba en el cielo.

Georgie estaba de pie cerca de donde rompían las olas y el viento sacudía su pelo negro. Llevaba puesta la misma parte baja del biquini morado que en México y su diminuta camiseta blanca terminaba bastante más arriba de su cintura. ¿Cuándo se había puesto tan guapa? Bram deseó arrastrarla al interior de la casa, arrancarle la pequeña braguita del biquini y hundirse en ella.

Georgie lo vio, pero no se lanzó exactamente a sus brazos cuando él se acercó. Bram echaba de menos su exagerado entusiasmo mucho más de lo que habría imaginado nunca.

—¿Tu corazón da brincos al verme o ya has recobrado el sentido común? —preguntó.

—Sólo me ha dado un pequeño tembleque. Nada que no pueda controlar.

—Me alegra oírlo. —Pero Bram no estaba alegre. Quería que Georgie riera y lo besara—. Demos un paseo.

Antes de que ella pudiera protestar, la agarró de la mano.

Los famosos eran muy comunes en aquel trozo de playa y nadie hizo más que saludarlos con la cabeza cuando pasaban por su lado. Uno de los mejores aspectos de su relación con Georgie era que nunca sentía que tuviera que darle conversación, pero aquel día aquella comodidad había desaparecido.

—Adivina quién está tomando clases de decoración de pasteles.

—Ni idea.

Bram le contó lo de Chaz y Rory, pero no mencionó la verdadera razón de la visita de Rory. A continuación, se entretuvo corriendo detrás de un Frisbee que se les había escapado a unos niños. Cuando regresó, Georgie estaba sentada en la arena, con los brazos alrededor de las rodillas.

Él se dejó caer a su lado y contempló las olas coronadas de espuma blanca que rugían camino de la orilla.

—Va a llover. Vayamos a comer al Chart House.

Ella se abrazó con más fuerza las rodillas.

—No creo que pueda soportar una agradable comida con el hombre que me lanzó a los lobos.

Bram hundió los talones en la arena.

—Lo consideraré como un indicio de que has recuperado la cordura respecto a mí y de que la locura ya es pasado.

Ella se apartó de la cara un mechón de cabello.

—Por desgracia, lo que dicen es verdad. Entre el amor y el odio hay una línea muy fina.

Una sensación desagradable bloqueó la boca del estómago de Bram.

—Tú no me odias, Scoot, sólo has perdido el poco respeto que habías empezado a sentir por mí. —Bram apoyó el codo en una de sus rodillas y examinó las oscuras nubes que se deslizaban por el cielo—. Cuando no me soportabas, creamos magia en la pantalla. No hay ninguna razón para que no podamos hacer lo mismo con la pantalla grande.

Georgie inclinó la cabeza hacia él. Sus alegres ojos verdes tenían una expresión sombría.

—El plazo ya ha expirado. El papel de Helene ya es de Jade.

Bram cogió una piedra y la frotó entre sus dedos.

—Ella no va a interpretar ese papel.

—¡Vaya! ¿Y por qué razón?

Él no podía retrasarlo más.

—Porque nunca la tuvimos en cuenta.

Georgie se enderezó. Él lanzó la piedra contra las olas.

—Te mentí.

Ella apretó los puños.

Bram no podía mirarla.

—En aquel momento, tenía muy buenas razones para mentirte.

Georgie torció la boca con amargura.

—Realmente eres un cabrón, ¿no?

—¡Exacto! ¡Ya te dije que lo era!

Ella se levantó de repente y un montón de granos de arena salió disparado contra las pantorrillas de Bram. Él se puso de pie y la siguió.

—Piensa en ello, Georgie. Ahora que te he enseñado mi verdadera cara nada se interpone entre nosotros. El papel es tuyo y, después de lo que te he hecho, puedes aceptarlo sin preocuparte por que ninguna mierda emocional se cruce en tu camino. Deberías alegrarte de que te mintiera.

Incluso mientras hablaba, Bram no creía en lo que decía. Y ella tampoco.

—Me voy adentro.

Georgie aceleró el paso y él acomodó su ritmo al de ella.

—Estoy... bastante seguro de que aquel tío de allí tiene una cámara. Primero tenemos que besarnos.

—Bésate tú solo.

Los talones de Georgie despidieron remolinos de arena. Bram le rodeó los hombros con un brazo obligándola a aminorar la marcha, pero, si hubiera abrazado a un cactus, habría sentido lo mismo.

La película se haría sin ella. Encontrarían a otra actriz. Quizá no tan buena como Georgie, pero correcta. Sin embargo, todos querían que fuera Georgie quien interpretara a Helene y su trabajo como productor era hacer que lo imposible se hiciera realidad. No podía permitir que ninguno de ellos, ni Rory, ni Hank, ni el miembro más humilde del equipo, viera que no estaba a la altura de su trabajo.

Llegaron a la casa justo cuando un relámpago rompía sobre el oleaje. Bram la cogió por la muñeca y la obligó a detenerse cuando estaba a punto de subir las escaleras que conducían a la terraza.

—Georgie... —Le costó llenar los pulmones de aire—. No sé bien cómo decírtelo...

El viento lanzó otro mechón de pelo sobre la cara de ella, que lo apartó y ladeó la cabeza. Bram le soltó la muñeca.

—Te he... echado de menos durante estas semanas. Más de lo que habría imaginado nunca.

El ácido le corroía el estómago mientras Georgie permanecía allí de pie, esperando pacientemente.

—Ayúdame.

—No sé qué intentas decirme.

—Que... no me había dado cuenta de lo mucho que me había acostumbrado a estar contigo hasta que te fuiste. Nosotros... Creí que sólo era una gran amistad, pero... No sé cómo decírtelo... —Un toldo se rasgó debido al viento—. Creo que... me estoy enamorando de ti.

Georgie lo contempló fijamente.

—Resulta irónico, ¿no? —continuó Bram—. Justo cuando tú lo has superado, aquí estoy yo... deseando que no lo hubieras logrado.

—No te creo.

—Aquella mentira respecto a Jade... Había algo desesperado en ella, ¿sabes? Supongo que no quería admitir lo que en realidad sentía.

—¿Y qué es lo que sientes en realidad, Bram? Tendrás que deletreármelo, porque no lo capto.

—Ya sabes lo que quiero decir.

Por lo visto, Georgie ya tenía bastante de sus rodeos, porque se volvió en dirección a la corta escalera.

—Todo empezó aquí, ¿sabes? —Bram la siguió—. No durante el rodaje de *Skip y Scooter*, hace quince o dieciséis años, sino justo aquí, en la terraza de Trev, hace tres meses. Tú y yo. —Georgie se detuvo al final de las escaleras y se volvió para mirarlo. Bram subió los escalones de dos en dos hasta llegar junto a ella—. Desde que nos despertamos en aquella habitación del hotel de Las Vegas, hemos estado en una montaña rusa. —Una ráfaga de viento hizo volar un periódico por la terraza—. Yo estaba empeñado en que tú eras la mejor amiga que había tenido nunca, pero ahora sé que lo que siento es más que amistad.

—Sí, es sexo.

Él experimentó una oleada de rabia.

—Sí, claro, es sexo, pero eso no es todo. Nosotros no tenemos que fingir el uno con el otro. Nosotros... nos comprendemos. —Siguió hablando con rapidez, obligándose a soltar la segunda parte, aunque se odiaba por lo que iba a decir—. Incluso he estado pensando..., sólo pensando, acerca de tu idea... —Un puño gigante le atenazó la garganta—. La idea de tener un hijo.

Georgie emitió un ruido tenue e indescifrable. Bram continuó:

—Estoy muy lejos de decir que vayamos a por él. Sólo digo que... Sólo digo que, al menos, estoy preparado para hablar sobre esa cuestión.

Ella engullía sus facciones con sus ojos y Bram deseó gritarle, decirle que era un mentiroso y que no fuera tan jodidamente crédula. Sin embargo, apartó a un lado los restos de honor que le quedaban y soltó el gran final.

—Yo... me estoy enamorando de ti, Georgie. De verdad.

Ella se llevó los dedos a los labios. El rugido de un trueno sacudió la terraza.

—¿De verdad? —susurró.

Unas gotas de agua afiladas como piedras golpearon a Bram en la cara y él asintió con la cabeza.

Georgie no hizo nada. Sólo permaneció allí de pie. Y entonces pronunció su nombre.

—Bram...

Georgie abrió los brazos y se lanzó sobre él. Se abrazó a su pecho, deslizó las piernas entre las suyas y él deseó gritar por el daño que le había causado..., hasta que ella levantó una pierna y le propinó un rodillazo en los huevos. En medio del agónico dolor, él oyó tres palabras:

—Hijo de puta.

El rugido del viento... El golpeteo de unos pies descalzos cruzando la terraza... El estruendo de un portazo mientras Georgie desaparecía en el interior de la casa... Y el sonido de sus doloridos jadeos. Él se agarró a una roca e intentó no desmayarse. La puerta volvió a abrirse y las llaves del coche de Bram salieron volando por encima de la barandilla de la terraza y cayeron sobre la arena.

La tormenta se desató.

Georgie permaneció inmóvil al otro lado de la puerta, abrazándose a sí misma para no explotar. La lluvia golpeaba las ventanas; la golpeaba a ella. Bram no había cambiado. Era un desaprensivo, tan manipulador como siempre, pretendiendo ofrecerle lo que ella más ansiaba para conseguir lo que deseaba para sí mismo.

La tormenta rugía en el exterior; una tormenta más violenta lo hacía en su interior.

Su falso matrimonio se había acabado, y no tendrían un divorcio amistoso. Nada de Bruce y Demi. La humillación pública que sufriría sería mucho peor que la de la primera vez. Pero no le importaba. Los años de posar y fingir quedaban atrás. Ella nunca sería la atrevida Scooter Brown, la chica que podía salir airosa de cualquier adversidad con una sonrisa y una frase graciosa. Ella era una mujer real que había sido traicionada.

Y, en esta ocasión, cumpliría su venganza.

Cuando Bram pudo moverse otra vez, avanzó tambaleándose por la arena y se lanzó al océano. Ajeno a las furiosas olas y la oscura marea, rogó que el agua lavara sus pecados. Se sumergió en una ola, emergió a la superficie y volvió a sumergirse. Durante toda su vida, había utilizado y manipulado a los demás, pero nunca había hecho algo tan horrible como lo que acababa de hacerle a la persona que menos se lo merecía.

Bram vio la ola justo antes de que lo golpeara, una amenazadora torre de agua. La ola rompió encima de él y lo volteó. Bram se revolvió, pateó, flotó un instante y otra ola volvió a zarandearlo. La arena le rascó el codo y, entonces, algo puntiagudo se le clavó en una pierna. Bram se desorientó. Los pulmones le escocieron. La corriente lo atrapó y lo arrastró... hacia arriba, hacia abajo, Bram no lo sabía. La egoísta corriente siguió su propio camino sin dedicar ni un pensamiento a su víctima.

Bram salió a la superficie, vislumbró la orilla y la resaca volvió a arrastrarlo hacia el fondo. Georgie se había convertido en su conciencia, en su dueña, en su ángel de la guarda, en su mejor amiga. Se había convertido en su amada.

Su cuerpo salió despedido hacia la luz; un resplandor tembloroso que sólo resultaba visible en su mente. Bram boqueó en busca de aire, se hundió en el agua, se sumergió hasta el fondo. Amaba a Georgie.

La corriente volvió a atraparlo y zarandearlo; un inútil desecho humano cuya única misión había consistido en complacerse a sí mismo.

La imagen de la cara de Georgie apareció ante él, lo enderezó, se apoderó de él y lo arrastró hasta que sus pies tocaron el fondo. El codo le sangraba, y también la pierna, y el corazón. Bram se dirigió tambaleándose a la orilla y se derrumbó sobre la arena.

26

Georgie le había cerrado la puerta. Bram se sentía como si le hubieran arrancado la piel, la bonita fachada detrás de la que se escondía se había resquebrajado revelando la fealdad que ocultaba. Cruzó la playa dando traspiés. Se quitó la empapada camiseta y la presionó contra su sangrante codo. Encontró las llaves de su coche en la arena, pero la llave de la casa de Trev estaba en otro llavero. Después de un último e inútil intento para conseguir que Georgie le abriera la puerta, se dio por vencido.

Los *paparazzi* habían desaparecido. Temblando y sangrando, subió a su coche e inició el largo camino de regreso a su casa a través de la tormenta. No se le ocurría cómo podría conseguir que Georgie entendiera lo que acababa de pasarle. Ella nunca lo creería. ¿Y por qué habría de hacerlo? Él incluso había convertido su deseo de tener un hijo en una moneda de cambio.

El alcance total del desastre que se había causado a sí mismo le dificultaba la respiración. ¿Qué demonios había hecho y cómo iba a arreglarlo? Con otro mensaje telefónico no, eso seguro.

Pero, cuando llegó a su casa, no pudo evitar llamarla y, al oír que se conectaba el buzón de voz, lo soltó todo:

—Georgie, te quiero. No como te lo he dicho antes, sino de verdad. Sé que no parece cierto, pero antes no veía las cosas como las veo ahora...

Y continuó divagando, mezclando las palabras, los pensamientos, intentando explicárselo todo y fracasando miserablemente, sabiendo que lo único que conseguiría sería empeorar las cosas.

Georgie escuchó hasta la última sílaba de su mensaje, todas sus mentiras. Las palabras le quemaron la carne dejando a su paso tatuajes sangrantes. La furia que sentía no tenía límites. Se lo haría pagar. Bram le había arrebatado lo que ella más quería y ahora ella le pagaría con la misma moneda.

Aquella tarde, después de ducharse y con la mente más clara, Bram decidió regresar a Malibú. Los *paparazzi* debían de creer que él seguía en la playa, porque no había ningún todoterreno negro aparcado frente a su casa. Había decidido que, si Georgie no le abría la puerta, la echaría abajo, aunque dudaba que esto enterneciera su corazón. Por el camino, le compró flores, como si dos docenas de rosas pudieran cambiar algo. Después se paró a comprar mangos porque se acordó de que a ella le gustaban. También le compró un osito de peluche blanco que sostenía un corazón rojo entre las pezuñas, pero al salir de la tienda pensó que eso era cosa de adolescentes y echó el osito a una papelera.

Cuando llegó a la casa de Trev, vio que estaba a oscuras y que el coche de Georgie no estaba. Aguardó por los alrededores durante un rato esperando que ella volviera, aunque sospechaba que no lo haría. Al final, se dirigió a Santa Mónica con el coche lleno de flores y mangos.

Cuando llegó a la casa de Paul, examinó en vano la calle buscando el coche de Georgie. La última persona a la que quería ver era su suegro, y consideró la posibilidad de dar la vuelta y largarse, pero Paul era su mejor baza para ponerse en contacto con Georgie.

No lo había visto desde la noche de la boda, y la hostilidad patente que reflejó su cara cuando abrió la puerta erradicó cualquier esperanza de recibir su ayuda. Paul apretó los labios mientras lo repasaba de arriba abajo.

—Parece que el chico de oro está un poco vapuleado.

—Sí, bueno, ha sido un día lluvioso. De hecho, un mes lluvioso.

Bram esperaba que Paul le cerrara la puerta en las narices, así que se sorprendió cuando lo invitó a entrar.

—¿Quieres una copa?

Bram ansiaba tomarse una, señal de que no podía arriesgarse a tomar sólo una.

—¿Tienes café?

—Lo prepararé.

Mientras Bram lo seguía hacia la cocina, no sabía qué hacer con las manos. Le parecían demasiado grandes para su cuerpo, como si no le pertenecieran.

—¿Has visto a Georgie? —preguntó por fin.

—Tú eres su marido. Se supone que tienes que saber dónde está tu mujer.

—Sí, bueno...

Paul abrió el grifo del agua.

—¿Qué has venido a hacer aquí?

—Supongo que ya lo sabes.

—De todas formas, cuéntamelo.

Y Bram se lo contó. Mientras el café se hacía, empezó contándole lo ocurrido en Las Vegas, y entonces se enteró de que Georgie ya se lo había contado.

—También sé que Georgie se fue a México porque creía que se estaba apegando demasiado a ti.

Paul sacó una taza naranja brillante del armario.

—Créeme —dijo Bram con amargura—, el problema ya no es éste. ¿Qué más te ha contado?

—Sé lo de la cinta de la prueba y sé que ella se niega a interpretar el papel.

—Es de locos, Paul. Georgie estuvo genial. —Se frotó los ojos—. Todos la hemos subestimado. Caímos en la misma trampa que el público, deseando que sólo interpretara variaciones del personaje de Scooter. Te enviaré una copia de la cinta para que puedas comprobarlo.

—Si Georgie quiere que la vea, ya me lo dirá.

—Debe de ser agradable disfrutar del lujo de ser noble.

—Deberías probarlo alguna vez. —Paul llenó la taza de café y se la alargó—. Cuéntame el resto.

Bram le contó la visita de Rory y la reacción de todos por la retirada de Georgie.

—Saben que el responsable soy yo. Quieren que Georgie interprete ese papel y esperan que yo lo solucione.

—No es una posición cómoda para un productor novel.

Bram no podía contenerse. Empezó a pasearse por la cocina en un irregular recorrido oval mientras contaba el resto de la historia: el viaje a México, la mentira acerca de Jade, y, después, lo peor, lo que le había dicho a Georgie aquella mañana. Lo soltó todo, salvo el detalle acerca del bebé. No porque quisiera protegerse a sí mismo, eso ya no le importaba, sino porque le correspondía a Georgie revelar o no el secreto de que quería tener hijos.

—A ver si lo entiendo —dijo Paul con un tono nada alentador—. Le mentiste a mi hija acerca de Jade. Después intentaste manipularla fingiendo que estabas enamorado de ella. Después de que ella te echara, de una forma mágica, te diste cuenta de que estás enamorado de ella de verdad, ¿y ahora quieres que yo te ayude a convencerla de que es así?

Bram se dejó caer en un taburete junto a la encimera.

—Estoy jodido.

—Yo diría que sí.

—¿Sabes dónde está Georgie?

—Sí, pero no te lo diré.

Bram no esperaba que lo hiciera.

—¿Al menos le dirás que...? ¡Mierda! Dile que lo siento. Dile... Pídele que hable conmigo.

—No pienso pedirle nada en tu nombre. Tú causaste este desastre, así que tú tendrás que enmendarlo.

Pero ¿cómo? Aquello no era un malentendido que pudiera arreglarse con rosas, mangos o una pulsera de diamantes. No se trataba de una simple discusión de amantes que se pudiera solucionar con unas cuantas disculpas. Si quería recuperar a su esposa, tendría que hacer algo mucho más convincente. Y Bram no tenía ni idea de qué.

Cuando Bram se fue, Georgie bajó las escaleras. No podía quedarse en Malibú con Bram aporreando la puerta, así que se había trasladado a la casa de su padre.

—Lo he oído todo.

Su voz le sonó extraña incluso a sí misma. Fría, distante.

—Lo siento, gatita.

Su padre no la había llamado así desde que era una niña y, cuando la rodeó con su brazo, ella hundió la cara en su pecho. Pero la furia ardía con tanta intensidad en su interior que tuvo miedo de quemarlo y se apartó.

—Creo que Bram está diciendo la verdad —dijo Paul.

—Yo no le creo. *La casa del árbol* lo significa todo para él y mi actual relación con él hace que parezca una mala persona. Hará cualquier cosa para conseguir que mi nombre figure en la película.

—Hasta hace poco tiempo eso era lo que querías.

—Pero ya no.

Su padre parecía tan preocupado que ella le apretó la mano. Sólo durante un instante, el tiempo suficiente para reconfortarlo pero sin llegar a quemarle la piel.

—Te quiero —dijo Georgie—. Ahora voy a acostarme. —Temporalmente, apartó a un lado su rabia—. Ve a ver a Laura. Sé que lo estás deseando.

Paul le había telefoneado cuando ella estaba en México para contarle que se había enamorado de su antigua agente. Georgie se quedó atónita, hasta que pensó en todas las mujeres de las que su padre no se había enamorado.

—¿Te estás acostumbrando a la idea de que Laura y yo estemos juntos? —preguntó él.

—Yo sí, pero ¿y ella?

—Sólo hace cuatro días que le dije lo que sentía por ella, pero voy haciendo progresos.

—Me alegro por ti. Y también por Laura.

Georgie esperó hasta que su padre se fue para telefonear a Mel Duffy. Los chacales eran criaturas nocturnas y Mel respondió enseguida a su llamada.

—Duffy al habla.

Su voz era somnolienta, pero ella lo despertaría de golpe.

—Mel, soy Georgie York. Tengo una historia para ti.

—¿Georgie?

—Una gran historia. Acerca de Bram y de mí. Si te interesa, reúnete conmigo en Santa Mónica dentro de una hora. En la entrada de la calle Catorce del cementerio Woodland.

—¡Por Dios, Georgie, no me hagas esto! ¡Estoy en Italia! En Positano. Diddy celebra una fiesta por todo lo alto en su yate. —Duffy empezó a toser; tos de fumador—. Cogeré el primer vuelo de vuelta. ¡Cielos, aquí ni siquiera son las ocho de la mañana! ¡Además hay otra maldita huelga de trabajadores! Dame tiempo para regresar a Los Ángeles. Prométeme que no hablarás con nadie hasta que llegue.

Georgie podía telefonear a un miembro de la prensa legítima, pero quería contar su historia a un chacal. Quería contársela a Mel, que era lo bastante ambicioso para explotar las debilidades de cualquiera.

—De acuerdo, el lunes por la noche. A medianoche. Si no estás allí, no te esperaré.

Colgó con el corazón acelerado, hirviendo de cólera. Bram le había quitado lo que ella más quería. Ahora ella le devolvería la moneda. Lo único que lamentaba era tener que esperar cuarenta y ocho horas para cumplir su venganza.

Bram no podía dormir ni comer e iba a matar a Chaz si no dejaba de atosigarlo. A los treinta y tres años, había adoptado una madre de veinte, y no le gustaba. Claro que, aquellos días, no le gustaba nada ni nadie, especialmente él. Al mismo tiempo, una sensación de firme propósito se había apoderado de él.

—Georgie no interpretará a Helene —le dijo a Hank Peters el lunes por la tarde, dos días después de la desagradable escena de Malibú—. No he podido convencerla para que cambie de opinión. Haz lo que quieras al respecto.

Bram no se sorprendió cuando, menos de media hora más tarde, Rory Keene lo llamó a su despacho. Bram avanzó con paso decidido entre su flota de alarmados ayudantes y entró en su oficina sin esperar a que lo anunciaran. Rory estaba sentada detrás de su imponente escritorio de madera y debajo del cuadro de Diebenkorn, desde donde dirigía el mundo.

Bram apartó a un lado una silla metálica en forma de S inclinada hacia atrás.

—Georgie no va a interpretar a Helene. Y tienes razón. He mandado a hacer puñetas mi matrimonio. Pero quiero a mi mujer más de lo que he querido nunca a nadie y, aunque ahora me odie, te agradecería que te mantuvieras al margen mientras intento recuperarla. ¿Entendido?

Transcurrieron varios y prolongados segundos y, a continuación, Rory dejó el bolígrafo sobre el escritorio.

—En tal caso, supongo que nuestra reunión ha terminado.

—Eso diría yo.

Mientras salía de la oficina con paso decidido, a Bram se le ocurrió algo de lo que tenía que hacer. Sólo esperaba que se le ocurriera el resto.

Georgie aparcó el Corolla que había alquilado, delante de un edificio de pisos de dos plantas, un poco al norte de la entrada del cementerio Woodland; lo bastante cerca para ver llegar a Mel y lo bastante lejos para que él no la viera hasta que ella lo decidiera. Era casi medianoche y el tráfico en la calle Catorce era muy escaso. Mientras esperaba sentada en la oscuridad, Georgie lo recordó todo, desde el día que Bram la oyó proponerle matrimonio a Trev a la tarde tormentosa cuando Bram le declaró su eterno amor en la playa.

El dolor que sentía no disminuía. Se lo contaría todo al chacal. La historia de la falsa declaración de amor de Bram ocuparía las portadas de la prensa sensacionalista, y después saldría en la prensa legítima. La reputación que le había costado tanto trabajo recuperar quedaría manchada otra vez. ¡Que intentara volver a hacer de héroe cuando ella hubiera acabado con él! Ella también saldría perjudicada en el proceso, pero ya no le importaba. Estaba más enfadada de lo que había estado nunca, pero también se sentía más libre que nunca. Los días en que había permitido que los titulares de la prensa dirigieran su vida habían quedado atrás. Nada de sonreír a los fotógrafos cuando estaba destrozada. Nada de posar para la prensa para salvaguardar su orgullo. Nada de permitir que su imagen pública le robara el alma.

Un todoterreno negro aparcó más allá de la entrada del cementerio. En cuanto apagó las luces, Georgie se hundió en el asiento y observó por el retrovisor. Duffy salió del coche, encendió un cigarrillo y miró alrededor, pero no se fijó en el Corolla. Las mentiras por fin se acabarían. Le haría tanto daño a Bram como él se lo había hecho a ella. Sería la venganza perfecta.

El chacal encendió otro cigarrillo. Georgie empezó a sudar. Tenía el estómago revuelto. Duffy caminó de un lado a otro. Ya había llegado la hora. Después de aquella noche, ya no habría más engaños, ella podría vivir honestamente, con la cabeza alta, sabiendo que se había defendido, que no se había convertido en la víctima emocional de otro hombre. Ésta era la mujer en que se había convertido. Una mujer que asumía el control de su vida y de su venganza.

El chacal tiró el cigarrillo a la alcantarilla y se dirigió a la entrada del cementerio. Georgie no había contado con esto. Ella quería contar su historia bajo la protección de las farolas de la calle. Un chacal en un cementerio desierto era demasiado peligroso, así que, antes de que él pudiera ir más lejos, alargó la mano hacia la manecilla de la puerta. Pero mientras su mano se cerraba sobre el frío metal, algo se quebró en su interior. En aquel preciso momento, se dio cuenta de que el chacal que estaba en el interior del coche era más peligroso que el que se aproximaba a la puerta del cementerio.

El chacal que había en el interior del coche era ella. Aquella mujer furiosa y vengativa.

Apretó la manecilla del coche con fuerza. Bram la había traicionado y merecía ser castigado. Ella necesitaba hacerle daño, destruirlo, traicionarlo como él la había traicionado. Pero ese tipo de acción depredadora no formaba parte de su naturaleza.

Volvió a hundirse en el asiento y contempló quién era, en quién se había convertido. El aire se volvió denso y viciado. A Georgie se le durmió un pie, pero siguió donde estaba. Poco a poco, empezó a comprender cuál era su verdadera naturaleza. Con una claridad nueva y potente, supo que prefería vivir con el peso de su enojo, con el peso de su dolor, que convertirse en una criatura vengativa.

El chacal finalmente salió de las fauces del cementerio con el móvil pegado a la oreja. Fumó otro cigarrillo, volvió a echar una ojeada alrededor y, a continuación, subió a su coche y se marchó.

Georgie condujo sin rumbo fijo, con una sensación de vacío interior. Todavía estaba furiosa, no se sentía en paz, pero ahora sabía con exactitud quién era. Al final, acabó en un sórdido barrio de Lincoln Boulevard, en Santa Mónica, un barrio poblado de salas de masaje y *sex-shops*. Aparcó delante de un taller de reparaciones que ya había cerrado, sacó del maletero la bolsa que contenía su cámara de vídeo y caminó por la acera. Nunca había estado sola por la noche en un barrio peligroso, pero no se le ocurrió asustarse.

No tardó mucho en encontrar lo que estaba buscando, una adolescente con el pelo decolorado y la mirada apagada. Se acercó a ella con cuidado.

—Me llamo Georgie —dijo con dulzura—, y soy cineasta. ¿Puedo hablar contigo?

Chaz apareció en la casa de la playa dos días más tarde. Georgie llevaba toda la mañana sentada frente al ordenador, mirando sus grabaciones, y ni siquiera se había duchado. En cuanto Aaron abrió la puerta, se desencadenó una pelea.

—¡Me has seguido! —oyó que exclamaba Aaron—. ¿Ni siquiera soportas conducir hasta el colmado más cercano y me has seguido hasta Malibú?

—Déjame entrar.

—Ni hablar —replicó él—. Vuelve a tu casa.

—No iré a ninguna parte hasta que haya hablado con ella.

—Tendrás que pasar por encima de mí.

—¡Ja! ¡Como si pudieras detenerme!

Chaz pasó junto a Aaron como una exhalación y pronto encontró la habitación donde Georgie había instalado su equipo. Iba vestida de negro justiciero de la cabeza a los pies.

—¿Sabes cuál es tu problema? —le dijo sin más—. Que los demás no te importan.

Georgie apenas había dormido y estaba demasiado cansada para manejar aquello.

—Bram no ha dormido en casa las dos noches pasadas. —Chaz siguió atacando—. Está fatal, y todo por tu culpa. No me extrañaría que volviera a tomar drogas. —Como Georgie no respondía, la rabia de Chaz dio paso a la incertidumbre—. Sé que estás enamorada de él, ¿verdad, Aaron? ¿Por qué no regresas con él y ya está? Así todo volvería a estar bien.

—Chaz, deja de darle la lata —dijo Aaron poniéndose detrás de ella.

Georgie nunca se imaginó que Aaron se convertiría en su acérrimo guardián. Su pérdida de peso parecía haberle imbuido más confianza en sí mismo. Un martes, cuando el relato de Mel Duffy acerca de la llamada de Georgie salió a la luz, Aaron contraatacó y transmitió una vigorosa negativa pública sin siquiera consultárselo a ella. Georgie le dijo que la historia de Mel era cierta y que no le importaba que la publicara, pero Aaron se negó a escucharla.

Georgie decidió que era más fácil atacar las debilidades de Chaz que pensar en las suyas.

—¿Sabes qué pasa con la gente que siempre mete las narices en la vida de los demás? Pues que normalmente lo hacen porque no quieren enfrentarse a sus propias frustraciones.

Chaz se puso a la defensiva.

—¡En mi vida todo está bien!

—Entonces, ¿por qué no estás ahora mismo en una escuela de cocina? Por lo que sé, ni siquiera has dado una hojeada a los libros de texto para sacarte el graduado escolar.

—Chaz está demasiado ocupada para estudiar —dijo Aaron—. Si no, pregúntaselo a ella.

—Creo que tienes miedo de que, si te alejas de la seguridad que te proporciona tu situación actual, acabarás de nuevo en las calles. —En cuanto las palabras salieron de su boca, se dio cuenta de que acababa de traicionar la confianza de Chaz y sintió nauseas—. Lo siento, yo...

Chaz frunció el ceño.

—¡Vamos, deja de poner esa cara! Aaron ya lo sabe.

¿Ah, sí? Esto Georgie no se lo esperaba.

—Si Chaz no estudia —intervino Aaron—, no tiene que preocuparse por si catea. Tiene miedo.

—Eso es una chorrada.

Georgie se rindió.

—Estoy demasiado cansada para hablar de esto. Vete.

Naturalmente, Chaz no se movió, sino que la miró con desaprobación.

—Tienes pinta de estar perdiendo peso otra vez.

—Ahora mismo, nada me sabe bien.

—Eso ya lo veremos.

Chaz se dirigió a la cocina hecha una furia. Una vez allí, anduvo de un lado a otro con paso decidido, dando portazos con los armarios y abriendo y cerrando la nevera. Al poco rato, volvió con una ensalada y unos suculentos macarrones con queso. La comida casera era reconfortante, pero no tanto como tener a Chaz ocupándose de ella.

Georgie insistió mucho en que Chaz tomara prestado uno de sus bañadores y fuera a la playa.

«A menos que tengas miedo del agua.» Georgie se lo dijo con sorna, como retándola a ponerse el bañador. Sabía que Chaz odiaba enseñar su cuerpo y decidió que aquello sería una especie de terapia. Sintiéndose desafiada, Chaz se puso el bañador y después hurgó entre los trapos de Georgie hasta que encontró un albornoz corto de toalla con el que taparse.

Aaron estaba tumbado en una toalla de playa, leyendo una patética revista de videojuegos. Cuando lo conoció, él ni siquiera se acercaba al agua, pero ahora llevaba puesto un bañador blanco ribeteado de azul marino. Todavía necesitaba perder unos cuantos kilos, así que no estaba semibueno, pero había empezado a hacer ejercicios con pesas y se le notaba. También gastaba dinero en cortes de pelo decentes y en las lentes de contacto.

Chaz se sentó al final de la toalla, de espaldas a Aaron. El albornoz ni siquiera le llegaba a la mitad de los muslos y ella metió las piernas debajo de la tela de algodón lo mejor que pudo.

Aaron dejó a un lado la revista.

—Hace calor. Vamos a bañarnos.

—No me apetece.

—¿Por qué no? Una vez me dijiste que antes nadabas mucho.

—Sí, pero ahora mismo no me apetece. Eso es todo.

Él se sentó a su lado.

—¡Eh, que no voy a abalanzarme sobre ti sólo porque vayas en traje de baño!

—Ya lo sé.

—Tienes que superar lo que pasó, Chaz.

Ella jugueteó con la arena con un palo.

—Quizá no quiera superarlo. Quizá quiera asegurarme de que no lo olvido nunca para no volver a caer en lo mismo.

—Nunca volverás a caer en algo así.

—¿Cómo lo sabes?

—Por pura lógica. Supongamos que vuelves a romperte un brazo, o incluso una pierna. ¿De verdad crees que Bram te echaría? ¿O que Georgie no se ocuparía de ti, o que yo no te dejaría quedarte en mi apartamento? Ahora tienes amigos, aunque, por tu forma de tratarlos, uno nunca lo diría.

—He conseguido que Georgie coma, ¿no? Y no deberías haberle dicho lo de que tengo miedo de suspender.

—Tú eres inteligente, Chaz. Lo sabe todo el mundo menos tú.

Ella cogió una concha rota y deslizó la yema del pulgar por el borde.

—Podría haber sido inteligente, pero me perdí la mayor parte de la escuela.

—¿Y qué? Para eso está el examen libre de graduado de secundaria. Y ya te dije que te ayudaría a estudiar.

—Yo no necesito ayuda.

Si Aaron la ayudaba, se enteraría de lo poco que ella sabía y dejaría de respetarla.

Pero él pareció comprender lo que ella estaba pensando.

—Si tú no me hubieras ayudado, yo todavía estaría gordo. Las personas son buenas en distintas cosas. Yo siempre fui bueno estudiando y ahora me toca a mí hacerte un favor. Confía en mí. No te trataré ni la mitad de mal de lo que tú me trataste a mí.

Ella lo había tratado mal. Y a Georgie también. Chaz estiró las piernas. Su piel era pálida como la de un vampiro y, además, vio que se había saltado un trocito de piel al depilarse.

—Lo siento.

No debió de parecer que lo decía de corazón, porque él no se rindió.

—Tienes que dejar de tratar tan mal a las personas. Crees que así pareces dura, pero sólo das lástima.

Chaz se levantó de golpe.

—¡No vuelvas a decirme eso!

Aaron levantó la vista hacia ella, que lo miró con furia, con los brazos colgando rígidos a los lados y los puños apretados.

—¡Deja de decir chorradas, Chaz! —La voz de Aaron sonó cansada, como si se estuviera hartando de ella—. Ya va siendo hora de que empieces a actuar como un ser humano decente. —Se levantó con calma—. Tú y yo somos muy buenos amigos, pero la mitad del tiempo me avergüenzo de ti. Como cuando oí las gilipolleces que le soltaste antes a Georgie. Cualquiera que tenga ojos puede ver lo mal que se siente. No tenías por qué hacerla sentirse peor.

—Bram se siente tan mal como ella.

—Esto no justifica tu forma de hablarle.

Parecía que Aaron estuviera a punto de considerarla un caso perdido. Chaz sintió deseos de llorar, pero antes se suicidaría, así que se quitó el albornoz y lo dejó sobre la arena. Se sintió desnuda, pero Aaron sólo la miraba a la cara. Cuando vivía en las calles, los hombres apenas la miraban a la cara.

—¿Estás satisfecho? —le espetó.

—¿Lo estás tú? —replicó él.

Chaz no estaba satisfecha con casi nada de ella misma, y estaba harta de sentir miedo. Salir de la casa de Bram la ponía nerviosa. Tenía miedo de obtener el título de graduado escolar. ¡Tenía miedo de tantas cosas!

—Si soy amable con los demás, se aprovecharán de mí —dijo.

—Si se aprovechan de ti —contestó Aaron con suavidad—, deja de ser amable con ellos.

A Chaz se le puso carne de gallina. ¿De verdad tenía que ser todo o nada? Pensó en todo lo que Aaron le había dicho, en lo de que ahora tenía amigos que cuidarían de ella. Ella odiaba depender de los demás, pero eso quizá se debía a que nunca había podido hacerlo. Aaron tenía razón. Ahora tenía amigos, pero ella seguía actuando como si estuviera sola en su lucha contra el mundo. No le gustaba que Aaron pensara que ella trataba mal a los demás. Tratar mal a los demás no la salvaría de nada. Chaz examinó sus pies.

—No me consideres un caso perdido, ¿de acuerdo?

—No puedo hacerlo —contestó él—, siento demasiada curiosidad por saber en qué te vas a convertir cuando madures.

Chaz lo miró y vio que tenía una extraña expresión en la cara. No miraba su cuerpo, ni siquiera la miraba fijamente, pero ella fue consciente de él de una forma que le hizo sentir... picor, sed... o algo.

—¿Quieres ir a nadar o piensas quedarte aquí todo el día psicoanalizándome? —le preguntó.

—Voy a nadar.

—Ya me lo parecía a mí.

Chaz corrió hacia el agua sintiéndose casi libre. Quizás aquella sensación no le durara mucho, pero, de momento, resultaba agradable.

Georgie editaba película durante el día y merodeaba por las calles más pobres de Hollywood y West Hollywood durante la noche, con sólo su cámara y su famosa cara como protección. La mayoría de las muchachas a las que abordaba la reconocían y se mostraban muy dispuestas a hablar para la cámara.

Encontró un centro de asistencia sanitaria móvil que ayudaba a los chicos de las calles. Una vez más, ser famosa le resultó útil y los sanitarios le permitieron ir con ellos noche tras noche ofreciendo pruebas del sida y de enfermedades de transmisión sexual, asesoramiento ante las crisis, condones y educación sanitaria preventiva. Lo que Georgie oyó y vio durante aquellas noches la afectó mucho. Se imaginaba a Chaz entre aquellas muchachas y se preguntaba dónde estaría en aquellos momentos si Bram no hubiera intervenido para ayudarla.

Transcurrieron dos semanas y Bram no realizó ningún intento de ponerse en contacto con ella. Georgie estaba agotada hasta el punto de sentirse aturdida, pero no podía dormir más que unas pocas horas antes de despertar sobresaltada, con el camisón empapado de sudor y las sábanas enrolladas en su cuerpo. Añoraba vivamente al hombre que creía que era Bram, el hombre que albergaba un corazón tierno detrás de su cínico exterior. Sólo su trabajo y saber que había hecho lo correcto al no vender su alma por una venganza, evitaban que cayera en la desesperación.

Como los *paparazzi* no solían merodear por los vecindarios que ella visitaba, no apareció ninguna fotografía de ella. Aunque le había ordenado a Aaron que dejara de transmitir a la prensa del corazón historias sobre lo felices que ella y Bram eran en su matrimonio, él siguió haciéndolo. Pero esto a ella ya no le importaba. Ya se encargaría Bram de aquella cuestión.

Un viernes, tres semanas después de su ruptura con Bram, Aaron le telefoneó y le dijo que entrara en la página Web de *Variety*. Georgie le hizo caso y leyó el siguiente anuncio:

«El reparto de *La casa del árbol*, la adaptación cinematográfica de Bram Shepard de la exitosa novela de Sarah Carter, ya se ha completado. En una decisión sorpresa de última hora, Anna Chalmers, una actriz del cine independiente prácticamente desconocida ha firmado para representar a Helene, el complejo papel femenino protagonista.»

Georgie se quedó mirando fijamente la pantalla. Todo había acabado. Ahora Bram ya no necesitaba convencerla de su amor eterno, lo que explicaba por qué no había vuelto a intentar hablar con ella. Georgie se puso a desgana las deportivas y se fue a dar un paseo por la playa. Estaba baja de defensas y se sentía agotada, de lo contrario no se habría dejado llevar por un escenario de fantasía en el que Bram se presentaba en la casa y caía de rodillas suplicándole su amor y su perdón.

Enfadada consigo misma, regresó a la casa.

A la mañana siguiente, mientras estaba frente al ordenador, el teléfono sonó. Georgie salió de su estupor y miró con los ojos entornados el visor de su móvil. Se trataba de Aaron, quien había ido a pasar el fin de semana a Kansas para celebrar el sesenta cumpleaños de su padre. Georgie se aclaró la voz.

—¿Cómo va la reunión familiar?

—Bien, pero Chaz está enferma. Acabo de hablar con ella y parecía estar realmente mal.

—¿Qué le pasa?

—No ha querido decírmelo, pero creo que estaba llorando. Le he dicho que busque a Bram, pero no sabe dónde está.

En Malibú intentando recuperarme no, pensó Georgie.

—Estoy preocupado por ella —continuó Aaron—. ¿Crees que...?

—Iré a verla.

Mientras conducía por la carretera, la fantasía volvió a representarse en su mente. Georgie se vio a sí misma entrando en la casa de Bram, que estaba llena de globos. Había docenas de globos flotando contra el techo, con cintas colgando. Y Bram estaba allí en medio, con una expresión dulce, tierna y ansiosa.

«¡Sorpresa!»

Georgie apretó el acelerador y se obligó a volver a la realidad.

En la casa vacía y silenciosa de Bram no había ni un solo globo, y el hombre que la había traicionado no estaba por ningún lado. Como los *paparazzi* volvían a merodear por la entrada, Georgie aparcó el coche en la casa de Rory y cruzó a la de Bram por la puerta del jardín. Dejó su bolso y llamó a Chaz. No obtuvo respuesta.

Cruzó la cocina hasta el pasillo trasero y subió las escaleras que conducían al apartamento de Chaz. No le sorprendió ver que éste estaba decorado con sencillez y escrupulosamente limpio.

—Chaz, ¿estás bien?

Un gemido surgió de lo que parecía el único dormitorio. La chica estaba tumbada encima de una arrugada colcha gris, con las rodillas pegadas al pecho y la tez pálida. Al ver a Georgie, soltó un gruñido.

—Aaron me ha llamado.

Georgie se acercó a la cama.

—¿Qué te pasa?

Chaz apretó con más fuerza las rodillas contra su pecho.

—No me puedo creer que te haya llamado.

—Está preocupado. Me ha dicho que estás enferma y es evidente que tiene razón.

—Tengo calambres.

—¿Calambres?

—Sí, calambres. Eso es todo. A veces me pasa. Ahora vete.

—¿Has tomado algo?

—Se me han acabado las pastillas. —Su voz era apenas un gemido—. Déjame sola. —Hundió la cara en la almohada y dijo con voz más suave—: Por favor.

«¿Por favor?» Debía de estar realmente enferma. Georgie fue a buscar una caja de Tylenol a la cocina, preparó una taza de té y regresó al apartamento de Chaz. Camino del dormitorio vio un libro de texto de secundaria abierto encima de una mesilla auxiliar y un par de libretas y lápices. Sonrió por primera vez en una semana.

—No puedo creer que Aaron te telefoneara —volvió a decir Chaz después de tomarse la pastilla—. ¿Has venido desde Malibú para darme un Tylenol?

—Aaron estaba muy alterado. —Georgie dejó el frasco del medicamento en la mesilla de noche—. Además, tú habrías hecho lo mismo por mí.

Chaz pareció animarse.

—¿Aaron estaba alterado?

Georgie asintió con la cabeza y le alargó el té caliente y azucarado.

—Ahora te dejaré sola.

Chaz se incorporó lo suficiente para coger la taza.

—Gracias —murmuró—. Lo digo en serio.

—Lo sé —contestó Georgie mientras salía de la habitación.

Cogió un par de cosas suyas que había en la casa procurando no echar ni siquiera una ojeada al dormitorio. Mientras bajaba las escaleras, un haz de luz dorada entró por las ventanas. Aquella casa le encantaba. Sus rincones, sus salas... Le encantaban las macetas con los limoneros y las telas tibetanas, la repisa de piedra azteca de la chimenea y los cálidos suelos de madera. Le encantaba el comedor, con las paredes forradas de librerías, y los móviles de latón que tintineaban con el viento. ¿Cómo podía el hombre que había decorado aquella casa tan acogedora tener un corazón tan hostil y vacío?

Y entonces fue cuando él entró.

27

La expresión de sorpresa de Bram demostraba con claridad que Georgie era la última persona del mundo que esperaba o quería ver. Ella estaba pálida y ojerosa por tantas noches sin dormir, pero él parecía preparado para posar en una sesión fotográfica de la revista de moda masculina *GQ*. Se había cortado el pelo casi tan corto como en los días de *Skip y Scooter*, y ella habría jurado que se había hecho la manicura.

Georgie no soportaba la idea de que él creyera que había ido a verlo a él.

—Chaz está enferma —se justificó con sequedad—. He venido a ver cómo estaba, pero ya me voy.

Enderezó los hombros y cruzó la habitación hacia el porche, pero, antes de que abriera la cristalera, Bram estaba a su lado.

—No des ni un paso más.

—No me montes ninguna escena, Bram. No estoy de humor para soportarlo.

—Somos actores, nos encantan las escenas. —La cogió por los hombros y la hizo volverse hacia él—. No he pasado por todo esto para que ahora me dejes plantado.

La rabia que Georgie creía bajo control volvió a explotar.

—¿Pasado por todo el *qué*? ¿Qué es todo eso por lo que tú has pasado? ¡Mírate! No tienes ni una arruga. ¡Lo que estás pasando es la mejor época de tu vida!

—¿Es así como me ves?

—Estás produciendo y protagonizando una película genial. Todos tus sueños se han convertido en realidad.

—No exactamente. La cagué contigo, ¿recuerdas?, con la per-

sona más importante de mi vida. —La retuvo contra las vidrieras—.
Y estoy intentando arreglarlo.

Georgie soltó un soplido desdeñoso.

—¿Ah, sí, y cómo?

Él la miró. Sus ansiosos ojos reflejaron una versión del Actors
Studio de un alma torturada.

—Te quiero, Georgie.

Los ojos de ella chispearon.

—¿Ah, sí, y por qué?

—Porque sí. Porque tú eres tú.

—Tu voz suena sincera... Incluso pareces sincero. —Adoptó un
aire despectivo y apartó el brazo de Bram de un empujón—. Pero
no me lo trago.

Alguien menos cínico que ella podía haber pensado que lo que
tensó los labios de Bram fue un dolor sincero.

—Lo que ocurrió el otro día en la playa... —dijo él—. Sé que fue
muy desagradable, pero después recibí la sacudida que necesitaba
para despertarme.

—¡Vaya, fantástico!

—Sabía que no me creerías y no te culpo por ello. —Bram introdujo las manos en los bolsillos—. Sólo escúchame, Georgie. Ya
hemos elegido a la actriz que interpretará a Helene. El trato está cerrado. ¿Qué otro motivo podría tener?

Nada de sufrir en silencio como había hecho cuando Lance la
dejó. Georgie lo soltó todo.

—Empecemos por tu carrera. Hace tres meses y medio era yo
quien estaba dispuesta a sacrificarlo todo para proteger mi imagen,
pero ahora eres tú. Tu desagradable pasado estaba bloqueando tu
futuro y me utilizaste para remediarlo.

—Esto no...

—Para ti, *La casa del árbol* no es un proyecto único en tu vida,
sino el primer paso de una estrategia cuidadosamente planificada
para establecerte como actor y productor respetable.

—No hay nada de malo en tener ambiciones.

—Lo hay cuando sigues queriendo utilizarme para promover tu
imagen como don Digno de Confianza.

—¡Esto es Hollywood, Georgie! La tierra prometida de los di-
vorciados. ¿A quién demonios, aparte de Rory Keene, le importa si
seguimos casados o no?

—A Rory Keene, exacto.

—¡No creerás en serio que quiero que nuestro matrimonio dure sólo para que Rory tenga una buena opinión de mí!

—¿No es eso lo que has estado haciendo hasta ahora?

—Sí, vale. Pero ya no. Me encanta la idea de que mi carrera dependa de la calidad de mi trabajo y no de con quién estoy casado.

El corazón de Georgie se había endurecido y no creyó ni una palabra.

—Dirías lo que fuera para evitar la crítica pública, pero ya estoy harta de fingir para que personas que no conozco crean que soy alguien que no soy. Le voy a decir a Aaron que deje de enviar comunicados de prensa. Y esta vez me aseguraré de que me haga caso.

—¡Y un cuerno!

La transformación empezó en sus ojos, donde la frialdad calculadora se convirtió en pertinaz determinación. Y, entonces, Bram se volvió un poco majara. Le dio un fuerte beso y, medio a empujones, la condujo hacia el pasillo trasero de la casa.

—Vas a venir conmigo.

Georgie dio un traspié, pero él la tenía fuertemente sujeta y no dejó que se cayera.

—¡Suéltame!

—Te voy a llevar a dar una vuelta.

—¡Qué raro!

—Cállate. —Bram la empujó hacia el garaje. No se mostró rudo, pero tampoco amable—. Ya va siendo hora de que comprendas hasta qué punto valoro mi respetable reputación.

Bram parecía de nuevo el hombre salvaje que fuera en el pasado.

—No iré a ninguna parte contigo.

—Ya lo veremos. Yo soy más fuerte que tú, más malo que tú, y estoy mucho más desesperado que tú.

La rabia de Georgie creció en su interior.

—Si estás tan desesperado, ¿por qué no intentaste hablar conmigo cuando contratasteis a la actriz que iba a interpretar a Helene? ¿Por qué no...?

—¡Porque primero tenía que hacer una cosa!

Bram la empujó al interior del coche y, lo siguiente que supo Georgie es que salieron del garaje, cruzaron la puerta del jardín y tomaron la calle con dos todoterrenos negros siguiéndolos a toda velocidad.

Bram puso el aire acondicionado al máximo. Hacía demasiado frío para las piernas desnudas de Georgie y su fina camiseta, pero ella no le pidió que bajara la potencia y permaneció en silencio. Bram condujo como un maníaco, pero ella estaba demasiado enfadada para que eso le importara. Él quería volver a destrozarle el corazón.

Tomaron Robertson Boulevard, que estaba atestado de los compradores de los sábados por la tarde. Cuando Bram apretó a fondo el freno y paró frente al aparcacoches del Ivy, la segunda residencia de los *paparazzi*, Georgie se vio impulsada hacia delante por la inercia.

—¿Por qué paras aquí?

—Para que podamos hacer una aparición pública promocional.

—Estás de broma.

Un *paparazzo* los vio e intentó fotografiarlos a través del parabrisas. Georgie había salido de la casa de la playa sin nada de maquillaje, llevaba el pelo hecho un asco y el tono de azul de su camiseta no pegaba nada con sus arrugados pantalones cortos turquesa. Además, se había puesto unas deportivas en lugar de sandalias.

—No pienso salir así vestida.

—Eres tú a quien no le importa la imagen, ¿recuerdas?

—¡Hay una gran diferencia entre que a uno no le importe la imagen y entrar en un restaurante decente con unos pantalones sucios y unas zapatillas mugrientas!

Tres fotógrafos más se apretaron contra el coche mientras otros corrían serpenteando entre el tráfico para llegar hasta ellos desde el otro lado de la calle.

—No vamos a comer en el restaurante —anunció Bram—. Y yo creo que estás guapísima.

Salió del coche, le entregó unos billetes al aparcacoches y avanzó entre los vociferantes fotógrafos para abrirle la puerta a Georgie.

Una camiseta que no pegaba con sus arrugados pantalones, despeinada, sin maquillaje... y con un marido que era posible que la quisiera, pero no probable. Con un sentido de irrealidad, ella bajó del coche.

El caos explotó. Hacía semanas que no se les veía juntos y todos los *paparazzi* se pusieron a gritar al unísono.

—¡Bram! ¡Georgie! ¡Aquí!

—¿Dónde habéis estado?

—Georgie, ¿Mel Duffy miente acerca de vuestro encuentro?

—¿Estás embarazada?

—¿Seguís juntos?

—¿Qué le pasa a tu ropa, Georgie?

Bram la rodeó con un brazo y se abrió paso a codazos hasta los escalones de ladrillo de la entrada.

—Dejadnos sitio, chicos. Tendréis vuestras fotografías, sólo dejadnos algo de espacio.

Los transeúntes estaban boquiabiertos, los comensales de la terraza estiraban el cuello para verlos y tres diseñadoras de bolsos perfectamente ataviadas interrumpieron su conversación para contemplarlos. Georgie consideró brevemente la posibilidad de pedirles prestado un brillo de labios, pero había algo inusual y liberador en el hecho de estar frente al mundo con su peor aspecto.

Bram acercó la boca a su oído.

—¿Quién necesita convocar una conferencia de prensa teniendo el Ivy?

—Bram, yo...

—¡Escuchadme todos!

Bram levantó el brazo.

Georgie se sentía aturdida, pero de algún modo consiguió curvar los labios y esbozar una sonrisa Scooter. Entonces decidió que ya era suficiente. Basta de fingir. Estaba enfadada, nerviosa y asqueada, y no le importaba quién lo supiera. Así que dejó que todo lo que sentía se reflejara en su cara.

Una multitud bloqueó la acera. Mientras las cámaras fotográficas disparaban y las de vídeo grababan, Bram habló por encima del ruido.

—Todos sabéis que Georgie y yo nos casamos en Las Vegas hace tres meses. Lo que no sabéis...

Ella no tenía ni idea de qué pretendía Bram, y no le importaba. Fueran cuales fuesen las mentiras que contara, eran cosa suya.

—... es que fuimos víctimas de un par de combinados en los que habían echado drogas y que, básicamente, nos odiábamos a matar. Desde entonces hemos estado fingiendo nuestro matrimonio.

Georgie tuvo la sensación de que la cabeza le estallaba. Durante un segundo creyó que lo había entendido mal. ¿Lo que Bram pretendía era explicarlo todo desde las escaleras del Ivy?

Resultó que sí. Lo contó todo, una versión comprimida, pero los hechos estaban allí, hasta la desagradable escena de la playa. Georgie estudió la determinación que reflejaba su mandíbula y se acordó de los letreros de los extraordinarios héroes de las películas que colgaban de la pared de su despacho.

Los *paparazzi* estaban más acostumbrados a las mentiras que a la verdad, así que no se creyeron nada de lo que Bram les contó.

—Nos estás tomando el pelo, ¿verdad?

—Nada de tomaduras de pelo —contestó él—. A Georgie le ha dado por vivir una vida honesta. Demasiada Oprah.

—Georgie, ¿has obligado a Bram a contar todo esto?

—¿Os habéis separado?

Atacaron como los chacales que eran y Bram los hizo callar a gritos.

—De ahora en adelante, lo que os contemos será la verdad, pero podéis estar seguros de que no os contaremos nada que no queramos contaros. Aunque tengamos que promocionar una película y necesitemos publicidad. En cuanto al futuro de nuestro matrimonio... Georgie está decidida a darme la patada, pero yo la amo y estoy haciendo todo lo que está en mi mano para que cambie de opinión. Esto es todo lo que os vamos a contar de momento. ¿Entendido?

Los *paparazzi* se trastocaron, se empujaron y se dieron codazos como locos. De algún modo, Bram consiguió abrir una brecha entre la multitud para poder pasar. Bram la sostenía con tanta fuerza que los pies de Georgie se levantaron del suelo y perdió una zapatilla. Los aparcacoches del restaurante consiguieron abrir la puerta del de Bram y Georgie subió.

Bram puso en marcha el motor y estuvo a punto de llevarse por delante a dos fotógrafos que se habían echado sobre el capó.

—No quiero oír ni una palabra más acerca de motivos ocultos. —Su expresión ceñuda y su voz entrecortada no dejaban lugar a discusiones—. De hecho, ahora mismo no quiero hablar de nada.

A ella ya le pareció bien, porque no se le ocurría nada que decir.

Un convoy de todoterrenos los siguió de regreso a la casa. Bram cruzó la valla, condujo hasta la casa y frenó a fondo antes de apagar el motor. Su pesada respiración llenó el repentinamente silencioso interior del coche. Abrió la guantera y sacó un DVD.

—Ésta es la razón de que no pudiera ir a verte antes. No estaba acabado. Tenía pensado llevártelo esta noche. —Dejó el DVD en el regazo de Georgie—. Míralo antes de tomar más decisiones importantes sobre nuestro futuro.

—No lo entiendo. ¿Qué es esto?

—Supongo que podrías decir que se trata de... mi carta de amor por ti. —Y salió del coche.

—¿Tu carta de amor?

Pero él ya había desaparecido por el lateral de la casa.

Georgie contempló el DVD y se fijó en el titular escrito a mano.

SKIP Y SCOOTER
«Bajo tierra»

Skip y Scooter había acabado en el episodio 108, y la etiqueta del DVD indicaba que se trataba del episodio 109. Georgie apretó el DVD contra su pecho, se quitó la zapatilla que conservaba y corrió descalza al interior de la casa. No tenía suficiente paciencia para manejar el complicado equipo de la sala de proyecciones, así que subió la carta de amor videográfica al piso de arriba y la introdujo en el reproductor del dormitorio de Bram. Se sentó en mitad de la cama, rodeó sus rodillas con un brazo y, con el pulso acelerado, presionó el *play*.

Fundido de dos pares de pies pequeños caminando por una extensión de césped de vivo verde. Uno de los pares está formado por zapatos negros de charol y calcetines blancos con volantes. El otro, por lustrosos zapatos de cordones para niño que rozan con los bajos de unos pantalones de vestir negros. Los dos pares de zapatos se detienen y se vuelven hacia alguien que camina detrás de ellos. La niña pequeña gimotea.

—¿Papi?

Georgie se abrazó.

El niño dice con voz potente:

—Dijiste que no llorarías.

La niña suelta otro gemido.

—No estoy llorando, pero quiero ir con papá.

Un tercer par de zapatos entra en escena. Unos zapatos negros de hombre.

—Estoy aquí, cariño. Tenía que ayudar a la abuela.

Georgie se estremeció mientras la cámara subía por unos pantalones negros de vestir hasta la mano de largos y cuidados dedos del hombre, que llevaba una alianza de platino.

La mano de la niña se desliza en la mano del hombre.

Aparece un primer plano de la cara de la niña. Tiene siete u ocho años. Es rubia, de cara angelical, y lleva un vestido de terciopelo negro y un fino collar de perlas.

La cámara se aleja. El niño, más o menos de la misma edad que la niña, coge la otra mano del hombre con expresión solemne.

Una toma más amplia muestra, de espaldas, al alto y esbelto hombre y a los dos niños avanzando por el cuidado césped. Aparece un árbol, una extensión de césped mayor y más árboles. Una especie de piedras. La toma se amplía más.

No son piedras.

Georgie se llevó los dedos a los labios.

¿Un cementerio?

De repente, la cara del hombre ocupa toda la pantalla. Se trata de Skip Scofield. Más mayor, más distinguido y perfectamente arreglado, como solían ir todos los Scofield. Lleva el pelo corto y rizado, un traje negro entallado y una elegante corbata burdeos oscuro anudada sobre una camisa blanca. Unas profundas arrugas de dolor surcan sus bonitas facciones.

Georgie sacudió la cabeza con incredulidad. No podía ser...

—No quiero, papá —dice la niña.

—Lo sé, cariño.

Skip la coge con un brazo y, al mismo tiempo, rodea los delgados hombros del niño con el otro brazo.

Georgie sintió deseos de gritar. «¡Es una comedia! ¡Se supone que tiene que ser divertida!»

Ahora los tres están junto a una tumba abierta, con los asistentes al funeral vestidos de luto al fondo. El niño hunde la cara en el costado del padre y dice con voz apagada:

—Echo mucho en falta a mamá.

—Yo también, hijo mío. Ella nunca comprendió cuánto la quería.

—Deberías habérselo dicho.

—Lo intenté, pero ella no me creyó.

El pastor empieza a hablar fuera de pantalla.

A Georgie, aquella voz resonante le resultó familiar. Georgie entrecerró los ojos.

Corte hasta el final de la ceremonia. Primer plano del ataúd en el suelo. Un puñado de tierra seguido de tres hortensias azules caen sobre la lustrosa tapa.

Toma de Skip y sus llorosos hijos solos y de pie junto a la tumba. Skip se arrodilla y los abraza. Tiene los ojos cerrados y aprieta los párpados a causa del dolor.

—Gracias a Dios... —murmura—. Gracias a Dios que os tengo a vosotros.

El niño se separa de él con expresión petulante, casi vengativa.

—¡Lástima que no nos tengas!

La niña pone los brazos en jarras.

—Somos imaginarios, ¿recuerdas?

El niño dice con desdén:

—Somos los hijos que podrías haber tenido si no te hubieras portado como un gilipollas.

De repente, los niños desaparecen y el hombre se queda solo junto a la tumba. Angustiado. Torturado. Coge una hortensia de uno de los adornos florales y se la lleva a los labios.

—Te quiero. Con todo mi corazón. Eternamente, Georgie.

Fundido en negro.

Georgie permaneció unos instantes sentada, atónita. Después saltó de la cama y salió indignada al pasillo. «¡Será...!» Corrió escaleras abajo, cruzó el porche y se dirigió a la casa de los invitados. A través de las vidrieras, vio que Bram estaba sentado frente a su escritorio, con la mirada perdida. Entró con paso decidido y Bram se levantó de un brinco.

—¡Conque una carta de amor, ¿eh?! —gritó Georgie.

Él asintió con rotundidad y con la tez pálida.

Ella puso las manos en jarras.

—¡Me has matado!

Bram tragó saliva con dificultad.

—Tú... Bueno..., no esperarías que me matara a mí, ¿no?

—¡Y mi propio padre! ¡Me enterró mi propio padre!

—Es un buen actor. Y un suegro sorprendentemente decente.

Georgie rechinó los dientes.

—He vislumbrado un par de caras conocidas entre la multitud. ¿Chaz y Laura?

—Las dos parecieron... —Bram volvió a tragar saliva— disfrutar de la ceremonia.

Ella levantó los brazos.

—¡No me puedo creer que mataras a Scooter!

—No tenía mucho tiempo para elaborar el guión. Fue lo mejor

que se me ocurrió, sobre todo porque tenía que grabar sin que tú salieras.

—¡Sólo faltaría!

—Podría haberlo acabado ayer, pero tu angelical y falsa hija resultó ser una diva. Ha sido una auténtica tortura trabajar con ella, lo que no pinta nada bien para *La casa del árbol*, porque ella interpreta a la niña.

—De todas maneras, es una actriz estupenda —comentó Georgie cruzando los brazos—. Hizo que se me llenaran los ojos de lágrimas.

—Si alguna vez tenemos una hija que actúe como ella...

—Será culpa de su padre.

Bram se quedó helado, pero ella no estaba dispuesta a perdonarlo tan fácilmente, aunque pequeños globos de felicidad empezaron a elevarse en su interior.

—Sinceramente, Bram, es la película más horrible, estúpida y sensiblera que...

—Sabía que te gustaría. —Él parecía no saber qué hacer con las manos—. Así que te ha gustado, ¿eh? Es la única forma que se me ocurrió para demostrarte que entendía perfectamente el daño que te hice aquel día en la playa. Lo has comprendido, ¿no?

—Por extraño que parezca, sí.

Bram hizo una mu.....

—Tendrás que ayudarme, Georgie. Nunca antes había querido a nadie.

—Ni siquiera a ti mismo —comentó ella en voz baja.

—No había mucho que querer. Hasta que tú empezaste a quererme. —Introdujo una mano en un bolsillo—. No quiero volver a hacerte daño. Nunca. Pero ya te lo he hecho. He sacrificado lo que tú más querías. —Torció la boca—. La posibilidad de interpretar a Helene se ha desvanecido para siempre, Georgie. Ya hemos firmado el contrato. Ese papel lo significaba todo para ti, lo sé, y yo la he fastidiado, pero no sabía qué otra cosa podía hacer. Si no contrataba a otra actriz, no podía demostrarte que te necesito por ti misma.

—Lo comprendo.

Georgie pensó en todo el dolor que las personas se causaban a sí mismas y las unas a las otras en nombre del amor, y supo que había llegado la hora de contarle a Bram lo que ella misma había averiguado hacía poco.

—Y me alegro.

—No lo entiendes. Esto no puedo rectificarlo, amor mío, y no sé cómo podría compensarte por ello.

—No tienes que compensarme por nada. —Entonces, Georgie lo dijo en voz alta por primera vez—: Soy una cineasta, Bram. Una directora de documentales. Eso es lo que quiero hacer con mi vida.

—¿De qué estás hablando? ¡Pero si a ti te encanta actuar!

—Me encantó interpretar *Annie*. Y también a Scooter. Entonces necesitaba los elogios y los aplausos. Pero ya no. He madurado y quiero contar las historias de otras personas.

—Eso está bien, pero... ¿qué me dices de tu prueba, de tu maravillosa interpretación de Helene?

—No la hice de corazón. Era todo técnica. —Georgie eligió con cuidado sus palabras, encajando las piezas conforme hablaba, intentando explicarlo con claridad—. Prepararme para aquella audición tendría que haber sido lo más emocionante que hubiera hecho nunca en cuanto a trabajo, pero me pareció terriblemente aburrido. El personaje de Helene no me gustaba, y odiaba el oscuro lugar al que ella me transportaba. Lo único que deseaba de verdad era huir con mi cámara.

Bram arqueó una ceja empezando a parecerse más a sí mismo.

—Y, exactamente, ¿cuándo te diste cuenta de esto?

—Supongo que entonces ya lo sabía, pero creí que me sentía de aquella manera como reacción a lo mal que andaban las cosas entre nosotros. Ensayaba a ratos y, cuando no lo aguantaba más, cogía la cámara y perseguía a Chaz o entrevistaba a alguna camarera. Después de tanto hablar sobre reconducir mi carrera, no me di cuenta de que ya lo había hecho. —Georgie sonrió—. Espera a ver las historias que he rodado sobre la vida de Chaz, las chicas de la calle, las valerosas madres solteras... Todo no encaja en una misma película, pero decidir dónde va cada historia me enseñará mucho.

Bram finalmente salió de detrás de su escritorio.

—No me estarás contando esto sólo para que no me sienta culpable, ¿verdad?

—¿Bromeas? Me encanta que te sientas culpable. Así me resulta más fácil tenerte dominado.

—Eso ya lo has conseguido —dijo él con voz ronca—. Más de lo que imaginas.

Estaba embelesado contemplando la cara de Georgie. Ella nunca se había sentido tan valorada. Se miraron directamente a los ojos. Al alma. Y ninguno de los dos hizo ninguna broma.

Bram la besó como si fuera una virgen. El encuentro de labios y corazones más tierno del mundo. Fue embarazosamente romántico, pero no tanto como sus húmedas mejillas. Se abrazaron íntimamente, con los ojos cerrados y los corazones palpitantes, desnudos como no lo habían estado nunca. Cada uno conocía los fallos del otro como los suyos propios, y sus virtudes todavía más, lo que hizo que aquel momento fuera todavía más dulce e intenso.

Hablaron durante largo rato. Georgie no ocultó nada y le contó que había telefoneado a Mel Duffy y lo que estuvo a punto de hacer.

—Si lo hubieras hecho, no te habría culpado —dijo Bram—. Pero recuérdame que no te permita nunca tener una pistola.

—Quiero volver a casarme —susurró ella—. Casarme de verdad.

Bram la besó en la sien.

—¿En serio?

—Quiero una ceremonia privada. Íntima y bonita.

—De acuerdo.

Bram deslizó la mano hasta el pecho de Georgie y el deseo que había latido entre ellos explotó. Ella necesitó hacer acopio de todas sus fuerzas para separarse de él.

—No sabes cuánto me cuesta decirte esto —cogió la mano de Bram y le besó los dedos—, pero quiero una noche de bodas.

Él soltó un gruñido.

—Por favor, no me digas que esto significa lo que creo que significa.

—¿Tanto te importa?

Bram lo consideró.

—Pues sí.

—Pero accederás de todos modos, ¿no?

Él le cogió la cara entre las manos.

—No me vas a dejar elegir, ¿no?

—Sí. Estamos en esto juntos.

Bram sonrió y le apoyó una mano en las nalgas.

—Poppy tiene exactamente veinticuatro horas para preparar la boda de tus sueños. Yo me encargaré de la luna de miel.

—¿Veinticuatro horas? No podemos...

—Poppy sí que puede.

Y Poppy pudo, aunque tardó cuarenta y ocho horas. Después, le impidieron asistir a la ceremonia, lo que no le gustó nada.

Se casaron al atardecer, en una zona solitaria de una caleta arenosa. Sólo les acompañaron cinco personas: Chaz, Aaron, Paul, Laura y Meg, quien fue sola porque no le permitieron llevar a un acompañante. Sasha y April no podían llegar a tiempo y Bram se negó a esperarlas. Georgie quería invitar a Rory, pero Bram le dijo que lo ponía muy nervioso. Entonces Georgie explotó de risa, lo que, a su vez, hizo que Bram la besara hasta robarle el aliento.

Le pidieron a Paul que celebrara la ceremonia. Georgie le dijo que era lo mínimo que podía hacer después de haberla enterrado. Él alegó que no estaba ordenado, pero no le hicieron caso; ya habían cumplido con las formalidades meses atrás. La ceremonia que ellos querían era una boda del corazón.

Aquella tarde, una puesta de sol multicolor enmarcaba la playa. Unos sencillos cubos galvanizados rebosaban de ramos de pies de golondrina, lirios y guisantes de olor atados con cintas que flotaban en la cálida brisa. Aunque Georgie le había prohibido a Poppy que preparara una enramada nupcial o pintara corazoncitos en la arena, se olvidó de mencionarle lo de construir castillos de arena, así que una réplica de la mansión Scofield de un metro y medio de alto y adornada con flores y conchas marinas se erigía junto a los novios.

Georgie llevaba un sencillo vestido amarillo de algodón y su pelo negro estaba salpicado de flores. Bram iba descalzo. Los votos que habían redactado hablaban de lo que sabían, de lo que habían aprendido y de lo que se prometían. Cuando la ceremonia terminó, se sentaron alrededor de una hoguera para darse un festín de cangrejo rematado con las magdalenas de chocolate rellenas de crema de Chaz. Paul y Laura no podían apartar los ojos el uno del otro. Mientras el fuego crujía, Laura dejó solo a Paul unos instantes y se acercó a Georgie.

—¿Te importa lo que hay entre tu padre y yo? Sé que va muy deprisa. Sé que...

—Vuestra relación no podría hacerme más feliz.

Georgie la abrazó, mientras Chaz y Aaron se alejaban juntos por la playa.

Bram contempló la bonita cara de su mujer brillando al resplandor de la hoguera y se dio cuenta de que el pánico que había sido su silencioso compañero desde que tenía memoria, había desaparecido. Si una mujer tan sensata como Georgie podía aceptarlo con sus fallos, entonces ya era hora de que él también se aceptara a sí mismo.

Aquella criatura maravillosa, cariñosa, exquisita e inteligente era suya. Quizá debería tener miedo de fallarle, pero no lo tenía. En todas las cosas importantes de la vida él siempre estaría allí para ella.

Mientras oscurecía, Georgie vio que un bote neumático se acercaba a la orilla desde un yate anclado mar adentro.

—¿Qué es esto?

—Mi sorpresa —le susurró Bram junto al pelo—. Quería que pasáramos la noche de bodas en un yate. Para compensarte por la primera vez.

Ella sonrió.

—Eso fue hace mucho tiempo.

Sus invitados los despidieron con una lluvia de arroz integral de cultivo biológico aportado por Meg. Mientras se dirigían al yate, Bram estrechó amorosamente a su esposa. Quería que la noche de bodas fuera perfecta. Lance la había sorprendido con un carruaje y seis caballos blancos y Bram no quería ser menos.

Cuando estuvieron a bordo, Bram la condujo por la silenciosa embarcación hasta el camarote principal.

—Bienvenida a tu luna de miel, amor mío.

—¡Oh, Bram...!

Todo estaba como él lo había organizado. Unas velas blancas situadas dentro de unos farolillos iluminaban las cálidas paredes de madera y las lujosas alfombras.

—¡Es precioso! —exclamó Georgie con tanto énfasis que convenció a Bram de que no se acordaba ni del carruaje ni de los caballos—. Me encanta. Te quiero. —Miró más allá de Bram, hacia la cama, y se echó a reír—. ¿Lo que veo son pétalos de rosas esparcidos por las sábanas?

Él sonrió junto a la mejilla de su esposa.

—¿Te parece excesivo?

—Sin duda. —Lo rodeó con los brazos—. ¡Y me encanta!

Bram la desnudó poco a poco, besando todas las partes que descubría: la curva de su hombro, la ondulación de sus pechos... Entonces se arrodilló y la besó en la barriga, los muslos..., sabiendo que era el hombre más afortunado de la Tierra. Ella lo desnudó a él con la misma lentitud y, cuando Bram ya no pudo soportarlo más, la condujo a la cama y a las sábanas de pétalos de rosa, lo que, en su momento, le pareció una buena idea, pero...

Bram se quitó un pétalo de la boca.

—¡Esta porquería está en todas partes!

—Lo mismo digo. Incluso aquí. —Georgie separó las piernas—. ¿Quieres hacer algo al respecto?

En fin, quizá, después de todo, lo de los pétalos de rosa no era tan mala idea.

El yate se balanceó debajo de ellos. Georgie y Bram hicieron el amor una y otra vez, arropados en su mundo privado y sensual, prometiendo con sus cuerpos todo lo que se habían prometido con palabras.

A la mañana siguiente, Bram fue el primero en despertarse y se quedó tumbado, con su mujer entre sus brazos, respirando su aroma, dando gracias... y pensando en Skip Scofield.

«Tendrás que ayudarme, tío. Yo no tengo tanta práctica en ser sensible como tú.»

«Podrías empezar dejando de lado tu sarcasmo», respondió Skip.

«Georgie no me reconocería.»

«Al menos, utilízalo sólo en momentos puntuales.»

Esto sí que podía hacerlo. Georgie se acurrucó más contra él, que curvó la mano sobre su cadera.

«Por fin te llevo una, Skipper. Ahí estás tú, estancado para siempre con la pequeña Scooter Brown. Y aquí estoy yo... —Besó el suave pelo de su mujer—. Aquí estoy yo con Georgie York.»

Ella por fin despertó, pero no permitió que Bram la besara hasta que se lavó los dientes. Cuando salió desnuda del lavabo, él se fijó en que un olvidado pétalo de rosa colgaba de su pezón y alargó la mano.

—Ven aquí, esposa mía —dijo con ternura—. Voy a dejarte embarazada.

Ella lo sorprendió dándole largas.

—Más tarde.

Él se incorporó en la cama y la observó con recelo mientras ella sacaba la cámara de vídeo de una de las maletas que les habían llevado al yate.

—Chaz ya me advirtió contra esto —dijo Bram.

Georgie sonrió y se sentó a los pies de la cama, de cara a su marido. La luz del sol se colaba por los ojos de buey reflejándose en el pelo oscuro de Georgie. Bram se reclinó en las almohadas y vio que ella levantaba la cámara.

—Empieza por el principio —indicó Georgie—. Descríbeme todo lo que amas de tu mujer.

Bram comprendió que ella se estaba burlando, pero no pensaba seguirle el juego, así que le cogió el pie con la mano e hizo exactamente lo que ella le había pedido.

Epílogo

Iris York Shepard era tan infeliz como podía serlo una niña de cuatro años. Estaba en medio del jardín de su casa, con los brazos cruzados sobre su liso pecho, tamborileando amenazadoramente con su piececito en la hierba, con el ceño fruncido y una mueca en su adorable carita. A Iris no le gustaba que la atención de los demás se desplazara demasiado lejos de su persona y, en aquel momento, incluso sus amantísimos abuelos se habían ido a hablar con el tío Trev.

Bram vio a su hija desde el porche y sonrió. Tenía una idea bastante exacta de lo que se avecinaba. Y lo mismo podía decirse de Georgie, que se había dado cuenta de la frustrada expresión de Iris desde el otro lado del jardín, donde perseguía a su hijo de dos años.

—¡Haz algo! —gritó Georgie por encima de la cabeza de los invitados.

Bram reflexionó acerca de las alternativas. Podía tomar a Iris en brazos y hacerle cosquillas, o balancearla cabeza abajo cogiéndola de los tobillos, algo que a la niña le encantaba, o incluso mantener una pequeña charla con ella, algo en lo que él se estaba volviendo sorprendentemente bueno, pero no hizo nada de eso. Era más divertido dejar que los sucesos siguieran su curso natural.

Veinticinco amigos de Bram y Georgie habían sido invitados a su fiesta anual de aniversario de boda. Aquel día hacía cinco años que se habían casado en la playa. ¡Habían ocurrido tantas cosas en aquellos cinco años! *La casa del árbol* había tenido un éxito moderado de audiencia y un éxito impresionante con la crítica, lo que supuso para Bram media docena de interesantes papeles protagonistas en otras tantas películas. Después, con el respaldo de Rory, produjo un guión propio que fue un éxito de audiencia, y su carrera se consolidó.

En cuanto a Georgie... Ella seguía interpretando el mundo a través de su cámara y realizando con ello un gran trabajo. De los tres documentales que había rodado, el último siempre era mejor que el anterior y empezaba a acumular importantes premios. Pero aunque los dos estaban encantados con sus respectivos trabajos, nada les proporcionaba más alegría que su familia.

Chaz se abrió camino entre la multitud. Bram se fijó en su resplandeciente melena negra, su vestido rojo de tirantes y sus sandalias plateadas, y apenas logró acordarse de la desesperada muchacha que había recogido en la puerta de un bar muchos años atrás. Incluso la protestona joven que solía dirigir su cocina se había suavizado. No se podía decir que hubiera perdido su descaro, ella y Georgie seguían peleándose, pero ahora todos formaban una familia: él, Georgie y los niños, Chaz y Aaron y, desde luego, Paul y Laura, que se habían casado en aquel mismo jardín.

Su boda fue el primer trabajo que realizó Chaz después de terminar sus estudios de cocina. En lugar de trabajar en un restaurante de lujo, como siempre había planeado, Chaz los sorprendió a todos decidiendo abrir su propio negocio de comida por encargo.

—Me gusta estar en la casa de otras personas —explicó ella.

Chaz se detuvo al lado de Bram.

—Iris está a punto de explotar. Será mejor que hagas algo, y rápido.

—O podría quedarme aquí y ver cómo vuelve loca a Georgie.

Bram cogió un canapé y señaló la zona de la piscina, donde el antiguo asistente personal de Georgie estaba enfrascado en una apasionada discusión con April y Jack Patriot.

—¿Cuándo sacarás a tu enamorado de su miseria casándote con él?

—Después de que haya ganado su segundo millón.

—Siento darte la noticia, pero creo que ya lo ha hecho.

Aaron había creado su propia compañía de videojuegos y había logrado un gran éxito con un juego llamado Force Alpha Zebra. Con su musculoso cuerpo, su autoconfianza y su recién descubierto interés por la moda masculina, había cambiado incluso más que Chaz. Bram cogió otro canapé.

—Tardasteis lo vuestro en daros cuenta de que estabais enamorados.

—Yo tenía que madurar un poco. —La mirada de Chaz se suavizó mientras observaba a Aaron—. Me casaré con él uno de estos días, pero de momento me divierto mucho manteniéndolo en vilo.

Paul vio a su infeliz nieta y se separó de su mujer, pero era demasiado tarde. Iris ya había elegido una mesa, una de hierro forjado situada justo en el centro del atestado jardín, y se estaba subiendo a ella.

—¡Iris! —Georgie intentó acercarse, pero un columpio y su movidito hijo se lo impidieron—. ¡Iris! ¡Baja de ahí!

La niña fingió no oírla, sorteó el vaso olvidado de alguien, extendió los brazos y se dirigió a los invitados con una voz decidida y demasiado potente para un cuerpo tan pequeño:

—¡Escuchadme todos! ¡Voy a cantar!

Aaron se llevó los dedos a los labios y silbó.

—¡Vamos, Iris!

Bram avanzó entre la multitud hasta donde estaba Georgie y cogió a su hijo en brazos justo cuando Iris abría su diminuta boca y empezaba a cantar. Cuando llegó al estribillo de su vigorosa y afinada interpretación de la canción inicial de *Annie*, ni Bram ni Georgie tuvieron el valor de interrumpirla.

—¿Qué vamos a hacer con ella? —preguntó la madre exhalando un suspiro.

—Supongo que, a la larga, tendremos que dejarla en manos de la abuela Laura. —Bram besó la sudorosa cabeza de su hijo—. Ya sabes que Laura y Paul se mueren por hacerle una prueba a Iris.

—Todos sabemos cómo saldrá esa prueba. Estará fabulosa.

—Es realmente buena, ¿no crees?

—Ni una nota desafinada. Iris ha nacido para interpretar. Y la verdad es que no necesitamos a otro niño estrella en la familia.

Bram dejó a su escurridizo hijo en el suelo.

—La buena noticia es que ella nunca creerá que tiene que interpretar para ganarse el cariño de nadie.

—Es cierto. Aquí hay cariño de sobra.

Los dos estaban demasiado enfrascados sonriéndose el uno al otro para darse cuenta de que su hijo se había dejado caer sobre su trasero y había empezado a batir palmas a un ritmo perfectamente acorde con la canción de su hermana. La voz de Bram se volvió ronca, como solía hacer cuando era consciente de su suerte.

—¿Quién podía haber imaginado que un tío como yo tendría una familia como ésta?

Georgie apoyó la cabeza en su hombro.

—Skip no lo habría hecho mejor. —Entonces hizo una mueca—. ¡Oh, cielos...! ¡Ahora viene el zapateado!

—Al menos no se ha quitado la ropa.

Pero Bram había hablado demasiado pronto. Un pequeño vestido floreado voló hasta un rosal.

—Esto lo ha heredado de su madre —murmuró Bram—. No he conocido a ninguna mujer que le guste tanto quitarse la ropa.

—No es culpa mía. Tú eres muy persuasivo.

—Y tú eres irresistible.

Skip Scofield eligió aquel momento para darle un golpecito en el hombro a Bram.

«¿Quién se lo habría imaginado? Después de todo, te has convertido en un hombre de familia.»

¡Y menuda familia!, pensó Bram mirando alrededor.

Iris realizó una reverencia y se dispuso a interpretar su siguiente número. Su hijo se revolcó por el suelo y su esposa, su mujer, se puso de puntillas y le susurró al oído:

—Éste es el mejor espectáculo de reencuentro del mundo.

Bram no podía estar más conforme.

Nota de la autora

Todos mis personajes ficticios existen en un mismo universo creativo, así que las lectoras astutas se habrán dado cuenta de la reaparición de algunos de esos personajes, como April Robillar y Jack Patriot, de *Nacida para seducir*; Fleur, Jake y Meg Koranda, de *Niña de purpurina*. No puedo resistir la tentación de reencontrarme con los viejos amigos y tengo planeado seguir haciéndolo.

Algunas personas muy especiales me han ayudado mientras escribía esta novela. Doy las gracias a Joseph Phillips, por compartir sus conocimientos sobre California del Sur con esta oriunda del Medio Oeste; a Julie Wachowski por guiarme por el moderno universo cinematográfico; a Jimmie Morel, cuyas percepciones siempre me ayudan a profundizar en mi trabajo; y a Dana Phillips, quien ha dejado de editar películas temporalmente para cuidar a los dos niños más adorables del universo. Por desgracia, cualquier error es sólo mío. (¡Aunque también podéis culparlos a ellos!)

Mi gratitud a Carrie Feron, mi editora de toda la vida y una querida amiga; y también a Steven Axelrod y Lori Antonson, de la agencia Axelrod. Mi extraordinaria ayudante, Sharon Mitchell, es inapreciable. Abrazos para mi familia, mi hermana, Dawn y las Chili Babes, Kathy y Suzanne, mis colegas de caminatas; Kristin Hannah y Jayne Ann Krentz; y las Sepis del tablón de anuncios de mi página Web. Todas las escritoras deberían tener tantas animadoras estupendas como tengo yo.

Por último, un caluroso aplauso a todos los empleados de William Morrow y Avon Books, y un aplauso extra para Lisa Gallagher. Siempre tengo presente lo afortunada que soy por formar parte de un equipo editorial tan entusiasta y con tanto talento.

Susan Elizabeth Phillips
www.susanelizabethphillips.com